时代三部曲

村暖花开

贺享雍 著

四川文艺出版社

图书在版编目（CIP）数据

时代三部曲. 村暖花开 / 贺享雍著. —成都：四川文艺出版社，2021.3
ISBN 978-7-5411-5886-5

Ⅰ.①时… Ⅱ.①贺… Ⅲ.①长篇小说—中国—当代 Ⅳ.①I247.5

中国版本图书馆CIP数据核字（2020）第257780号

SHIDAI SANBUQU · CUNNUAN HUAKAI

时代三部曲·村暖花开

贺享雍　著

出 品 人　张庆宁
责任编辑　罗月婷
内文设计　史小燕
封面设计　赵海月
责任校对　段　敏
责任印制　桑　蓉

出版发行　四川文艺出版社（成都市槐树街2号）
网　　址　www.scwys.com
电　　话　028-86259287（发行部）　028-86259303（编辑部）
传　　真　028-86259306

邮购地址　成都市槐树街2号四川文艺出版社邮购部　610031
排　　版　四川胜翔数码印务设计有限公司
印　　刷　成都紫星印务有限公司
成品尺寸　169mm×239mm　　　开　本　16开
印　　张　14.5　　　　　　　　字　数　250千
版　　次　2021年3月第一版　　印　次　2021年3月第一次印刷
书　　号　ISBN 978-7-5411-5886-5
定　　价　49.00元

版权所有·侵权必究。如有质量问题，请与出版社联系更换。028-86259301

目录
CONTENTS

第一章	1
第二章	7
第三章	16
第四章	31
第五章	40
第六章	51
第七章	65
第八章	75
第九章	85
第十章	95
第十一章	106
第十二章	117
第十三章	129
第十四章	140
第十五章	148
第十六章	157
第十七章	172
第十八章	183
第十九章	196
第二十章	211

第一章

乔燕正奶着孩子,门铃"叮咚"一声响起来。她吃了一惊,忙将衣服整理好,急急地去将门打开。门外是单位的党委委员、工会主席姚姐。姚姐贴身穿了一件豆沙紫的短袖圆领衫,外面套着一件同样颜色的长袖绣花开衫,下面一条青色筒裙,露出一对结实圆润的小腿,左手腕上挂着一只方形的灰色手提包。乔燕一见,又惊又喜地叫了起来:"姚姐,你怎么来了?"姚姐笑吟吟地道:"怎么,我就不能来吗?"一边说,一边跨进屋子,在沙发上坐了下来。

乔燕紧紧挨着姚姐坐下。姚姐一见乔燕怀抱里的孩子,立即道:"快把小家伙给我看看!"说罢,便张开双手,要来抱乔燕怀抱里的孩子。乔燕忙道:"他刚才吐了奶,满身都是奶味儿……"话没说完,姚姐回过头对她笑着说:"做妈妈的人,还怕奶味儿?"说着,就轻轻将孩子抱了过来,一边在怀里摇晃,一边问乔燕:"叫什么名字?"乔燕道:"张恤!"姚姐问:"是旭日的'旭'吗?"乔燕道:"是体恤的'恤'!"姚姐重复着:"体恤的'恤'?"乔燕便解释道:"是我起的名字。恤字不但有对不幸的人表示同情、怜悯,还有对穷人救济、抚慰的意思。他的曾外祖父是扶贫的,外婆是扶贫的,我现在也是扶贫的,他长大以后,说不定也成为一个扶危济困的人!所以便叫了这个名字!"姚姐道:"好,这个名字意义太深刻了!"说完,又摇晃了襁褓两下,对着小家伙说,"乖乖,听见没有,你妈妈对你寄托希望了!你醒醒,给阿姨笑一个,啊……"小家伙像是听见了,小脑袋在襁褓中摇了摇,又睡了过去。姚姐见孩子没醒,便将孩子小脸蛋贴在自己腮旁亲了亲,这才回头对乔燕道:"孩子长得好快,比才生下来时大多了!"乔燕从姚姐手里接过了孩子,道:"可不是,才生出来的时候像个小老头,

1

我心里还在想，要是一直那样，可不就是一个丑八怪吗？"又笑道，"感谢姚姐和单位的姐妹阿姨到医院来看我，也感谢工会给我送来慰问金。"姚姐说："那都是应该的。单位送慰问金也不是针对你一个人，这是局里的规矩，凡是单位职工有什么大事，比如生病住院什么的，都会以局工会的名义出面慰问的！"姚姐收敛了笑容，看着乔燕道，"我今天是受何局长委托，代表他和局党委来跟你商量一件事……"

乔燕知道姚姐今天来，一定有什么重要的事要对她说，便看着姚姐认真地说："有什么事，姚姐你尽管说！"姚姐道："首先我要告诉你一个特大喜讯：你们修复贺家湾被洪水冲垮的那座石拱桥的请示，程序已经走完，县项目办已经下了文，就等着财政拨款了……"乔燕立即两眼亮如星星，惊喜地叫了起来："真的？！"姚姐见她高兴的样子，便带着一种询问的口吻问道："等急了吧？"乔燕道："可不是！我答应村民三个月给他们把桥修起，可现在马上就要两个月了，我能不急？"姚姐笑着道："你也太性急了点！项目虽然不是很大，可程序并不比那些大项目少，给村民讲清楚，村民也会理解你的！刚才我来的时候，想把文件复印一份给你带来，可走的时候又忘了。何局长说，你们现在就可以做准备，等钱一到镇上，你们就可以招投标了！"乔燕兴奋得满脸红彤彤的，道："这太好了，太好了！"说完又望着姚姐，等待她继续说下去。

姚姐停了一会儿，这才说："这事十分重要，你可要好好想一想！为进一步做好脱贫攻坚和今年申请脱贫对象的退出工作，省上决定近期在全省开展一次脱贫攻坚的检查验收！这次检查验收不像原来那样由政府组织，各市县交叉进行。这次是严格按照国家规定的贫困户、贫困村、贫困乡、贫困县的退出标准，聘请省社会科学院和一些高校以及省社情民意调查中心，在抽中的区、县独立开展第三方检查。同时，省上还对工作纪律提出了明确要求。因为是由第三方独立检查，大家还是头一回遇到，所以市里下发了文件，要各级党委和政府高度重视。昨天县委常委专门开了会，要求县级各部门和各乡镇派到村上的驻村工作人员、第一书记等，从现在开始，必须坚守在工作现场，查漏补缺，补齐短板，保证在这次检查和验收中取得良好成绩！"说着，姚姐的目光直直地落到乔燕脸上，停了停才继续说道，"你产假还没满，可村上又不能缺人，局领导想临时从单位抽一个同志顶替你，特地叫我来征求一下你的意见，看看抽哪个同志下去合适。另外，你要抽时间把村上的工作，好好给这个同志介绍一下……"

听到这里，乔燕马上叫了起来："为什么要再派个同志下去？"姚姐说："我刚才不是说明了吗？你产假才过一半，上面不可能等你产假满了才来检查验收呀！县委说了，必须保证万无一失，不另派个同志下去怎么办？"乔燕笑了起来，道："姚姐，你认为现在临时派个同志就能保证万无一失吗？我告诉你，农村的事情非常复杂，贺家湾村的情况，我也是摸了几个月才弄清楚。现在新派一个同志下去，哪那么快就能熟悉工作？特别是那些关键环节和处理方法，不是一时半会儿就学得到的。到时不但不能保证万无一失，说不定还会得不偿失，又耽误了单位的工作……"姚姐没等她说完，便问："那你说怎么办？"乔燕又笑了笑，道："姚姐，你回去给领导说一说，不用另派同志去了，过两天我就回贺家湾去！"姚姐马上道："可你的产假，还差这么久呢……"乔燕急忙道："那有什么，姚姐，我听说过去的产假，也只有四五十天嘛！再说，我回到贺家湾，最多也只是动动嘴、跑跑腿……"又附在姚姐耳边说，"姚姐，我再不减肥，恐怕要变成一个大肥婆了呢！"姚姐笑了笑，过了一会儿才又看着乔燕问："那孩子怎么办？"乔燕说："有什么不好办，不是还有我婆母吗？她跟着我一起到贺家湾就是呀！"

　　姚姐听了，抿着嘴唇半天没吭声。乔燕以为她不同意，便又摇了摇她的大腿，道："姚姐，不瞒你说，我虽然人在城里，可这四十多天，贺家湾经常有人来看我，贺家湾这段时间是个什么情况，我心里也跟镜子似的！而且，这一年多在农村，我可学到了几手！哪些问题该用法律解决，哪些问题该用讲道理解决，哪些问题该用讲感情解决，哪些问题该在会上解决，哪些问题该在会下解决，哪些问题该在酒桌上解决，我心里都有数呢！"听到这里，姚姐用指头在乔燕额头上点了一下，笑着说："燕儿成精了！好吧，我回去给何局长说说，看他怎么定吧！你也可以把自己的想法，在电话里给他说一说！"乔燕说："你放心，姚姐，下午我到他办公室，当面和他说，我还有更重要的事要向他汇报呢！"姚姐听了这话，没再说什么，站起来又对乔燕嘱咐了一通保重的话，便告辞回单位去了。

　　下午，乔燕果然来到了局长办公室。何局长说："你不在家里休息，到处走做什么？"乔燕道："姚姐没给你汇报？"何局长说："姚姐叫你有什么事在电话里说，没叫你到处跑！"乔燕道："领导，我属猴，不动心里就闷得慌，再不出来活动活动，这手脚都比过去笨多了！"

　　何局长的目光落在她脸上，看了半天，突然十分严肃地问："你真的决定提前结束产假回贺家湾吗？"乔燕也认真地道："领导，我怎么敢拿这么重要的事开玩笑？"何局长把一支铅笔拿到手里，在手指间转着，抿紧了嘴唇，过了半天才又说："国家规定产假不得少于九十八天，你还有四十多天的假期。再说，我不知道你的身体状况究竟如何……"乔燕马上说:"领导,我就在你面前,你看看我的身体,不是都很好吗?"何局长说:"这只是表面!我老婆是县妇幼保健院的主任,她告诉过我,女性生产后,由于身体的扩张以及血液的缺失,身体素质变得非常弱,这时候对细菌的抵抗力严重不足,所以需要较长时间的休息。生完孩子后,因生产而引起的子宫颈扩张,也需要较长时间来进行修复。一般情况下,子宫要完全恢复成孕前状态就需要四十多天。四十多天,你听明白了吧?再有,宝宝在母亲肚子里的成长,会给母亲的心脏、关节等造成一些损伤,因此女性在生完孩子后,修复因生产造成的身体各部分的损伤,也需要较长的时间!现在你知道国家为什么要规定这么长的产假了吧?"乔燕伸了伸舌头,像是吓了一跳的样子,说:"哎呀,还有这么多说法,领导今天可给我上了一堂科普课!"却又补充说,"可过去老辈人生孩子只休息三十天,要不为什么叫'坐月'呢?三十天一满就叫'满月',就可以下地干活了,这又是为什么呢?"何局长道:"过去是过去,你没见老辈人尤其是农村女人落下妇科病的很多吗?"

乔燕听了这话,一下没言语了,像是很矛盾的样子。过了一阵才抬起头看着何局长说:"领导,听你这么一说,我倒有些不知该怎么办了?贺家湾那儿,如果另派一个同志去临时顶替我,效果真的会很不好……"乔燕还要往下说,何局长挥手打断了她的话,道:"你别说了,上午你对姚主席说的话很在理,也是肺腑之言,我们也知道你提前结束产假最好不过!但我们也很矛盾,知道为什么吗?"乔燕看着他没吭声,等着他继续说下去。过了一会儿,何局长接了刚才的话,神色严峻地说:"实话告诉你吧,接到你在贺家湾易地扶贫搬迁集中安置点开工仪式上产前发作的消息,我们都吓了一跳!不久前我们县才牺牲了一位第一书记,要是你再出什么问题,我们怎么向你妈、向乔老县长交代?幸好母子平安!现在你产假还差这么长时间,要是身子落下什么病来,我们又怎么对得起你?"

听到这里,乔燕莫名感动起来,看着何局长认真地说:"谢谢领导的关心,可我觉得真的没什么!再说我下去,也不是去挑呀抬的,最多就是跑跑路、动动嘴,动一动说不定对我身体恢复还有好处。再说,我即使在家里,也不能成天不动呀!"说着又笑了笑。

何局长却没笑,仍严肃地说:"你既然决定了,我们当然欢迎,也感谢你替局里分忧,为贺家湾的脱贫攻坚做出的贡献!不过,你还是给你妈打个电话说一说吧……"乔燕立即惊讶地叫了起来:"我妈?"何局长这才笑了笑,说:"不瞒你说，为这事，我专门在电话里请示了你妈……"乔燕马上问："我妈怎么说？"何局长道："你妈说由你自己决定！所以我才派姚主席去征求你的意见！"听完何局长的话，乔燕笑出了声，道："领导，那现在你还有什么不放心的？我妈之所以这么说，是她知道现在管不了我了！那我们就这么定了，我这两天就到贺家湾去！"何局长听后却说："你忙什么？你妈虽然说让你自己做主，可你丈夫会同意你提前到贺家湾去吗？"乔燕道："领导放心，我丈夫绝对会支持我，再说，还有他母亲在我身边带孩子，他还有什么不放心的？"何局长想了想才道："就算是这样，口说无凭，你给我写个东西，就说是自己自愿提前结束产假，一是表明你为脱贫攻坚做出的牺牲和付出，再者我们对组织也好有个交代。"乔燕听了，立即对何局长说："行，我这就写一个！"说着向何局长要了一张纸，便伏在桌上写了起来。

何局长等她写完接到手里一看，只见上面写的是：

申请书

因脱贫攻坚到了关键时刻，我自愿申请提前结束产假，回到贺家湾扶贫工作岗位上。

申请人：乔燕

2016年9月11日

何局长看完，把它夹在一份文件里，这才对乔燕笑着说："小乔，那我代表局党委和局里全体同志谢谢你，也希望你下去以后保重身体，有什么需要我们做的事你就尽量说！"乔燕"扑哧"笑了，看着何局长露出了调皮的神情，道："领导，你这话可是当真？"何局长道："我什么话没有当真？"乔燕便叫了起来："好，领导，我现在就有一件非常重要的事要告诉你！"何局长看着她，脸上露出了警惕的神色。乔燕道："既然领导这么关心我，那我可真说了！承蒙领导和郭副县长的关心、支持和努力，给我们争取到了修建被洪水冲毁掉的石拱桥的资金，我们万分感谢！可我们村还有二十多户村民，没把公路接到家门口。这二十多户，有的本身是贫困户，有的是临界贫困户，要靠他们自己，很难把公路接到自己家门口！我们单位能不能想点办法，助他们一臂之力，让他们也能尽快走上硬化了的水泥路？"何局长沉吟了半晌，才说："你这个要求太高了。上面不是有规定吗？国家投资修的公路，只能解决村主要干道，也就是通到村委会。至于通户公路,不是由村民自己解决吗?小乔你这不是逼我犯错误吗?"乔燕听他的话并不像彻底拒绝的样子,便立即给何局长戴起高帽子来,道:"领导,为民造福,大家感谢你都来不及,怎么会犯错误?即使犯错误也是一个光荣的错误!再说,是你刚才说的,我有什么要求就尽管说,是不是?"何局长听了这话露出了哭笑不得的样子,说:"好你个小乔,给你一根针,你就当成了一个棒槌!现在不说这些,先回去把工作干好,省上这次第三方检查验收要是抽到了贺家湾,出了丁点儿纰漏,我都不会饶你!"

乔燕心里更有底了,便又看着何局长笑嘻嘻地说:"领导,我想请教你一个问题:你知道女性生了孩子后,为什么一定得先吃一个鸡蛋?"何局长没想到乔燕会给他提这样一个有些不着边际的问题,略微沉吟了一下,才有些不明白地问:"什么意思?"乔燕道:"那我告诉你吧!那叫'定心蛋',吃下去心里就不会慌乱了!你今天就给我一颗定心丸吧!我吃了定心丸,回去干起工作来才更有劲,别说省里的第三方,就是第四方、第五方来,我也敢保证不会出问题!你不给我定心丸吃,我就没把握了。"何局长一听,真正是哭笑不得。半天才道:"你真是一个难缠的丫头!好,我就给你交个底吧!看在你努力工作的份上,我们局里挤出一点钱来可以,可我有言在先,局里只负责路面硬化,路基什么的统统由村民自己负责。村民什么时候把路坯修好了,局里下来验收合格后再统一硬化!"

乔燕高兴得跳了起来,把腰弯成九十度对何局长鞠了一躬,道:"谢谢领导!请领导放心,我们……"何局长没让她说下去,说:"你定心丸也吃了,现在回去再休息两天。别听见风就是雨地往下跑,听见没有?"乔燕又恭恭敬敬地回答了一声"是",这才怀着感激的心情走出了局长的屋子,去楼下局办公室复印了省、市关于这次脱贫攻坚检查验收的文件和贺家湾村石拱桥修复的立项批复,喜滋滋地回去了。

第二章

吃过晚饭，乔燕和婆母给张恤换了尿不湿，正准备把提前结束产假回贺家湾的事告诉张健时，门铃又"叮咚叮咚"地叫了起来。张健过去刚将门把手扭开，只听得一阵嘻嘻哈哈的笑声和叫声就伴随着脚步声涌进了屋内。

乔燕忙抬头一看，是郑萍、金蓉、罗丹梅，一人怀里抱了一个大盒子，齐声喊道："月母子好！"乔燕喜得合不拢嘴，叫道："你们怎么来了？"正要过去和她们拥抱，罗丹梅却道："慢着，你猜还有谁来了？"乔燕说："谁？"三人一闪开，便从后面闪出一个人来，乔燕立即惊喜地大叫道："亚琳！"说罢跳了过去。李亚琳也扑了过来，两人紧紧地抱在了一起。

抱着抱着，乔燕却抽泣起来，说："你什么时候回来的，也不先打个电话？"亚琳也哽咽着说："对不起，你分娩过后我没有回来看你……"郑萍、金蓉、罗丹梅道："分娩的时候没回来，现在回来也是一样嘛，大喜的日子哭什么？"说完把手里那些盒子放到沙发上，对乔燕说："这几样玩具都是亚琳买的，我们只是给她打工，你可千万别把人情记到我们头上啊！"乔燕一听这话，这才松开亚琳道："孩子还这么小，你买这么多玩具干什么？"亚琳道："现在不会玩，总有一天他会玩嘛！那个变形金刚机器人是电动的，那架'雅得'飞机是遥控的，那些红红黄黄的积木玩具，孩子两三岁就可以玩……"说到这里，亚琳像突然想起来似的，叫了起来，"哎，小宝宝呢……"张健妈在里面屋子里早已听见，马上抱着张恤走了出来。郑萍、金蓉、丹梅、亚琳一窝蜂围了过去。亚琳还没来得及伸手去抱，孩子早被郑萍从张健妈的怀里接了过去，接着便"心肝儿、宝贝儿"地叫了起来。还没叫完，金蓉又从她手里抢过了孩子，道："三姨抱抱！"抱着孩子摇动了一会儿，丹梅又叫着接了过来，最后才落到亚琳手里。亚琳接过孩子却不知说什么好，只定定地看着孩子的小脸，半天突然说："哎，他给我笑了，笑了……"

众人忙围过去，果然看见孩子脸上泛着甜甜的笑。亚琳把孩子的小手从褟褓中拿出来，把自己的食指放到他小小的手掌中。孩子将五根小小的手指攥拢，竟把亚琳的手指紧紧捏住了。亚琳便又叫道："你们看，他把我手指捏得这样紧，舍不得我这个小姨呢！"郑萍、金蓉、丹梅便顺势说道："是，是，小姨难得回来，所以他攥着你的手，不想让你走呢！"亚琳对乔燕道："他叫什么名字？"乔燕道："张恤！"亚琳道："旭日的'旭'？"乔燕道："不，体恤的'恤'！"说着把取名的缘由给几个姐妹说了一遍。几个人听完，立即道："这个名字取得好，扶贫确实需要一代一代人做下去……"

话没说完，金蓉却道："不是到2020年，全国脱贫攻坚就结束了，你还让孩子扶什么贫？"乔燕道："不论什么时候，总还会有穷人，亚琳你说是不是？"亚琳道："怎么不是？贫穷是相对的。只要有人类，就一定会有穷人；只要有穷人，就一定需要有人去做善事，去帮助穷人！"接着一边轻轻拍着孩子，一边对他说，"听见没有，张恤，你不但要接你妈妈的班，还要接你几个姨的班呢！"几个人便都说："就是，就是，我们连接班人都找好了！"说笑了一阵，张健妈来接过孩子，又抱着进了里屋。张健见几个女人只顾说着她们的事，自己也插不进话，站了一会儿，也进了里屋。

几个女人坐到沙发上，丹梅才对乔燕说："燕儿，你猜亚琳这次回来做什么？"乔燕便看着亚琳问："做什么？"亚琳还没答，丹梅又抢到了前面，道："回来采写小莉姐姐的事迹，小莉姐姐被追认为烈士了……"丹梅话还没完，乔燕便叫了起来："真的?!"亚琳道："是真的。我们报社已经从省民政厅得到确认，所以领导特地安排我回来采访。"乔燕一听这话，眼角又不禁湿润起来，便说："这太好了，小莉姐姐也算没白牺牲！"又看着亚琳说，"亚琳你可要好好写写她！"亚琳说："那是自然的，小莉姐姐的事迹本身就非常感人嘛……"

亚琳还没说完，金蓉便插话进来道："小莉和我们交往虽然不长，可也将近一年时间，大家在一起饭也吃过几次，可是，要不是亚琳这次回来采访，我们还不知道她的根底呢！"丹梅听了金蓉的话，也接着说道："别说你们，我和她是高中的同学，都不知道她经历了这么些事！"郑萍也说："就是，要不是刚才亚琳给我们讲，打死我们也不会相信！"乔燕立即问亚琳："她经历了什么事？"亚琳说：

"我昨天和今天采访了小莉姐姐的父母、哥嫂、老师、同学和邻居，才知道她从小就是一根苦藤上结的苦瓜，吃了很多苦……"金蓉快言快语地打断道："算了，你别听了！刚才来的路上，亚琳把我们都讲哭了……"亚琳也说："在整个采访过程中，我眼泪始终没干过。我以为爸爸妈妈下岗后，我们家过的日子就够困难的了，可和小莉姐姐比起来，却是好了一百倍！"

这一说更勾起了乔燕的好奇心，她摇着亚琳的肩膀说："不行，你一定要给我讲讲！"郑萍见乔燕着急的样子，便对亚琳说："亚琳，刚才路上你只给我们讲了个大概，现在就好好讲一讲，我们也再听听！"亚琳知道不说给她们听听，她们一定不会放过自己，便道："好吧，那我就把采访到的素材再讲给你们听听，可不准你们在中间打岔哦！"乔燕立即道："好，我们只做收音机就是！"

亚琳果然便娓娓地述说了起来："我们都知道小莉姐姐是万寿镇九龙村第一书记，却没想到她老家周家河村就紧挨着九龙村。我过去以为农村嘛，张家湾李家湾都不差多少。可这次去一看，才知道她那儿的条件比我担任第一书记的柏山镇红花村艰苦得多！四周全是重重叠叠的大山，山多自然川多，全村最大的川便是从镇政府到村委会的乌龙川，当地人又叫乌龙河。小莉姐的家乡周家河，还在九龙村那重重叠叠的大山后面，自然条件比九龙村更恶劣。当地有一句话形容周家河：'挂起来的是地，竖起来的是路'。

"小莉姐的父亲当过兵，性格耿直刚硬，退伍回来后，当过生产大队的大队长。她母亲没上过学，但是个贤妻良母。小莉姐出生在1989年2月，她出生时，大哥都上小学了。三年后，小弟弟又出生了……"刚说到这儿，乔燕忽然打断了亚琳的话："不是一胎化吗，她妈怎么可以生三个呢？"亚琳道："他们那儿是大山区，国家计划生育政策规定可以生二胎。生了小莉后，她妈妈本来是上了节育环的，可不知怎么回事，后来又怀上了。小莉的爸爸本想让她妈妈把胎儿打掉，她妈妈舍不得，硬是生了下来。所以小莉的弟弟是个'罚款娃儿'！"乔燕"哦"了一声。亚琳接着讲道："她母亲在小弟弟出生不久，就落下了病，主要是在坐月子期间就下地干活，山里气候潮湿，落下的是风湿病。起先还只是刮风下雨时两条腿的关节疼痛，后来就是气候非常好的时候，那关节都像针刺的痛，只能在家里做些家务。小莉姐和她弟弟出生和成长的时候，正是我们国家农民负担最重的几年。尽管父亲在村上当着干部，但那时村干部只发几块钱误工费。可就是这几块钱的误工费还经常拿不到手。家里人口多，收的粮食除了完成交国家的定购粮外，所剩无几，加上人客接待多，更重要的是，学杂费逐年升高，家里日子实际很艰难，小莉姐读到小学四年级的时候便辍了学。

"可是小莉姐遇到了一个好爸爸！因为她爸爸当过兵，视野比较开阔。他觉得无论如何都要让孩子们读书，只有读书，孩子们才能走出周家河，改变自己和家庭的命运！为了能让三个孩子读书，他毅然辞去了村上的职务，和同村人一起进了山西一所煤矿。第二年，停了一个学期的小莉姐又复学了。

"小莉姐第二次辍学是在刚读完初中一年级后，那时她哥哥已经进入了县中师。小莉姐的弟弟也上了小学三年级。一个贫穷的家庭有三个孩子读书，即使是爸爸拼命在外面挣钱，也没法维持他们三个日益高涨的学杂费。为了减轻爸爸的负担，也为了家里的活儿，必须有一个人停学。哥哥是全家的希望，当然不能让他停。弟弟年纪小，即使停了学也没用，就只有她了。为了不让爸爸操心，她没让他知道，便去给老师打了一声招呼，主动把学停了。可是不久，小莉姐的爸爸知道了她停学的事，非常生气。那时电话也不通，他又不能回家，便托一个老乡带了一百块钱回来，还给她带回来一封信，信中说：'听说你没有读书了，我非常伤心！男孩子没有把书读出来可以靠劳力吃饭，可你是一个女孩子，生得又很文弱，如果不读书，以后要想吃碗轻松饭，凭什么？你一定要重新去读，我就是拼了命也要把你供出来！'小莉姐看了信，伤伤心心地哭了一场。哭了后，又重新燃起了读书的念头。可是一百块钱能上什么学呢？小莉姐参加中考时，因为成绩好，考的是他们区中学。区中学有初中也有高中，教学质量虽然比不上县中，但肯定要比乡镇中学好得多。可区中学的收费也要比乡镇中学高许多呀，何况还有住宿费、生活费什么的呢。小莉姐想了想，区中学肯定读不起，她有个表哥是她外婆那个镇中心校的老师，又恰好教初中一年级，于是她就由区中学转学到她表哥那个杨木镇中心校。这样她不仅可以欠一下学费，而且可以就住到外婆家里。那个中心校虽然也是寄宿制，但学生可以自己带米、带菜，到学校伙食团蒸饭，这样就减少很大一笔开支。小莉姐在杨木镇中心校读书的三年时间，在学校的伙食都是外婆承担的，所以小莉姐跟她外婆的感情特别深。她妈妈告诉我，每年她外婆的生日和逢年过节，无论她怎么忙，都要抽时间去看望外婆。

"唉，我长话短说吧。因为中间停了两次学，小莉姐初中毕业时都十六岁了！那时乡镇初中毕业的，一般就是考个区中学的高中，考县中是梦都不敢做的。可小莉姐初中毕业时，表哥却建议她填县中，小莉姐吓了一跳，最后还是在表哥的坚持下，大着胆子填了县实验中学。令她没想到的是，她不但考上了，而且还是火箭班！但遗憾的是，在县实验中学火箭班她只读了一个学期……"

说到这儿，乔燕忍不住打断了亚琳的话："为什么？"亚琳道："实验中学的学费太高了呀！一学期就要九百多块，每个月还要二百块的生活费，她们家里哪供得起？"乔燕又着急地问："那又怎么办？"亚琳咽了一口唾沫，才道："她把自己转到了永华中学。永华中学虽然只是一所区级中学，可当年高考升学率排名还是靠前的，是不是，郑萍姐？"郑萍道："可不是，我毕业那年，全县高考排名是第五呢！"丹梅也说："就是，当年永华中学教育质量真的不错，我和亚琳都是从那个学校毕业的嘛！"亚琳道："可不是这样！当时各学校生源竞争非常激烈，永华中学有一条规定，凡是从县中和实验中学来的学生，学费全免……"

乔燕明白了："小莉姐就是冲着不要学费去的！"亚琳道："不光是不要学费。因为永华中学是一所农村中学，她可以在学校蒸饭，每一个月可以节约二百块的生活费，学校住宿也不要钱，加上奖学金，这样一来就减轻了经济压力。就这样，小莉姐很顺利地念完了高中。可是高考前，她爸又病了，这给了她很大的打击。她觉得上大学对她来说，只是一个遥远的、根本没法实现的梦。她哭了一个晚上，便卷起被盖悄悄回家了。可是后来参加高考的名单上还是有她，她一打听，原来有人帮她交了报名费！你们猜是谁给她交的报名费？"

乔燕、郑萍、金蓉和丹梅都全神贯注地望着亚琳，亚琳停了停才说："张老师！"几个人一齐叫了起来："大姐大！"亚琳道："可不就是她！昨天我采访时她说，'当时她是准备放弃高考的。我是见她成绩好，不考确实可惜，也没征求她的意见，就给她把报名费交了，然后才托人带信，让她来参加考试。真不出我所料，她考到了西昌学院国土资源管理专业！'"乔燕等人一听，又异口同声地道："没想到大姐大在那个时候就开始扶贫了！"

亚琳等她们说完，这才道："我问过小莉的哥哥，当时她怎么选了这么一个专业。她哥哥说：'国土资源管理属于农学专业，收费比其他专业低，也就是想尽量减轻一点儿家庭负担嘛！'开学时，是小莉姐的爸爸亲自把她送到学校去的。一入学，就交了几千块钱的学费、住宿费、生活费，这其中大部分是家里挪借的。把第一学期的各种费用缴了后，以后的学费就一直欠着。学费可以拖欠，可生活费没法拖欠呀！她爸爸每个月给她的生活费是二百块。小莉姐就在周末搞点勤工俭学把生活维持起走。可学校老师还不时催着要学费，所以小莉姐好歹读完大一，大二开学一个多月都没到学校去！

"后来小莉姐的班主任给她打了一个电话，说：'你开学一个多月都不到校，按规定学校要注销你的学籍，但我觉得你很不容易，你的学籍我还给你保留着，看你怎么选择。'小莉姐听了班主任老师这话很感动。她爸爸妈妈也说：'既然老师给你打电话，你还是先去吧，别辜负了老师的一片好心！'于是小莉姐又硬着头皮去了。去了后，学费仍然欠着，每个月只靠九十块钱的奖学金把生活维持起走，暑期、周末在学校里勤工俭学，做做兼职挣一点钱，把穿衣、吃饭解决了，其他的时间照样读书。小莉姐的妈妈说，在读大学那几年里，小莉姐很多时间都在考虑吃了这顿，下顿吃什么。在这种情况下，小莉姐坚持把大学读毕业，深知人生的艰辛。

"大学毕业后，刚好遇到国家选拔大学生村官，小莉姐见万寿镇有名额，想也没想就直接报了名。当了三年大学生村官后，她参加公务员考试，考到了县群众接待中心。这轮脱贫攻坚开始后，县上规定每一个部门必须要联系一个贫困村。小莉姐看到名单上有万寿镇九龙村，就主动报了名。他们单位领导知道万寿镇条件艰苦，当时准备派个男同志去，可小莉姐给领导讲万寿镇是她的家乡，并且她在那里当过大学生村官，人文、地理都很熟悉。领导一听，就说：'那好哇！'就这样，小莉姐成了万寿镇九龙村第一书记……"

亚琳讲到这里停了下来，乔燕等了一会儿才看着亚琳问："完了？"亚琳说："没有，明天我还要到九龙村、万寿镇采访村上、镇上的领导和村民，还打算和九龙村的贫困户开个座谈会，把小莉姐的感人事迹尽量挖掘出来。"乔燕听了半晌没吭声，过了一会儿才像是自言自语地说了一句："小莉姐真不容易，比当年高加林还不容易……"亚琳说道："高加林是作家虚构出来的，小莉姐却是真真实实存在的。正因为有她前面那些人生经历，因此她才非常清楚农村的现实是怎样的，农村需要什么，农民心里盼望的什么，她才会主动要求到农村去！她比高加林幸运，因为她毕竟走出了大山，还当上了国家干部，可不幸的是她……"

说到这儿，亚琳不言语了，乔燕、郑萍、金蓉、丹梅也都沉默了。

乔燕在亚琳讲述的过程中虽然没有哭，可每听到那些伤心的地方，尤其是小莉上大学时的遭遇，忍了又忍才没让泪水掉下来。现在听了亚琳一句没说完的话，她眼前禁不住又浮现出了小莉姐那天在石子岗隧道外面小园子的黄葛树下和自己聊天时的音容笑貌，泪水突然一下就涌了出来。郑萍忙道："好了，亚琳妹妹的故事也讲完了，我们祝愿她早日完成报道小莉妹妹的大作。小莉妹妹地下有知，也会感谢亚琳的！现在我们说正事吧……"

乔燕一听这话，急忙揩了泪水问道："什么正事？"郑萍还没答，金蓉抢在了她的前面，道："你真是在坐月子，这事还不知道呀？省上近期要组织第三方机构,对全省脱贫攻坚进行检查验收！市上、县上都发了文件……"乔燕立即说："我已经听说了。"便把上午姚姐来家里的事对她们说了一遍,说完才看着郑萍、金蓉和丹梅问,"难道你们也感到紧张？"丹梅道："连领导都紧张,我们怎么不会紧张？"金蓉也道："可不是！因为都不知道这个第三方检查是怎么回事,不知道的事当然会紧张哟！"乔燕听了又问："那你们打算怎么办？"郑萍道："这就是我们今晚上来的目的！一个半月前,市上组织了一次全市脱贫攻坚抽查活动,大姐的天盆乡黄龙村被抽到了,抽查的结果令抽查组非常满意,市上还发了通报表扬。我们看了一下市上抽查的内容,和这次省上检查的内容并没有太大出入。我们三姐妹商量了一下,明天打算到大姐的村去取取经！我们已经和大姐联系了,她当然答应,所以她今晚没来！我们几个特地来问问你去不去……"乔燕一听急忙叫了起来："这么好的事,怎么不去？我也正愁该从什么地方下手准备呢！"金蓉道："我们知道你准会动心,可孩子怎么办？"乔燕想了想,才道："这有什么,不就一天时间吗？家里有奶粉,让他奶奶给他喂两次奶粉不就行了！"郑萍道："孩子还从没吃过奶粉,你可要想好。要不我们去看了以后,回来告诉你他们是怎么做的也行……"乔燕立即道："那可不行,你们可别想丢下我！百闻不如一见,我一定要到大姐那儿亲眼看看！"金蓉道："要不你跟'月公子'和你婆母商量一下……"乔燕道："没什么商量的,我说了要去就一定去！"郑萍听了,半响才道："那好吧！明天我们可要早一点,7点钟出发……"乔燕道："没问题！"可说完才想起,"车怎么解决？"丹梅道："车你不要管,我已经联系好了。我们行里有一辆跑业务的车,我给头儿说好了,明天用一天。我们四个人,刚好坐下！"听到这儿,乔燕立即回头对亚琳问："亚琳妹妹不去？"亚琳说："明天我要到万寿镇和九龙村采访。昨天我和大姐通了电话,我就不去了！"几个人表示理解,又说了一会儿闲话,亚琳、周萍、金蓉和丹梅便告辞了。

  乔燕对张健和婆母说了省上对全省脱贫攻坚进行第三方检查,自己打算提前结束产假回贺家湾,还有明天去天盆乡黄龙村张岚文大姐那儿取经的事。

  对于第一件事,张健倒没怎么反对。他知道乔燕的性格,叫她还要在家里待四十多天,她一定会着急烦躁,往贺家湾跑只是迟早的事。加上有母亲跟着她,他不用担心。何况现在有了私家车,有什么事他开上车就去了,来回也方便,因此就同意了。可是对明天去黄龙村的事,他却有些不赞成,说："到天盆乡有七八十公里路,又尽是弯弯拐拐的盘山路,时间抓得再紧,回来天也黑了,难道孩子一整天都不吃奶？你不去就真的不行？你那三个姐妹不是说了，等她们看了回来后把经验告诉你……"乔燕不等张健说完，便像小孩子似的犟嘴道："我才不呢，我一定要亲自去看看！你以为我只是去学一学怎样准备迎接检查的事？俗话说，三人行，必有我师，我还要去看看大姐有哪些经验值得学习！我们不能只盯着贺家湾这片巴掌大的天自我陶醉，成为井底之蛙吧？"张健见没法说服乔燕，便把脸黑了下来。张健妈一见，生怕小两口为此赌起气来，便站在儿媳妇一边，对张健说："过去那么苦，我都能把你们带大，现在燕儿只离开一天，我就带不了张恤？孩子没吃过奶粉有啥关系？细娃儿和大人一样，肚子饿了，他自然就要吃，你担心什么？"张健听母亲这么说，才不说什么了。

第二天乔燕起了个大早，起来一看，婆母不但做好了早饭，还给张恤换了尿不湿，洗了小屁股和大腿，又重新包在了褓褓里。婆母催她道："燕儿你先吃，吃了再给张恤喂奶。他吃饱了，少说也要管半天。响午时候我再给他兑奶粉！"

乔燕端起碗，狼吞虎咽地吃了早饭，然后去抱起张恤，准备给他喂奶。可孩子张了张嘴，却不来含乔燕的乳头。乔燕又把乳头塞过去，孩子把头摇来摇去，还是避开了。乔燕便对婆母道："妈，张恤他不吃呀！"婆母走来看了看，道："平时喂奶都是八九点钟，这么早，他大概不习惯！"乔燕道："那怎么办？"婆母道："你快去换衣服，换了衣服再喂他。如果还不吃，只有等会儿兑奶粉喂他！"乔燕进屋子换了衣服，又在脸上淡淡地化了一点妆，出来再喂张恤时，孩子仍然只顾甜甜地沉睡。正在这时，金蓉的电话来了，告诉她车子已经到了楼下。乔燕忙把张恤交给婆母，提起包就往楼下跑去。

来到楼下，果见门口街边停了一辆银灰色的公务车。郑萍、金蓉和丹梅都坐在后排，把副驾驶座给乔燕留着。乔燕只得坐上去。系好安全带后，她才打量司机。这是一个五十岁左右的中年男人，微胖，脸上挂着忠厚的笑容。丹梅对她说："这是钟师傅，是我们银行的老司机了，车开得很好！"

坐好以后，车便开始在满大街的人流和车流中往前开去。缓缓驶过石子岗隧道后，汽车拐上了绕城公路，又在被称为这个城市的"生命大道"的道路上行驶了二十多分钟，才驶上通往县城北部的山区公路。起初，车窗两边的地势还很平坦。两旁的村庄、树木、田畴、庄稼以及公路两边的标语牌，都像接受检阅的士兵一样，列成阵一排一排地往后退去。乔燕打开一点儿车窗，秋风带着田野的气息扑面而来，令满车的人都感到心旷神怡。这样行驶了大约半个小时，迎面开始扑来一座座山岭。这些山岭都不大，山腰或山间或悬挂着层层梯田，在这临近仲秋的时节，田野一片金黄；或漫山树林，遍地绿荫，阳光洒到密密匝匝的绿叶上，浓稠得像是酱汁。汽车就在这样的山间穿行，眼看着'山重水复疑无路'，转眼又是'柳暗花明又一村'。这样行驶了一阵，天色突然变得晦暗了起来，又听得一阵阵"哗哗"的流水声，乔燕往外一看，这才发现汽车进入了一条很深的峡谷。两边高山不见山顶，而山壁也越来越陡峭，到处是怪石耸立，流水鸣咽，给人一种毛发直立的感觉。先前，无论是乔燕还是郑萍、金蓉和丹梅，看着从车窗外掠过的景物，都新奇得叽叽喳喳说个不停。可此时大家却全都沉默了，似乎害怕分散了钟师傅的注意力。

过了一阵，汽车来到一个较开阔的地带，乔燕突然听到从前边传来一阵混凝土搅拌机的轰鸣声，再一看，见旁边河道上正在修建一道水泥桥，工人们正在打桥桩。乔燕是学工程的，一看便知这桥桩是采用围堰截水的方式修筑平台，在平台内下放钢护筒至河床底部，然后浇筑混凝土。现在三个粗大的桥墩已全部露出了水面一米多高，工地上一派繁忙景象。

乔燕正看着，忽听郑萍在后面说了一句："这就是夺走小莉生命的乌龙河……"一听这话，乔燕全身哆嗦了一下，急忙对司机说："钟师傅，请你停一下！"后面金蓉和丹梅也说："我们下去看看。"钟师傅果然把车停了下来。乔燕、郑萍、金蓉、丹梅随即打开车门走了出来，然后又往前走了十多步，来到河边。这才看清那河有五丈多宽，离桥墩不远，河底立着一排石墩子，上面重新铺上了石板。

乔燕不知小莉是被洪水从哪个石墩子的缝隙中卷走的，此时只红了眼睛。再往对面一看，只见一条像是机耕路的土公路从河边逶迤而上，到半山腰拐了一个弯突然不见了。于是禁不住在心里感叹了一句：原来小莉姐是在这样的条件下工作的！只听金蓉低低地说道："要是小莉还活着，今天肯定也和我们一起去大姐那里了……"她这么一说，几个人全红了眼圈儿。乔燕哽咽着说："我们在这里为小莉姐默哀三分钟吧，祝她在天之灵安息！"郑萍、金蓉和丹梅也忙说："对，祝她在天之灵安息！"说完，几个人低头俯首，对着河默哀起来。

浇筑桥墩的工人见她们纹丝不动，只顾对着河道垂立，也不说话，奇怪了，便对她们喊道："你们干什么？"几个人也不答话，默哀完毕，一个个这才回到车上，一路上默默无语，像哑了似的。

第三章

　　汽车又开始像一只小舢板似的在崇山峻岭的波峰浪谷中穿行,又爬上一座更高更大也更险峻的山峰。从山脚到山顶,也不知拐了多少道弯。幸亏钟师傅的驾驶技术好,不然早把几个人给拐晕了。待车爬上山坡,几个人突然惊得大叫了起来。原来,这山上竟然是一片一马平川似的高山平原,一眼望去,有好几平方公里大。一块块田畴方方正正,平整如镜,地里的秋洋芋和秋玉米正迎风起伏;一幢幢农舍,犹抱琵琶半遮面,半遮半露地掩映在绿树丛中;沿公路两边,还有几排白墙青瓦、非常漂亮的楼房,在阳光下分外夺目。

　　乔燕精神一振,也"哇"地叫了一声,正想说点什么,却一眼瞥见前面路边停着两辆摩托车,张岚文和两个男人正站在路边朝她们挥手。乔燕一见忙回头对郑萍、金蓉和丹梅说了一声:"大姐接我们来了!"说完就叫司机停车。钟师傅把车开到摩托车旁边停了下来。几个人跳下车来,便朝张岚文扑了过去。张岚文和每个人拉了一下手,道:"颠着了吧?"众人都说没有。乔燕问张岚文:"大姐,你怎么知道我们来了?"张岚文道:"我老远就看见车子里坐的是你!"乔燕道:"大姐的眼睛好厉害!"张岚文笑着道:"你来这山上住一段时间,近视眼也会变正常!"说完便把摩托车旁的两个男人对乔燕、郑萍、金蓉和丹梅做了介绍。原来那个三十来岁、面孔黝黑、身材矮胖的男人是村主任,那个五十岁左右的瘦高个子是村支书。

　　乔燕、郑萍、金蓉、丹梅和他们握了手,乔燕又回头对张岚文说:"大姐,你这一亩三分地太美了,真是'跃上葱茏四百旋',上来却是别有洞天!"郑萍、金蓉和丹梅听了便齐声叫道:"哦,燕儿今天诗兴大发呀!"又一齐对张岚文道,

"说实话，我们做梦也没想到这山顶还有这样大一块平原！"张岚文笑道："美吗？"乔燕等人接嘴道："当然，可称得上人间仙境了！"张岚文道："可这里不是我的一亩三分地……"乔燕等人都露出了惊讶的样子："这里不是黄龙村？"张岚文仍是一副莫测高深的样子："等一会儿你们就知道了！你们不是说这儿很美吗？我们带你们到一个可以看清整个平原的地方，让你们把这里的美景欣赏个够！"

乔燕、郑萍、金蓉和丹梅都拍着手叫了起来。张岚文便对村支书和村主任道："你们前面带路，我和她们挤在一起！"乔燕一听，便急忙把张岚文往副驾驶座上拉，说："大姐坐前面好带路！"可话刚说完，便"哎哟"一声叫了起来，把张岚文、郑萍、金蓉和丹梅都吓了一跳，忙问："怎么了？"乔燕不好意思地笑了笑，指了指乳房。几个女人一看，只见乔燕的两只乳房胀得像是两只皮球，乳汁流出来将胸前的衣服濡湿了一大片。乔燕刚才只顾拉张岚文，不小心乳房碰到了张岚文的胳膊肘上，因而痛得叫了起来。张岚文明白了，皱着眉头问："怎么办？"乔燕低声对张岚文说："必须解决了，不然等会儿更不好受！"张岚文想了想，便对村支书和村主任说："你们把师傅带到前面岔路那儿等我们！"村支书和村主任以及钟师傅便把车往前开去。

张岚文朝郑萍、金蓉和丹梅招了招手，几个女人拥着乔燕走到洋芋地里，围成一圈，乔燕便蹲了下去，撩起衣服。此时乳房已鼓胀得像石头一般硬，内里则一阵阵抽搐发痛。乔燕连忙张开五指，握住乳房轻挤，慢慢将奶挤出，然后才露出轻松的表情，将衣服放了下来。往外走时，金蓉笑着说："那么好的奶水给洋芋做了肥料，真是浪费资源！"乔燕打了她一下，说："讨厌，早知道该让你吸了！"一边说笑，一边走出洋芋地往前面停车的地方去了。

汽车从一条笔直的田间公路穿过去，又开始爬山。沿着盘山公路左旋右绕一阵后，在半山腰停住。张岚文率先打开车门跳了下去，对乔燕等人说："到了！"众人也跳下车来，只见路边建了一个酷似过去供旅人歇脚打尖的亭子。张岚文对她们说："这是'观景台'！天盆乡正在打造森林康养基地，这儿是专供客人观看整个天盆地貌的地方。"

众人极目一望，下面盆地内阡陌相连，田畴相通，一片片玉米和洋芋葳蕤茂盛，欣欣向荣，如一幅浓墨重彩的水墨画卷。而盆地四周，却是层峦叠嶂，群峰环列，座座青山相连，万顷林海如黛。山谷中云蒸霞蔚，一会儿如万马奔腾，一会儿又似惊涛拍岸，真是气象万千，变幻无穷。

过了一阵，金蓉突然对乔燕说："燕儿，快点作诗！"乔燕想了一想，果然张开双臂,迎着山风大声叫道:"啊,江山如画、江山如画——"郑萍、金蓉和丹梅见了,也学着乔燕把两手张开,像是展翅飞翔的样子,跟在她后面叫喊起来:"江山如画、江山如画——"张岚文在一旁像大姐姐一样静静地看着她们,等她们叫完,才指着远处的房屋对她们介绍哪儿是乡政府,哪儿是学校,哪儿是卫生院,哪儿还有一座非常漂亮的宾馆……介绍完了,张岚文又对她们说:"你们看像不像来到了世外桃源?"丹梅马上感叹道:"真是大自然的杰作呀!"金蓉和郑萍也说:"就是,真是老天爷的杰作!"

乔燕指着下面的土地对张岚文问:"大姐,这么平整的田地,为什么不种植水稻?"张岚文笑了笑才回答乔燕说:"你知道这儿的山又叫什么吗?叫空山!"乔燕、郑萍、金蓉和丹梅互相看了一眼,都露出了不理解的样子,便问:"为什么叫空山?"张岚文道:"因为山下面全是空的!"乔燕等人更莫名其妙了,追根寻底地问:"山下面怎么会是空的?"张岚文笑着说:"你们难道连喀斯特地貌都不知道?这儿正是典型的喀斯特地质结构,地下全是溶洞。无论老天爷下多大的雨,只要雨一停,地上的水就全渗到地下去了,没有水还怎么种水稻?"乔燕等人立即长长地"哦"了一声。张岚文接着说:"不过,你们可别小看了那遍地的洋芋。我可告诉你们,天盆的洋芋可是全国有名的土特产。每到收获季节,林场那个宾馆里,住的全是来买洋芋的老板。拉洋芋的车,要停好几里路长呢!"

见时间不早了,张岚文便又对乔燕等人说:"好了,这儿的美景看了,下面我再带你们看看另外的风景吧!"众人又欢呼雀跃地追着张岚文问:"大姐,还有什么风景?"张岚文莫测高深地笑了笑,然后才道:"天盆乡的风景可多了!我告诉你们,天盆天盆,就是老天爷赏赐的一个盆,盆底就是呈现在你们眼前的情形,可一翻过盆沿,就是冰火两重天。现在也该去看看另一重天地了!"众人便都不吭声了,只转身跟着张岚文朝车子走去。可没走两步,张岚文又回头对她们说:"你们谁要给家里打电话,现在就打,等会儿到了山底下,手机就没有上面这样好的信号了!"乔燕一听这话,便急忙掏出手机,问了婆母张恤的情况。婆母告诉她孩子一切都好,她这才放了心。

汽车从原路下山,返回到了主公路,驶过了乡政府、学校、医院和林场宾馆等建筑,往前开了一阵,又开始下山。这时公路越来越险峻,大多数路段都是一边紧贴悬崖峭壁,一边面临万丈深渊,窄得刚好只够一辆货车通过。别说乔燕、郑萍、金蓉和丹梅紧张得或死死拉住车门上的把手,或紧紧抓着前面的座椅靠背，就是开了一辈子车的钟师傅，此时也是全神贯注，两眼一动不动地盯着路面，不敢有丝毫疏忽大意。村支书和村主任却像猛虎下山，将摩托车骑得飞快，没一时便不见了人影。

这样过了半个小时，来到了山脚下，眼前却是豁然开朗，一片较宽的河谷地呈现在她们面前。谷地的两边各有一排房屋，房屋前面插着一根旗杆，上面飘扬着五星红旗。张岚文先指了左边的房屋说："那就是我们黄龙村村委会！"又指了右边的建筑说，"那是黄龙村小学！"村委会周围，散落着十多幢房屋，乔燕估计那些房屋可能就是农舍了。

车到村委会门前停下，村支书和村主任早已等在那里。乔燕等人下车来，却没有立即进屋，站在原地朝来时的路看去，只见那路像一根弯弯曲曲的猪肠子，直挂在云端里，几个人不觉伸了伸舌头。张岚文忙过来说："看见了吧？我告诉你们，就是这路，也就是今年7月份才通的，过去都是羊肠小道……"

乔燕两只眼睛仍看着那条像云梯一样的路，突然问张岚文："大姐，这么长又这么险峻的路，你们是怎么修通的？"张岚文笑了笑，说："保密……"话没说完，乔燕过去拉着她的手，像小孩子似的央求说："不，告诉我们嘛！"郑萍、金蓉和丹梅也跟着说："就是，告诉我们吧！"张岚文这才说："我们给县上打了报告，县上的资金却一直不下来。我决定不等了，先筹集了十一万，便把工动了起来。然后你们猜我怎么着……"乔燕急道："好大姐，你就别卖关子了吧！"张岚文这才说："我请了中央电视台的朋友，让他们来看看我们山区人民渴望摆脱贫困的决心和奋斗精神……"一听这话，乔燕吃惊地叫了起来："啊，你把中央电视台都请动了呀？"张岚文道："你忘了我是干什么的？讨口子都有三个知心朋友呢，难道我就不能有中央电视台的朋友？"丹梅忙说："那是，大姐可是堂堂县电视台总编室主任呢！"张岚文道："中央电视台来拍了一部专题片，在经济频道播出了，这一下惊动了县上，不但资金立马下来，领导也赶来视察调研，给大家加油鼓劲……"村主任不知什么时候走到了乔燕她们身后，这时突然说："多亏了张书记，修这路的时候，张书记有两个多月都没回家！"乔燕道："我们怎么都不知道呢？"张岚文说："这是前年冬天的事，那时你还不认识我呢！好了，不说这些了，我还要让你们认识认识我们黄龙村的情况，看和上面天盆那块盆底比起来，是不是冰火两重天。"

说着，张岚文便指了村委会周围那些散落的房屋说："这是一组，是全村条件最好的一个村民组了。"又顺着一组方向的峡谷往前指了指，说，"那前面就是二组！"然后转过身子，顺着正对面那条沟谷指去，说，"从这条沟过去是三组和四组！"随后突然拍了拍乔燕的肩膀，接着道，"昨年春节时，我给你发了两篇日记说村民请客的事。其中那个吴老头就在前面住，从这里去还要走半个小时！二、三、四组条件要比一组差一些，但好歹通了公路。全村条件最差的，是五组和六组……"话没说完，乔燕急忙问："五组六组在哪儿呢？"张岚文还没答，村主任抢在了她前面，指了对面一座大山说："你们看，那山顶下面的树丛中有几座隐隐约约的房子，那就是五组。六组还在五组后面，你们看不见！"乔燕努力睁大眼睛，顺着村主任的手指看去，果然瞧见那山头的白云底下，有几座积木似的灰扑扑的房屋，便道："哎呀，真是'白云生处有人家'呀！"又蹙着眉头对张岚文问，"大姐，当初公路也没通，条件又这么恶劣，老百姓是怎么生活的呀？"

张岚文听了这话，停半天才说："怎么生活？我告诉你们第一天我到村上来看了后的感受吧！如果要用一个字来形容，那就是'穷'；如果要用两个字来形容，那就是'真穷'；如果要用三个字来形容，那就是'实在穷'……"听到这儿，乔燕、郑萍、金蓉和丹梅都忍不住笑了，可还没等笑出声，又把嘴闭上了。乔燕道："大姐，你别吊我们胃口了，穷到什么样子，你能形容一下吗？"张岚文道："我第一天下来，看到一个村民，后来我才知道他叫曾世仁！这个曾世仁蓬头垢面，头发上扑了很多灰。山里的老百姓都是用鼎锅吊起来煮饭，头发上扑很多灰不奇怪，奇怪的是他好像有几个月没有理发，头发长得吓人，就像女人的头发一样。他灰头土面的，脸上很脏，鼻子眼睛都分不清是什么形状，身上的衣服也很破烂，还弄条树藤把腰杆缠了两圈，完全像是一个野人……"听到这里，乔燕忙问："你看见他的时候，他在干什么？""挖地！"张岚文接得很快，一边说，一边指了指自己的裤腿："裤脚坏了，就这样把吊起的布条扯过来打个结。就是这个样子，完全像个野人……"张岚文又重复了"野人"这个词，"野人看见人还有反应，他看见我却什么反应都没有，完全像麻木了。我问他一句，他半天才回答一句，没有一点精气神！给我的感觉十分凄凉。当时我心里就想，怎么会是这样？怎么会是这样……"

张岚文说到这里停下了话，听的人也沉默了。一阵山风顺着峡谷刮来，"呜咽、呜咽"的像是哭泣。过了一会儿，张岚文像是回过了神，接着说："我知道你们想问我他们怎么会这样麻木？如果你们上去看了他们种的地，就不会感到奇怪了！我跟你们说，全村除了一组这儿有几块像样的地以外，再也找不到一块几分大的地。上面那些地全是坡地，最大的地有几平方米，不能用牛耕，只能拿锄头挖。锄头还是那种尖嘴锄，因为地中间夹了很多石头。挖出来的地只能种洋芋，有的地能种点苞谷，除了这两种作物外什么都不能种。所以那山里的人常年只能吃洋芋和苞谷，如果想吃大米，就得'吭哧吭哧'地把洋芋背到上面天盆乡，和人换点。更严重的是缺水。整个村没有一口像样的水井，都是看到哪儿有一股泉水了，便马上挖个坑，然后用背水桶来背。背一回水要一个多小时，很远的地方，都是羊肠小道，爬坡上坎。就是这样，也不能保证经常喝到水，遇到天旱，水凼凼里再浑的水也要舀回去。水比金子还贵！我每看一家都会心酸、难过，心情就会沉重一分……"可说到这里，她的脸色突然晴朗起来，转换了语气道，"这下好了，公路通了，村民的洋芋也可以运到场上卖个好价钱了！五组、六组已决定整体搬迁……"一听这话，乔燕像是不相信地叫了起来："两个组全部搬？"张岚文语气坚定地道："对，两个组三十多户，加上村里二十多户其他贫困户，一共六十户全部搬迁！"众人眼里立即闪现出了几分怀疑的光芒。乔燕又忙问："这么多户人，搬到哪儿去呢？"张岚文笑着说："上面天盆，既然是老天爷赐的天盆，我们为什么不能沾点光？虽然不是搬到盆底正中，可挨到边缘总能行吧？"

张岚文说到这儿，村主任见乔燕她们仍是一脸懵懂的样子，便插言道："是这样的，我们村上再也找不到一块平地能修几户人的房子，何况几十户人呢？上面天盆离乡政府三里远的地方，叫桃树坪，原来是乡供销社搞多种经营的。供销社不是早垮了吗？张书记就去找乡政府协调，把那块地拿了过来！这还不算，挨着桃树坪正好有一面斜坡，坡度只有二三十度，面积有二三百亩，是林场的，张书记又去和林场协调，把那面斜坡也要了过来。张书记还从城里找来几辆大型机械，用了半个月时间，把那面斜坡开垦了出来。搬到桃树坪的人，每户可以分到两到三亩土地。那些贫困户可高兴了，纷纷要求搬上去……"村主任还没说完，张岚文打断了他的话，道："好了，等聚居点建好了，欢迎大家来参观……"一语未了，村支书来喊吃饭，张岚文马上说："好，先吃饭，这么大一上午，也把你们饿着了！等会儿吃饭时，我再给你们介绍我们村一位脱贫巾帼英雄，她的事迹那才感人呢。"说着便叫村主任到村委会办公室喊钟师傅，自己则带着乔燕几个往前面走去。

走了四五百米，拐上了一条通户的水泥路，来到一座漂亮的楼房前，还没进入院子，乔燕便闻到一股花香。抬头一看，院子外边有一个长方形花坛，上面开满了或白或粉或赤的花。乔燕如同见了宝贝般，兴奋得几步跑到了院子里。郑萍、金蓉和丹梅也惊讶不已，跑到院子里围着花坛叫了起来："哟，好漂亮的花儿！"村主任道："这是张书记号召村民种的。"乔燕指了指花坛说："只有这个花我知道，叫木芙蓉。这两种叫什么花？"村主任道："这种花叫月见草……"一语未了，丹梅道："我听说月见草是月见开花，月落就凋谢了，怎么这个月见草白天也开花？"村主任说："这我就不知道了，反正我们那山上有的是！"张岚文道："这是美丽月见草，是月见草的一种，你们回去查查书就知道！"郑萍又指了另一种花对张岚文问："这是什么花？"张岚文说："鸡蛋花。这花从夏天开到秋天，不但花期长，而且特别香呢！"乔燕等人急忙将鼻子凑到花瓣上去闻，果然一股清香浓郁的味道扑面而来。几个人深深地吸了一口，这才起来，随张岚文和村主任往屋子里走去。

　　走进去一看，客厅布置得十分简洁、大方，除沙发、桌子和一台液晶电视外，最醒目的还有一个小百货柜，柜架上摆了一些小百货。正面墙上两个镜框里镶着奖状，一张是市政府颁发的"脱贫攻坚之星"，一张是县委、县政府颁发的"自主脱贫模范"。乔燕一看，便急忙问张岚文："这就是你刚才说的那位'脱贫巾帼英雄'的家里？"张岚文说："可不是，等会儿叫她慢慢给你们讲吧。"

　　正说着，村支书和村主任从厨房里端出大盘小盘的菜，摆了满满一桌子。张岚文招呼众人坐了，这才朝厨房里喊道："英姿，你出来！"话音一落，便从厨房里出来一个年轻女人，看样子二十多岁，一张鸭梨形脸蛋，身材有些瘦削，穿一件粉色棉质长袖衬衫，最上面的一颗纽扣没扣，露出了贴身的白色T恤的圆领。衬衫的衣袖高高挽着，拦腰拴一条蓝色围裙，头发在脑后绑成一根马尾，给人十分干练的感觉。她朝大家笑了笑，正要说什么，张岚文抢在了前头道："你来坐下，给我几个妹子讲一讲你的故事！"英姿忽然红了脸，对张岚文道："有什么可讲的？我再去给大家炒个素菜来！"说着转身又进了厨房。

　　张岚文又对乔燕她们道："你们看，她不愿意宣传自己，怎么办？"乔燕立即缠着她道："那你就给我们讲呀！"郑萍、金蓉和丹梅也道："对，离了大哥还有二哥呢！"张岚文道："我可没她自己讲得生动……"众人忙道："不要紧，大姐可别吊我们胃口了！"张岚文想了想，便道："那好吧，我讲不好，书记主任给我补充就是！"又问乔燕她们，"你们是愿意听故事，还是愿意听新闻？"乔燕忙问："故事怎么样，新闻又怎么样？"张岚文道："亏燕儿还上过大学！故事生动曲折，新闻平铺直叙；故事说来话长，新闻三言两语……"乔燕等人忙道："听故事！"

　　张岚文便道："那好吧，你们就慢慢往肚子里填菜，我就慢慢讲来！"说罢将衣袖往上一挽，手掌拍了一下桌子，果然像说书似的拉开架势讲了起来，"话说2008年春节的时候，一条爆炸性的新闻在天盆乡黄龙村炸响了——在外打工的杜坤带回了一个叫杨英姿的十八岁山东菏泽姑娘，要做他的媳妇儿！一时，村里各种猜疑纷纷而起。有人道：'恐怕是拐来的！'又有人道：'肯定是有病，或者是个傻子，要不，怎么会看得上杜坤呢？'还有人道：'就是，这些年都是只有村里的姑娘往外跑，没有哪个姑娘肯嫁进来。何况那杜坤人也长得一般，家境也不是很好，一座旧房子都快成危房，上有两个老人，这个姑娘究竟看上了他什么呢？'可是，等村里人跑到杜坤家里一看，立即傻眼了。姑娘个子高高挑挑，长着一张嫩白的鸭梨脸蛋，一头瀑布般的披肩长发，像从画儿里走出来的一般。不但如此，她还会说一口好听的'京腔'。杜坤给她介绍着来瞧稀罕的父老乡亲，她随着杜坤该喊什么就喊什么，嘴儿甜甜的，落落大方，一点儿也不拘谨。再一打听，姑娘还上过高中，比杜坤的文化还高一截。这下更令村上人不解了！

"黄龙村人很快就知道了。原来这个叫杨英姿的姑娘是在打工时和杜坤相识的。她被杜坤身上山里人特有的质朴、善良、勤劳和诚实的气质吸引住了，两人很快坠入爱河，双双发誓海枯石烂不变心。于是她放弃了菏泽老家优越的条件，效法七仙女嫁董永，随杜坤来到了大巴山里这个贫穷落后的小山村！

"英姿前脚到，她父亲后脚便赶到了黄龙村。原来，当父亲得知女儿在外面要了一个四川男朋友，而且这个男朋友住大山里时，便特地千里迢迢从菏泽赶来了。到这儿一看，简直都快要晕死过去！这儿的山是他从没见过的，往上面昂头一看脖子都望酸了还没有看见山顶。更让他难以接受的是女儿这个男朋友家里的房子——东倒西歪、破破烂烂，哪像是人住的？父亲心里又是气、又是恨、又是爱，从牙齿缝里对女儿迸出几句话来：'这婚事我们坚决不答应，你跟我回去！'可英姿也倔，说什么也不同意跟父亲一起回家。父亲不相信劝不转女儿，那段日子他就住在杜坤家里，日日夜夜守在女儿身边，要么是拿甜言蜜语哄，要么是拿断绝父女关系来恫吓，就差没给女儿下跪了。可不管父亲使了什么办法，英姿就是死不回头。父亲见女儿吃了秤砣铁了心，绝望了，临走时撂下了一句话：'我当没有生你这样一个女儿，从此以后你再没有我这个父亲了！'老人说到做到，整整八年，无论英姿打多少次电话和写多少封信，他始终没有接一次电话和回一封信！

"列位看官，长话短说。却说英姿铁了心跟定了杜坤，起初几年，这个家庭非常幸福。杜坤父亲也还不到五十岁，除了有轻微的脑梗以外，身体没其他大毛病。婆婆也身强力壮，下地劳动能顶上一个壮劳力。她和杜坤结婚后，两口子又一起出去打工，一家人的日子真的过得和和美美、甜甜蜜蜜。可天有不测风云，人有旦夕福祸，从六年前开始，家里开始发生一连串不幸的事情。先是杜坤的父亲煤气中毒，救过来后，身体就一下虚弱了。紧接着，他又被电击过一次，从阎王爷手里死里逃生后，身体便彻底地垮了，现在只能做些照看鸡鸭的轻活儿。但这个打击对家庭还不算最大，因为即使杜坤的父亲遭遇了不幸，有婆婆照顾公公，她和杜坤还能继续在外打工挣钱。没想到的是，没过多久，婆婆的眼睛突然什么也看不见了，成了一个睁眼瞎……"

听到这儿，乔燕急忙问："是不是因为英姿的公公遭遇了不幸，婆婆因为伤心，导致眼睛失明的？"村主任忙说："不是的，这是一种遗传性疾病，你们听张书记说嘛！"张岚文便接着说下去："婆婆眼睛一瞎，英姿和杜坤只好回到家里。然而英姿回到家，发觉三岁的儿子在翻看图画书和看电视时，距离书本和电视越来越近。再仔细一看，儿子的瞳孔不是随着年龄的增加越来越大，而是越来越小。这下英姿着急了，急忙把儿子抱到医院检查，结论是：遗传性瞳孔闭锁，孩子的眼睛将失明。"

乔燕只觉得头皮一紧，像是被吓住了似的。一看郑萍、金蓉和丹梅，三个人也忘了吃饭，定定地望着张岚文。张岚文道："你们别只顾望着我，不然我不讲了！"乔燕等人才从面前碗里夹了一筷子菜在饭碗里，做出吃饭的样子，可注意力全集中在两只耳朵上。张岚文便接着讲："当然，现代医学对这种先天性瞳孔闭锁引起的失明，并不是没有办法，只要安装上晶片瞳孔，且保持每年更换一次，孩子的眼睛还是能看清世界的。可是一打听，安装晶片瞳孔加上手术费，得花上十万……"

乔燕等人又忍不住了，放下碗叫了起来："十万呀？"张岚文没管她们，只顾沉浸在自己的讲述里："听说儿子将失明和安装晶片瞳孔需要花上这么多钱，英姿和杜坤几乎崩溃了。更让英姿不安的是，丈夫在遭遇了家庭这一连串的打击之后，他的视力也出了问题，看东西大不如前……"乔燕突然叹息了一声，把张岚文的讲述打断了："真是雪上加霜呀……"话还没完，郑萍、金蓉和丹梅也说："就是呀，这可怎么办？"张岚文也做了一个无可奈何的手势，说："是呀，你们看看这一家人：公公脑梗，婆婆失明，一级残疾；儿子即将失明，二级残疾；丈夫的眼睛暂时还没出问题，但视力已明显下降，说是一个'准残疾'一点也不为过。目前唯一正常的，就只有英姿这个瘦弱的小女子……"

张岚文说到这里，英姿端了一盘素菜走进客厅，对众人说："这是山上的野菜,你们城里难得吃到!"放下菜正要走,却被乔燕一把抓住拉到身边坐下。乔燕声音颤抖着道:"英姿姐,快给我们说说,你遇到这么多打击,是怎么坚持下来的?"英姿道:"我不知道该怎么说,反正多亏了政府和张书记吧!"乔燕还要问,村主任抢过话说:"张书记来了后,把她们一家纳入了建档立卡贫困户。我们乡政府给她们一家办了农村低保,又给她婆婆和儿子办理了残疾人补助,每月能领到几百元钱。今年上半年政府又给他们把原来的危房改造了……"说到这儿,张岚文忽然打断了村主任的话:"这些只能维持一家人的最低生活。要改变命运,最终还得靠自己!"张岚文话音刚落,英姿忽然接过了话去:"本来就是这样嘛!救急不救穷,政府只能扶一时,怎么能扶一辈子?"一听这话,乔燕等人都鼓起掌来。英姿涨红了脸,站起来又要走,张岚文对她说:"你去把市上何记者写你的那篇报道拿给她们看看!"英姿听了这话,不好意思地走了,没一时,便拿了一张报纸来。乔燕一把抓了过去,郑萍、金蓉和丹梅也都偏过身子来看。乔燕道:"别慌,别慌,我读给你们听!"说着展开报纸,在第三版上找到那篇文章,读了起来:

  杨英姿是一个坚强、有志气的女性。尽管柔弱,但她觉得不应该只靠政府。她决心一定要给儿子安上人工晶片,让他重新看到光明!虽然十多万元的费用,对她来说是一笔天文数字,但她不气馁,不失望,无论遇到多大的困难,她都一定要攒足给儿子安晶片的钱!因为丈夫的视力有问题,他在外务工那点微薄的收入在昂贵的手术费用面前只是杯水车薪。于是从2013年起,杨英姿晚上料理家务,白天背着用具和材料,爬几里羊肠小道,到天盆乡中心小学旁边卖烧烤挣钱补贴家用。2014年,她在得知养土鸡能赚钱的消息后,又贷款两万多元修圈舍、购鸡苗发展土鸡养殖。不料,几千只鸡苗买回后,由于幼小的鸡苗不抗高温,加上缺乏技术,不几天,鸡苗就死得所剩无几。当时,左邻右舍的村民,有的讽刺,有的嘲笑,甚至连公公、婆婆也劝她:"英姿啊!我们这家人是贫穷命,不要再搞啦,搞亏了没有本钱赔呀……"可是英姿不信邪,她对公婆说:"我就不相信,别人能干成的事我就不能干成。若不干,我们这个贫穷的家庭永远都不能改变。"她跑到乡里乡外向几家养鸡大户求教,寻找土鸡死亡的原因。乡村扶贫干部又介绍她到县、市举办的养鸡专业技术培训班学习。后来在县上一个爱心女企业家的无私帮助下……

读到这里，乔燕忽然住了口，看着英姿问："英姿姐，这个女企业家是不是叫陈仁凤？"英姿道："是呀！"乔燕又好奇地问："你是怎么认识她的？"英姿指了指张岚文："是张书记给我找的一位大恩人！"乔燕便又对张岚文道："大姐，你也认识陈总？"张岚文又是刚才那句口头禅："你忘了我是干什么的？我们电视台一连给陈总做了好几期节目，其中有三期节目是我亲自给她做的，还能不认识她？我把英姿的遭遇和自强不息的精神给她讲了，陈总便说：'那没问题，过几天我下来看看再说！'过两天陈总果然到我们山旮旯儿来了。"又看着英姿说，"你接着讲！"英姿又接了张岚文的话说："陈总来看了我的家，便问我：'你现在对养鸡有信心了没有？'我说：'现在再养，我肯定不会失败了！'她听了马上说：'好，我支持你三万块钱，你拿去该买鸡苗的买鸡苗，该维修圈舍的维修圈舍，该买饲料的买饲料，把养殖场重新开起来，早日给孩子的眼睛换上晶片！'还叫我给她一个银行账户，第二天她就打了三万块钱在我银行账户上，我就又把鸡养起来了。"说完又补了一句，"没有张书记，我一个山旮旯的女人，怎能认识这个大好人？张书记也是我的大恩人呢！"张岚文道："我是什么大恩人？是你命中该有贵人相助！"又问乔燕，"燕儿也认识陈总？"乔燕便把陈总支持贺波养鸡的事，给大家介绍了一遍。郑萍听完，马上露出了非常痛惜的神色，道："真是可惜了！早知道把那一千只鸡苗给我们养就好了！"乔燕瞥了她一眼，道："美死你了！"见金蓉和丹梅也要插话的样子，便又急忙说，"好了，好了，听我把报纸读完！"说罢又接着读起报纸来：

　　2016年，不仅成功地出栏了一千只土鸡，而且还销售了八头生态猪、五百多公斤鱼，家庭实现总收入八万多元，年底在县、市验收时顺利脱贫，并被评为全市"脱贫攻坚之星"。

　　读完，乔燕忽然问英姿："现在鸡还在养吗？"英姿说："我公公婆婆还在山上看着鸡，我吃过饭还要给他们送饭去呢！"乔燕忙说："那你快去舀了饭来吃！"英姿说："不要紧，鸡场离这儿很近！"说到这儿，郑萍忽然问："那孩子的晶片安上没有？"英姿说："我们准备今年春节过后就带他到医院去安上！"乔燕听到这里，便对张岚文道："大姐，他们家已经摘去了贫困户的帽子，也不能享受贫困户的医疗保障政策了，那么大一笔开支怎么办？"张岚文说："是呀，我也觉得怪对不起他们的！本来，她要是像有的贫困户那样瞒报收入，也完全可以继续把这顶帽子戴起不摘,可她是主动申请摘的帽!"乔燕又问英姿:"孩子安晶片,那么大一笔款你能承受吗?"英姿毫不犹豫地道:"没问题!我们的鸡场现在有三千多只鸡,照去年的行情,少说也要卖十万元,给孩子装晶片完全没问题!"

乔燕一听这话,把英姿抱住了,道:"英姿姐,没想到你这样一个柔弱的小女子,竟成了一家人活着的希望和精神支柱,你太了不起了!"又对张岚文说,"大姐,你应该让亚琳来给英姿姐写一版。这样自强不息的人亚琳不宣传,她这个大记者还宣传谁?"金蓉也马上道:"我们村上也有个脱贫致富的典型,从小腿就瘸了,是个二级残疾,可他凭着坚强的意志办起了一个畜禽养殖场,不但自己致了富,还带动周边的贫困户脱了贫,叫亚琳也来写一写……"乔燕没等金蓉说完,便笑着对张岚文道:"大姐,你看金蓉姐姐好吃不得亏,马上就跟风来了!"又对金蓉说,"你那里搁着这样的好典型,怎么不告诉我们?不行,我哪天得来学习学习……"金蓉也没等乔燕说完,也马上道:"不交学费,就让你白学呀?"乔燕也立即道:"还要交学费,美得你!那是本小姐给你面子!"一句话说得大家都笑了起来。笑完,张岚文才道:"你们放心,英姿的事我已经给亚琳说了。她说,等写完小莉的稿子后,她就来写英姿!"

吃过饭,大家又陪着英姿说了一会儿闲话,便起身告辞。告辞时,乔燕、郑萍、金蓉和丹梅都一一过去和英姿拥抱,又说了一通保重与祝福的话,这才随了张岚文和村支书、村主任往村委会办公室去了。

村委会办公室不大,却也是档案室、会议室、卫生室、农家书屋等一应俱全。张岚文和村支书带着乔燕等人四处看了看,然后回到会议室坐下。

村主任已经泡好了茶。乔燕端起杯子喝了一口,突然问张岚文:"大姐,你们村上发展了哪些产业?"张岚文道:"你要问我们的产业,可大有说头了!我们主要是靠山吃山,除了上午给你们说的洋芋外,还有一个产业是核桃!我告诉你们,这儿的核桃可出名了。还有就是在山上种植大黄……"乔燕又问:"大黄是什么?"张岚文道:"是一种中药材,它只在海拔一千二百米以上的地方才能生长。"乔燕"哦"了一声,露出了失望的表情,道:"可惜我们那儿一样也用不上!"郑萍一见乔燕的表情,便笑着道:"原来燕儿今天来还想从大姐这儿找项目!"乔燕便道:"是又怎么样?"又问张岚文,"大姐,核桃树长得什么样儿?"张岚文吃惊地叫了起来:"怎么,你连核桃树都不认识?"乔燕红了脸,半天才道:"我没见过嘛!"张岚文马上指着路边一棵树,道:"你看,那不是核桃树?"乔燕盯着看了半天,才道:"那就是核桃树呀,怎么没见核桃?"村主任道:"核桃早打了！"郑萍笑道："亏你还有脸下乡当第一书记，连核桃树都没见过！"金蓉和丹梅也说："就是，幸好没有把麦苗认成韭菜！"乔燕脸越来越红，张岚文忙说："这也不奇怪，燕儿从小在城里长大，这也很正常嘛！"

喝了一会儿茶，乔燕的乳房又胀痛了起来，便问了张岚文厕所在哪儿。张岚文指了方向，乔燕忙跑过去，关上门，在水槽上挤掉奶汁，放水冲了。回到会议室，像是要摆脱刚才的尴尬，便对张岚文说："大姐，你把上次市里来自查的事给大家说说吧，我们好有的放矢地准备……"张岚文道："说是经验也不是经验，我把当时市里自查的方法和过程，给你们说一下。"乔燕等人忙说："对对对，真传一张纸，假传万卷书。大姐只要告诉我们他们检查的方法和过程，我们就知道了！"说完，都从包里掏出本子和笔。

张岚文想了一会儿才道："市上上次的抽查，说简单也简单，说复杂也复杂。事后我们总结了一下，看似检查的内容很多，其实万变不离其宗，关键环节不外乎两个：一个定性指标，一个定量指标！定性指标就是按照国家对贫困人口规定的脱贫标准，就是脱贫和拟脱贫的贫困户，是否达到了'两不愁''三保障'，这你们是知道的。定量指标又是什么呢？就是贫困户家庭年均纯收入稳定越过国家扶贫标准线，即年人均可支配收入超过三千元，这个定量标准你们也是知道的。这是对贫困户验收的两个标准。那么对贫困村来说，也有定性和定量标准。贫困村退出的定性标准是要解决'八难'，实现'八有'；定量指标是贫困发生率要降低到3%以下。说起来很简单是不是？可一旦进入贫困户中算账，那可就麻烦了！

"检查也不要村上、乡上的人参加，后来听一些贫困户讲，那可真是把他们脑壳都整晕了！因为贫困户家庭收入账最不好算，你们也是知道的。检查组将收入账分了五类：一是工资性收入，主要是务工收入；二是经营性收入，经营性收入下又分种植业、养殖业、商贸业、餐饮业、运输业等收入；三是财产性收入，财产性收入又分如下小项：一为房屋门面出租收入，二为土地流转收入，三为土地复垦收入，四为银行存款利息收入，五为有价证券收入等；四是各类补贴收入，这一类项目最多又最复杂，主要包括养老保险收入、农业补贴收入、低保收入、住房改造补助收入、产业扶贫补助收入、医疗救助收入、教育扶持收入等；最后一项是赠予性收入，主要是帮扶单位慰问金等由他人无偿援助的资金。这么多大项套小项，贫困户文化程度普遍不高，又不要村干部和乡干部参与，你们说怎么不把贫困户的脑壳整晕？稍不注意，就整出问题来了……"

讲到这儿，张岚文停了下来，见乔燕等人都一边听一边往本子上认真地记着，想了想又接着说下去："检查组把账算了以后，还没结束。搞清了贫困户的收入明细，马上又进入下一步的核算。第一个核算方法，就是请贫困户拿出户口簿、土地证、林权证、房产证、银行存折、残疾证、民政优抚证等佐证材料，特别是银行存折——贫困户所有补贴收入都是进入银行开具的专门账户的。检查组把这些收入一笔一笔抄录下来，加起来就一目了然！这叫从佐证材料上确认。二是询问，像工资性收入、经营性收入、财产性收入、赠予性收入，又通过座谈询问，由贫困户据实说明。一般情况下，贫困户都想继续把贫困户这项帽子戴下去，他只会说少，不会说多，这种情况对你们就很不利了！搞不好，你们就可能功亏一篑。这时该怎么办？你们要好好想一想。第三，检查组还会从实物上来分析确认。比如检查组对英姿家里经营性收入中的种植业和养殖业收入，亲自去查看了种的粮食有多少，圈里的猪有几头，鸡场的鸡有多少只，这才定下来的。四是走访贫困户的邻居。这点我就不多说了。你们也知道，如果遇到邻居对那家贫困户有意见，乱说一通，那也麻烦了！总之，这个检查就像我前面说的，既简单又复杂。说实话，上次市上来抽查，我们能顺利通过，只能说我们的运气好！我今天也没什么诀窍告诉你们。工作该怎么做，你们自己去悟！"

说到这儿，张岚文像老师看着学生一样看着乔燕、郑萍、金蓉和丹梅，像是在等待她们回答问题。过了一会儿，乔燕说道："大姐，我知道了！首先，我们事先要训练和帮助贫困户把收入账算准确，不要等检查组到了家里问的时候，半天都说不清楚，或者说得牛头不对马嘴……"话还没完，张岚文便高兴地说："燕儿聪明，这确实是最重要的！"金蓉又道："还有，要教育贫困户做老实人，说老实话，不要隐瞒收入！"话音刚落，丹梅也说："对，要教育贫困户不要'装穷'！"张岚文点了点头，说："贫困户只叫穷，不露富，甚至有意隐瞒被帮扶的事实。他们都有一种心理，爱哭的娃娃有奶吃。在算帮扶账时，不要有意装糊涂，这条也很重要！"郑萍也说："大姐虽然说是没给我们什么诀窍，却把什么都告诉我们了，我们真是不虚此行！我们过去只注意到了贫困户，确实很少关注到非贫困户和贫困户的邻居。你刚才这么一说，倒提醒了我们……"乔燕听到这里，也立即说："就是，上面的文件只说了一个大原则。听了大姐的话，我们回去知道从哪儿下手了！"

几个人又和张岚文交换了一些意见，见时间已经不早，便要回去。张岚文知道乔燕还有吃奶的孩子在家里，便不挽留，和村支书、村主任一道把乔燕、郑萍、金蓉和丹梅送到天盆乡政府的公路上，让她们回去了。

回到县城，刚好6点钟。丹梅叫钟师傅仍然把乔燕送到她家楼下，却被乔燕拒绝了，她在乔老爷子住的小区门口下了车，径直跑到爷爷家里。

　　乔老爷子坐在沙发上看报纸，见乔燕急匆匆跑进来，便从报纸上抬起眼睛，问道："什么事呀，这样慌慌张张的？"乔燕道："爷爷，我来请你当老师了！"乔老爷子不解地眨着眼问："你请我吃饭差不多，请我当老师可得下辈子！"乔燕过去抱着他的肩膀摇晃着说："爷爷，我真的是请你当老师！你说，秋天可不可以栽花？"乔老爷子道："秋天怎么不可以栽花？再过一段日子，就是十月小阳春，气候不冷不热，你栽什么花都行！如遇太阳大了，你用东西遮一下；如遇天气冷了，你用草帘子什么的盖一下；实在不行，还可以带土移栽，保证活得好好的，一开春就开花了……"说到这里，才盯着乔燕问，"你问这个干什么？"乔燕道："爷爷，贺家湾现在是变干净了，可还算不上美丽。下一步，我想动员村民在院子里和房前屋后种花种草，将贺家湾真正变成一个美丽乡村！"乔大年一下从沙发上站了起来，道："好哇，我孙女又要干大事！到时我来给你做顾问，欢迎不欢迎？"乔燕马上说："爷爷，我一百个欢迎！"说着在乔大年脸上亲了一口，转身就跑。乔大年忙在后面叫："你跑什么，你奶奶正在做饭呢！"乔燕转身说道："不了，爷爷，你曾外孙子一天都没吃上奶呢！"说罢正打算走，却又返回来，对乔大年说，"爷爷，你能不能把后面小园子和阳台上的花草，移一部分给我……"话还没完，乔老爷子便做出嗔怪的样子，道："你真没良心，那些花草都是我的命根子，怎么打起爷爷的主意来了！"乔燕知道乔老爷子是故意做出生气的样子，便又摇晃着他道："我不打爷爷的主意，还有谁疼我？爷爷，你同意不同意呀？"乔老爷子这才道："即使我答应你，可那么点花草，怎么够全村人栽？"乔燕忙道："爷爷，我不是给全村人栽，我是想先找几户人栽成功了，让全村人来看。大家一看花这么美，还不积极栽？"乔老爷子这才"呵呵"道："这还差不多！我孙女是想典型引路，我还有什么不答应的？不过你千万别给我把花种死了，不然，我可不依你！"乔燕急忙松开乔大年，调皮地说了一句："爷爷你放心，我向你保证！"说罢才转身匆匆忙忙地跑了。

第四章

  第二天吃过早饭，乔燕便把张恤的纸尿裤、爽身粉、衣服、奶瓶和奶粉什么的装进一只纸箱和一只购物袋里，抱到楼下汽车的后排座位上。张健把米面糖以及油盐酱醋等东西塞了满满一后备厢，仿佛搬家一般。装好以后，张健妈和乔燕才上车去。张健妈坐在纸箱旁边，怀里小心翼翼地抱着一篮子鸡蛋。乔燕抱着张恤，坐在副驾驶座上，一家人又朝贺家湾去了。

  本来，张健要乔燕再等一两天才去贺家湾的，因为他从网上给母亲和乔燕买了一台小电冰箱，这两天就要到货，打算到时一并拉下去。可乔燕昨天听了张岚文大姐的介绍，突然感觉心里没了底。因为她过去注重的，都是如何识别贫困户、如何给钱给物、如何扶持帮助等，而对如何说话、如何算账、如何让贫困户不"装穷"不隐瞒被帮扶事实，以及如何让非贫困户心理平衡，等等，确实想得不多。加上时间又只有这么几天了，她怎么能不着急？

  张健将车开进村委会，把车上的东西搬到楼上乔燕的屋子里，便急急忙忙地赶回城里上班了。屋子将近两个月没人住，桌子、椅子上都蒙上了一层灰尘。张健妈先将乔燕的床换上新的毯子和被褥，然后去打了水来擦桌子。乔燕给孩子喂了奶，轻轻地把他放到床上，才从包里掏出手机，走到外面阳台上给镇上规划办的马主任打电话。马主任是镇上联系贺家湾扶贫工作的负责人，她对马主任说了提前结束产假，已经回到贺家湾，打算下午召开村两委会安排一下迎接省上检查验收的事，问她是否能够参加。马主任一听，立即高兴地说："哎呀，小乔，你回来得可太及时了，我正愁我们村怎么办呢！我给你们单位打电话，你们头儿说准备找一个同志临时顶替你，我一听高血压都差点犯了……哎呀你回来了就太好了，下午我不但来，还把乡上那些帮扶的干部都带来！"乔燕说了声"谢谢"，又给贺端阳打电话，让他通知村两委会成员下午到村办公室开会。贺端阳又没在家。乔燕这次不客气了，说："会议是布置迎接省上检查验收的事，镇上马主任和帮扶干部都要来，你必须准时回家开会！"贺端阳听了这话，答应一定赶回来。打完电话，乔燕回到屋子里，对婆母说了一句："妈，我出去看看！"便抓起椅子上的包跑了出去。

　　刚走到通往贺世银原先那座土坯房的岔路边，就看见贺兴义头戴一顶草帽走来。乔燕急忙停下来，等他走近了一些才问："大叔，你这是到哪儿去呀？"贺兴义一见乔燕，显得有些意外，也停下来道："乔书记，你什么时候回来的？我到画眉湾易地扶贫搬迁集中安置点工地干活去……"乔燕忙高兴地说："哦，你在那儿干活了，那好哇！包工头给你多少钱一天？"贺兴义说："我只是做点小工，每天八十元！我不找点活干，我们两口子怎么活下去！"乔燕道："是的，大叔，工资虽然不高，可是在家门口，吃住都不需要花钱，这样算起来还是很不错的！"贺兴义道："可不是，我又不敢走远了，走远了又怕她发了病没人管……"听到这里，乔燕又问："秀芳婶子这段时间犯病没有？"贺兴义忙说："病肯定隔三岔五要犯一次，可她不像其他的疯子，犯了病也不乱来，只是眼神痴痴的，脑子有些糊涂，说话颠三倒四，一天两天便又好了……"乔燕听到这里便道："只要不犯大病就好！她该什么时候生？"贺兴义道："就是这个月底，大概还有二十来天吧！"乔燕想了一想，便道："那你可要好好照顾她！她也是怪可怜的，一个人孤零零跟着你跑这么远，又有病，连公婆姑嫂都没一个。你要不好好待她，我们可不依你！"贺兴义一听这话，忙说："乔书记你放心，我一定好好待她！"又问，"乔书记，我们家房子的事……"乔燕说："你现在反正有房住着的，不要着急，我们一定会想办法给你把房子落实下来！"贺兴义忙向乔燕弯了弯腰，道："那就多谢乔书记了！"说罢匆匆忙忙地朝前走了。乔燕看着他的背影，心里又突然掠起一种悲悯的情绪，觉得他们两口子真太可怜了。

　　贺兴义走后，乔燕才朝鹰嘴岩下贺世银的新房走去。离得老远，便看见老人的院墙根下，一排紫藤花正蓬蓬勃勃顺着院墙向上爬，绿叶中间绽开着一朵朵红、黄、白的花朵。她一下被这花朵吸引住了，急忙朝前跑去，走近了一看，不但院墙上爬满了紫藤花，而且院子四角各用一只半截大瓦缸装上泥土，缸内各栽着一株牵牛花。此时四株牵牛花那长着毛茸茸粗毛的花茎，顺着架子爬到了院子上面用竹子搭成的花架上，互相缠绕和交织，浓浓的枝叶遮住了整个院子，蓝色的、白色的、紫红色的、桃红色的花朵呈漏斗状,正争奇斗艳地在头顶竞相怒放,与墙外边紫藤花结合到一起,把个农家小院装扮得分外美丽。乔燕不由得心中一动,没想到今天在自己村里也看到了花。不过仔细一看,发现大爷家这花还是单调了一些,要是再配点其他花就好了!

这么想着,看见大门敞开,乔燕便大叫了一声:"贺世银爷爷——"随着喊声出来的不是贺世银,而是贺小婷。小婷一见乔燕,张开双手跑了过来,一边叫:"姑姑,你可回来了!可把我想死了!"说着就撒娇似扑在乔燕的怀里。乔燕急忙抱住她,在她身上拍了拍,故意问道:"你怎么想我的啊?"小婷愣了,过了一会儿才仰起脸有些着急地说:"真的,姑姑,我没有哄你,我真的想你!"乔燕看着她红扑扑的脸蛋,笑了起来,道:"好,我相信,小婷是个好孩子,不会说谎话!"小婷问:"弟弟呢?"乔燕一时没回过神来,反对贺小婷问:"什么弟弟?"小婷说:"你的小宝宝呀!"乔燕明白了过来:"哦,也来了,他奶奶带着呢!"小婷马上拍着手说:"我要去抱他,我要去抱他!"乔燕高兴地说:"以后有你抱的!你妈妈和爷爷奶奶呢?"小婷道:"下地去了。我在家里写作业!"乔燕道:"今天星期一,你怎么没去上课呢?"小婷道:"我们老师病了,今天放一天假!"接着就踮起脚,附在乔燕耳边轻声说,"有同学又欺负贺兰了,贺兰哭了……"乔燕忙问:"怎么又欺负她了?"小婷说:"他们又冲她喊'贺大卵'了!"乔燕看着小婷道:"你这次没欺负她吧?"小婷忙说:"我没有,我还帮她忙了!"听了这话,乔燕便摩挲着小婷的头,道:"好,你要记住,永远不要欺负比你弱小的人,永远要帮助那些不幸的人!"小婷点了点头,说:"我记住了,姑姑!姑姑,屋里坐吧,我妈妈他们一会儿就回来!"说着就拉了乔燕的手往屋里走。乔燕却道:"不到屋子里坐了,我来看看你们家后面的泥石流清理干净没有。"小婷道:"早清理干净了,是叔叔带着推土机来清理的!"乔燕道:"我知道,我只是来看看清理得如何。"说着就绕到屋后,一看,原来埋到窗子边的泥石流,现在全被推到了屋子两边的荒坪上,清理出了一块干干净净的平地,只等着在上面打一道钢筋水泥的堡坎了。

原来,吴队说话算话,回去就联系了一个姓黄的建筑老板,过了十多天,由张健亲自带队把屋子后面的泥石流给清理了。吴队又联系了陈总,说了修堡坎的事,陈总也满口答应。可她在外地学习,说等学习回来,就到村上来看一下,做出计划后便安排人和机器来施工。张健带着黄老板的人来把泥石流清理完毕后,回去告诉了乔燕。乔燕是个小心的人,她一定要眼见为实。现在一看,心里一块石头落了地，便决定回到村上后，就给吴队和丈夫打电话，让他们催催陈总尽快来把堡坎建好。

乔燕看完便打算回去，却被小婷一把拉住了。小婷仰着脸对她说："姑姑，你来了就走，我妈妈和爷爷奶奶回来要骂我！"乔燕问："骂你什么？"小姑娘道："骂我没点见识，姑姑你就坐一会儿吧！"乔燕一见小姑娘那恳切的神情，便笑着道："好，小婷，我就坐一会儿。"看了看头顶的花，道，"我们就在院子里坐吧，又阴凉，又有花香，多好！"小婷道了一声："那好，我去给你端凳子！"说着就跑进屋里端出两条凳子来。

乔燕坐好后，对小婷问："这花是谁栽的？"小婷说："是我妈妈。"乔燕又问："你妈妈为什么要栽这些花？"小婷又道："妈妈说花好看！"乔燕马上道："你妈说得对！我们不但要住新房子，还要把屋前屋后变得美起来！"

正说着话，小婷的母亲刘玉扛着一把锄头回来了，一见乔燕便高兴地叫了起来："哎呀，乔书记你回来了？"又对小婷斥责道，"你怎么不叫姑姑到屋里坐？"乔燕马上道："婶，我来看看你们房屋后面的泥石流清干净没有，看完要走的，小婷留我坐一会儿。这外面又凉快，又有花香，是我要在外面坐的！"刘玉道："泥石流早清理干净了，多亏了乔书记！"将乔燕上下看了一遍，又道，"姑娘你胖了一些，奶水还够吧？"乔燕道："多谢婶关心，奶水可多着呢！"刘玉道："奶水足那就好！小婷你陪姑姑坐坐，我去烧开水……"一听这话，乔燕跳起来一把抓住了刘玉，道："婶，千万别去烧开水了！我谢谢你们的好意了！孩子还在村委会，他奶奶带着，我可得回去喂他了！"说完转身就往外跑，刘玉伸手去抓，没抓住，还要去拉时，乔燕已经走到院子外边的路上。刘玉只好在后面说："那姑娘你慢走，下次让你婆婆把孩子抱来我们看看……"一听这话，小婷便朝乔燕追去，刘玉又急忙在后面问道："你跑那么快干什么？"小婷连头也没回，大声说了一句："我要去看小弟弟！"说着早跑到乔燕前面去了。

吃过午饭不久，镇上马主任来了。马主任三十来岁，圆脸庞，身材适中，不胖不瘦，穿一件白底暗花的长袖衬衫，一条蓝灰色的牛仔裤，衣袖挽到手肘上面，显得十分干练。乔燕却发现马主任的眼圈有点发红，脸上也挂着隐隐约约的怒气，便问："马姐，是不是有人给你气受了？"一听这话，马主任的眼圈更红了，正要说什么，随马主任来的镇规划办小张快言快语地把话接了过去："可不是，马主任在向家沟被向老头骂了……"乔燕看着她问："他为什么要骂马主任?"小张看了马主任一眼,见马主任沉着脸,便道:"算了,不说了,那些骂人的话太难听了!"可乔燕想知道事情的原委,又看着马主任说:"马姐,到底是怎么回事?"马主任气咻咻地出了一会儿粗气,这才咬着牙齿说:"哼,我当时要是手里有枪,就和他同归于尽了!乔书记你给我评评理,看我有什么错?"于是给乔燕讲了事情的经过。

原来,镇规划办联系了两个村的脱贫攻坚工作,除了马主任负责贺家湾,由规划办另一个负责人伍副主任联系向家沟村。三个月前,伍副主任被县城乡规划局借走了,马主任只好派了办公室的小张去接替伍副主任的工作。小张刚从学校毕业,没什么工作经验。马主任虽然不直接负责向家沟村的工作,可她是单位负责人,向家沟村的工作出了问题,她一样要承担责任,因此她只能把两个村的脱贫攻坚工作一起挑在肩上。

向家沟村建易地扶贫搬迁集中安置点,选中了一块叫鸡公坪的地方。鸡公坪后面是荒坡、荒坪,前面有一户人家,主人叫向万利,家里五口人,儿女在外面打工。向万利两口儿也才五十来岁,身强体壮,在家里除种庄稼外,还养猪养牛。他想当贫困户没当上,对村里和镇上的干部意见非常大,自然也包括了马主任这个镇上来的驻村干部。现在,村里要在这里建贫困户集中安置点,向老头的房子要拆掉,由村上在原址上给他重建新房。起初马主任非常乐观,因为向老头的房子虽然不是危房,却是土坯房,现在村上在原地给他建一座小洋楼,这是鸟枪换大炮的生意,谁不愿做这样的交换呢?因此,马主任充满信心。

没想到,当她和小张一起去和向老头谈时,老头吐出一句话来把她们吓了一大跳:"你们要拆我的房子也行,拿八十万块钱来!"马主任吃了一惊:"为什么要八十万?"向老头道:"拆迁款呀!没有八十万,你们想也别想!"马主任说:"不可能!我们只能按政策,该怎么给你算就怎么算。"老头一听这话,马上说:"那你们趁早打消拆房的念头!"马主任见他把话说得那么死,决定先放一放,便走了。隔了几天,马主任又去,这次他打了一半的折扣,说:"那你们就给我四十万,一分钱不少!"马主任说:"别说四十万,就是十万也不行!我们这不是搞开发,而是为贫困户搞易地扶贫搬迁,为贫困户修房子!房子修好了,也是你们享受……"话还没说完,老头一下火了:"我就是不安逸你们处处向着贫困户!想叫我把房子拆了给他们建房,没门!我就是不拆,给再多的钱也不拆!"说着说着,他满嘴的粗话便出来了。马主任知道靠自己的力量没法说服他,回去向党委、政府领导汇报了。于是,党委书记来了,镇长也来了,可他只咬定一句话:

"不拆，就是天上掉个神仙来劝，也不拆！"

马主任前前后后去了他家三十多次，可都没法说服他。镇党委、镇政府和村上见向老头实在不愿搬，便叫马主任重新规划了一个地方建安置点。向老头一见重新规划了安置点，着急了。他找到马主任，说他现在要拆房子！马主任对他说："这我没办法！新安置点地基都起来了，前期工程已经花了不少钱，不是想改就能改！当初为了动员你拆房子，我到你家里去了三十几次，什么好话都给你说尽，可你就不听，现在我有什么法？"老头见马主任这儿没说通，便又去镇上找书记和镇长。书记和镇长的答复也和马主任一样，这老头便没办法了。没想到今天上午马主任和小张到向家沟村召开村干部会，研究迎接省上脱贫攻坚检查验收的事，在村上吃了午饭往这儿走的路上，碰到了向老头。老头一见马主任，仿佛见了仇人，冲着马主任就破口大骂……

马主任讲到这儿，泪水又涌了出来。乔燕忙道："马姐别伤心。我知道，现在是'按到葫芦浮起瓢'，贫困户对政府感激了，非贫困户意见却起来了。上次在我们村易地扶贫搬迁安置点开工仪式上，你也看见了的，那些非贫困户不是也来找我背书吗？"马主任强忍住泪水，仍愤愤地道："我就是想不通。我一个女人，有谁知道我的累呀？全镇这么多集中安置点的规划、施工和建设都在我这儿，我每天都要来来回回地往各个安置点跑，随便到哪个点都得顶着太阳晒。丈夫也不理解我，还说风凉话：'你在外面精神那么好，回来怎么就成了霜打的茄子？'我还要负责两个村的脱贫攻坚工作。我的身子又不是铁打的！我每天都觉得好累呀，感到自己的精力都透支完了！有时就一个人躲在被窝里哭，觉得人活着真没意思……"

说到这儿，马主任的泪水又涌了出来。乔燕和小张是第一次听到马主任这个看似刚强的女人剖析自己柔弱的内心，忍不住都想哭。乔燕忙搂抱着马主任说："马姐，以后贺家湾的脱贫攻坚工作，有我在，你就别操心了！"一听这话，马主任像是得到了极大的安慰，止住了泪，先在乔燕的肩上拍了两下，说："谢谢，谢谢！"然后从桌上纸盒里抽出两张纸巾，迅速擦干了眼泪，突然笑了起来，"好了，眼泪流了，心情也好了，我们来商量一下等会儿的会怎么开吧！"

两人刚嘀咕完毕，贺端阳和村干部来了。乔燕一见贺端阳，便问："贺书记今天怎么回来这么早？"贺端阳道："我中午就赶回来了！乔书记为迎接省上检查验收，连产假都顾不得休，我早点回来也是应该的！"说罢便"嘿嘿"地笑了起来。众人见贺端阳笑，也跟着笑。

张芳一来，便跑到楼上去看张恤，没一时便抱了孩子下来。马主任和小张一见，也凑过去逗起孩子来。

紧接着，镇上几个帮扶干部也来了。上级不但给每个贫困村派了一名第一书记，每个贫困户还有一个帮扶人。贺家湾一共六十三户建档立卡贫困户：乔燕帮扶了三户，贺端阳帮扶了两户，贺文、贺通良各帮扶了一户；乔燕的单位派了二十名一般干部，每名干部帮扶两户；剩下十六户，镇上从镇属机关指派了八名"吃财政饭"的人，每人也帮扶两户。被帮扶人、帮扶单位和帮扶责任人的姓名、职务、帮扶措施等基本信息，都是要贴到墙上的。上面把这种方法称作"结穷亲"。乔燕单位的二十名帮扶人，虽然不经常到村上来，可每隔一段时间都要在单位的统一组织下，到贺家湾来一趟，给自己帮扶的"穷亲戚"或送上一桶油、一袋米、一包旧衣服，或悄悄塞上一两百块钱。可镇上吃财政饭的帮扶人就不同了，其中五名是镇中心校的老师，三名是镇卫生院的医生，他们平时都有自己的工作，不但很少到自己的"穷亲戚"家里来，即使来，也不能像乔燕单位那些帮扶人，每次都能意思意思。这倒弄得"穷亲戚"与"穷亲戚"之间，由于心态不平衡闹起了矛盾，有次还闹到了乔燕这里，弄得乔燕很为难。后来乔燕告诉局长，让单位的帮扶人再来给自己"穷亲戚"意思的时候，注意下方式方法。

乔燕见参会的人都到了，便叫婆母下来把张恤抱了上去，接着就开会。会议由乔燕主持，由马主任组织大家学习了省、市、县三级党委、政府关于这次检查验收的文件，又传达了镇党委、镇政府前天晚上的会议精神。镇上的会议精神无非是些"高度重视""统一认识""坚守岗位""严肃纪律""万无一失"等原则性的话。

马主任讲完，乔燕不慌不忙地讲了起来。她首先拿出县上关于修复和尚坝石拱桥的批复，给大家读了一遍。村干部和马主任一听，都欢喜得鼓起掌来。乔燕把大家的情绪调动起来后，才讲了她们几个姐妹昨天私下到天盆乡黄龙村去学习取经的情况，然后把张岚文大姐介绍的市上上次在黄龙村抽查的过程和方法——什么"定性指标""定量指标""八难""八有"，收入账的种类，怎样算这些收入账，等等——一一对大家讲了一遍。

讲完，乔燕才提到了眼下最关键的工作，一是要教会贫困户怎么算账；二是要教育贫困户实事求是，不能装穷，故意瞒报少报收入，不愿摘除贫困户的帽子；三是要做好非贫困户的思想工作，提高他们对脱贫攻坚工作的正确认识……说到这儿，马主任突然插话说："这一点最重要，任务也最艰巨！罗书记到县上开了会回来告诉我们，这次省上检查验收，要达到两个满意，一是贫困户满意，二是非贫困户也要满意。贫困户得到了实际利益，他们对国家整个扶贫政策自然会满意。非贫困户没有得到利益，本身心理就不平衡，现在还要他们说满意，大家想想这有多难？"众人一听，不免有些担心。

乔燕便道："大家不要着急，我们一个问题一个问题来研究！关于教会贫困户算账和实事求是问题，我想并不难。我们贺家湾村今年要摘帽的十户贫困户，贺世维、贺勤、郑建华都没问题……"可话还没完，贺通良就道："如果检查验收组真抽到我们村，乔书记可要给上面领导说明，一定要派一个懂得哑语的人跟着来，不然到了贺大卯家里，可没法给他们算清什么账。"一听这话，大家都笑了起来。乔燕先也忍不住笑了一下，然后才说："贺大卯只是一个特殊的情况，我们可以暂且不论。贺世维、贺勤和郑建华大叔，他们家里的情况是明摆着的，我相信他们不会隐瞒自己收入……"贺文又打断她的话道："贺勤不一定，虽说比过去好了一些，但要是又犯了老毛病，怎么办？"乔燕想了想，道："我想不会的！我今晚上就去找他谈一谈，看看他态度如何。至于其他几户，我们帮扶人，又有村干部，再加上各组组长，这么多人做几户人的工作，还做不通吗？"众人一听这话，都点起头来，道："那是，石头焐久还要热呢！"

乔燕听了众人这话，更感到有信心了，便接着说下去："至于非贫困户的工作，再难也要去做！我想了想，非贫困户心理最不平衡的，就是上次我们村上易地扶贫搬迁集中安置点开工仪式上对我发难那些人——贺老三、贺四成、贺丰、郑伯希等几个。可是我生小孩后，他们都来看了我，可见人心都是肉做的！他们在对我发难时，我也对他们说过以后要多到他们家里走一走。趁这个机会，我就履行自己的诺言，一家一家去拜访……"说到这里，她忽然看了一眼大家，然后道，"现在我们分一下工。由贺书记带领村干部与帮扶干部，分头到申请脱贫的贫困户家里做好检查验收的准备工作；由我去做非贫困户的思想工作……"话没说完，马主任看着她叫了一声："乔书记……"乔燕知道她担心什么，马上打断了她的话道："没问题，马主任！你这段时间需要休息，有时间了你就下来指导指导，没时间就算了。你放心，我们一定会把工作做好！"说完便问贺端阳，"贺书记有什么意见？"贺端阳说："你把骨头都啃了，我吃肉还有什么意见？"接着向着马主任说，"当着马主任我也表个态，乔书记你放心，这十户出了什么问题，你拿我是问就是！"马主任听了这话，便笑着说："贺家湾的班子能这样团结一致，肯定能打好检查验收这一仗！"

说完又讨论了一些细节方面的问题,将村干部做了具体分工,乔燕刚要宣布散会,又对贺端阳说:"贺书记你们到贫困户家里去后,还要教会他们'学会说话'!"贺端阳一听这话有些不明白,便问:"都那么大的人了,还不会说话?"乔燕道:"不是一般的话,是文明礼貌的话!贫困户的文化水平都不高,语言表达能力较差,对礼仪用语也较为忽视。比如客人来了,要能够说'欢迎''请坐'等客气话,客人走的时候,也要能说'慢走''谢谢'等!其实贫困户得到了真心帮扶,从心里是感激政府和帮扶干部的,就是他们不善于表达,所以要帮助他们学会文明礼貌。这不单纯是一个礼仪问题,而是通过这种方式,也可以激发贫困户的精气神,显得我们贫困户虽然物质贫困一些,可精神文明并不比别人差!"贺端阳马上道:"没问题,乔书记,回去我叫贺波写个十几条,像教小学生一样把他们教会!"众人听后都笑了起来。

散会后,村干部都走了,马主任、小张和帮扶干部回了镇上。乔燕把贺端阳喊住,问道:"我们原来说给贺兴义搞个地质灾害避险搬迁,还有给他女人申请一个困难补助,后来我回去生小孩,这两件事情村上落实得如何?"贺端阳说:"我正说要向你汇报呢!先说困难补助的事情吧。我们把报告给了镇民政办,可民政办罗主任说,他女人户口没迁过来,没法办……"乔燕一听这话,立即十分后悔地说:"唉,我们当时怎么没想到她的户口问题呢!"贺端阳又道:"房子问题,镇建设所倒是同意搞个地质灾害避险搬迁,可又告诉我,他原来就只有两间房子,面积不大,即使搞,补助的钱也不多。退一万步说,即使给他修了两间房子,贺兴义和王秀芳那种状况,靠什么生活?我又去给罗书记汇报,罗书记也不同意给他搞地质灾害避险搬迁……"乔燕没等贺端阳说完,便叫了起来:"不搞地质灾害避险搬迁,那怎么办?"贺端阳说:"罗书记说,建档立卡贫困户不是每年都有个动态调整吗?最好在明年调整时,把他纳入建档立卡贫困户中。这样,不但他的房子问题可以得到解决,而且医疗什么的都能给他们兜底!"乔燕听完,高兴起来,道:"如果能这样,那当然好!"说着,眉头不禁又皱了起来,"可是,即使把他纳入了建档立卡贫困户,王秀芳没户口,建房只能建二十五平方米。王秀芳生了后,你说一个三口之家,二十五平方米的房屋怎么够住?再说,如果王秀芳户口不迁来,她也享受不到国家的医疗兜底,她那个间歇性精神病怎么医治?"贺端阳说:"是呀,现在关键是王秀芳的户口,如果能迁来就好办了!"乔燕想了一想,道:"现在王秀芳就要生了,显然无法回贵州办户口。等她孩子生下来后,我们再想法吧!"贺端阳说:"只能这样了!"

第五章

吃过晚饭，乔燕把孩子奶了交给婆母，便去了贺勤家。

可是等她走到贺勤家院子里一看，大门上挂着一把大铁锁，不知道他什么时候能回来。乔燕在院子里站了一会儿，便转身往回走。走到一条分岔的小路旁边，乔燕忽然想起了吴芙蓉。她生孩子时，吴芙蓉到县城来看过她几次，每次来，不是提鸡便是提蛋，还给她送来一坛糯米醪糟。她回到了村上，何不趁这个机会去看看吴芙蓉？这么想着，她又拐上了去吴芙蓉家的路。

来到吴芙蓉家门口，天已经黄昏了，正要进去，忽然看见院子外边有个人影，缩头缩脑地往吴芙蓉家里探望。乔燕急忙问了一声："谁？"那人站住了，答道："是我！"乔燕一听是贺勤，急忙走了过去，道："原来是大叔，我正要找你呢！"贺勤道："找我干什么？"乔燕道："大叔现在果然不同了，全身上下穿得整整齐齐的，真是越来越精神。你现在在哪儿干活？"贺勤道："还不是继续在贺端阳手下干！"乔燕道："贺端阳给你每天多少工资？"贺勤道："我是砖工，他每天不给我两百块钱，我就到别的老板手下干！"乔燕便笑了起来："哎呀，大叔可真不简单，是高收入阶层了！大叔，如果脱贫验收检查组来问你，你不会打什么'埋伏'吧？"贺勤一听像受了侮辱似的叫了起来："我打什么'埋伏'？我的收入是我两手挣来的，又不怕别人说我来得不正。姑娘你放心，我有一说一，有二说二！"

乔燕一眼瞥见贺勤手里提了一件什么东西，在她盯着他看的时候，急忙躲躲闪闪地把东西藏在了身后。她又想起了刚才他缩头缩脑往吴芙蓉大婶家里瞧的情景，便道："大叔，我有一句话，说了你可不要生气！你现在虽然改好了，可也千万不能有什么歪心眼哟！"一听乔燕这话，贺勤立即红了脸，道："姑娘，你这话是啥子意思？我能有啥子坏心眼？"乔燕知道刚才的话让贺勤多心了，便又笑着道："大叔，你想找吴大婶……"话还没完，贺勤急忙否认："不不，我找她做啥子！"乔燕道："那你往吴大婶家里看什么？"贺勤道："没看，没看，我看啥子呀？"乔燕见贺勤愈发心虚，便道："没看什么就算了。有什么你就明说好了，不要这样鬼鬼祟祟的，人家说寡妇门前是非多呢！"贺勤道："我知道，我知道。"说完转身就走，可没走几步又犹犹豫豫地站住了，回头对乔燕说，"你能不能帮我把这东西给、给她……"说着从背后递过一个鼓鼓囊囊的纸袋子，交给了乔燕。乔燕把手伸进纸袋里摸了摸，发现是一件衣服。乔燕立即明白了，看着贺勤道："大叔，你这是什么意思？是不是看上了……"话还没完，贺勤脸更红了，忙支支吾吾地道："没、没那回事……"乔燕忙笑道："大叔，这有什么不好意思的？你们一个没了妻子，一个没了丈夫，你现在也变勤快了，如果有那份心，直接给她提就是，何必躲躲闪闪？"贺勤道："姑娘，我是有这份心，可我怕她……"乔燕道："怕她不答应是不是？既然这样，你这个礼物我不能带，你还是当面送她吧！"说罢又把纸袋还给了他。贺勤只好把纸袋接过来，发了一会儿怔，有些讪讪地走了。

　　乔燕看着贺勤消失在秋天淡淡的暮霭中，突然觉得吴芙蓉和贺勤这两个人都改了身上的毛病后，倒真是天生的一对，于是掠过一个想法：要是他们能够结合在一起，该有多好呀！这么一想，心里竟然激动起来，好像成了自己的事一般。便决定暂时不去吴芙蓉家里，找人先去探探吴芙蓉的口风再说！于是转身回了村委会办公室。

　　第二天吃过早饭，乔燕从村委会办公室角落里推出那辆很久没骑过的小凤悦电动车，正准备到贺老三家去，没想到镇上罗书记带着镇党办的笔杆子小冯来到了村上。

　　原来，马主任昨天晚上回去给罗书记汇报了贺家湾迎接省上脱贫攻坚检查组的准备情况。罗书记听了非常感兴趣，觉得贺家湾的准备工作不但细致，而且颇有新意，特别是乔燕布置的"教会贫困户说话"这一条，给了他很大启发，值得在全镇推广，便带着小冯来了。

　　乔燕没想到罗书记会来，贺端阳更是喜出望外，忙不迭地把王娇叫来，如此这般交代一番。乔燕和贺端阳便在村委会办公室里，对罗书记汇报起工作来。乔燕先把前天到天盆乡黄龙村取经的经过，市上脱贫攻坚抽查的步骤和方法，详详细细对罗书记说了一遍，然后由贺端阳汇报了昨天下午村上会议的安排和部署。罗书记听了非常满意，指示小冯记好了。然后乔燕和贺端阳陪着罗书记参观了村里的环境卫生，走访了几家贫困户。中午在贺端阳家里吃饭，饭菜说不上十分丰盛，但无论是蒸、炒、煎、炸，都非常富有乡村特色，乔燕这才知道王娇还有这样出色的厨艺。罗书记大约因为高兴，竟和贺端阳拼起酒来。乔燕也被逼着喝了两杯，喝得脸上红扑扑的像是打了胭脂。因罗书记下午还要参加一个县上的电视电话会，放下筷子便带着小冯走了。

贺端阳带了几分酒意对乔燕饶舌起来："乔书记，你可为贺家湾又立大功了！"乔燕道："我立什么功？"贺端阳道："你把罗书记都吸引到村上来了，还不算立功？"乔燕心中有些不解，便十分真诚地道："罗书记到村上来，那不是一件非常正常的事吗？"贺端阳一边"呵呵"地笑，一边对乔燕摇手："那你就不知道了！有的人以为村干部最害怕镇干部和县上干部到村上来，过去有个笑话，说村里的鸡听见镇干部要下乡，都要去躲起来，其实这是大错特错了！镇上的干部特别是主要领导会白到你村上来吗？镇上的干部特别是主要领导到村上来，即使手里没有项目进村，那也是一种成果、一种荣誉。如果领导能留下来吃饭，那意义更不一般。如果领导能经常来，村干部的威信就能大大提高，如果还想继续干，地位就会更加牢固！你今后如果想在农村干，可一定要和镇上干部特别是镇上的主要领导搞好关系！"接着又对乔燕道，"乔书记什么时候把县委书记和县长带到贺家湾来吃顿饭，那功劳就更大了……"

乔燕一听贺端阳这些话，似乎不完全是酒话，可仔细想来却又觉得有点不对头，哪儿不对一时又说不清楚，也许他说的是自己的人生经验吧。便对贺波说："你爸有点醉，把他扶上床睡一睡吧！"贺端阳听了这话却道："我醉了？我可比你明白呢！"乔燕没和他计较，借口要回去奶孩子，匆匆离开了。回到村委会办公室，奶完孩子，这才跨上电动车，先去了张芳家里。

张芳刚吃过午饭，看见乔燕来了，忙问："红火大太阳，大家都还要在家里眯会儿瞌睡，你这么急急地来做什么？"乔燕笑着说："张姐，好事！"张芳忙问："什么好事让你高兴得像只三脚猫？"乔燕便把昨晚上看见贺勤在吴芙蓉门口张望的事和自己的想法给张芳说了，说完才笑着道："怎么样，张姐？你要是把这个媒做成了，我都帮贺勤大叔谢你一个猪大腿……"张芳忙说："乔书记别找我，我命里不带'六合'，说媒是说不成的。再说，他两个是冤家对头，吴芙蓉怎会答应嫁给贺勤?"乔燕仍笑着道:"张姐,你可别用老眼光看人!贺勤大叔现在每天收入两三百元,贺峰明年考个好大学也肯定无疑,加上吴芙蓉大婶守寡了这么多年,说实话,家里没个男人也是不行的,万一她答应了呢?"张芳仍说:"我看没那个可能……"乔燕忙道:"先别忙下结论,张姐!能行不能行,你先去说一下,反正也不碍事,你说是不是这样?"张芳想了半天,才道:"既然乔书记这样说,我就抽时间跑一趟吧!"乔燕道:"我这个人性急,你最好下午就去,可别夜长梦多!"张芳说:"行,我去问了就给你回话。"乔燕道:"你先别告诉她昨晚贺勤想给她送衣服的事!"说完又跨上电动车。张芳问:"你又往哪儿去?"乔燕说去贺老三家,张芳便又道:"即使要去,也等天气凉快一点再走吧!"乔燕道:"天气一凉快,大伙儿都要下地。只有这时去,我才找得着人呢!"张芳沉吟了一会儿,才道:"你要去就去吧。你记住,回去热热巴巴的不要忙着奶孩子,孩子吃了热奶会拉肚子!"乔燕答应了一声,加了油门,"突突"地往前去了。

时令快到寒露,天气渐渐转凉,有时在清晨还会发现地面和树叶上有许多露珠凝结在上面,晚上也会感到一丝丝的凉爽。但这时昼夜的温差会很大,特别是在中午太阳直射下,人们会感到酷热难耐。也许是隔了将近两个月的时间,此时尽管有省上检查验收的压力压在肩上,乔燕仍然感到心旷神怡。她觉得自己好像命中注定只属于土地,一到贺家湾,身子就有些像燕子一样,既轻松又矫健有力,比去年才来贺家湾时更多了一种大展宏图的希望和理想。她一边走,一边竟轻轻地哼起歌来。

贺老三的大名叫贺世富,住在上湾的老房子里。贺家湾有四处老房子:老贺家湾有三处,分别坐落在上湾、中湾、下湾;新贺家湾还有一处,都是非常典型的四合院,具有十分浓郁的川东民居的建筑风格。据说"湖广填四川"的时候,贺家湾这支人的始祖从湖北省麻城县高阶岭来到这里,疲惫得实在走不动了,便将拄路的棍子插在地上,躺在一块石头上休息了一阵。可一觉醒来,发现插在地上的棍子在地下生了根。始祖一见,知道这是一块风水宝地,便在这里垒基造屋,繁衍后代。但也有人说,那房子并不是老祖宗造的,而是从刺笆笼里砍出来的。

那房屋不管是老祖宗建的还是从刺笆笼里砍出来的,乔燕从看见那房屋的第一刻起,便知绝不是一两代人能够完成的。乔燕把电动车从村内那条水泥公路,开进了老房子前院通道。上湾老房子又叫"两层房子",因为它是由两座既紧密相连又相对独立的四合院组成。两座四合院都建筑在朝阳的台地上，前面的院子叫"前院"，后面的院子叫"后院"。两座院子的唯一出入口，在前面院子院墙正中。这儿过去有一扇大木门，门的左右是两根大木柱，上面一根粗木梁，下面一条铁青色的石门槛，门就安在这个门框内。门框上面还有一个门头，用砖砌成。两边贴墙的地方是两根用砖砌成的垂柱，两柱之间又有用砖砌成的横枋，枋上再用砖砌成斗拱，斗拱支撑屋顶，屋顶盖小青瓦，就像给大门罩了一个大罩子，不管风吹雨打，大门都能安然无恙。砌门头的砖上，有龙有凤、有花有草，还有福禄寿喜等各种装饰图案。不过现在的院门只是一个敞开的通道，因为不但那大木门，甚至两边的门柱和上面的门枋以及下面的门槛，早就被毁掉了。门头虽然还在，上面的装饰在几十年前的那场"破四旧立四新"运动中，被城里来的红卫兵捣得面目全非。龙断了头，凤折了翅，花草没了，福禄寿喜不清晰了。乔燕只是从村里的老人口中，断断续续地听说了这大门和门头的故事。

　　进入大门，便是进入院子的通道，上面是戏楼，戏楼的檐柱上也刻了许多琴棋书画和古代戏曲人物。戏楼虽然还在，戏台上的木板却早被人撬走。戏楼前面，是一个铺着青石板的长方形大院子。院子上面的五级台阶上，才是这个四合院的主体建筑——宽大的正房，和以客堂为中轴线、向两边对称发展的主房。主房一共有九间，两边厢房比正房低了三级台阶，形成了一个错落有致的格局。主房两边各有一道敞廊，分别通向后面第二座院子。后面院子和前面院子布局大致相同，只是没有了戏楼，但房屋前面，却多了一座比正房高许多的碉楼。两座建筑都呈长方形，正房不但开间大，而且纵深也长。为了烘托主房，两边厢房和主房后院形成了阶梯状，一层比一层低，给人以房屋层层叠叠、建筑十分精美的感觉。可惜这些年许多人都从老房子里搬了出去，在外面建了水泥楼房，贺家湾的几处老房子因为住的人少，已逐渐衰败，让乔燕觉得有些心疼。

　　贺老三就住在第一座四合院右边的厢房里。过去贺端阳也住在上面那个四合院里，他搬出去后，那几间老房子空着没人住。

　　乔燕的车惊醒了正在戏楼下面通道里打瞌睡的十多只鸡，鸡们立即一边扑打着翅膀，一边"咯咯"地叫着四散跑开了。乔燕沿着宽阔的檐廊，把电动车开到贺老三的大门口。贺老三的厢房大门因是内院的门，又是厢房，便比主房的大门小了许多。门板呈现出灰白的颜色，也没门头装饰，只是两块普通的木扇门。两块门板中间，各钉着一个铁皮兽头，嘴里衔着门环。乔燕不知那兽头叫什么名字，却知道那门环是叩门用的。她跳下车来，见大门关着，轻轻用手一推，门从里面闩上了,便知有人在家里,于是轻轻拍了拍门环,又冲着屋里喊了一声:"世富爷爷——"

喊声刚落,便听里面屋里传来一个瓮声瓮气的声音问道:"哪个?"乔燕立即道:"是我,乔燕!"

屋子里传来一阵窸窸窣窣响动。没一时,又听得一阵"踢踢踏踏"的脚步声,接着,大门"吱嘎"一声开了。贺老三上面穿了一件圆领的白色老头衫,下面穿一条阔大的休闲短裤,脚上趿拉着一双拖鞋,出现在门口。一见乔燕,便又惊又喜地叫了起来:"真是你!你什么时间回来的?"

乔燕向老头弯了弯腰,道:"爷爷,我说过要来看你,怎么,你不欢迎?"老头把着门框,似乎不想让乔燕进去,看着她有些疑惑地问道:"你满月了?"乔燕不知他问这话是什么意思,忙道:"是呀!"贺老三还是不肯相信的样子,道:"真满月了?"乔燕道:"爷爷,你这是怎么了?都快两个月了,你难道忘了?"贺老三像是努力回忆似的偏着头想了半天,这才松开把着门的手,对乔燕道:"哦,我想起来了,确实早过了三十天,那你进来吧!"

乔燕忙跨进门去,在屋子中间的桌子旁坐下,这才有些不明白地对贺老三问:"爷爷,要是我还没有满月,你是不打算让我进屋子了?"贺老三毫不掩饰地说:"那是肯定的!"乔燕忙问:"为什么?"贺老三咧开宽厚的嘴唇笑了笑,有点不好意思地说:"姑娘,你别怪我老汉迷信,我们乡下就兴这些!"乔燕等了一会儿,见他不说,便又着急地催问:"爷爷,究竟为什么,你说呀!"贺老三这才道:"说了你可不要生气呀!我们乡下人认为女人生了孩子后身子都不干净,如果还没满月就到别人家去,会给人家带来晦气……"乔燕听毕,故意伸了伸舌头,道:"爷爷,幸好我都快两个月了。"

正说着,贺老三的老伴闫加珍趿拉着一双拖鞋,出现在堂屋里。她的头发有些蓬松,脸上还带着睡意。她的个子比贺老三还高,脸上布满皱纹,粗胳膊粗腿,身体比贺老三还要健壮。她一见乔燕,像是没想到的样子,急忙道:"姑娘,啥子风把你吹来了?"乔燕忙站起来对她说:"奶奶,我生了孩子,感谢你和爷爷到城里来看我,我回来了,也来看看你们!可我来看你们什么也没有带,只带了两挂生姜……"一边说,一边伸出两只手掌朝女主人比了比。"两挂生姜"是"空着两只手"的意思,这个比喻还是乔燕从贺家湾人的口中学到的。闫加珍忙道:"姑娘,你是贵人,你能来看我们,就是看得起我们,还要你带什么?姑娘,你吃饭没有?"乔燕道:"吃过了,奶奶!我在贺世银爷爷家吃的……"话还没说完，闫加珍就道："姑娘，你看得起贺世银，就看不起我们了？你可别生这个老东西的气，他可是个老糊涂……"乔燕知道女主人指的是什么，忙说："没有！爷爷也没有什么错，我生他什么气？要是我生气，就不会来看你们了！"说着便把话题转移开去，看着贺老三问，"爷爷，你家里的房子这么宽呀？"贺老三听乔燕这么问，忙说："这房子可不全是我的。这几间屋是我的，外面那几间屋是贺贵的，他把钥匙给了我，叫我帮他看到起！"

乔燕"哦"了一声，问贺老三："贺贵是谁？"贺老三道："贺贵就是贺贵嘛！他老伴早死了，有个女儿叫贺海萍，在海南打工时便嫁到了那里，前几年回来把贺贵接到了海南，便把房子让我们住着……"乔燕笑着对他道："哦，爷爷，你白住几间房子，他没收你的租金吧？"贺老三撇了一下嘴道："姑娘，他白给我住我都不愿意，还敢向我要租金？"

乔燕不吭声了。她知道农村现在有许多房子都空起没人住。她朝院子里看去，只见午后金黄色的阳光如从天上泼下来似的，欢快地在房顶上、墙壁上和院坝里闪烁、跳跃，把座偌大的院落装扮得分外绚丽。可院子却寂静着、沉默着，静得仿佛没人一般。刚才被乔燕的车惊飞的十几只鸡，现在聚在了主房的阶沿上，把头埋进翅膀里，也像是睡过去了一般，没有一点声息。乔燕的目光从正房的主房一直掠到对面的厢房，只见家家关门，户户闭户，有的门上挂着一把大铁锁，锁梗上布满了锈渍。有的两扇门虽然开着，可屋子里连墙壁也没有了。

乔燕的心情不由得有些沉重起来。她想了想，突然对贺老三说："爷爷，你带我看看你的屋子吧。"贺老三以为听错了，忙看着乔燕道："姑娘，几间空屋子，有什么看头？"乔燕道："空屋子我也想看看！"贺老三想了一想，才道："你要看就看吧！"说着，果然带了乔燕，往里面屋子走去。

这是紧靠客厅的一间卧室。顺着客厅方向的墙壁边，是一张老式的雕花架子床，鼓腿膨牙，床沿宽得可以搁下一只小面盆，床柱也很粗大，上楣的床檐和楣罩上，雕满花草虫鱼，图案精美，下面还有一只踏凳。但床上十分凌乱，被子没有理，揉成一团，显然刚才贺老三和闫加珍就在这床上睡觉。床的对面，靠着墙壁是一张条几，看不出颜色，和床一样，也有些年代了。桌上摆着乱七八糟的东西。上面的墙壁上，挂着一个镜框，里面装着一张五寸大的黑白相片，颜色有些发黄。从堂屋窗格透进的阳光，正好照在相片上，乔燕可以清晰地看清里面每个人物的表情。雕花大床的左面墙角里，是一只用木头做成的大扁柜，柜子的木盖只有半边可以开启，另半边固定死了。在固定住的那半边盖子上，又竖了一只可以从中间往两边开门的小木柜。雕花大床的右面,则是几个泡菜缸。到了另一间屋子,乔燕看出这也是一间卧室,里面有一张新式的架子床,做工十分粗糙。床上没有被褥,只堆了几个箱子,显然是没人在上面睡。

乔燕只粗粗地将房间扫了一眼,又随贺老三进了另一房间。这房间里有一座用砖砌的石仓,可仓门大开着,里面是几只鼓鼓的口袋,装的像是废旧衣服和棉絮,因为从仓里发出一股衣服的霉味。而石仓的对面,也空着一架木床。再进一间屋,屋子里堆满了木耙、铁犁、风车、簸箕、晒席、木桶等庄稼人现在用不上的东西,发出一股老鼠屎尿的异味。再进一间屋,除了有些发霉和潮湿的空气,什么都没有。

再进一屋,屋中摆了一张老式的八仙桌,桌腿很粗,很笨重的样子。几条大板凳,两条靠在墙壁边,两条在桌子边,还有两条小板凳,塞在墙边的大板凳下面。那桌子和凳子上,已积满了厚厚的灰尘。墙壁上挂着一本美女日历画,灰尘已经把上面的日期全遮盖住了。

贺老三对乔燕道:"这就是贺贵的房子,我们没来住,也没给他打扫。另外几间也是空起的。这房子没人住,已经朽了。外面那一间,后面和靠边那一面的墙壁全垮了,像是一间敞棚!"

乔燕将屋子看了半天,心里无限惋惜,说道:"城里人要是买套一百平方米的房子,就觉得不得了了,可乡下却空着这么好的房子让它朽烂下去,真是太可惜了!"贺老三却道:"姑娘你不知道,当年这前后院子一共住了二百多人,可热闹了!那年我老大做生意赚了第一笔钱,给我买了一台黑白电视机。嗨哟哟,全湾人都把它当成老寿星的脑袋——宝贝疙瘩!一吃了晚饭,全湾人都跑来看电视,把我那客堂屋都差点挤爆了!没办法,我把电视机搬到院子里放,那人真是插笋子似的!大家都说是'坝坝小电影'。看完电视人走了后,院子里到处是纸呀、瓜子壳呀什么的,还有那些穿开裆裤的小娃儿拉的屎呀尿呀,我们两口子还得把院子打扫干净了才能睡觉。嘿嘿,可我们心甘情愿呀,热闹呀!"说到这儿,老头脸上露出了微笑,目光中闪着非常明亮的光彩,似乎还沉浸在当年那场景中一般。

过了一会儿,老头又回忆地说:"那时电视里经常播一首歌,叫什么……"说着,老头皱起眉头,抬着看着屋顶,努力想了半天,才猛然说道,"《在希望的田野上》!"脸上又露出陶醉的神色,然后问乔燕,"姑娘听说过这首歌没有?"乔燕道:"当然听过!"说着便轻轻地哼唱了起来:

> 我们的家乡　在希望的田野上
> 炊烟在新建的住房上飘荡
> 小河在美丽的村庄旁流淌
> 一片冬麦　那个一片高粱啊
> 十里荷塘　十里果香……

乔燕刚哼到这里，贺老三便高兴地叫了起来："可不是这首歌！那时候大家听多了，都学会了唱，连我和老伴也能够唱上一段……"

乔燕哼着歌，走进了贺老三刚才对乔燕说的贺贵那间垮了墙壁的屋子里。贺老三对乔燕道："这就是贺贵那间屋，你看三面通风，像不像一座敞棚？下面柱子和板壁已经开始朽了！"乔燕抬头一看，却惊呆了：原来一串串金黄色的苞谷，从屋梁上一排排垂挂下来，犹如一道道帏幔一般，密密匝匝地挂了满满一屋子，十分壮观。那苞谷棒子又粗又长，不但籽实饱满，而且分布十分均匀。乔燕在电视里见过北方农家挂玉米棒子的画面，那些黄灿灿的壮观场面曾给她带来很大震撼，没想到今天在贺老三这儿看见了。乔燕惊喜地对贺老三道："爷爷，这是你们家的苞谷？"贺老三道："别人家的苞谷怎么会挂到这里来？"乔燕又不解地问："爷爷，你们家的苞谷棒子为什么不脱粒？"贺老三忙道："怎么没有脱粒？我脱了粒的苞谷早就卖了。挂在这里的，是准备今后用来喂鸡喂鸭的！你看，这屋子几面通风，挂在这里，苞谷棒子会自然干。以后要喂鸡鸭了，扯下两根，用手脱了粒，丢到地下就喂了，省了储藏的麻烦，有什么不好的？"

乔燕明白了，她仔细看了看，发现这些苞谷棒子比她在贺家湾其他人家看见的要粗大得多，便又问贺老三："爷爷，你这些苞谷棒子都是从苞谷堆中选出来的吧？"贺老三听了这话，有些不解地眨了眨眼，然后看着乔燕道："姑娘，你这话是啥意思？"乔燕道："我看过其他人家里的苞谷棒子，都没你的苞谷棒子好！"听乔燕这么说，贺老三脸上放出了紫铜色的光彩，道："你这话说对了，我贺老三不喜欢马屎皮面光！我告诉你，一样的种子，一样的地，我种的苞谷就和湾里人种的不同！"

一听这话，乔燕感兴趣了，立即问道："爷爷，怎么和其他人不同？"贺老三见乔燕虚心求问，脸上又露出了得意的表情，一边摇晃脑袋，一边说："不哄姑娘说，膏药一张，各有各的熬炼！我种的苞谷，每亩要比别人多收二百多斤，折算成钱，就要多赚二百多块呢！"乔燕惊叫起来："真的！爷爷，那你是怎么做到的?"贺老三脸上仍荡漾着笑容,像传授经验似的对乔燕道:"这话我只给你说,要是别人,我可不会讲!我首先在耕种方法上做了改进,一是所有苞谷用地膜覆盖,可村里其他人要么想省力,要么想出去打工赚钱,很少有人用地膜覆盖!第二,我根据土壤肥力科学施肥,每亩施三元复合底肥五六十斤,中耕追尿素四五十斤。其他人基本都是按照底肥一亩一袋复合肥,中耕又追施一袋尿素,以为肥料越多越好,结果费力不讨好!第三是用了起垄种植,与覆膜配套,既方便灌溉并且节水,也有利于中耕除草,还能防止倒伏。可其他人点的都是板板的,密的那些,连风都透不进,稀的呢,又像癞子脑壳上的头发,风一吹就倒了,你说能增什么产?"

乔燕听完,带着几分敬佩的口吻对他问道:"世富爷爷,你是怎么知道这些知识的?"贺老三听完,便用炫耀的语气回答乔燕道:"姑娘你不知道,大集体时代,我就是大队的农机手!那里全大队只有一辆手扶拖拉机,一部用来抽水的柴油机,我是全大队最早与农机打交道的人。后来老革命郑锋郑书记见我做农机手是高射炮打蚊子——大材小用,又让我做大队的农技员。我这人虽然文化不高,但我什么都喜欢弄,所以我懂得比一般村民多,从那时起就知道科学种田的重要性!后来改革开放了,我又出去打过几年工……"

乔燕一听贺老三还出去打过几年工,正想问问他在外面打工的情况,可一看时间,不知不觉快到4点了。她知道在这个季节里,一般过了3点,庄稼人就要陆续下地,便想抓紧时间对他说说省上脱贫攻坚检查验收的事。刚要开口,却又把话咽了回去。她想起古人"欲速则不达"的话,意识到现在对贺老三说这事,不但不能取得满意的效果,还可能使他产生逆反心理,不如暂时不说,等多来几次,感情更融洽以后,再开口对他们说可能会更好。这么想着,便对贺老三说:"世富爷爷,你恐怕要忙着下地吧?你看我来一聊,就和你聊了这么久,真是对不起!"贺老三忙说:"姑娘,你宰相肚里能撑船,不但没生我的气,还来看我,该说对不起的,应该是我!"乔燕听了也马上道:"爷爷,快别说那些了,以后我会常来看你,你可要多帮助我……"贺老三没等她说完,便道:"姑娘,我能帮助你什么?你要常来看我,我睡着了都会笑醒!"说罢像个小孩子似的突然附在乔燕耳边说,"姑娘,我们家老婆子昨天蒸了新米醪糟,明天发酵就差不多了。明天你来尝尝新米醪糟,那味道可不一样呢!"乔燕笑了,也看着老三做出调皮的样子问:"真的,爷爷?"贺老三道:"可不是,姑娘,你不知道,这个季节,正是做醪糟的好季节呢!"乔燕正求之不得,立即说:"好,爷爷,我明天一定要来尝尝奶奶的手艺！"说罢，骑了电动车又往贺四成家驶去了。

　　骑了老远，乔燕回头看去，发现贺老三还站在院门边，心里不由得一阵感动。她想起贺端阳去年曾经对她说过的"中坚农民"的话，感到贺老三就是贺家湾的"中坚农民"。以前竟然忽视了他，以后可得多向他请教，说不定他真能帮助自己呢！

第六章

傍晚的时候，乔燕才回到村委会，刚坐下，想歇会儿再给张恤喂奶，张芳便来了。乔燕一见马上站起来问："张姐，怎么样？"张芳一边摇头，一边道："我说不行就不行吧，这不是白跑路……"乔燕没等她说完，又急切地问："她怎么说？"张芳说："她说，要她嫁给贺勤，除非下辈子！"乔燕还在等张芳说下去，张芳却住了嘴。过了半晌，乔燕才问："就这两句话？"张芳道："还能有啥子话？我听见她这么说，便没再问她了。她相信你，要不你亲自去问问她！"说完，告别乔燕回去了。

乔燕等张芳走后，坐在椅子上发起呆来。想了一阵，给张恤喂了奶，把孩子交给婆母，便打算到吴芙蓉家里去。这时张健却来了。

张健是给乔燕送冰箱来的。冰箱斜装在轿车后面的尾厢里，车厢尾盖没法盖上，往上翘着，像狮子张开的大嘴。乔燕一见张健，打消了去吴芙蓉家的念头，对他道："你来得正好，要再不来，我就要抽时间回去了！"张健一边从车上搬冰箱，一边问："你回去有什么事？"乔燕道："你还问我！你们找陈总给贺世银大爷家砌堡坎的事，难道忘了？"张健道："怎么会忘？回去我和吴队就催一催！"说着把冰箱从车上搬下来，扛到屋子里，撕开包装，移到屋角去放好。

乔燕见丈夫头上冒着汗，既感动又心疼，急忙去倒了一杯开水，双手捧过去怪笑着道："夫君辛苦了，奴家亲自奉茶，请——"张健"扑哧"一笑，说："你应该去演电视剧！"乔燕说："我演电视剧，一定也能成为明星！"又笑道，"夫君劳苦功高，奴家今晚亲自下厨，给你做几个好菜也！"说着，果然拿起袖套就往衣袖上套。

51

张健妈看见，马上把张恤递了过来，道："哪个要你去做饭？你把娃儿抱着，还是我去……"乔燕听婆母这样说，放下袖套，正想去接张恤，张健早一把抱了过去，又是亲又是摇晃，嘴里"幺儿幺儿"地叫个不停，把乔燕乐得眼角都沁出了泪花。

　　吃过晚饭，趁婆母在厨房埋头洗刷碗筷，乔燕一边奶孩子，一边轻声问张健："今晚上你们单位没什么重要的事吧？"张健道："怎么了？"乔燕道："没什么事本夫人特地恩准你就在这儿睡！"张健一听便涎着脸走了过去，说："不是你恩准，是本夫君今晚上要宠幸你呢！"乔燕倏地红了脸，伸手要去打张健，张健却往旁边逃开了。乔燕刚才欠身一动，乳头却从张恤的小嘴里滑脱了，张恤"哇"的一声哭了起来。乔燕一见，对张健嗔道："真不害臊，他都知道讨厌你了！"

　　没一时，张健妈洗刷完碗筷上来，乔燕把张恤又交给了婆母，然后对张健正经道："你今晚上既然不走，就陪我去个地方！"张健问："什么地方？"乔燕笑着道："去了就知道了！你不想欣赏一下贺家湾的夜景？"张健正在犹豫间，张健妈却道："我把孩子带着，外面大月亮，你们出去走走吧！"张健这才道："好嘛，我今晚上给乔大书记当个跟班吧！"说着便跟着乔燕去了。

　　下了楼，两人来到院子里，地下银辉如水，一派寂静。乔燕主动挽了张健的手，走到村委会前边那棵老黄葛树下，听到一片蛙声从远处传来。乔燕望着远处的树影和山岭，这才对张健说："我们今晚上是去做媒的。光有我这个媒人婆，没有媒人公怎么行呢？"一听这话，张健笑了，道："你捣什么鬼，什么时候学会做媒婆了？"乔燕道："我可不是捣鬼，你听我说！"便把贺勤和吴芙蓉的事对张健讲了一遍，讲完又对张健说，"要不是你来，我刚才就去了。"张健道："你怎么管这些闲事……"话没说完，乔燕便道："这怎么是管闲事呢？你以为扶贫就是送点物资、跑点项目是不是？扶贫说到底是做人的工作，做社会的工作。家庭是社会的细胞，把家庭工作做好了，社会就稳定了。社会稳定了，你们公安就少许多工作做了，国家就少修许多监狱了。你说我这工作意义不重大吗？"张健又笑道："好了，好了，我说不过你。你做的工作意义都很重大，本夫君愿意给你效劳，这下行了吧？"

　　两个人踏着月色，听着蛙声，说着话，没一时便到了吴芙蓉大门口。那只卧在屋檐底下的大黄狗嗅到了生人的味道，突然跳起来吠了一声，正要扑过来，乔燕喝了一声，它又乖乖地躺下去了。乔燕走上阶沿敲了两下门，声音刚落，门

"吱呀"响了一声，小琼出现在门口，一见乔燕，便欢喜得叫了起来："姑姑……"可一眼看见乔燕后面的张健，却突然闭了嘴，很快又回过了神，对着厨房喊道，"妈，乔姑姑他们来了！"

应着喊声，吴芙蓉从厨房里转了出来，手上湿漉漉的，腰上的围裙也没解。一见乔燕和张健，她又惊又喜，也叫了起来："哎呀，姑娘，你们怎么来了？"又急忙对小琼、小娥两姐妹说，"你们还站着干什么？屋子里这么乱，还不快收拾收拾……"乔燕忙说："婶，屋子里干干净净的，收拾什么？"说罢和张健进了屋。

乔燕坐月子期间，吴芙蓉到乔燕家里去过三次，张健已经认识了，乔燕只把小琼、小娥姐妹给张健做了介绍，然后对吴芙蓉道："婶，我想和你说点事。"吴芙蓉一听这话，急忙解了围裙，一边掸身子一边对乔燕问："姑娘有什么事尽管说！"乔燕看了一眼张健，便笑着道："对不起，张大队长，我跟大婶说点悄悄话，暂时委屈你给小琼和小娥妹妹当回老师，给她们讲讲作业……"话还没完，小琼、小娥却叫了起来："我们作业做完了！"乔燕想了想又道："那就让他给你们讲故事！我可告诉你们，他是专门抓坏蛋的，故事可多了！"两个小姑娘一听这话，都欢喜得拍手叫道："好哇，好哇！"乔燕朝张健眨了眨眼，拉着吴芙蓉进了里屋。

乔燕把吴芙蓉拉到床边坐下，道："婶，我给你说件事，你听了不管对不对，可千万不要生气，啊！"吴芙蓉见乔燕说得这么认真，一头雾水，便问："姑娘，什么事呀？你尽管说，我不生气！"乔燕这才把昨晚看见贺勤以及他们之间的谈话都告诉了吴芙蓉。

没想到吴芙蓉变了脸色，嘴唇也像风中的树叶一样颤抖了起来。抖着抖着，转过身子，用手蒙住脸，肩膀一耸一耸，就伤伤心心地哭了起来。乔燕急忙过去扶住她的肩膀说："婶，你这是怎么了？我的话说得再不对，你也不用这样呀！"吴芙蓉哭了一阵，才哽咽着说："姑娘，这不、不关你事……"说完又哭。乔燕被吴芙蓉哭得心酸起来，便又去拉她，道："婶，你究竟遇到了什么事，跟我说一说！我虽然年轻，可也是女人，女人都是能互相理解的……"话没说完，吴芙蓉突然转过身子，一把将乔燕抱住，继续哽咽着道："姑娘，我、我心里苦、苦呀……"乔燕愣了一下，便拍着她的背道："婶，你有什么苦，说出来心里就好了！"吴芙蓉又呜咽一阵，终于说道："那个没良心的，我这辈子都是他害的……"说罢，便一边抽泣，一边讲了起来……

53

吴芙蓉告诉乔燕，做姑娘时，她也是个漂亮女人，有着苗条的身材，大大的眼睛，虽比不上画里的人儿，但在村里，也是数一数二的。她上面有两个哥哥，父母一心想生一个女儿，尤其是她母亲，觉得只有女儿和娘才最贴心，因此便生下了她。父母把她视为掌上明珠，两个哥哥也一样，对这个小妹妹十分宠爱，什么事都依着她。

她小学和初中的学习成绩都很好，可到了高中时就不行了，因为她恋爱了，这人就是同班同学贺勤！那时贺勤瘦得像根麻秆，脸色也因营养不良而呈现一种土灰的颜色，经常穿着一件可以两面穿的立领夹克衫，一面黄，一面灰，直到穿得看不到布的颜色了才换下来洗一洗，晾干了马上又穿。人又木讷，像个闷葫芦一般，但他学习成绩好。她也不知道自己究竟爱他什么。或者是因为他的学习成绩好，或者是他那忧郁的气质让她怦然心动，或者还有别的什么，总之她无法说清楚，却又为他整日神魂颠倒、魂不守舍，经常用自己的零花钱给贺勤买东买西。高二放寒假时，她悄悄到了贺家湾。从吴家湾到贺家湾有十多里路，她走了大半个上午，才赶到贺家垭口。她向人打听了贺勤的家，原来贺勤的家是一座很破烂的房子，从上面往下看，像是草垛子一样趴在地上。她突然没有勇气往下面去了，便坐在垭口上，看着贺勤家里屋顶上一缕炊烟冒起来，袅袅上升，在空中散开，这样过了一个多小时，那炊烟又慢慢下降，最后从屋顶彻底消失。然后她才站起来，怀着十分复杂的心情回去了。

转眼就到了高中最后一个学期，她的成绩更是糟糕透顶。正在这时，班主任老师来找成绩差的同学谈话了，动员他们放弃高考报名。吴芙蓉本来就对高考信心不足，听了班主任老师的话，想也没想，便收拾起东西提前回家了。贺勤虽然参加了高考，却不知怎么回事，也是名落孙山。听到这个消息，吴芙蓉简直不敢相信自己的耳朵。又过了几天，她从同学那里得到了准确信息，忍不住又往贺家湾跑去了。

到了贺家垭口，她没有再犹豫，从小路直接往下面走去。才走到山下，忽然看见贺勤上面穿着一件蓝色背心，下面穿着一条黑色短裤，头上连草帽也没戴，裸露着胳膊和腿，正埋着头在旁边地里割苞谷秸秆，好像在故意处罚自己一般。吴芙蓉一见，那心便像做贼一般"咚咚"地跳了起来，看了半晌，见他并没有抬头，忍不住喊了一声："贺勤！"一边喊，一边往地里跑了过去。贺勤直起身来，看见了吴芙蓉，一下呆住了。正不知所措时，吴芙蓉已跑到他面前，一把抱住了他，道："这么大的太阳，你还在外面干活？"贺勤过了一会儿才明白过来，一把丢下了手里的镰刀，也将吴芙蓉抱在了怀里……就在这个中午，她以蓝天做被、大地做床，日头作证，把自己的第一次交给了贺勤。

激情过后，他们才坐起来，在四周苞谷秸秆的沙沙声中诉起了衷肠。吴芙蓉问他："你下一步怎么办？"贺勤道："我二姑爷是个泥水匠，包工头，我爸我妈叫我去学泥水匠……"吴芙蓉一听立即道："你成绩那么好，怎么能去学泥水匠？不行，你去复读，我和罗英、黄小玲几个同学约好了，出去打工，我挣钱来供你复读……"听到这里，贺勤突然冷笑了一声，道："我爸我妈不会答应的！他们说，读了大学有什么用？二姑爷小学还没毕业，现在挣的钱，就是造原子弹的也比不上呢！我二姑爷也说，叫我跟着他干，以后也当包工头，叫那些念了大学的人来给我打工。我也不想读了！"说完又一把抱住了吴芙蓉道，"芙蓉，我要娶你，我知道你爱我，我也爱你，我一定要娶你！"吴芙蓉伏在贺勤肩头上哭了起来。她等这话，等得好苦呀！现在终于听到贺勤说出来了，她怎么能不高兴呢？两人又缠绵了一阵，贺勤不敢把吴芙蓉带到家里去，吴芙蓉只好又顶着日头回去了。

从此，吴芙蓉心里安定下来了，她知道贺勤爱她，而且自己也已经把身子交给了他，她相信他一定不会变心，便和罗英、黄小玲等几个同学一起，放心地到外面打工去了。那时两个人的联系还主要靠书信，可贺勤跟着姑父学泥水工，工作地点又不固定，吴芙蓉给贺勤写过好几封信，都没有得到贺勤的回信，便没再写了，但她心里坚信贺勤不会忘记她。过了几年，她已经二十三岁了。这年夏天，黄小玲回家结婚，度完蜜月回到他们打工的工厂，就对吴芙蓉说："贺勤结婚了，女方和你只差一个字，叫张芙蓉，就是他姑父的小侄女……"吴芙蓉正在流水线上作业，一听这话，头脑突然"轰"的一声，便倒在了地下……

吴芙蓉十分伤心，但她心里还存着几分侥幸，觉得这消息可能不太准确。为了弄个水落石出，她专门请假回了一趟家，得到的信息完全没错。

从此以后，她的心一下冷了。她不想嫁人了，不管什么人来给她说媒，她都一概拒绝，弄得父母都不知该怎么办。转眼又过了三年，她都二十六岁了，在那时的农村，这已经算是嫁不出去的"老姑娘"了。父母着了急，这年过春节的时候，父母给她下了最后通牒："今年再不带一个男朋友回来，我们就当没生你了！"接到父母的电话，她痛苦起来。想着父母冒着那么多的风险把自己生出来又抚养大，如果只顾自己，这也真的太对不起父母了！便有一种随便把自己嫁出去的想法。

恰巧在回家的火车上，她碰到了也是从外面打工归来的初中同学贺兴旺。贺兴旺也是贺家湾人，初中毕业就出去打工了。两人一攀谈，她知道贺兴旺也没有找对象，见他看上去憨厚老实，模样也过得去，灵机一动，便叫他冒充自己的男朋友去见自己的父母。贺兴旺受宠若惊，哪有不答应的？贺兴旺表面憨厚，心里却十分精明，一一问了她家里都有什么人。到了县城，他让吴芙蓉在车站等着，自己去去就来。等他回到吴芙蓉身边时，手里已经提了几大包礼物，包括她的父母、哥嫂和小侄子，没有一个落下。吴芙蓉一看，心里不觉感动起来。

回到家里，她父母哥嫂问了问小伙子的情况，知道只有初中文化，家境也不好，便有些不满意。没想到贺兴旺在吴芙蓉家里住了两天，全家人都喜欢起他来。一是他那张嘴非常甜，能说会道，把一家老少都哄得眉开眼笑；二是他特别勤快，看见什么活儿就干什么活儿，让她父母特别开心。住了两天，他要回去，老两口竟然有些舍不得他走。

转眼到了大年初二，这是乡下通行的给长辈拜年的日子，贺兴旺又来了，背了两大包礼物，一进屋便是每人送上一份。这次更比上次不同，他一来便挽起袖子，套上围裙，进了厨房做饭，很快弄出了一桌好菜，喜得吴芙蓉的母亲和嫂子合不拢嘴。吴芙蓉见父母哥嫂高兴，加上心里有一种想把自己随便嫁出去的想法，更重要的是，她还有报复贺勤的念头，心想："都在贺家湾，我倒要看看你看见我会怎么样！"几个念头交织在一起，竟然弄假成真，当过完大年两人又要出去打工时，吴芙蓉没再到自己原来打工的工厂，而是随贺兴旺到了一个新的地方，而且两人住在了一起。

最初他们都在外面打工，还不怎么觉得，可几年后他们都回到了贺家湾，吴芙蓉才知道自己犯的错误有多么不可饶恕。原来，她的心里并没有忘记和贺勤那段情缘，只要一看见贺勤，她便会不由自主想起自己那些刻骨铭心的思念和煎熬，爱之愈深，恨也愈深。贺勤看见她，也像犯了罪一样，要么绕着道走，要么把头埋下去，从不敢正眼看她一下。这种情况一直持续到她的小女儿出生了，她心里的伤痕才慢慢好了一点。原想这辈子就这样过去了，没想天有不测风云，贺兴旺回来在贺世海那里打工，几年前在工地上被水泥板给砸死了，从此留下了她们孤儿寡母。所以吴芙蓉觉得这一切都是贺勤这个负心汉给她造成的……

乔燕听完，心里既感动，又惋惜。见吴芙蓉脸上还挂着泪痕，忙从挎包里掏出纸巾，一边替她擦着脸上的泪痕，一边问："婶，你现在还爱着贺勤大叔吗？"

吴芙蓉没立即回答，却从乔燕手里拿过纸巾，把脸上的泪痕擦干净了，然后才答道："这么多年过去了，还说什么爱不爱，可也没过去那样恨他了！特别是他女人死后，我见他邋里邋遢、好吃懒做，一副狗屎糊不上墙的样子，我心里又恨他又可怜他……"听到这里，乔燕心里有数了，忙道："婶，你们一直没在一起交流过？"吴芙蓉道："我对他恨都恨不过来，还和他交流啥子？"乔燕又道："贺勤大叔也没主动来找你交流过？"吴芙蓉道："他倒是像癞皮狗一样，有好几次挨挨擦擦想来跟我说话，都被我拿笊篱打走了！"乔燕沉默了一会儿，才道："婶，这就是你的不对了，你为什么不听他说一说呢？我觉得你和贺勤大叔中间，一定还有什么误会，只不过在这二十年中，你们心中都各自充满了怨恨和委屈，这种误会便一直得不到消除……"吴芙蓉马上问："你说还有什么误会？"乔燕道："婶，我也一时说不上来，不过凭我的感觉，你们中间一定有误会！比如说，当年你和他都那样了，为什么他又突然娶了别人？"说完停了一下，目光落到吴芙蓉脸上，才接着道，"婶，从昨晚上贺勤大叔想见你又不敢见的情况来看，他心里仍然有你！假如贺勤大叔还来找你，我建议你们把心里的话都说出来。"

听了这话，吴芙蓉低了头，不吭声了。乔燕见吴芙蓉心有所动，又忙说："婶，我还想问你一句话，你可要给我说实话！如果贺勤大叔真的心里还有你，你愿不愿和他破镜重圆？"说完紧紧看着吴芙蓉。吴芙蓉脸上先是微微红了一下，半晌才说："姑娘，都这把年纪了……"话还没完，乔燕忙道："婶，你们才多大年龄？未来的路还长着呢！"又推心置腹地道，"我倒觉得婶真该认真考虑考虑一下呢！小娥和小琼慢慢大了，迟早是要嫁人的，到时候婶一个人过日子，年纪又大了，没个老伴，真的很不容易呢！贺勤大叔有段时间确实不太成器，可现在变好了，重操旧业，每天能挣两三百元，加上贺峰又是个好孩子，考上一个好大学后，你们今后也有了依靠！"又在吴芙蓉的大腿上拍了拍，继续道，"婶，我虽然年轻不懂事，可我觉得你和贺勤大叔真的很般配呢！"吴芙蓉嘴唇哆嗦了几下，像是又要哭的样子，却忍住了，然后紧紧抓住了乔燕的手，半晌才颤抖着道："姑娘，你真是个好人……"乔燕心里全明白了，便也握着吴芙蓉的手，道："婶，你放心，我让贺勤大叔亲自来对你说！"

乔燕又安慰吴芙蓉一番，这才推开门走出来，对张健说："我们走吧！"张健一听这话，得到解放似的，忙不迭地站了起来，两个小姑娘眼睛里却露出了恋恋不舍的神情。乔燕见了便道："叔叔讲的故事好听不好听？"两个小姑娘齐声道："好听，我们还想听！"乔燕道："好听我叫他下次再来给你们讲，现在我可得回去喂小弟弟了!"两个小姑娘听了这才不说什么了。吴芙蓉把他们送到院子外面,看见他们消失在月光里了,这才又抹着眼泪回屋去。

第二天,乔燕继续往那些非贫困户家里去,心里却老是想着吴芙蓉的事。傍晚从贺联海家往回走时,正好路过贺勤家。乔燕过去一看,贺勤家的大门仍然锁着,她想了想,便从挎包里掏出笔和本子,撕下一张纸,在上面写道:"贺勤大叔:我有十分重要的事告诉你。看见字条后,速到村委会办公室来,谢谢!"然后落下名字,折叠起来插在门的缝隙里,露了一半在外面。

晚饭后,小婷晚上没事,天没黑便也来到这儿。乔燕刚喂过张恤,小婷在旁边一会儿去抚摸张恤的小脸蛋,一会儿又缠住乔燕要她把张恤给她抱一抱,既淘气又让乔燕喜欢。正在这时,贺勤来了,一见乔燕便问:"姑娘找我有什么事?"乔燕便把孩子交给小婷,道:"好,你要抱,就抱去给他奶奶吧。可要小心,别摔着了!"小婷高兴极了,急忙从乔燕手里接过孩子,像捧着一件宝贝似的小心翼翼地走了。乔燕等小婷一走,这才对贺勤说:"大叔,我们到阳台上说!"说着把椅子搬到了阳台上,贺勤也端了一把椅子跟着过来了。

月光融融,阳台上像是撒了一层银粉,蝉们这时虽然不叫了,可一种叫"油葫芦"的虫子却躲在草丛里鸣叫成一片。但这种叫声不像蝉叫那么尖锐,细细密密,像是窃窃私语。从阳台再往远处看,只见树影婆娑,远山绰约,一切都被月光笼罩在一种温柔的气氛中。坐定以后,乔燕才对贺勤说:"大叔,我要祝贺你呀!"贺勤道:"祝贺我什么?"乔燕道:"你自己的事还不知道?"便把吴芙蓉昨晚上那些话对他说了一遍,又说,"大叔,你真是幸福呀,有人这么爱着你,你怎么失之交臂了呢?你告诉我,这究竟是怎么回事?为什么后来你又娶了贺峰的妈妈?"说完就看着贺勤。

月光照在贺勤脸上,她看见贺勤脸色有些苍白。半天,贺勤才声音十分低沉地说了起来:"姑娘,真是一言难尽,你让我从哪儿说起呢?"乔燕道:"当初吴芙蓉大姐那么爱你,你知道不知道?"贺勤马上道:"我又不是木头人,怎么会不知道?当初我确实是要娶她的,可天不遂人意!我刚才给你说过,我那时很'封建',我都和她发生关系了,可不敢告诉父母。过了半年,我亲姑突然来给我保媒,说的又是她的婆家侄女,也怪了,她的名字偏偏又叫张芙蓉。我父母一听,亲上加亲,张芙蓉我父母又是见过的,人也不错,更重要的是,我在姑父手下学手艺。几个因素加在一起,我父母便一口答应了下来。这时我才急了,忙把吴芙蓉的事告诉了他们，而且特别给我妈说明，我们都发生过关系了。可不说这话还好，一说这话，我母亲更不依了，道：'连亲都没订，跑这么远的路来勾引男人，这样的女人有什么好的？你想答应她，除非等我死了！'我也对母亲说：'如果你们不同意我娶吴芙蓉，我宁愿去死！'我母亲说：'你死，你死起我看看！'我听了这话，便以绝食相威胁。可没想到，我母亲比我更横——她是全湾出了名的横人！她见我两天没吃饭了，不但不来安慰我，反而拖了一根绳子到我房间里，对我说：'与其让你死，不如让我先死了！'说着将绳子往屋梁上一拴，打了个结，搭根板凳，把头往结里一套，果真便吊了起来。我吓住了，马上跳起来，到厨房拿出一把刀，把绳子割断了。你说，我遇到这样横的父母，能有什么办法，只好答应了他们……"说到这儿，贺勤又将头埋下了，痛苦地道，"我对不起她，真的对不起她！"乔燕见贺勤难过的样子，便道："后来你怎么不对她解释……"贺勤道："我怎么不想对她解释，可她根本不愿听。我还没有开口，她不是朝我吐唾沫，就是大骂。我知道我给她带来的伤害太深，也不敢回答她！"说完又捧着头不作声了。

乔燕全明白了，便道："大叔，你给我一句真心话，你现在还爱着芙蓉大婶吗……"话还没完，贺勤抬起了头，对乔燕道："我知道是我伤害了她，我愿意下半生给她当牛做马，可她……"乔燕知道他后面的意思，立即道："大叔，什么都别说，你回去把昨天晚上准备给婶的礼物拿来。"贺勤便看着乔燕问："做啥子？"乔燕道："我陪你一起去芙蓉婶家，你们当面把话说清楚，你该向她赔礼道歉的，就向她赔礼道歉，该解释的就解释，我让你们冰释前嫌。"贺勤却犹豫了，望着乔燕问："可……"乔燕知道他担心再被赶出来，便道："大叔，你怕什么，还有我呢！"贺勤一听，立即站起来就朝楼下跑去。

没一时，贺勤便抱了那个纸袋重新出现在乔燕的屋子里。乔燕站在阳台上把小婷喊了上来，对她说："小婷，陪姑姑走个地方去！"小婷忙问："到哪儿去？"乔燕道："到你吴大婶家去……"话还没完，小婷道："姑姑，我要回去了！"乔燕见她有些不愿意的样子，便道："今晚上就和姑姑睡！"小婷听了这话，先是高兴起来，可接着又道："那小弟弟跟谁睡呢？"乔燕道："小弟弟从生下来，就是和他奶奶一起睡！"见小婷还不相信的样子，又解释道，"他奶奶怕我们年轻人睡觉不安生，把小弟弟压着了，所以她要带着睡，我只是半夜起来去喂一次奶。"小婷真的高兴了，答应了一声，便跟着乔燕和贺勤出门了。

到了吴芙蓉家院子里，乔燕看见从门缝里筛出了一缕灯光，知道吴芙蓉还没睡，便叮嘱贺勤说："大叔，你可要主动一点，啊！"贺勤道："我知道，姑娘！"乔燕又道："你是男人，可要大度一些，不管大婶说什么，你可都得接受！"贺勤道："本身是我伤害了她，她怎么发泄都行！"正说着，那只大黄狗跑了过来，围着他们嗅了嗅，发现是熟人，便又跑回去了。

乔燕走上台阶，敲了敲门，便听见屋子里传来吴芙蓉的声音："谁？"乔燕答应了一声："是我，婶！"吴芙蓉听出乔燕的声音，急忙过来开了门，一见外面立着贺勤，像是没想到似的愣住了。乔燕跨进了门，急忙回头对贺勤道："大叔，进来呀！"贺勤便抱着纸袋进来了。乔燕见屋子里只有吴芙蓉一个人，便问："婶，小娥和小琼睡了？"吴芙蓉道："她们明天要上学，吃了晚饭我就催她们睡了！"乔燕心里暗暗叫好，便开门见山地对她道："睡了好，婶！我把大叔叫来了，你们好好谈谈，把几十年的误会都消除干净！小婷明天也要上学，我也还有一些事，我们就不在这儿陪大叔大婶了！"说着就要往外走。吴芙蓉像是急了，忙道："姑娘……"乔燕马上道："婶，有什么你尽管对大叔说，打他骂他都行！"说完对小婷说了一声，"小婷，我们走！"小婷果然跟着乔燕往外走。贺勤急忙站起来送，乔燕又推了他一把，道："送什么，声音小一点，可别把小娥和小琼吵醒了！我给你们把门掩上！"说着就拉着小婷走了出去，顺手把门给他们关上了。

经过一周多时间马不停蹄的奔波和忙碌，乔燕把村里的非贫困户都跑了一遍，其中贺老三、贺四成、贺丰、郑伯希等上次对她发难的十多个人，有的人家里她去了四次，有的人家里去了三次。去的次数多了，大家的感情也就逐渐融洽起来。感情一融洽，乔燕便慢慢了解了他们心里的一些真实想法。原来，他们中大多数人不是对脱贫攻坚有意见，而是对某些干部有意见，认为形式主义太严重，做事很不实际，摆花架子，而他们的诉求根本得不到解决，渐渐产生不满情绪。乔燕请他们举例说明，可他们又不肯说了。乔燕道："你们给我说说，我一定会为你们保密！"其中一些人犹豫了半天，这才对乔燕说了。乔燕把他们说的都一一记在心头，然后问他们："今后如果有了事，你们还找不找政府呢？"他们马上道："怎么不找政府？不找政府我们找谁？"乔燕就笑了，说："这么说，你们还是相信政府的。还相信政府就好！干部们的工作肯定会有很多不足，但改了就好！"说到这里，又紧接着问，"你们刚才说的主要是对镇政府和贺端阳的意见大，可要是镇上罗书记到你们家里来了，你们高兴不高兴？"他们都道："怎么不高兴？他要是不嫌我们家里桌子板凳不干净，来了我马上杀鸡宰羊。说半天，就是这些当官的人影都瞧不到呢！"

乔燕听了他们的话，心里涌起一种非常复杂的情愫，觉得这些农民们真是可爱。乔燕现在深深地理解了他们，觉得这几天没白来和他们拉家常，说到最后，便把省上脱贫攻坚检查验收的事告诉了他们，请各位爷爷奶奶、大叔大婶们不看僧面看佛面，实事求是地向检查组反映问题。大家听了这话，都说："姑娘你放心，人凭良心斗凭梁，我们不是对你有意见。上次我们闹了你，后来我们都失悔了，这次保证不乱说！"

非贫困户这边，乔燕由担心变为了放心，而贫困户那边，经过这几天村干部和帮扶人的连番工作，用贺端阳的话说，就是穿钉鞋，拄拐棍——稳当得很了！万事皆备，只等省上第三方检查组大驾光临了。

果然，这日县上发来了通知，说省上第三方检查组明天到达县上。检查组在全县将检查二十个乡镇，每个乡镇检查两个村，每个村检查三家贫困户，都采取临时抽签的方式。因此，县上要求每个村的第一书记、各单位的帮扶干部和乡镇干部，从明天开始，都必须在帮扶现场集结待命，一个都不能少。通知一发，全县从上到下立即行动起来了。镇上马主任当天就赶下来，传达了县上的通知和镇党委、镇政府的要求，传达完毕，又急急地往向家沟村去了。

乔燕急忙把村干部通知来，要大家发扬连续作战的精神，再到贫困户家看一看，做到万无一失。村干部却露出了厌烦的神情。贺通良说："乔书记，你前次说贫困户得到了真心帮扶，从心里是感激政府和帮扶干部的，可我们现在成了最不受贫困户欢迎的人。"乔燕立即问："怎么会成为最不受欢迎的人？"贺通良从口袋里掏出一张纸，递给乔燕说："这是我从贺兴阳的门上撕下的，你看看写的什么？"乔燕展开一看，见上面歪歪扭扭地写着："本人已脱贫，请各位领导不要再来骚扰！"乔燕看完不禁"扑哧"一笑，说："上级还没有验收，他就自己宣布摘帽了，真是个好同志呀！"贺通良道："你没看懂他的意思，他是不想我们再去打扰他了！"乔燕这才收敛了脸上的笑容，严肃地道："我怎么会没看懂纸上的意思？可他们为什么会不欢迎大家去呢？"张芳道："乔书记，这你还不明白吗？我们这样三番五次去，人家不但不能下地干活，还得赔着笑脸听我们颠来倒去说那些车轱辘话。俗话说，话说三遍稳，超过三遍就是水。你说人家耳朵都听起茧巴了，会不会烦？"乔燕明白了，便拿眼睛去看贺端阳。贺端阳突然愤愤地道："都是些不识好歹的东西！他以为我们就没有活儿，愿意这样去对他说车轱辘话？不是为了他们能顺利脱贫，鬼大爷才往他们家里跑！不行，他们再没好脸色我们还得要去！他们不愿听我们的车轱辘话，今天去了就只动手，不动嘴，看看他们家里屋子扫干净没有，桌子擦亮没有，被子叠整齐没有。没有，我们就帮他们做！总之一句话，我们不能天亮了还撒泡尿在床上！"乔燕感激地瞥了贺端阳一眼，道："贺书记说得太对了，我还忘了贫困户家里的卫生。这是给检查验收组的第一印象，也一定要做好，那就再辛苦大家最后一次吧！"大家听了又分头去了。

第二天一早，乔燕单位的二十个帮扶干部在姚姐的带领下，乘着一辆大巴车来了。紧接着，镇上的八位帮扶人也来了，其中有乔燕认识的陈老师。村委会一下热闹了起来。

乔燕安排张芳去烧了几大瓶开水提到村委会来，然后招呼大家到会议室休息。姚姐却对她说："我们先到各自的'穷亲戚'家看一看，回来大家再交流吧！"说着，果然带了单位的二十个人去了。

没过多久，去看望"穷亲戚"的人回来了，大家聚在一起，叽叽喳喳地交流了一通各自"穷亲戚"的情况和一些趣事，吃饭的时间就到了。乔燕单位的二十位同志一人去泡了一桶泡面，姚姐看镇上的八名同志坐着没动，便对他们道："你们怎么不泡？"陈老师说："我们晚上回去晚饭和午饭一起吃！"姚姐道："怎么两顿一起吃？先吃我们的，泡完了明天我们拉来就是！"乔燕听了这话，急忙过去拉过一箱姚姐他们带来的方便面，给镇上来的陈老师和曹医生等一人递了一桶，陈老师等人只得接了。

吃过泡面，大家又七嘴八舌地聊了一会儿天，看看太阳已经西斜，还没得到上面通知，姚姐便对乔燕说："看来今天不会来了！"众人也说："就是，如果抽到贺家湾，上面早就通知了！"姚姐说："那我们就回去了，明天再来！"说罢便率众人上了车。陈老师和曹医生等人一见，也都回去了。

第二天如此，第三天、第四天也是这样。大家一连等了几天，见检查组仍然没来，便有些松懈了。第四天下午临走前，姚姐对乔燕说："明天我们先不忙下来了。如果检查验收组抽到了贺家湾，肯定县上第一时间会通知到镇上，镇上会通知到你们村上，到时你再给我们电话，我们抢在检查验收组前面赶到村上来！"乔燕见一连耽误了他们几天，心里也难免有几分愧意，便道："行，姚姐！"又对陈老师等人说，"你们也这样吧！"陈老师等人也忙点头说："行！"大家才作鸟兽散。

万万没想到，就在第二天，刚吃过早饭，乔燕的电话便尖锐地响了起来。她拿起电话一看，是镇党政办的座机号码，心里一紧，便意识到有突发情况。拿起一听，果然是党政办小冯的声音："乔书记，你们中彩了！检查验收组抽到了你们村，马上从县上出发。希望你们立即行动，准备迎接……"

乔燕还没听完，握电话的手便开始抖动起来。她也不知道紧张什么。是身体下意识地抽搐，还是像一场战斗冲锋前的焦虑和忐忑？过了一会儿，她才强迫自己镇静了下来。她发觉小冯早已挂了电话，这才记起给姚姐打电话，然后又马上通知贺端阳。贺端阳说，他已经接到了镇上的通知，现在正在通知村上其他干部。

没一会儿，村干部全部赶到村委会来了。紧接着，马主任带了镇上陈老师等八名帮扶人，在镇上租了一辆长安车，也风驰电掣地来到村上，人人脸上都挂着紧张的神色。马主任等人到村上坐下不久，姚姐带着单位的二十位帮扶人，抢在检查验收组前面，像神兵天将似的出现在贺家湾。

乔燕从来没见过村、镇、县三级的人行动得如此迅速，真像打仗一般。可是，当大家都集中到了村委会办公室的时候，却互相望着，一副不知该做什么的样子。乔燕此时心里仍然有些慌乱，但她明白，虽然自己只是一个不起眼的、没有任何级别的第一书记，可在贺家湾这小小的"一亩三分地"上，此时的她却是一场战役的指挥官。她知道大家都在等着她做出安排部署，便努力抑制了内心的几分紧张，对大家说："这样，大家都不要坐在这屋子里，还是分散到各自的帮扶户去，我和姚姐、马主任及贺书记，到村口迎接检查验收组。大家保持通信畅通，随时联系！"众人一听这话，绷紧的神经松弛了一些，便各自出去了。

乔燕、贺端阳和姚姐、马主任便往村口走去。可几个人在村口等了一个多小时，脖子朝通往县城的公路都望酸了，还没看到检查验收的人影。马主任道："从县城到镇上不过半小时车程，从镇上到村里十多分钟车程，加起来一个钟头都不到，怎么还没来？"姚姐也道："就是，我们接到燕儿的电话还等了一会儿人，都来这么久了，别是检查验收组又临时改了主意。燕儿你给镇上打个电话问一下！"乔燕听了姚姐这话，掏出手机正准备拨号时，电话却先响了起来。乔燕瞥了一下显示屏，便叫了起来："是镇政府打来的，肯定来了！"一听这话，几个人的神经又绷紧了。乔燕把手机贴到耳边听了一会儿，脸色却变得灰了起来，紧接着双腿像打摆子似的哆嗦着，然后就抽了筋一样蹲在了地下。贺端阳、马主任和姚姐一见，急忙问："怎么了？"半响，乔燕才从耳边放下手机，带着哭丧的声音道："错了……"贺端阳、马主任和姚姐又问："什么错了？"乔燕道："是何家湾，小冯听成了贺家湾，检查验收组现在已经到何家湾去了……"众人一听这话，面面相觑了一会儿，贺端阳长吁一声："惊吓我们这一场！"乔燕看着马主任道："小冯叫我告诉你，说检查验收组点名要听一听全镇扶贫搬迁集中安置点规划情况，罗书记让你立即赶到何家湾村去……"让司机马上把她送到何家湾村。

　　马主任走后，姚姐和贺端阳才分别打电话，让那些到帮扶户的人回村委会来。没一时，大家都回来了。听了事情的经过，按道理说，检查验收组不来了，众人应该感到高兴才对，可一屋子人都没吭声，气氛有些压抑。尤其是村上的干部，包括乔燕在内，都像霜打的白菜一样耷拉着头。到底是姚姐经历得多，又是机关里做思想政治工作的干部，一眼看穿了众人的心思，便笑着说道："好了，好了，大家都振作一点，我知道你们的心情，特别是燕儿、贺书记和各位村干部。这次迎接省上第三方检查验收，就像参加一场大型演习，接受任务时大家拿不准会不会成功，因此心里总是惶恐和忐忑的。经过一段时间的紧张排练后，大家对演习成功又有了信心，都希望露两手，可现在又突然宣布不演了，大家心里难免失落……"说着突然在乔燕肩上打了一下，才接着道，"燕儿，我说得对不对？"乔燕见被姚姐说透了心思，一下子脸红了，正想说点什么，却听得姚姐又大声说："今天没'中奖'。不等于明天不'中奖'，脱贫攻坚的任务很长，来，我们全体帮扶干部都给乔书记、贺书记和贺家湾的干部群众加加油，争取下次取得更好的成绩！"说罢带头鼓起掌，众人果然跟着鼓掌，屋子里的气氛又活跃起来。

第七章

　　省上第三方检查验收组离开以后，市上和县上对其他当年要退出的贫困户，自行组织了检查验收，贺家湾十户申请摘帽的贫困户，顺利通过了市、县两级的验收。

　　这一工作结束后，节令已进入了秋季。这是一年中最丰富饱满的季节，乔老爷子说的"小阳春"便是这个季节。在前段忙碌的日子里，乔燕并没有忘记自己要把村庄变美的宏伟蓝图，现在检查验收已过，她松了一口气，便决定把去年就该进行的垃圾分类和发动村民栽花种草这两件事，一并提到议事日程上来。这天上午，她听说贺端阳回来了，便打电话给他，让他下午到村委会办公室来一趟。

　　吃过午饭，贺端阳果然来了，一见面便问："乔书记，有什么事？"乔燕给贺端阳倒了一杯开水，坐到他对面，把自己的想法和盘端了出来："去年村里环境整治过后，我就想在村里实行垃圾分类和统一清运，从根本上巩固环境治理的成果。由于当时没考虑成熟，加上后来又对全村入户摸底调查，这事就搁下来了。现在省上第三方脱贫攻坚检查验收已经过了，我想把垃圾分类和清运的一些想法给你说说，想听听你的意见！"贺端阳便看着乔燕问："怎么个分类法？"乔燕道："分类其实很简单，就是像城里一样，将垃圾分为有机垃圾和无机垃圾，由村里给每家发两个塑料垃圾桶，让他们把两种垃圾放在不同的桶里……"乔燕正想接着往下讲，贺端阳打断了她的话问："然后呢？"乔燕道："垃圾分类以后，当然得往外清运。这清运工作也不能靠各家各户自己运，不然又会造成有的运、有的不运，最后又还了原！所以我也想像城里那样，从贫困户中选一个责任心强的人来往外清运垃圾，每天清运一次，绝不能让垃圾留存在垃圾桶里……"贺端阳又看着她问："清运垃圾的人工资从哪儿出？"乔燕道："这个我也想好了。每家两个垃圾桶，由村里统一买。清运垃圾的钱，可从村民中收。每户每月八元，全年才九十六元，全村三百多户人家，每年可收三万元左右，用于支付一个清运工的工资，完全够了……"贺端阳没等她说完，便道："乔书记，你的想法很好，要是在城里一点问题都没有！可是你别忘了，我们这儿是农村，垃圾分类，从盘古王开天辟地，都没听说过。农村人不管什么汤汤水水、烂纸烂布烂菜叶子、死猪死猫死耗子、废铜废铁废电池，都习惯往阳沟里一倒，哪管什么有机无机？还有，你说垃圾桶由村上统一买。村上的钱都是上面发一分，我们用一分，哪有钱去给村民买几百个塑料桶？更重要的是，想从村民口袋里掏出几七几八，会像要了他们的命，不信你试试看吧！"

乔燕一听这话，心立即凉了半截，便看着贺端阳道："怎么会是这样？环境干净了，每个人都受益。每户交八元垃圾清运费，是给工人的工资，这叫环境赎买服务费！再说，除了非常少的人家以外，几乎家家都有人在外面打工，每家每月八元钱环保服务费，并不是拿不出来，怎么就会行不通呢？"贺端阳道："乔书记，我知道你是为大家好。我何尝不想把村里的环境从根本上治理好？但我说的也是真话……"乔燕望着他，道："既然这样，贺书记你还有没有更好的办法能把村里环境整治的成果给巩固下来？"贺端阳道："乔书记，说句心里话，再也没有什么办法比你的办法更好了！如果真能按你的想法做，村里的环境卫生便会一劳永逸！不过，我也说不准，或者大家想通了，愿意交每个月八块钱的垃圾清运费，也说不定。这样吧，上级要求凡是涉及向村民收钱的事，必须通过村民代表'一事一议'。晚上我把村民代表都召集拢来，你给大家讲一讲，先征求一下他们的意见，你看怎么样？"乔燕听了这话，便道："行，就按你的意见办吧！"

晚上，贺端阳果然召集了二十多个人来。乔燕一看，全是七十多岁的老头，便又对贺端阳问："怎么又全是老头？"贺端阳反问乔燕道："你在村里一年多了，除了我家里那小子，还看见几个年轻人？"乔燕道："可村里不是还有年轻些的女人吗？"贺端阳不以为然地说："女人能顶什么事？湾里的规矩，当家的都是男人！"乔燕却说："不过我听说，现在不管哪个家里，都是女人管钱管物！"贺端阳说："是倒是这样，可女人能办成什么大事？不是有句话叫作'男主外，女主内'吗？办大事还得要男人！"又解释说，"这些村民代表，都是上届村委会换届后，由各村民小组选出来的，我也没法把他们免了！"

于是，贺端阳先讲了会议的目的，便请乔燕给大家讲。乔燕把下午给贺端阳说的话，又详细地给这些老头讲了一遍。乔燕还没讲完，一个老头便性急地说："从没听说过垃圾还要分类，这不是脱了裤子放屁——多一道麻烦吗？"另一老头也马上说："就是，既然叫垃圾，又不能吃，又不能用，分出来有什么用？"这边话还没完，那边又有人道："哪家哪户没两个烂盆子、烂箢箕，还要什么垃圾桶？有那钱不如拿来打酒喝！"又有人道："找人专门清运，要是清运不好，大伙儿钱出了，找鬼大爷去呀……"那人话还没完，立即又有人接了腔："自己家里的垃圾，难道没有长手，还要拿钱专门找人来运？"这话一完，更多的声音便响起来了，道："不成，这事不成，钱虽然不多，可道理不合！"乔燕对大家解释，说从贫困户中选一个人来专门清运垃圾，他才会有责任心，才能长期保持村里的干净，如果真像大家所说的，各人把各人家里的垃圾提出去倒，那不又很快就回到原来的脏乱差去了吗？可老头们无论乔燕怎么说，只一口咬定，从古到今农村人都没听说过要请人来倒垃圾！乔燕见说了半天没有结果，只得宣布散会。

但乔燕还是不死心，觉得自己提出的办法，虽然是从城市学来的，却没有超出农村的实际。本是大好事，为什么这些村民代表就反对呢？想了半宿，觉得问题并不是出在钱身上，而是出在村民的观念和习惯上。看来，贫困村的问题真的并不光是钱的问题，改变人们陈旧的观念，可能比垃圾分类和清运更加重要。

第二天一早，乔燕便去了张芳家里。张芳刚把女儿打发上学去了，头发还蓬松着，一见乔燕便喊了起来："乔书记，这么早，什么风把你吹来了？"乔燕一把拉了张芳的手，道："张姐，有件事，我想请你帮我拿拿主意……"张芳忙道："哎呀，我哪能给你拿什么主意。"乔燕道："我真的要请你给拿主意，张姐！"说完，便把想在村里实行垃圾分类和统一清运的事，详详细细告诉了张芳。张芳听完立即叫了起来："乔书记，你这办法好呀！村里环境虽然整治了，可要不实行你这办法，很快又会回到从前！你现在把村里的孩子都动员起来监督那些人别乱扔垃圾，可这也只是一个治标不治本的办法，你说那些孩子能坚持多久？要从根本上解决问题，就得按你这个办法办！"乔燕道："可现在不是所有人都像你这样想！"说完，又把昨天晚上开村民代表会的情况给张芳说了。

张芳还没听完，便有些生气地道："这些人，他们晓得什么？"乔燕立即道："所以我才来找你商量，我想换一种思路来解决这个问题！"张芳急忙问："什么思路？"乔燕道："你还记得我们摆龙门阵说过，我们女人比男人爱干净，女人是一个家庭的灵魂的话吗？"张芳道："怎么不记得？我越想越觉得你这话句句是真！"乔燕便道："我想从村里的女人入手，发动她们来实行垃圾分类，再由她们来影响男人,最后实现垃圾统一清运。一则,女人爱干净,这是她们的天性;二则,家里的清洁卫生,大多是女人做,垃圾分类只是举手之劳的事,她们容易做到;三则,女人最懂得女人的心思,不像男人那样钻牛角尖,工作容易做;更重要的是,村里留守女人比男人多,虽然表面没有当家,可实际上她们既管着家里的钱财物,又管着男人,她们通了,男人没有不通的。你说是不是这样?"张芳一听,便拉着乔燕的手叫了起来,道:"这些话真像老太婆扎鞋底——千也真(针)万也真(针),没一句不在理,我算服你了!"乔燕道:"你是村上的妇女主任,要做女人的工作,少不了你这个大主任,所以你要多帮我……"话没完,张芳便道:"怎么说帮你?这话你没说对。你又是为谁?乔书记,你说吧,下一步我们该怎么办?"乔燕为张芳的爽快感到高兴,于是道:"现在上面要求每个村都要把农民夜校办起来,我想趁这个机会,先把女人们集中起来学习学习,把她们的观念转变过来后,再说垃圾分类的事。等她们同意垃圾分类了,再说统一清运的事。一步一步来,你看怎么样?"张芳道:"没问题!我保证要不了两个晚上,女人们都会同意的。不过这事情,还是得给贺书记说说!"乔燕道:"这是自然的!我来找你,就是想约你一起去找贺书记。毕竟你是妇女主任,办妇女夜校的事由你提出来最好!"张芳道:"没问题,我现在就和你一起去找他!"说罢,进屋梳了一下头,便随乔燕去了。

乔燕和张芳去找贺端阳,可贺端阳又没在家。张芳道:"找他是不好找的,我给他打电话!"说完掏出电话,给贺端阳汇报了办妇女夜校的事。贺端阳说:"好哇,只要你们办得起来,我完全支持!"乔燕便问张芳:"贺书记这话是什么意思?"张芳道:"他认为我们办不起来!"可说完这话后又急忙补了一句,"不过他的话也有一定道理。平时村里开个什么会,女人很少抛头露面,我也担心晚上召集她们开会,人会不会到齐。如果来得七零八落,就达不到我们想要的效果!"乔燕想了一想,才道:"我知道了,张姐,这事我来想办法!"说完便叫张芳回去了。

随后,乔燕去找贺波,问他:"你今天有没有什么重要的事?"贺波道:"姐有什么事?"乔燕道:"你如果没非常重要的事,陪姐进趟城……"贺波又忙问:"姐进城干什么?"乔燕道:"你先别问干什么,只回答愿不愿意陪姐去?"贺波道:"姐的事我有什么不愿意的!"乔燕听了这话便忙道:"那就好,姐先谢谢你了!我们马上出发,快去快回,张恤还在家里呢!"贺波果然没说什么,推出自己那辆摩托车便随乔燕走了。

在路上，乔燕把想开办夜校的事对贺波说了，又说："张主任担心晚上妇女夜校人到不齐。但假如我们搞点物质刺激，凡是晚上到夜校来听课的人，我们都给她们发个礼物，你说她们是不是就有热情来开会了？"贺波连声称好，问："姐，你打算买点什么呢？"乔燕道："我们去县城看看，什么东西庄稼人最用得上，价钱又合适，我们就买什么吧！"

两个人来到县城后溪路的小商品批发一条街，把车停在路边，进了一家较大的批发店。进去一看，居家用的商品应有尽有。乔燕便问贺波："你说买什么？"贺波朝堆在地上的商品看了一眼，便道："给每人买包洗衣粉吧，家家都用得着……"话没说完，乔燕便道："是家家用得着，可两块钱的东西，也不好拿出手吧？"贺波说："一包虽然才两块钱，可加起来也是上百块了！"乔燕没回答他，眼睛却落在了几摞不锈钢洗脸盆上，问老板价钱，老板回说十五元一个。贺波马上叫了起来，道："姐，你买那样贵的盆子做什么？要不你买塑料盆也行，几块钱一只，也就差不多了！"乔燕道："塑料盆容易老化。要买就给大家买好的，她们的积极性也容易调动起来！"贺波道："积极性倒是容易调动起来，可你半个月工资就没了！"乔燕道："只要大家都能来听课，半个月工资没了也值！"说罢对老板说，"老板，我买得多，能不能便宜一点？"老板问："你买好多？"乔燕心里早算好了，便道："一百个吧！"老板马上道："一百个？那我每个少你两块钱！"乔燕又问："还能不能少点？"老板道："一口价，再少我裤儿都要卖掉了！"乔燕付了钱。这老板做成了一个大买卖，心里高兴，便颠儿颠儿地找来绳子，帮他们把盆子捆在车上。

回到村里，乔燕让贺波帮她把盆子搬到村委会办公室，然后对他说："你回去的时候，看见村里的女人就对她们说，晚上到村委会来开会，来了的有奖励！"贺波说："这有什么难的？我喉咙大，到各个村民小组去吼一声就是！"说完就要走，乔燕又喊住他："明天晚上，你也来给村里的女人讲一课，有没有信心？"贺波的脸一下红了："姐，你知道我读书时成绩就不好，嘴又笨，我能讲什么呢？"乔燕道："这跟读书成绩好不好没多大关系，你就给大家讲一讲当兵演练时，看见那个村子实行垃圾分类使环境变得干净整洁，最后引来游客参观富起来的事就行了！"贺波道："我怕讲不好。"乔燕道："你看见什么就讲什么，我又不要你讲大道理。"贺波想了想，这才道："那行，姐！今晚上我也来听一听，看你是怎么讲的，行不行？"乔燕道："怎么不行？正好散会时帮我和张芳主任发发盆子！"

贺波答应去了。

贺波走后，乔燕又去找张芳。张芳一听她掏钱买了一百个不锈钢盆子，便道："你闯祸了！"乔燕吃了一惊："我闯什么祸了？"张芳道："晚上来的人还不把学校那间教室挤爆？"乔燕道："来的人越多，越是好事呀！"张芳道："好事是好事。可你今天晚上发了，明天晚上怎么办？明天晚上发了，后天晚上又发不发？你发得到两次，村民就会认为开会发东西是天经地义，一旦你不发了，村民反倒会觉得你对不住他们！"乔燕有些明白了，便道："哎呀，当时我只想到怎么把人吸引来，没想到这一层。可买都买回来了，你说怎么办？"张芳道："你喊都喊出去了，还能怎么办？只此一次，下不为例。要不然，你那点工资，搞两次物质刺激就没了，最后反倒得罪了人！"然后才对乔燕说，"我私底下已经把你的意思给王娟、程素静、朱琴、孙碧芳、任朝杰，还有吴芙蓉、梅娟说了，她们说好事是好事，但信心有些不足，说我们女人能办成什么事。再说，什么有机、无机，我们也不懂！"乔燕说："别着急，慢慢来，只要她们能到夜校来，事情就好办！"说完，商量了一些具体事情，两人方散了。

晚上，果然如张芳所说，村里的女人一听说要给每个人发个不锈钢盆，还不到天黑，便早早地往村委会赶来了，有的家里连正在上学的小姑娘都拉着来了。她们一进会场便对乔燕问："乔书记，真的要给大家发一个盆子呀？"又迫不及待地说，"什么样的盆子，能不能让我们先看看？"乔燕笑着道："别急，到时发下来，你们就知道了，先找位置坐下吧！"众人果真去找座位。没一时，会议室便坐得密密匝匝，许多人没有座位，只好靠着墙壁或站或蹲。

乔燕见人都到齐了，便用粉笔在原来学生上课的黑板上，写了一个"安"字，然后指着黑板对众人说："各位奶奶、大婶，大家认一认，这是个什么字？"话音才落，下面便有人大声叫了起来："安！"乔燕笑了一笑，说："对了，这是一个'安'字！我为什么要写这个字让大家认？因为今晚上参加会议的，除了贺波外，全是女人！你们看这个安，上面一个宝盖头，代表房屋，下面这个女字，便代表我们女人。这是什么意思呢？便是说家里有了女人，这个家才为安。这说明我们女人的重要！在这里我给大家举个例子，比如说吴芙蓉大婶……"乔燕朝吴芙蓉看了看，继续道，"贺大叔死了好几年了，家里虽然困难了一点，但我第一次到她家里去，发现她家里收拾得干干净净，东西摆放得井井有条，连床上的被褥也叠得有棱有角，两个孩子也穿得整整齐齐，一看就给人一种整洁和美观的感觉。可一个家庭要是没了女人，情况就会不一样。不仅家里邋里邋遢的，说不定还会破罐子破摔，搞得不成样子，大家说是不是？"众女人一听，立即七嘴八舌地说："怎么不是？"乔燕见吴芙蓉的脸红了，便又立即道："其实这也不能怪他们，因为女人就是一个家庭的灵魂。一个家里连灵魂都没有了，还会像一个家吗？"

　　说到这里，乔燕又向会场扫了一眼，见大家听得十分认真，略微停了一下，才接着说："为什么说我们女人是一个家庭的魂？这是老天爷赋予我们的。上次我还和张芳主任说，我们在学校读书的时候，女生的寝室总比男生干净、漂亮，因为我们女人天生就有对美的热爱和追求。大家想一想，在家里是不是我们女人最爱干净……"说到这里，她故意看着王娟问，"王娟大婶，你说是不是？"王娟听到乔燕点到她的名字，先是愣了一愣，然后道："怎么不是！我家里那个人，屋龌龊了不叫他扫，他不得扫；连他身上的衣服不叫他换，他都不得换！"众女人纷纷说了起来："男人都一样，我们家里那个还不是那样！""是呀，家里的地我不扫，也没人扫……"乔燕笑了一笑，不等大家说完，便又道："我们女人不光爱美爱干净，还有更重要的天职，就是养育后代！我们有句俗话，叫作有什么样的娘，就有什么样的女儿！为什么这么说？因为人一出生，首先是从母亲那儿传承文化，传承家族修养。如果母亲不行，那子女得到的传承也就不行！所以一个母亲的健康、对美的追求和热爱，不但对母亲自身重要，对子女更重要，因此各位奶奶婶婶、大嫂大姐，你们千万不要小看了自己！"

　　说到这里，乔燕便把话题引到村庄环境整治上来了。她首先表扬了在环境整治中，女人们做出的贡献，譬如打扫房前屋后的卫生、没再乱扔垃圾了等，然后才接着说："各位奶奶婶婶、大嫂大姐，我们虽然是农村女人，但我们住的地方，你们发现没有，多美呀！不但有山有水，有鸟儿叫，有蝴蝶飞，空气新鲜，处处花香，而且家家户户差不多都有独立的小院，城里人做梦都想得到我们这样的环境。可这样的环境，如果我们不爱护，垃圾随便扔，东西随便丢，不就给糟蹋了吗？"说着停了一下，目光又从大家身上掠过，才接着说道，"前面我说了，我们女人是家庭的灵魂。对一个村庄来说，又何尝不是这样？现在我们每家的院子虽然干净了，但还算不上美，我们要保持全村持续的干净整洁才能算是美！而要保持整个村子的干净、整洁和美丽，重担就在我们女人身上！我们在座的各位奶奶婶婶、大嫂大姐，没有谁愿意做邋遢的女人，那我们的村庄，也绝不能让她成为邋遢的村庄！等我们贺家湾小河变清了，塘水变蓝了，山上鸟多了，小燕子回家了，村庄干净美丽了，不知那些城里人该怎样眼红我们呢?"

听到这里，女人们不由得都笑了起来。笑着笑着，张芳带头鼓起掌来，众人便也跟着鼓起来。乔燕急忙朝大家鞠了一躬。她见众人热情这样高，想趁机把垃圾分类和统一清运的事说出来，但想了想，让大家先消化消化她的话，还是留到明晚上再说。于是打住，叫张芳和贺波去村委会办公室把盆子抱来。众女人又沸腾了起来。王娟、朱琴、孙碧芳都问："要不要我们帮忙？"贺波道："可以呀，嫂子们就别吃现成的了!"王娟、朱琴、孙碧芳一听这话，果然也随他们去了。

没一时，几个人各抱着高高的一摞面盆来了，会场立即乱了起来。乔燕一见，急忙喊："大家别挤，每人都会有的，出去一个领一个!"众女人这才安静下来，依次往外面走。真应了张芳的话，盆子发完了，却还剩下十多个人没领到。乔燕便对大家说："你们放心，明天晚上再给大家补上!"没领到的人听了这话才走了。

第二天一早，乔燕又亲自跑到城里，买了十多个和昨天一模一样的面盆回来。乔燕以为这天晚上来开会的女人，会比昨天晚上少，可吃过晚饭到会议室里一看，又坐了满满一屋子人。会议一开始，乔燕首先让贺波讲。小伙子果然有些笨嘴拙舌，用了不到五分钟时间，便把当兵演练时看见那个村子建设美丽乡村的事给大家讲完了，还不如那天给乔燕讲得生动。乔燕希望他再讲得具体一些，小伙子红着脸，却不知该讲什么了。众女人见小伙子一脸窘相，便道："算了，意思我们都明白了，不就是个垃圾分类吗？"乔燕马上把话题引到会议的主题上来，道："人家为什么要实行分类？这个问题我得说说！比如我们村里经过环境整治，大家再不随便扔垃圾了，而是将家里的垃圾，或者装在一只烂筐子里，或者装在一个烂盆子里，或者装在一只烂筹箕里，多了再端出去往山坡上、竹林里一倒，久而久之，大家说说，不是又还原了吗？"众女人想都没想，便齐声道："可不是这样！倒在林笆里，鸡一刨，又到处都是垃圾了!"乔燕道："更严重的是，如果遇到下大雨，那些垃圾被雨水冲到水沟里，或渗进泥土里，然后又进入我们的自来水里，继续危害我们和下一代的健康，我们不是没有这样的教训……"说到这里，王娟等女人立即叫了起来："好不容易才没闹肚子了，可不能再让自来水受污染了!"又问乔燕，"乔书记你说该怎么办？"

乔燕趁机把自己的想法说了出来。众女人听后，沉默了半晌，像是思考似的，没一时，便纷纷说了起来："乔书记，我们听你的，你说怎么分类吧？"乔燕见大家热情这么高，便道："分类其实很简单。我认真想了想，把垃圾分成了三大类：第一类，城里人叫'可回收垃圾'，或者叫'再生垃圾'，我们不那么文绉绉的，就叫干垃圾好了，大家也容易记！比如废书废纸呀、塑料呀、玻璃瓶子呀、烂布头呀、可乐罐罐呀，这些垃圾都是干的，所以叫'干垃圾'！这些垃圾可以由清运垃圾的人，拿去卖给垃圾回收中心，多少还能变点钱！第二类，湿垃圾，比如菜叶子、水果皮、剩饭、剩菜、剩汤、剩水等，这些垃圾当然不能拉到垃圾回收中心去卖，却可以采用堆肥和饲喂畜禽的方法进行有机处理，或者还田做肥料，实现循环利用。这种垃圾看似无用，实际上用处很大！最后一种垃圾，是有害垃圾，比如农药瓶子、用过的废电池等，需要填埋或焚烧。每户统一用两个垃圾桶，一个桶装干垃圾，一个桶装湿垃圾，至于有害垃圾，大家或用塑料袋，或用一个塑料盆子，单独装在一边就是！这些都只是举手之劳，又不花很大力气。"

程素静忽然对乔燕问道："垃圾分了类，统一清运了，真的能做到像贺波说的那个村子一样，大家能发财吗？"乔燕说："单靠一个垃圾分类和统一清运，当然不可能致富！你没听见贺波刚才说吗？人家还在村里开挖了荷塘，又栽花种树种草，又改造了房屋，把村庄建设得像画里一般，人家才富起来的！"程素静听了这话，便不吭声了。乔燕又对大家道："各位奶奶婶婶、大嫂大姐，我们虽然是女人，可我们却管着家里的钱财。男人在外面打工，管不了家里和村里的事，所以村庄美不美，全看我们在座的女人……"话还没完，孙碧芳便叫了起来："别说了，乔书记。我们乡下女人，没你有见识，你怎么说，我们怎么做就是！"孙碧芳话刚说完，更多的女人也跟在她话后面叫："就是，乔书记，统一清运了，免得我们天天去倒垃圾，为什么不行？"

乔燕听众人这么说，便提出了购买垃圾桶和垃圾支付清运费的事。话刚说完，王娟便道："一个垃圾桶才多少钱？买就买吧，在麻将桌子上少放两炮就得了！"一句话说得大家"哄"地笑了起来。王娟见大家笑她，便又红了脸说："我说的是实话，一个垃圾桶大不了二三十块钱，谁买不起？再说，每个月八块钱的垃圾清运费，一年还不到一百块钱，如果麻将打得大点，是不是只相当于放两炮？"众女人见王娟认了真，便笑着对乔燕道："乔书记，王娟话丑理端，没问题，就按你说的，该出多少钱我们都出！"乔燕一听这话，便道："既然这样，我们还是来个举手表决！"众人齐刷刷地举起了手。王娟、程素静、朱琴等几个女人，举了手还不算，生怕乔燕不相信似的，当即掏了钱出来，往乔燕面前一放，道："说交就交，我们县（现）过县（现）！"一些身上带了钱的女人也马上围了

73

上来。张芳忙道:"大家别忙,明天我们统一下来收!"一些女人道:"反正我们身上带有钱,该交就交了吧,明天又麻烦乔书记和你们跑一趟!"乔燕一见,便让张芳收钱,贺波记账,将众人的钱先收了起来。

　　只两天时间,张芳和贺波就将全村购买垃圾桶的钱和垃圾清运费都收齐了,交给了村文书兼会计的贺通良。贺端阳现在除了对乔燕表示佩服外,再没什么说的了,马上安排人到城里买了垃圾桶。

　　贺端阳又问乔燕:"你准备找谁清运垃圾?"乔燕道:"你说呢?"贺端阳道:"朱琴来对我说,想叫她丈夫贺中元回来做这事……"乔燕忙问:"贺中元在外面做什么?"贺端阳道:"快递小哥……"乔燕没等他说完又忙说:"快递小哥这职业好哇,听说还是个高收入行业呢!"贺端阳道:"好什么好?朱琴说,钱倒是要多挣一些,可有时忙得吃饭都顾不上,常常是饱一顿饥一顿,人受了很多罪。这人老实,肯干,我对他很了解!"乔燕听了没立即回答,过了一会儿才问:"我好像听你说过贺大卯曾经买过摩托车跑运输,是不是?"贺端阳不知道乔燕问这话的意思,便道:"是呀,跑了一段时间,上面打击摩托车非法运营,便又卖了!"说完明白过来,看着乔燕问,"你想让贺大卯来做?"乔燕点了点头,道:"是的,我正想和你商量呢!贺大卯这种情况,到外面打工没人肯要。退一万步说,即使有人要,他也无法离开家里。如果让他来做这个事,每月保底工资有一千五百元,绩效工资有五百元,另外可回收垃圾凑多了后,也可以拉到废品回收中心再卖点钱。不算责任地的产出,每年就有将近三万元收入。就凭这三万元钱,他这个全村首席贫困户的帽子就可以甩到太平洋去了!"贺端阳大约是再找不出什么反对的理由,半晌才道:"你说得也是,那就依你的吧!"乔燕见他同意了,便高兴地道:"太好了,贺书记!你看,有你的大力支持,我们村的首席贫困户就可以摘帽了,真是曙光在前呀!"说罢便跑去找贺大卯。

　　贺大卯听了这安排,喜得"哇哇"大叫。乔燕帮他申请了一笔小额扶贫贷款,亲自带着他到城里买了一辆电动三轮垃圾清运车,找人在车厢后面焊了一个铁架子,买了一只大塑料桶固定在架子上,用于盛那些汤汤水水的湿垃圾。现在,贺家湾家家户户的墙角下,都摆着两只塑料垃圾桶,一只桶里装着干垃圾,一只桶里装着湿垃圾。每天早晨,贺大卯便穿着一件涤棉面料的深灰色工作服,衣袖上戴着一双花袖套,胸前围着蓝色长围裙,到各家门外把桶里的垃圾拉走,村里再也见不到一点垃圾了。

第八章

　　全村垃圾分类和清运这事部署完了以后，乔燕又开始落实栽花种草的事。这天，她又来到贺端阳院子里，见大门从里面关着，便喊了两声"贺书记"，可贺端阳没答应。乔燕还要喊，门开了，从里面走出了贺波和郑琳。两人脸上红红的，抹了胭脂一般，见了乔燕，都露出了不好意思的样子。过了一会儿，贺波才道："姐，你来了！"郑琳却道："姐，你长胖了些！"乔燕一边往屋子里走，一边对郑琳说："长丑了是不是？"郑琳道："姐都长丑了，世界上就没有美人了！"乔燕一听这话，就笑着对贺波说："你看，还是郑琳妹妹机灵，知道怎么奉承人。明明我已经来了，你还问：'姐，你来了？'"贺波又憨厚地笑笑。到了屋子里，郑琳又忙不迭地去倒了茶来，然后才对乔燕道："姐，他就是个闷嘴葫芦！"乔燕又笑着对郑琳道："闷嘴葫芦好，到时候你就做家里的新闻发言人！"说得郑琳的脸又红了起来。乔燕便把话题岔开，对他们问："什么时候请我们喝喜酒？"郑琳只顾红着脸，没答应。贺波却道："姐，我们正要找你帮忙呢！"乔燕便看着他笑道："找我帮忙吃饭是不是？"贺波道："她爸爸妈妈想要我到他们家去住，可我老爸老妈说什么也不肯，我们正犯愁呢！"乔燕道："这有什么为难的，一个村，到哪家住不一样？"贺波立即道："我也这么说呢……"话还没完，郑琳便道："你也这么说，可我老爸老妈提出到我们家住，你为什么不答应？"乔燕便知他们两人也没统一思想，便道："我有一个办法！干活在这边，吃饭和睡觉就到郑琳爸爸妈妈家去，怎么样？"郑琳马上道："我才不干呢！"说完却笑了，乔燕和贺波也跟着笑了起来。

　　说了一会儿闲话，乔燕才对贺波问："你爸爸呢？"贺波道："昨天出去了，晚上都没回来。"乔燕一听，心里便有些不快。尽管上次贺端阳给他讲了村干部的一些现实问题，她也表示了理解，但脱贫攻坚检查验收刚一结束，他又像三脚猫似的跑出去了，怪不得群众会在背后对他不满。要出去，也该先把村里的事料理料理再走嘛！但她没把这种不满在脸上表现出来。贺波知道乔燕找他父亲一定有事，便问："姐，你有什么事？"乔燕想了想，决定把自己的想法先告诉他，于是把在村里栽花的事对他说了。贺波听完，立即叫了起来，道："好哇，姐，虽然现在种花不是最好的时候，可我们可以先栽种一些容易活的，明年春天我们再栽一些娇气的花……"乔燕没等他说完，便把爷爷的话告诉了他。对带土移栽的事，贺波很感兴趣，说："可不是，多带一点泥土，便万无一失了！"话刚说完，郑琳在一旁叫了起来："乔姐，我最喜欢花！我们家房子也改造了，我正跟他商量，看周围该栽些什么花？我叫他把他家里的花移些过去，他舍不得，是个吝啬鬼！"说完狠狠瞪了贺波一眼。乔燕忙说："别移别移，现在是他的家，要不了多久，也就是你的家了，到时把你们家变得花团锦簇似的，多美呀！如果把我爷爷家的花移来了，我先让贺波栽到你们家里，我把这个任务交给贺波就是！"

贺波又立即得令似的，挺了挺胸膛道："没问题，姐，你要我做什么，我就做什么。你说吧，我们怎么办？"说完又自告奋勇地道，"姐，你什么时候召开村民大会，或者像上次那样办妇女夜校？我有一个办法，保证能行！"乔燕马上问："什么办法？"贺波道："我和郑琳先在网上给姐下载一些美丽乡村的图片，特别是庭院种花种草那种，制成一组幻灯片，姐去借一部投影仪回来，放给大家看。然后姐再在会上一强调，大家一看人家都能做到，我们为什么不行？这样一来，肯定没问题了！"乔燕笑了笑，道："你真是个好弟娃，姐谢谢你！可是这次，姐不打算那么做了。"贺波立即问："你又有什么高招了？"乔燕却没答，只看着贺波反问："你知道整治环境和垃圾分类，村民那么容易接受，原因是什么吗？"贺波道："不知道。"乔燕道："因为垃圾中的细菌渗进了自来水，危害着每个人的健康，大家害怕了，所以一说环境整治和垃圾分类，都很容易接受。可在房前屋后栽花种草不一样，有的人对花花草草可能喜欢，有的人可能暂时还不喜欢，所以得慢慢来。"贺波马上问："那你说怎么种，姐？"乔燕道："我想先在村里找一二十户平时最爱整洁又爱美的人户。你们家不说了，郑琳妹子家才改造了房屋，还有贺世银爷爷家新房也修好了，好马配好鞍，正好需要红花绿叶去扶持，这就有了三户。还有张芳、吴芙蓉、王娟、朱琴等十多户人，他们家院子周围空地多，平时又最爱干净，我们可以去把他们动员起来，先在他们房前屋后搞示范！

等到明年他们的院子红的红、黄的黄、紫的紫、白的白的时候,我们再召集村民到他们家里开现场会!你说,那么美的花儿谁不喜欢?众人一看别人家环境这么漂亮,花儿这么香,谁又会不动心……"

乔燕话还没完,贺波便叫了起来:"姐,我明白了,你这叫作典型引路!"乔燕也马上道:"对,与其你们到网上下载别人的图片,何不到时把我们自己的花儿拍成幻灯片让大家看?远在天边,近在眼前,你说村民会相信远的还是近的?"郑琳听到这里,激动得拍起手来,道:"乔姐,你说得太好了,我现在就巴不得看见那些花儿草儿!可到哪儿去找那些好看的花草呢?"乔燕道:"我正要给贺波分配任务呢!"说着才看着贺波问,"还记得吗,我说过县园林局,我有个同学……"贺波立即道:"你一说我就想起来了,当初我园子里栽什么花,你还说去问她呢!"乔燕道:"她在园林局就负责园林绿化工作,县内很多花卉苗圃都和她有联系。我先在电话上给她说一说,然后你就到城里去找她,请她出面帮我们联系一些适合我们这儿种的苗木花卉,把这些花草拉回来,指导大伙儿栽种下去!我爷爷那儿也有些花可以拉来栽,还有些花卉栽培和管理的书,你去拿来认真看一看,实在不行,你就到人家苗圃里跟人家学一学,今后村里绿化美化的事儿就交给你了!"贺波过了一会却对乔燕道:"让郑琳到苗圃里学怎么样?学会了我们可以自己办个苗圃,以后不但满足自己村子,还可以卖给别的村,说不定还可以赚钱呢!"乔燕豁然开朗,马上道:"你这个建议太好了!"又看着郑琳问,"郑琳妹子愿意去学吗?"郑琳道:"整天和花儿打交道,我有什么不愿意的!"乔燕道:"那我们就这么说定了,我给我同学打电话,然后你去找她!"说完又对贺波道,"你爸回来了,告诉他我找他有事!"

天黑的时候,贺端阳来了,一见面便问乔燕:"乔书记,你找我有什么事?"乔燕道:"村上这段时间的日常工作,我想和你商量一下……"贺端阳忙说:"乔书记有什么想法,尽管说出来。"乔燕便先把栽花种草的事给贺端阳说了,末了还特别强调了几句:"我们的院子现在虽然干净了,可还不够美丽。如果有了花,我们就会像住在花园里一样了!"贺端阳不知是汲取了不久前垃圾分类和清运的教训,还是现在已经对乔燕佩服得五体投地了,立即说:"你的想法很好,乔书记,我完全支持你,有什么困难你给我说就是……"乔燕便忙说:"前段日子坐月子,我闲着无事,思考了一下贺家湾今后的发展,不过只是一些零零星星的想法,说出来和你商量一下。栽花种草只是美丽村庄建设的一部分,最重要的,还是生活污水和燃灶改革！贺波建的生活污水沉淀池，沉淀过的生活污水不但成了养鱼的饲料和莲藕的肥料，更实现了污水的循环利用，真是一举多得。沼气池也一样。还有厕所和猪圈与人居分离，这都是很好的，我也想在村里推广……"贺端阳忙打断了乔燕的话，道："乔书记，我不得不提醒你，这可不是栽花种草那么简单！单家独户，你叫他挖两口小池子，一口沉生活污水，一口栽点藕什么的，可能办得到。可大院子，一住就是七八户甚至十来户人家，你叫人家怎么去挖池子？"乔燕忙道："这一点我也想过了，可以统一挖呀！现在这几个大院子，哪个院子旁边不空着很多只长毛竹的林子？我们在那些地里统一建一个生活污水处理池，把家家户户的生活污水都汇到池子里，然后再修一口大塘，栽上莲藕，养上鱼，一到夏天，满塘的荷花开了，你看有多美……"乔燕正沉浸在自己构想出的美景中，贺端阳又打断了她的话，道："乔书记，不是我给你泼冷水，你到底还是不晓得农村的复杂！我问你，这么几亩大的池子，谁的林地会白让你建？你占了别人的地怎么补偿？还有，建池子的钱谁出？如果让全院子里的人出，先不说他答不答应建，即使他答应建了，可钱是按户数出，还是按人头出？池子建成了，谁来管理？池子里产的鱼和莲藕，属于大家还是管理者？等等等等，到时候啥子扯筋裂皮的事都可能有呢！"

　　乔燕听到这里，便愣住了。一想，贺端阳说的确实也有道理，有些自己没想到，有些虽然想到了，却没想得更深，便决定先不说这件事了。过了一会儿才道："还有一件事，我想和你商量一下！我想向乡党委建议，把贺波补充到村支部委员会中来……"话没说完，贺端阳立即瞪大眼睛看着乔燕，像是没想到的样子。乔燕没等他回答，便说了下去："贺书记，你别小看贺波改造你们家房子和周围环境的事，这些事的意义现在还突显不出来，可过几年，你才会知道那意义可是十分重大呢！我第一次开两委扩大会时，就对你说过村上两委班子年龄太大了！现在有这样优秀的年轻人，我们为什么不用？"贺端阳沉思了半天，这才道："你叫我怎么说呢？他是我儿子，我同意不同意，都会有嚼舌头的……"乔燕立即道："外举不避仇，内举不避亲。这有什么？如果你觉得为难，这事由我去给罗书记汇报！要想把村上环境治理、垃圾分类和乡村振兴持久地开展下去，必须要有专人负责。我现在就迫切需要他的协助！"过了一会儿，贺端阳终于道："这小子，上次因为鸡死了，没去参加成省上的表彰会，蔫了好几天，幸好后来有了郑琳！乔书记你真欣赏他，我当然不会反对！"乔燕听贺端阳表了态，便道："那我们什么时候开一个村支委会，讨论了，用村支部的名义给乡党委写份请示，其余的事由我去办！"

第二天，乔燕便去找张芳，把希望趁这段秋高气爽的日子动员部分村民种花的事告诉了她。张芳说："哎呀，你说的和我想到一起去了！我今年春天就想到尖子山挖几十株野杜鹃花回来，栽到院子边上呢！"乔燕便把张岚文大姐那儿栽花的事告诉了张芳，道："人家那里就是到山上挖的野花回来栽呢！可是我们这儿山不大，山上的花不多，还是要到花圃买些花回来栽。当然，野花可以做些补充！"张芳道："你说得对，山上的野花还是单调了一点，没有苗圃培育的花丰富，一年四季都有花开。行，我还是买些苗圃培育的花来栽！除了吴芙蓉、王娟、朱琴这些人以外，我再给你补充十来户。她们平时都听我的，我去一说，她们保证答应！"乔燕立即说："既然这样，我们现在就到她们家里去。"张芳一口答应。于是两个人上午一起跑了七八户人家，一听说种花，那些人都满口应承。下午，两人又走了八九家，都没遇到阻碍。乔燕见这么顺利，心里自然高兴起来。

傍晚回到家里，正要给张恬喂奶，电话响了，乔燕见是金蓉打来的，忙接通了问："三姐，有什么事？"金蓉道："下午我在姐妹群里发了一个电子文档，你读没读？"乔燕忙道："哎呀，我今下午东一趟、西一趟，还没看手机呢！三姐，是哪方面的电子文档呀？"金蓉道："亚琳妹妹写小莉姐姐的大作呀！今天省报发了一个整版，我下载了电子版，大姐、郑萍姐姐和丹梅妹妹读了，都说小莉姐姐的事迹真的感人呢！就你还夜蚊子滚岩——没有响动……"乔燕便道："哎呀，三姐，我还不知道呢！我把孩子奶了，马上就拜读！"说完又问，"三姐，那天你在英姿姐家里，说的你们村那个办畜禽养殖场的残疾人，叫什么名字？"金蓉道："你查户口呀？"乔燕道："我想趁这段日子压力稍轻一点，来学习学习！"金蓉道："美得你！你先学习学习小莉姐的事迹吧，舍近求远！"乔燕道："小莉姐姐的事迹要学，你那儿的先进经验也要学，你可别想把我轻易打发掉！"姐妹俩半认真半开玩笑地说了一会儿话，挂了电话。

吃过晚饭，乔燕和婆母一起给张恬洗了澡，换上新的纸尿裤，喂饱了奶，让婆母抱着到隔壁睡去了，自己才斜靠在床头，打开手机，细细地读起亚琳的文章来。文章很长，分了好几个部分。前面部分标题叫《苦藤上结出的苦瓜》，记述的是小莉令人唏嘘和感叹的成长经历，这段故事乔燕已经听亚琳讲过了，便迅速地翻了过去。第二部分讲述的是小莉做大学生村官时的一些故事，标题叫《大山的女儿》，她把这部分也略过了。最后一部分的标题叫《情系贫困户，热血写春秋》，占的篇幅最长，也是全文的重点。乔燕细细看下去，原来这部分讲的是小莉在九龙村的几个小故事。第一个故事，是小莉在发展产业中流转土地的事迹：

  村里为了发展产业，通过周小莉的反复动员，好不容易回引了一个九龙村籍的在外成功人士回家乡来种植中药材，以带动家乡父老致富。周小莉的想法无疑是好的，但习惯了小农生产的村民却一时难以接受，因为需要他们把土地流转给王总搞规模种植。你说得再好，他们总是不相信，并且担心把土地流转出去了，后面吃什么。眼前家里还有点存粮，吃完了怎么办？其中有个叫王成章的农户，他的儿女都在外面打工，只有他一个人在家里。因为没有评上贫困户，抵触尤其大，不管怎么说，他就是不流转。更让人着急的是，村里一些没当上贫困户的人对扶贫工作有意见，便在背后给王老头打气，怂恿他不要流转："你一个老头儿，就是不流转，看他们还敢把你怎么样！"就这样，事情僵在那儿了。更气人的是，当干部去动员其他非贫困户流转时，那些非贫困户又拿王老头做挡箭牌："王成章流转了，我们就流转！"

  王老头现在成了解开这个连环疙瘩的焦点。

  为这事，周小莉不知跑了多少路。每次去，王成章老头回答她的都只有一句话："你再来我就去上访！"但周小莉没有泄气，她想：石头在怀里揣久了，都会被焐热，何况一个大活人？她不信就没办法打开老头的心扉！

  她仍然不断到老头家里去。但她改变了方法，尽量少说话，发挥姑娘家嘴甜、勤快的优势。老头一个人在家里，她去了，就像女儿一样，除了陪他说说闲话以外，就是找些活干，帮他做做家务。可老头儿还是不为所动，除了没再说上访的话，只要周小莉说起土地流转的事，他马上就把周小莉的话给堵回去。周小莉这回真的有些绝望了，最后只好打起了感情牌："大爷，你这样为难我，这是何苦呢？你也是知道的，我在城里有饭吃、有衣穿，夏天有空调，冬天有暖气，坐在办公室里舒舒服服的，按时上班，按时下班，哪点不比九龙村好？你说我们究竟是为了什么？还不是为了让你们过上好日子！可你还为难我……"情到深处，周小莉差点哭了起来。

  老头终于受到了感动，对周小莉说："丫头，我不是对你有意见。你才来多久，我怎么会对你有意见？"周小莉忙问："那大爷究竟对谁有意见？"老头说:"对原来的干部有意见!为什么别人都能当贫困户,我不能当?"周小莉听到这里,不禁"扑哧"一笑,说:"大爷,你也不想想,两个哥哥姐姐在外面挣那么多钱,家里房子也是好好的,你怎么想当贫困户?再说,即使干部有心想让你当贫困户,群众也不会投你的票。你怎么冬瓜摘不下来,就拉着藤藤扯?"

老头听到这话,又不说什么了。周小莉也适可而止。

再一次去,周小莉终于找到了打开老头心锁的钥匙。这天,周小莉刚走到老头院子里,看见老头在喂鸡——老头非常勤快,除了种庄稼外,还喂了二三十只鸡。眼下正是母鸡下蛋和公鸡长膘的时候,但因为天气热,鸡蛋放久了会坏;而天气一热,冬天喜欢吃鸡的城里人此时把兴趣转向了性凉的鸭子,因此鸡价不仅下跌,还很不好卖。老头正想把一些不下蛋的母鸡和七八只公鸡卖掉,但现在一是不好卖,二是一个人在家里又抽不出时间去城里卖,心里非常着急。因此一边给鸡喂食,一边在骂那些鸡们:"吃吃吃,吃了又变不成钱,喂起有啥意思?"

周小莉一听这话,心里有了底,便走过去热情地对老头说:"大爷,你是要卖鸡呀?"老头回头看着周小莉:"卖什么鸡?你又不买。"周小莉笑着说:"大爷,你别说,我有几个朋友,都拜托我在乡下给他们买几只土鸡,说土鸡是粮食喂的,好吃……"话还没说完,老头儿眼睛放光了,马上盯着周小莉问:"真的?"周小莉说:"大爷你说说什么价?"老头儿说:"你到家里来买,我还收你高价?你比着城里的价给就是了!"

周小莉回到村委会办公室,就立即给城里的同学、朋友、同事发信息,又是宣传乡下的土鸡如何好,又是夸这些土鸡下的蛋如何营养,等等。第二天下午黄昏时候,周小莉来到了王老头院子里,对他说:"大爷,你给我捉三只母鸡、两只公鸡,再给我装二百个鸡蛋,我带回城里去!"老头一听,脸上的皱纹绽放得像一朵灿烂的菊花。

次日一到村里,周小莉就把一卷钞票交给了王老头。从此,周小莉隔三岔五便去老头家里,或捉三五只鸡,或提一两百个鸡蛋,像是成了他家里的专职推销员。最后一次,当周小莉再走进老头家里的时候,王成章老头终于对小莉不好意思地说:"周书记,我那地,你们流转吧!"周小莉笑着说:"大爷,我就知道你会答应的!"

王老头的地一流转,其他那些非贫困户一看,腊月三十的磨子——没推头了，全村一百多亩耕地很快便流转完毕。但周小莉从此多了一件活儿——帮村民卖鸡卖蛋。虽然比以前更累了一些，但她却觉得非常快乐。

亚琳写的小莉姐第二个故事，是介绍她在帮助贫困户发展产业中如何呕心沥血、无私奉献的：

周小莉到九龙村担任第一书记不久，村主任便对她说："周书记，我们村有个养鸡大王，你愿不愿意去看看他？"周小莉一愣：我到村上这半个多月来，把家家户户都跑了，养鸡的倒是不少，可每家每户不过几只十几只，还没见到谁是养鸡大王呢。于是问："这个人住在哪儿？"村主任说："山上！他一个人要照管那么多鸡，平时走不开，所以也没下来过。"周小莉一下明白了，又忙问："叫什么名字？"村主任说："马贵平！"

原来这个马贵平过去一直在内蒙古打工，还是一个小包工头，手下有几十个工人。没想到五六年前，他分包了大包工头的活儿后，大包工头没把承包费给他兑现，他欠了手下民工一百多万元的工资。走投无路的时候，他跑到青岛去藏了起来。那边民工找不着他，就邀约着到县上上访。县公安局把他抓回来后，法院认为他是恶意拖欠农民工工资，判了两年半有期徒刑。刑满释放之后，老婆和他离了婚，带着孩子离开了九龙村。他很痛苦，非常悲观，想做点什么又没钱。最后他看见村里一座叫寨梁的山上，有八九十亩荒山，便找到村上干部，对他们说："我想到山上去养鸡，你们答应不答应？"村干部也很同情他，再一想那山荒着也是荒着，便同意了。于是他到山上去养了几千只鸡，还弄了一个大棚来种蔬菜。

周小莉听了，急忙对村主任说："你怎么不早说呢？快带我去看看！"村主任说："他蹲过监狱，我怕……"周小莉说："他又不是杀人放火犯，蹲过监狱有什么？再说，就凭他这种自强不息的精神，我们就该鼓励！"

村主任便用一辆摩托车把周小莉载上，"突突突"地颠簸着往寨梁山上去了。摩托车颠簸了将近四五十分钟，才到达目的地。还隔老远，周小莉便听见了一阵"咯咯"的鸡叫声，循声望去，只见在林地的荒坡荒地上，到处都是觅食的鸡群，黑压压的一片，听见摩托车的吼声，像是好奇似的，都伸长脖子，瞪着圆溜溜的小眼睛朝这边望着。周小莉一见，不由得喜欢起来。再一看，旁边地里一个年轻汉子，赤着上身，皮肤上淌着一层油汗，乱糟糟的短发像刺猬的毛一样向天空立着，正用力地挖着地。

村主任把周小莉向马贵平做了介绍，马贵平眼里还闪着几分对周小莉不信任的光，但周小莉却一把抓住了马贵平一双长满老茧的手，说："大叔，看望你来迟了！"马贵平眼里慢慢消除了怀疑的目光。三个人来到马贵平的简易窝棚里。周小莉一看，窝棚里还挂着一张马贵平和妻子、孩子的照片，不由得又一阵感动：这汉子还是一个多情多义的人呢！看了一阵，周小莉才坐下来和马贵平拉起了家常。周小莉先问了他现在的养殖情况，马贵平告诉她，现在一共养了三千五百只鸡，鸡苗的生长状况都很好。周小莉又问他挖地做什么。马贵平回答她说准备种苞谷，然后又补充了一句，说现在鸡饲料很贵，自己种些苞谷，也少花些钱去市场上买。一说到钱，这汉子的目光便暗淡了下来。

周小莉一见，便知道这汉子遇到困难了，于是主动问他眼下需要些什么帮助。马贵平先是用怀疑的目光望了望周小莉，接着充满渴望似的把眼下遇到的资金困难的事对周小莉说了。因为他蹲过监狱，又欠着民工的钱，银行也不肯贷款给他。周小莉想了一想，对马贵平说："钱的问题，我来帮你想办法！"

回到村里以后，周小莉马上召集村两委成员开会，可当大家听周小莉说给马贵平五万元小额扶贫贷款时，就有了不同的意见。因为马贵平蹲过监狱，现在还欠着很多乡亲的钱，把这钱给他，村里很多人会有意见。周小莉说："我们支持他把产业发展起来以后，还乡亲们的欠款不是更容易吗？"一句话让大家心服口服了。

但周小莉知道，这五万元扶贫贷款对眼下的马贵平来说，仍然是杯水车薪。于是她又亲自去跑银行，做了很多工作，给马贵平贷了十万元资金，帮助他解决了资金的难题。除此以外，周小莉还把马贵平的情况给镇委、镇政府领导汇报了，请求镇委、镇政府给予帮助。镇委、镇政府也觉得对马贵平这种自强不息的精神应该给予鼓励，于是也给了五千元的扶持款。虽然钱不多，但却是来自党委、政府的关怀，让马贵平受到很大鼓舞。

可是到了年底，马贵平又遇到资金瓶颈了。这时他的三千五百多只鸡，每只鸡都长到了将近三斤重，光每天消耗饲料都是一笔不小的开支。这天，他给周小莉发来一条短信，用的几乎是乞求的口吻："周书记，你能不能再给我想一点儿办法？我还差一点儿钱，实在没办法了！"小莉马上给他回电话:"你下来一趟,我在办公室等你!"很快,马贵平就下来了。周小莉一看,这汉子已经瘦了一大圈,脸上露出十分焦急的神色,没等周小莉开口,便急急地说:"周书记,哪怕能搞两万块钱都行!家里的饲料已经见底了,如果买不回来饲料,要么就看着鸡饿死,要么只有把鸡送人,实在没办法了!"

周小莉一听这话,也着了急,马上去到信用社,可信用社回答得很干脆,两个字:"不行!"因为马贵平已经贷了十万元,又没有任何担保抵押,不可能再对他放贷了!怎么办?周小莉想了半天,也没想出办法,最后决定私人借给他两万块钱。

两万块钱的饲料拉回来了,马贵平那些生长正旺的鸡得到了挽救。春节前,一大批鸡卖出去了,二十多万元到了手。银行的贷款还上了,周小莉的两万元钱也还上了。剩下的,马贵平还偿还了一部分民工的欠款。

亚琳最后写道:

新的生活希望出现在了这个顽强的大巴山汉子面前。但这中间如果没有周小莉这个扶贫干部的帮助,又会怎么样呢?

乔燕又看了几则。看完后,她突然有了一种想和人交流的冲动,掏出手机正想给金蓉打电话,手机这时却响了。乔燕一看,是张健打来的。听完电话,乔燕更抑制不住内心的喜悦了。原来张健告诉乔燕的消息是:陈总明天要来村上!

第九章

　　第二天一早，乔燕便赶到贺端阳家里。贺端阳不在，贺波睡眼蒙眬地出来对她说："姐，有什么事？"乔燕道："郑琳不在？"贺波道："她昨天下午才走！"乔燕忙问："回她爸爸妈妈家去了？"贺波道："不是。"说完才问乔燕："姐，你知道县里有个'嘉逸园'园艺苗圃基地吗？"乔燕道："没听说过，不过我园林局的同学肯定知道！"贺波道："正是你同学给介绍的，说这个'嘉逸园'是全县最大的园艺苗圃公司，公司的老总和她关系也最好，可以介绍郑琳到他们基地去学习园艺和花卉栽培。郑琳是个性急的人，一听巴不得马上去，昨天下午就走了！"乔燕一听，便十分惊喜地说道："你们行动得真是快呢！"贺波说："姐，你找郑琳做什么？"乔燕说："没什么事，我只是随便问问！"说完，才把陈总要来的事给贺波说了。

　　贺波听了非常高兴，说："太好了，姐！陈总是大好人，我的鸡虽然养失败了，可我一定要亲自对她说声谢谢！"乔燕道："就是！你爸不在，我想请你今天上午帮我做一件事……"贺波忙问："什么事？"乔燕便给他讲了。贺波听后，忙说："没问题，姐，我一定办好！"乔燕便高兴地说："那我就谢谢你了！"说完转身欲走，却突然又想起什么，回身对贺波道："哦，我还忘了告诉你，这个陈总真是个爱心企业家，她不但支持过你，还帮助过天盆乡黄龙村一个叫杨英姿的贫困户养鸡！"说罢便把陈总如何无偿帮助杨英姿养鸡的事，给贺波简单地说了一遍。贺波听完，既为陈总的事迹感动，同时又流露出几分沮丧的神情来，说："可惜我把鸡养死了，对不起陈总……"乔燕忙说："失败乃成功之母。陈总来了，我们正好一起分析一下原因，看看我们究竟失败在什么地方！"

说完，乔燕急急地走了。她来到贺世银大爷家里，贺世银一家人正趴在桌子上吃早饭，她便把陈总来规划屋后防护墙的事告诉了他们。贺世银、田秀娥立即露出了有些慌张的样子。贺世银道："哎呀，姑娘，人家可是穿金戴银的贵人，我们这穷家小户，可别丢了姑娘你们的脸……"乔燕道："爷爷你放心，你见了陈总，就知道她是个什么样的人了！"贺世银还要说，刘玉却道："乔书记，中午的生活可是安排在……"话还没完，乔燕便道："我就是来和你们商量商量呢！我本想把生活安排在张主任家里……"贺世银听到这里，马上有些不满地说："姑娘，你想让湾里的人都来戳我的脊梁骨是不是？人家是为我家里的事而来，怎么要把生活安排在别人家里呢？"乔燕笑着道："爷爷，我这不是和你们商量吗？如果不嫌麻烦，中午的生活就定在你们家里！不过我还有两个陪客……"刘玉马上说："姑娘你放心，你就是有十个八个陪客，你看看婶子今中午煮不煮得出一顿饭来？"乔燕一听这话放了心，又问了几句兴坤叔打工的闲话，便回到了村委会。

　　吃过早饭，乔燕又把贺文和张芳喊过来，告诉他们陈总来的事，又说了自己刚才安排贺波做的事，然后才对他们说："陈总是贵客，我们可不能怠慢了她！贺书记不在家，你们两个也陪一陪……"正在这时，张健又给乔燕打电话了，说陈总已经出城。乔燕掐算了一下时间，便和贺文、张芳一起去村口等候。

　　等了约十分钟，陈总终于到了。陈总今天贴身穿了一件黑色的圆领T恤，外面罩着一件枣红色翻领中长拉链休闲外套，底下一条黑色波点雪纺直筒长裤。和上次乔燕他们在她办公室看见的最大不同是，今天她脖子上挂了一条银白色的四叶草钻石吊坠。她还带了一个三十多岁、鼻梁上架着一副纯钛架近视眼镜的姓赵的技术员。乔燕把贺文、张芳给陈总介绍了，陈总也把赵技术员向乔燕、贺文、张芳介绍了，几个人寒暄一会儿后，乔燕、张芳上了陈总的车，贺文骑着摩托车前面带路，径直朝鹰嘴岩驶去。

　　陈总一走进贺世银的院子，看见头顶上满架的牵牛花，便惊得叫了起来："太美了，我仿佛走进了花丛中！"乔燕一听这话，便忙不迭地给她介绍了村里正动员村民栽花种草、美化家园的计划。陈总一听，又连声叫道："好哇，你们这个计划很好！我在天盆乡黄龙村也看到家家院子里都鲜花盛开，走到那里就觉得人的精神为之一爽……"乔燕听到这里，便急忙说："陈总，天盆乡黄龙村有个叫杨英姿的贫困户，可是你支持她办起的养鸡场？"陈总道："她可是一位坚强和勤劳的女人，我很欣赏她！"说完又问乔燕，"你认识她？"乔燕便把她们去天盆乡黄龙村学习的事对她说了,然后又说:"她真的是一位十分坚强的女性,她对你很感激呢!"陈总道:"有什么值得感激的。只要她能够摆脱眼前的困境,过上好日子,我就感到非常高兴了!"说罢似乎不愿意再谈这个话题,便又看着贺世银的新房说:"这房子也建得很漂亮呀!"说着指了指楼顶,又十分羡慕地说,"上面那个露天阳台,设计得太好了!坐在上面,搭把躺椅,泡杯清茶,一边喝茶,一边欣赏远处的风景。如果是夏天的晚上,在上面纳凉,一边数天上的星星,一边听田里的青蛙叫,又清静又热闹,这才是真正的农家乐呢!"乔燕听她说得这么有诗情画意,便道:"要不陈总上去看一看?"陈总说了一声:"好!"便往楼上走去。

到楼顶放眼一望,贺家湾的田园风光尽收眼底。陈总瞧了瞧,眼光忽然被一大片起起伏伏的灰色屋瓦给吸引住了,便对乔燕问:"那是什么地方?"乔燕一看,便道:"那是贺家湾的老院子!"话刚说完,陈总像是十分惊奇的样子,马上又接着问:"哦,贺家湾的老房子还在?"乔燕道:"可不是!贺家湾有四个湾,分别叫作中湾、上湾、下湾,背后还有一个新湾。每个湾都有一座老房子,都是典型的四合院。那座房子是中湾的老院子!"陈总听了,又若有所思地"哦"了一声,却没再说什么了。

几人在楼上眺望了一会儿,才下楼来到屋后,勘测堡坎修建的位置和高度。技术员拿出皮尺丈量了一通,很快便画出草图。原来贺世银大爷这房屋虽然建在鹰嘴岩下,但离真正的山坡还有很长一段距离,以后即使再发生这次一样的泥石流,也不会对房屋造成根本性的损坏。所以这堡坎也不需要修得很高很长,只为了确保万无一失,修一道十多米长、一米五高、两尺厚的墙就行了。确定下来后,陈总突然对乔燕说:"乔书记,你能不能带我去看看你们的老房子?"乔燕不知道陈总为什么会对那些破破烂烂的旧房子感兴趣,只以为她是一时好奇,犹豫了一会儿才说:"好吧!"说完,带着她往中湾的老院子去了。

到了那幢老旧的四合院前,陈总就紧紧盯着那院墙砖石上的龙凤、花草图案和福、禄、寿、喜字看,够得着手的地方,还伸出手在上面轻轻地摩挲。走到院子的大门前,又目不转睛地把中间的门头,两边的门柱和斗拱等看了一遍。待进到院子里,目光又一动不动地凝视着已被人撬走木板的戏台。接着先看了两边屋子的厢房,再跨上台阶,又一间屋子一间屋子地看了正房。然后转入后院,同样像是勘察什么宝贝似的,把每间屋子都看了一遍,最后来到碉楼前。她想上去看看,却被贺文拦住了,说是楼梯已经松动,很多年都没人上去了,很危险。听了这话，陈总才打消了上去的念头，便和大家一起退了出来。

往回走的路上，乔燕想问问她看了这老房子有什么感受，可见陈总双眉微蹙，一言不发，像在想什么心事。她想了想，于是转到另一个话题，对陈总说："陈总，我有一个请求，不知你能不能答应？"陈总从沉思中回过了神，马上又恢复了和蔼的语气对乔燕说："你说。"乔燕便道："听说陈总是从收破烂起步，发展到今天的上亿产业，这中间一定有很多动人故事。我想吃过午饭，请你给我们贺家湾全体村民，讲一讲你奋斗的经历……"一听这话，陈总忙说："哎呀，姑娘，我可没有想到要在贺家湾做报告呢！"乔燕道："陈总，你不知道，现在很多人呀，养成了对国家的依赖思想！扶贫不单是给钱给物，精神扶贫比物质扶贫更重要……"乔燕还没说完，陈总也马上深有同感地说："姑娘你说的是！我到过一些村庄，看见一些村民大白天蹲在墙脚晒太阳，什么也不干，就等着政府救济。这样的人，你说不穷往哪里走？我听说还有人把政府救济的棉被、衣裤卖了，来年政府见到农民没有，又会救济，成了一种恶性循环！"乔燕虽然没见过陈总说的后面这种情况，但前面那种人确实有，便又诚恳地笑对陈总说："所以，陈总，你这个报告就更得做了！不瞒陈总说，我上午就安排人通知了村民。我们吃了午饭就开始，占用不了陈总多少时间！"陈总道："姑娘，你这真是赶鸭子上架。我也没准备，你叫我讲什么呢？"乔燕仍然笑着道："陈总，你随便讲什么，没问题的！"陈总想了一下，终于道："那好吧，姑娘！"

吃过午饭，贺文先去了会场，乔燕和张芳陪着陈总坐了一会儿，才往会场走。到了村委会前面那棵老黄葛树下，果见树荫下坐了很多人。贺波已经把会场布置好了，还在黄葛树枝间拉了三条标语，正中一条是："热烈欢迎陈仁凤董事长莅临贺家湾村！"左右两边分别是："扶贫先扶志，治穷先治愚！""艰苦奋斗发家，勤劳致富光荣！"贺波今天也像参加重要仪式，着一套笔挺的西装，益发显得精神焕发。一见陈总，他便急忙跑了过来。陈总一眼认出了他，一把拉住了他的手，道："小伙子，鸡养失败了，心里很难受吧？"贺波立即红了脸，急忙朝陈总鞠了一躬道："对不起，陈总，我辜负你的期望……"陈总没等他说下去，便拍了拍他的肩，道："那有什么，谁创业没有失败过？"说罢回头对乔燕道，"后来我问了一下其他的养殖户，发觉那次鸡被雨淋死的事我也有责任……"乔燕忙说："陈总你有什么责任？"陈总道："其他养殖户告诉我，如果养跑山鸡，还是应该先在山上建好鸡舍。鸡苗拿回去后，白天在林子里放，晚上无论如何都要把它们赶回圈舍。久了以后，它们就会养成习惯，一到天黑自己就会回圈，遇到刮风下雨，它们也会自己回圈躲避。"又回头对贺波说，"我当时不知道这些，也没告诉你，我不是也有责任吗？"说着又拍了拍贺波的肩，对他和乔燕说，"别灰心，看来我和你们贺家湾真是有缘分！不哄你们说，我这人是讲缘分的，我给我的宾馆就取名'聚缘宾馆'，说不定我和贺家湾以后还有更大的缘分呢！"

说着这些话，人来得更多了，乔燕便把陈总拉到前面桌子后面坐下，打开麦克风，先"噗噗"吹了两下，宣布开会。会场一下安静下来。乔燕将陈总给众人介绍了，又讲了这次会议的目的，希望大家遵守会议纪律。大家一听坐在自己面前的竟是一个身家过亿的女人，先是惊讶不已地发出一阵窃窃私语声，可很快会场便安静了下来，乔燕便把话筒推到了陈总面前。

陈总不慌不忙地、仿佛拉家常一样讲了起来："我和丈夫过去都是县玻璃厂的合同工。1989年生产不景气，玻璃厂倒闭，我们两口子都下岗了。下岗的时候，我才二十四岁，大女儿还不到两岁，我的父母也跟我们一起生活，父亲身体不好，经常生病。一大子人，上有老，下有小，怎么办呢？你们都知道，城市不比乡下。乡下有地，随便去哪儿开点荒，种点粮食、蔬菜，都不至于把人饿着；可城市就不一样了，喝口水都要钱呀！人呀，都是被环境逼出来的。当时实在没有办法，我和丈夫为了养活一家人，选择了收破烂的职业。我丈夫力气大，挑着两只竹篾筐收；我就是一个背笼一杆秤，前面手里把娃娃抱上，背上背个背笼，一边走街串巷，一边嘴里叫着'收破烂'。收多了后，我丈夫就去弄了一辆板板车。那个时候的板车是那种石棉的硬轮子，轧在路上'吱嘎吱嘎'地响。我丈夫在前面拉，我就在后面推。那时县城的街道不像现在这样平，到处都是坑坑洼洼。而且我们住在北门口口上，到过县城的人都知道，到北门全是上坡路。拉板车要力气，没有人在后面给你搭一把力的话，根本拉不上去。我是左手抱娃儿，右手在后面推。遇到好心的过路人看见我们两口子太吃力了，顺便帮我们推一下。哎呀，那时心里那个感激呀，真想对人家磕一个头……"

讲到这儿，陈总突然停住了话，目光望着远处，似乎沉浸在了过去那段不堪回首的岁月里。众人也都凝神屏气，生怕打断了她的思路似的。张芳立即提着开水瓶来，往陈总面前的茶杯里续了水。半响，陈总才收回目光，接着讲了起来："你们可能要问我：'你才收破烂的时候好不好意思？'我告诉你们，才开始出去收的时候，我确实有些不好意思！可是收着收着，就不觉得了！我们本来就是社会上最普通的人嘛，靠自己的勤劳吃饭，有什么不好意思的？从小老师就教导我们劳动光荣，我们又没有偷，又没有抢，通过自己的劳动挣钱就是光荣的。不但没觉得不好意思，哪一天我身上的衣服越脏，头上落的灰尘越多，我还会越高兴，因为这证明我这天的收获就越大，到手的钱也越多！到晚上两口子把一天的票儿数得'哗哗'响的时候，心里高兴还来不及呢，哪还有什么不好意思的？所以你们一定会说，我是一个钻进钱眼里的人，是不是？"

　　说到这儿，陈总不由得笑了，不过那笑，仍然有些带着自我嘲笑的苦涩味道。众人一见，也都咧开嘴唇笑了笑。陈总笑毕，又接着讲了下去："收了几年破烂，我们已经攒下点钱了。这时，我和丈夫发现白天收破烂，晚上还可以做点其他什么。我们看见在我们住的那地方，有十多家人卖麻辣串儿，天天晚上都有人来吃，生意还特别好。于是我和丈夫又在晚上卖起麻辣串儿来。我们一天也不休息，再冷再热我们都去卖，天晴下雨一天都不得耍。卖麻辣串儿关键是备料，料由我买、我洗、我穿、我煮，我老公只管卖。晚上要卖到 2 点多接近 3 点。6 点钟起床去买菜，去晚了就买不到那些好菜。菜买了回来洗好切好，然后又拉起板车出去收破烂。一天只睡得到三个小时的瞌睡，真是辛苦！但苦是苦，还是很挣钱的。那时我们就存了十万多块钱——那时十万多块钱是很值钱的！如果哪个说自己是万元户，众人都会投来羡慕的目光……"

　　众人听到这里，眼里也真的流露出一阵羡慕的目光。会场上十分安静，也许陈总的经历已经感染了他们。就连乔燕，两只眼睛也一动不动地落在了陈总脸上。陈总端起杯子喝了一口茶，又才接着讲："收废品时，我们也回收啤酒瓶。我打听到直接卖给啤酒厂价钱更高，于是我们就把瓶子拉到市里啤酒厂去……"

　　说着，陈总停下来抿了抿嘴唇，看了大家一眼，见大家听得十分专注，声音比刚才提高了一些："幸好我们把回收的旧啤酒瓶拉到了啤酒厂去卖！为什么呢？因为我们在卖啤酒瓶的过程中，发现啤酒厂在招各地的代理商。反正我们也是做生意的，也想试着做一做。于是我们就去找到厂里销售科的领导，对他说：'我们能不能做县城的总代理商？'销售科的领导见我们是收破烂的，又没搞过销售，哪能够让我们做他的总代理商？我们不放弃，又反复对他说：'领导放心，我们能够吃苦，肯定不会辜负领导的期望！'功夫不负有心人，领导大约是见我们两口子确实能吃苦，便说：'那好，交给你们试做一年，任务完成了，以后就继续给你们做！'就把县城的啤酒总代理权给了我们……"说到这儿，陈总真的颇为自豪地笑了笑，可马上声音又转入了低沉，"最初做啤酒生意的时候也很苦哟！那时候大家的消费水平还不是很高，顾客要酒大多是一件、两件地要，要到五件就是不得了的了。一打电话过来,我们就马上送过去。虽然很辛苦,但第一年做下来,我们就超额完成厂里规定的任务了,当年就挣了十多万块钱。加上我继续回收啤酒瓶子,又赚了点儿钱。那时的房价很低,后来我就用手里的钱买了一幢楼,五层,一千多平方米。买来过后,我就租出去……"陈总的声音逐渐大了起来,看得出她是真的沉浸在了成功的自豪和喜悦中,"我的最大转机大约是2008年,那时县上流动的人口多了,一些宾馆生意火爆,我一看商机来了,急忙把租出去的房子收回来,没交的房租我都不要了,欠的水电费什么的我也不要他们缴了,把房子收回来改造成了宾馆——就是现在的'聚缘宾馆',一共四十一个房间。为什么要叫'聚缘宾馆'呢?刚才我还在跟乔书记和贺波讲,我这人相信缘分。人只要相聚就是缘分!后来的事实证明我建宾馆的路走对了,三四年时间里,我就赚了四十万到五十万块钱!一看到赚这么多钱,我就想,钱是死的,只有用钱赚钱,钱才活得起来,加上生意成功了,就越做越有劲。于是我就开始办'聚缘幼儿园''聚缘早教中心',现在'聚缘幼儿园'和'聚缘早教中心'已经集团化了,下面有很多分园。加上我是从代理啤酒起家的,所以我现在还继续代理各个品牌的啤酒、白酒和饮料。我自己独立的企业大大小小加起来有十多个,和人合伙办的企业还有十多个,总资产将近一个亿吧!"

讲到这儿,陈总才看着大家说:"这就是我的创业史。说来说去就是一句话,一个人要成功,不是等、靠、要就能得到的。首先得不怕吃苦,靠自己勤劳苦干!就像一句歌词说的那样:'幸福不会从天降',大多数富裕的农民也是靠勤劳苦干才致富的!这条标语也说得好,扶贫先扶志,我希望贺家湾的乡亲都能通过自己的勤劳苦干,过上好的生活!我的报告完了,谢谢大家!"说完站起来,恭恭敬敬地向会场敬了一个礼。

大家像还沉浸在陈总传奇的发家史中,一时没明白过来,过了一会儿,乔燕和众人才回过神,会场这才爆发出一阵热烈的掌声。陈总再次站起来对众人鞠了一下躬。乔燕拉住了她的手,对她说:"陈总,你再给我们讲讲你扶贫的事吧!"陈总一听便说:"姑娘,你还要我讲呀?那些可没有什么讲的!"乔燕却说:"陈总,你做了那么多好事,怎么没讲的呢?这也是教育大家呢!"说罢不等陈总回答,便拿过话筒对众人讲道:"陈总是我们县上有名的爱心企业家,她帮助了贫困户摆脱贫困,现在我们请她讲讲她爱心扶贫的故事,大家说要不要得?"众人刚才被陈总的发家史吸引着,似乎还没听够,一听乔燕这话,便高声喊道:"要得!"说完又喊,"陈总,你就讲讲吧!"一边喊,一边又响起了掌声。陈总一见,便只得说:"那我讲一点吧!"说着喝了口水,便又一口气讲了下去,"说起扶贫,往早些说,在'聚缘宾馆'和'聚缘幼儿园'建成后,我就开始了。我招宾馆的员工和幼儿园的生活老师时,只招收下岗工人。因为我也是下岗工人,我知道下了岗的滋味。还有,2013年11月的时候,我遇到一个叫李云琼的彝族女人,赞助了她三万元办养鸡场。大约一个月后,她又给我打电话,说第一批鸡苗长得很好,她还想去买一批,问我还能不能借给她两万。我一听她第一批鸡苗长得很好,想扩大规模,这是好事,帮忙帮到底,送佛送到西天,便又给她打了两万元钱过去。

"一共帮了她五万元钱过后,我决定亲自去看看。到了她家一看,果然看到她的鸡长得很好。再一个,看到这个妹子穷是穷,却把家收拾得井井有条,一看就是一个能干人,我相信她一定能成功,于是我正儿八经地和她谈了一次话。我说:'云琼妹子,我一共给你投入了五万块钱。现在我有一件事,你如果答应我,以后有什么困难,我还会继续帮你,如果你不答应,我们就此拉倒!'她一听有些紧张了,忙问我是什么事。我就对她说:'你我两个萍水相逢,看到你能吃苦,能做事,加上心地善良,我才愿意帮你。如果你成功了,也要像我一样,对那些穷人、苦人,也要出手相帮。然后那些得过你帮助的人,又去帮别人,大家互帮互助,这世界上就会少很多穷人!如果你只顾自己发财,你周围团转的人连饭都吃不起,你连瞌睡都睡不好,你说是不是?'她一听忙说:'陈姐,你放心,我也是一个受苦人。如果我成功了,我一定像你一样,哪个要养鸡,我一定帮助他!'这个女子没多少文化,但心眼儿很实诚、很善良。她成功后,果然是这样!她把鸡苗抱出来后,村里哪个想养,直接去她那儿拿鸡苗就是,等鸡卖了钱,才付她鸡苗款。别人家不懂技术了,她也去传授技术,真的把爱心传递出去了。

"我给大家说一件李云琼帮助贫困户的具体事例。他们村里有一户人家,男人叫张俊,女的姓李,李云琼把她认作了姊妹,叫她李姐。张俊得了尿毒症,每周要到县人民医院去透析两次。因为丈夫有病,李姐也不可能出去打工。李云琼就帮李姐发展养殖业。起初怕李姐没有经验,加上家里又有个病人怕忙不开,就只给她五十只鸡养,等她有了经验后,慢慢地给她增加,现在增加到了五百只。这五百只鸡虽然解决不了大问题,但她丈夫要补充营养的时候,最起码鸡和蛋是不用去买的。还有,家里钱紧了,背十几二十只鸡到街上一卖,就是几百块到千把块钱,就把他家里的资金压力缓解了一下。所以,我觉得我帮了李云琼太值得了,因为她把爱心传递出去,就不是五万块钱能买到的。她后来要还我那五万块

钱，我说：'放到你那儿扩大再生产用！'

"还有很多这样的故事，我就不一一讲了。我只希望凡是接受了我帮助的人，以后继续传递这份爱。现在党中央号召全社会都要积极参与到扶贫中来，我觉得老板更应该带头，因为你托改革开放的福，成了有钱人，但如果大多数人没有过上好日子了，这个社会就不能稳定。社会不稳定，老板又怎么能过上安稳日子，你们说是不是？我还做得很不够，今后继续努力……"

讲到这里，人群中忽然有个人喊了起来："你帮帮我吧！"把陈总的话打断了。众人吃了一惊，急忙扭头看去，原来是贺兴志，人们叫他"铁算盘"。陈总沉吟了一会儿，才问："帮你什么？"贺兴志道："我想给儿子买辆车……"众人一听"扑哧"笑了起来。有人讥讽道："你还不如说买飞机！"人们笑得更凶了。贺兴志红了脸，像是马上要和那人吵起来了。陈总忙严肃地道："我这个人，有时大方，有时却像铁公鸡那样一毛不拔。那些追着要我帮助的人，大多会失望的！"听了这话，会场才重新安静下来。

陈总讲完，乔燕才拿过话筒，对大家说："陈总做了很多好事，可她谦虚，没一一讲出来，我给大家补充一个故事！"说着，就把她如何帮助杨英姿养鸡的事给众人讲了一遍，顺便也讲了杨英姿不向命运低头，依靠艰苦奋斗和自强不息摆脱贫困的故事。讲完，乔燕又说了一通感谢陈总的话，便宣布散会。可奇怪的是，人们并没有像以往那样，爬起来拍拍屁股就赶着回家忙活儿，而是站在树荫下望着陈总和乔燕，似乎有些恋恋不舍的样子。直到看见陈总在乔燕、张芳、贺文和贺波的陪同下往她那辆银灰色的小车走去时，这才三三两两，一边议论，一边往回走。

陈总走到车旁边，贺波抢在前面，机灵地跑过去拉开了车门，陈总却在车旁站住了。她的两眼闪着像火星一样熠熠的光彩，朝整个广场看了一眼，突然对乔燕问："这个操场就是你们平时开村民大会的地方？"乔燕不知陈总问这话的意思，便老老实实地答道："如果人少，我们便在原来村小学的教室里开，人多才在这个操坝里开。这个坝子也是过去学校的操场！"陈总笑了一笑，说："我到过一些村，那些村都建有文化广场，很漂亮！我今天来，也给你们一个惊喜，这样，我给你们修一个文化广场，怎么样？"一听这话，乔燕、贺文、张芳和贺波都像听错了似的，互相看了一眼，乔燕这才叫道："陈总，这是真的？"陈总说："你们先拿一个设计图和修建方案出来！要修就要修得漂亮一些，不要为我节约钱，也不要修成仅仅是供村民跳舞和开村民大会的地方，眼光还要看得更长远一些，旁边最好还要修一个大型的停车场……"说到这里，陈总把目光投向远方，又意味深长地说了一句，"你们贺家湾，说不定以后会大放异彩呢！"乔燕以为陈总这只是一句客套话，没怎么在意，却一把抓住了陈总的手，说："陈总，这真是太好了！我现在想好了一个名字，就叫'爱心广场'……"陈总没等她说完，便道："叫什么名字不要紧，关键是你们要尽快把方案拿出来，等工程队来给那个受灾的老人家家里修防护墙的时候，好一起施工！"又指了那棵老黄葛树说，"那棵黄葛树，可千万要保留下来啊！"乔燕马上答道："是，陈总，我们一定抓紧设计，到时我把设计图亲自给您送来！"陈总没再说什么，上了车。乔燕、贺文、张芳、贺波几个人一直站在阳光下，看着陈总的车走远了，乔燕忽然"啊"了一声，张开双手，高兴得跳了一下，然后也不和张芳、贺文和贺波说什么，便朝村委会办公室跑去。

第十章

乔燕回到屋里，婆母已把张恤抱到外面溜达去了。乔燕忙了大半天，还没给张恤喂奶，忙打电话让婆母把张恤抱回来吃奶。没一时，婆母便把孩子抱了回来。乔燕饱饱地喂了孩子一顿，吃得张恤的小肚子都有些鼓了起来。喂完，又把孩子交给了婆母。乔燕想起陈总承诺的事，抑制不住内心的高兴。她想起贺家湾一句俗话："只要有贵人相助，跨出门槛就能捡到银子！"没想到陈总今天来，还给她带来了这样一件好事，这可是她连做梦也没想到的事呀！进而她又想到这段时间，老天爷真的好像特别眷顾自己，做什么事情都是顺风顺水的。和尚坝被洪水冲毁的石拱桥被县上立项，领导答应给二十多户还没通通户公路的把公路接到家门口，紧接着又是十户贫困户顺利摘帽，眼下老天爷又给她送来了陈总这样一位"财神爷"，这一切叫她怎么能不高兴呢？她坐在椅子上，满脑子都是文化广场的事。她为刚才突然想到广场的名字感到高兴，想起陈总听到这个名字时，并没反对，可现在她觉得应该把"爱心"改为"仁爱"，因为这中间嵌了陈总名字中间那个"仁"字，而且意思没有变……正这么想着，脑海里突然又是灵光一闪：叫"仁爱"还不如叫"聚缘"！陈总的宾馆不是叫"聚缘"吗？她上午也说过，她是相信缘分的？不错，大家聚在一起就是缘分，她和陈总能相识也是缘分。那就叫"聚缘文化广场"好了，陈总肯定会同意！接着，她又思考起广场上应该建些什么。过了一阵，她突然醒悟过来：与其一个人冥思苦想，不如到网上去搜一搜其他地方的村文化广场，找一些借鉴资料，不就事半功倍了？然后再请单位设计室的人员来帮助设计一下，还愁给陈总交不出一张满意的答卷？这样想着，她便去打开了电脑。

可是，正当她准备去搜索互联网上的图片时，虚掩着的门突然"吱嘎"一声被推开，贺文神色慌张地一脚跨进了屋子，口里喊道："乔书记，不好了！"乔燕猛地抬起头，看着他道："发生了什么事，贺主任？"贺文迟疑了一阵才吞吞吐吐地道："易地扶贫搬迁集中安置点那儿，快、快要停、停工了……"一听这话，乔燕的心马上"怦怦"地跳了起来，半天才对贺文道："你说什么？"贺文道："贺端阳书记不在家，委托我到工地上负责。刚才陈总他们走了后，我直接去了工地。到工地上一看，只有几个人在干活。我问其他人到哪儿去了。他们说回家了。还说，他们也马上要回家了……"乔燕没等他说完，又着急地问："为什么要回家？"贺文的眉头紧紧皱在了一起，显出了一脸苦相，然后才道："乔书记你还不知道，现在每个村都在修建易地扶贫搬迁集中安置点，附近几个乡的砖厂生产的砖，根本供应不上，许多村的易地扶贫搬迁集中安置点只好停工待料。我们村的砖，也不多了……"听到这里，乔燕着急起来，再次打断了贺文的话，道："那通知承包方，叫他们快去买呀！"话音刚落，贺文道："我们给承包方说了，可到处都缺，他们到哪儿买？更严重的是，省上环保督查组下来督查，发现几个砖厂的环保不达标，已经下令关闭和停产整顿。还有，剩下几个砖厂都趁火打劫，趁机提价，现在每块砖比过去高了好几分钱，承包方也不干了，要求我们增加工程造价！"乔燕听后，气得脸红了起来，然后又愤愤地道："怎么会这样？怎么会这样……"

贺文见乔燕着急的样子，又马上劝她："乔书记你先别生气，还有比这更着急的呢！即使有了砖，因为到处都在建，一个老板往往包了好几个村的工程，手下的工人有限，每个工地上的人手都不足。你说他没在干呢，每天又有三五个人给你把场子应付到！你说他在干呢，一个建筑工地，三五个人又能干什么……"乔燕听到这儿，回头对贺文问："我们村也这样？"贺文说了一句贺家湾的歇后语："二更梆子打两下——没错！"乔燕已经没了心思和贺文开玩笑，十分懊悔地道："这事也怪我！这段时间只顾忙着迎接省上第三方检查验收，加上整个安置点建设又是贺书记在负责，我也没怎么过问，还不知道出现了这些情况！"又对贺文说了一声，"走，去看看！"说完连电脑也没关，便朝外走去。

贺家湾村的易地扶贫搬迁集中安置点离村委会不远。那儿原先是几块荒坡荒地，加起来将近二十亩面积，地势开阔。之所以选中那个地方，是因为全村的集中安置点建在那儿，可以最大限度地少占用耕地。乔燕走到那儿一看，一下心都有些凉了，工地上砖块确实不多，大有马上就要断炊的样子。两台搅拌机无声无息地躺在夕阳下，犹如趴窝的老母鸡。偌大的工地上，只有几个工人在懒洋洋地干活。三十多幢房屋，只有四五幢砌了一半的墙，其余的，要么才砌一米多高，要么地基才出地面，与她在城里想象的机器轰鸣、人声鼎沸的火热场面相去甚远。开工时拉在几棵大树间的两条标语，一条是"扶贫开发显真情，易地搬迁解民忧"，另一条是"搬迁搬出新天地，贫困户过上好日子"，还在那儿挂着。不过经过两个多月的日晒夜露，标语已经褪了颜色，此时苍白着一张面孔，仿佛在对着苍天诉说着满腹心事。乔燕绕过地上随处可见的断砖头、水泥包装纸和泥土，越看心情越沉重。砌墙的几个工人是外地的，不认识乔燕，可贺光田、贺国康、汪世英等几个做小工的本村人看见她，便都惊喜地叫了起来："乔书记你来了？""乔书记，镇上马主任来了……"

一听马主任来了，乔燕立即问："马主任在哪儿？"话音刚落，从旁边一堵墙壁阴影里，转出了马主任。乔燕立即过去拉住了她的手道："马姐，你怎么没到村委会来？"马主任道："我也刚刚到不久！"乔燕便告诉了她上午陈总来以及承诺无偿帮贺家湾建一个文化广场的事。马主任听了也很高兴，但却马上又说："乔书记，我现在最担心的是这集中安置点的建设呢！你们这个样子，什么时候能建成？刚才我听工人说，马上又没砖了……"乔燕听到这里，也皱着眉头说："是呀，马姐，我也感觉到我们的进度不快。开工都两个多月了，工程还是这个样子，现在又面临着停工待料，确实是个大问题呢！"马主任叹了一口气，道："唉，现在不仅是我们镇，全县都面临着缺砖的情况。昨晚罗书记召集全体镇干部开了一个会，要求各村必须加大马力建设易地扶贫集中安置点，春节一定要让搬迁的贫困户都搬进新居迎接新年，这是镇党委、镇政府的一条硬性规定！今天所有镇干部都到联系村督战去了。上午我去了向家沟村，本来想明天上午到贺家湾村来看看的，可忍不住提前赶来了。我知道你们有很多困难，可又别无办法。别看离春节还有好几个月时间，可是你想一想，秋收秋播一结束，眨眼就入冬，冬季白日短，一晃就是一天，晃着晃着就要过年。现在整个安置点还没建到五分之一，还不说后期的装修和绿化，想想你们的任务还有多重！"

乔燕听了马主任一番话，越发感到身上的压力和责任，便道："我知道，马姐，我们明天就召开村两委会议，研究怎样加快集中安置点建设的问题！"马主任听乔燕这么说，似乎放心了些，才道："那就好，乔书记，你这么说，我回去也好向党委和政府交代了！"忽然又把嘴凑到乔燕耳边，悄声说，"只要有你，我这颗心就可以放到肚子里了！"乔燕听了这话，不由得脸上又泛起了一阵红晕。

两人又说了一会儿话，看看远处的暮霭渐渐朝工地围拢了来，工人们也收了工具准备往家走，马主任才告别乔燕，骑上自己的电马儿回乡上去了。乔燕也正想反身回去，可就在这时，贺兴义忽然像死了先人似的，一边哭着，一边嘴里高喊"乔书记，救救我呀……"跌跌撞撞地跑了过来。

贺兴义一把鼻涕一把泪地跑到乔燕面前，就要下跪，被乔燕一把拉住了，道："大叔，发生了什么事？"贺兴义只是号哭，像是停不下来的样子，急得贺文一旁吼了起来："亏你还是一个男子汉大丈夫，像个婆娘哭丧一样，哪里来的那么多眼泪水水？究竟出了什么事，你就说出来呀！"贺兴义听了贺文这话，好歹把哭声给压住了，这才突然冒出一句："秀芳不见了……"说完又哽哽咽咽哭了起来。乔燕一听这话，像被人打了一棒似的，马上盯着贺兴义问："怎么不见了的？"贺兴义只顾呜咽。贺文又着急了，不耐烦地道："乔书记问你话你听见没有？她不见了，你哭就哭得出来？"贺兴义又止住了哭声，喉咙里一边像是被噎住了似的，一边前言不搭后语地对乔燕诉说了起来。

原来，王秀芳今早上起来又犯了病。过去她也是经常犯病，但都不是很严重，既不砸东西，也不骂人，也不乱跑，只是嘴里胡言乱语，脑子里有些犯糊涂而已。贺兴义经历多了，也就没放到心上，吃了早饭，他就到工地上来了。等他中午回去一看，王秀芳却没在屋子里。他把屋子的角落甚至柜子都打开看了一遍，又到房前屋后去找，所有的竹林、树林甚至堰塘都找遍了，也没见到她的影子。他一下着急了，从来到这里后，一则她有病，二则又怀着孩子，贺兴义从没让她走出过贺家湾。贺兴义在贺家湾没找到人，又跑到雷家扁、周家沟、麦家寨和背后的郑家湾找了一个大下午，仍然没找到人，他这才着急地跑了回来。说到这里，他又哭了起来，对乔燕说："乔书记，你可要做做好事！她这几天就该生了，大起个肚子，她要出了事怎、怎么办呀……"乔燕一听贺兴义这话，身上就像被人用刀子扎了一下，不由自主地哆嗦了一下。是的，她是女人，也经历过十月怀胎和分娩的担心与痛苦，尤其是临近分娩那段时间，身子的笨重与行动的不便还历历在目。何况现在已进入深秋，夜晚寒意袭人，这个女人到底去了什么地方呢？想到这里，她马上对贺兴义道："她带了什么东西没有？"贺兴义道："除了她穿的那一身外，什么也没带……"乔燕没等他说完，又问："身份证和钱呢？"贺兴义又道："她没有身份证。因为她有病，我不放心她保管钱，钱都在我这儿，她身上一分钱也没有……"乔燕更加担心了。她看看周围的景物已经暗淡了下来，天已经快黑了，便对贺文说："你马上通知村干部和各村民组长，到村委会开紧急会议，要快！"说完和贺兴义先走了。

没一时，除了贺端阳外，所有的村干部和几个村民组长都来了。乔燕没有套话、空话，只严肃着面孔把王秀芳犯病失踪的消息对众人说了一遍，然后才道："大家肯定已经猜出了我把你们叫来的目的是什么。王秀芳挺着那么大一个肚子，加上又只有短短的半天时间，她肯定没有走远！下午贺兴义大叔虽然到周家沟、雷家扁、麦家寨和背后的郑家湾去找过，可凭他一个人的两只眼睛，哪能把那么多地方都看遍？眼看着天已黑了，晚上不但天气凉，还要下露，一个孕妇在外面怎么熬得过？所以，我现在要求你们立即回去发动全村能够动的人，都再到周围各村找一找……"一听到这里，有人立即嘟哝着说："昏天黑地的，到哪儿找？还是报警吧……"一句话提醒了乔燕，她忙说："警要报，可找也要找！"为了不给他们再推诿的机会，她板着脸，进一步严肃地说："人命关天，没什么价钱可讲！现在我宣布一下分工：贺文主任带一组的村民，去周家沟找；贺通良文书带二组村民，到雷家扁找；贺波带三组村民，到麦家寨找；郑全智委员带郑家塝的村民，到郑家湾寻找；我和张主任带四组村民，在本村寻找。如果在挨着我们的村都找不到，再扩大寻找范围。总之一句，无论如何都要把她找到！"说完见众人脸上虽然都挂着难色，但没有人反对，便宣布了一声，"大家马上抓紧准备，散会！"

大家走后，乔燕好似身子被抽了筋一般，一屁股便在椅子上坐了下来。张芳还没走，看见乔燕头上冒出了细密的汗珠，便问："乔书记，你怎么了？"乔燕过了一会儿才道："张姐，我刚才也没征求大家的意见，是不是武断了一点？"张芳道："这个时候如果不武断一点，那还不误事？如果贺书记在，他也会这样！"一听张芳的话，乔燕才想起还没给贺端阳汇报，于是掏出手机，把这事的经过详细给贺端阳说了。贺端阳听完，也感到事情重大，便对乔燕说："你的安排完全正确，我马上赶回来！"话音还没落，便挂了电话。

乔燕开始报警，她原想向镇派出所报告，可又不知道镇派出所的电话，想了想，直接打通了张健的电话，刚刚颤抖地说出"我们村一个马上要分娩的孕妇失踪了"这句话，眼泪突然涌了出来。张健一听着急了，道："你哭什么？好好说，孕妇叫什么名字，有什么特征，什么时候失踪的，都告诉我！"乔燕这才忍住泪水，把王秀芳患有间歇性精神病，是怎么失踪的以及现在贺家湾全湾村民都在四处寻找等情况，哆哆嗦嗦地对丈夫说了一遍。张健耐着性子听完，才道："你别着急，我现在立即给领导汇报，查找线索，发动全县的警察帮你们寻找！"乔燕一听这话，刚才忍住的热泪忽然又夺眶而出。她的嘴唇嚅动着，想对张健说句感谢的话，却没有发出声音来。

　　长话短述。这天晚上，贺家湾度过了一个不眠之夜。寻找到半夜时分，各路人马都陆续回来了，每个人脸上都挂着非常疲惫的神色，却没有半点消息。这时贺端阳也回来了，大家坐在会议室里，都颓丧地或垂着头或伏在桌上打着瞌睡。贺兴义见这么多人寻找，也没找着，又坐在角落里"唰唰"地哭泣起来。这时人们也没心思劝他了，一个男子汉有些悲怆和压抑的哭声就像一首低沉萦绕的哀乐，更压得乔燕有些喘不过气来。可就在这时候，她的手机响了。她拿起来一看是张健打来的，急忙贴到耳边问道："有消息了吗？"众人一听这话，包括那些打瞌睡的人，全都抬起了头，目光如同聚光灯一样落到了她的脸上。只见乔燕听着电话，长长的睫毛如同眼睛里进了虫子一样不断地颤动，脸色一会白，一会儿红，看得出她的紧张与恐惧。接听了一会儿，眼泪便从眼角溢了出来，也不知是喜悦还是悲伤带来的。半天，她的手才从耳边放了下来，对大家咧开嘴唇笑了起来。众人一看，忙问："怎么样了？"乔燕一边流泪，一边对众人宣布道："发现线索了……"众人又急忙问："在哪儿？"乔燕道："张健说，公安局查询了全县所有的公交车和出租车司机，问今天上午有没有拉过一位即将分娩的二十多岁的年轻孕妇。其中一个跑我们这条线路的公交司机说，上午11点多钟的时候，他的车在贺家湾前面不远的真武垭口上了一个大肚子孕妇，年纪二十六七岁的样子。司机以为她是进城生孩子，当时也没管她。可车到了县城汽车站后，她既不下车，也没主动到前面来买票。等一车人都下完后，司机见她还坐着一动都不动，这才过去打算问她，发现她一个人自言自语，看人的眼神直直的，才明白她是一个精神病人。司机要忙着去洗车，便叫她下了车。张健他们查看了车站的监控录像，发现她下车后往城区方向去了，所以张健他们估计她可能还在城里。现在警察全出动了，还有各个居委会以及小区的保安，正在全城查找呢！"

　　听了这话，众人全"哦"了一声，像是一颗心落到了地上。连贺端阳也长长地出了一口气，道："只要人还在，那就好！"贺文也说："还是公安有办法！"众人也说："那是，要不那些坏人那么狡猾，也逃不过人家的手掌心呢！"乔燕听了这些话，也感到很骄傲。她掏出一张纸巾擦了脸上的泪痕，这才对众人说："各位大爷大叔，劳烦了你们半夜，现在已经发现下落，大家可以放心了，现在你们都回去睡觉吧！"一些人听了这话，果然打着呵欠陆续回去了。最后，会议室里便只剩下几个村干部和吴芙蓉，乔燕叫吴芙蓉也回去，吴芙蓉说："忙什么，等有了准信回去也不迟！"乔燕知道女人心软，想知道最后结果，便不催她了。几个人先坐了一会儿，后来实在熬不过不断袭来的睡意，便都趴在桌子上睡了起来。而乔燕一边眯缝着眼打瞌睡，一边又不断抬着沉重的眼皮，朝手机屏幕瞥上一眼。

过了一个多小时，乔燕的手机终于再次铃声大作，把众人都惊醒了。乔燕忙不迭地拿起手机，只听见张健在里面大声叫道："找着了，我们马上送她回来！"乔燕一听，激动得说不出话来，只是拿电话的手不断颤抖。尽管她没开免提，但因为夜里十分寂静，加上大家全都屏声静息，因此电话里的每个字，都进入了每个人的耳朵，众人全都高兴得跳了起来。这时，贺兴文又在旁边"呜呜"地哭开了。乔燕这时才突然想起，急忙放下电话对他说："大叔，你还没吃晚饭吧？"贺兴义带着哭声说："我连午饭都没吃呢！"乔燕一听忙道："那你还哭什么？人已经找到了，你现在马上回去煮点稀饭。小婶子没有钱，加上又受了惊和凉，等会儿回来喝点热粥，既驱寒又暖胃！"张芳也道："就是，还是乔书记想得周到！"吴芙蓉也说："要不你等会儿烧碗姜汤给她也可以！"贺兴义果然回去了。

没一时，他又急急忙忙地跑来了。乔燕问："这么快你就把粥煮好了？"贺兴义道："我用电饭煲熬的，它会自动关火……"正说着，忽见一道明亮的车灯划破会议室外面漆黑的夜空，紧接着一阵汽车马达的轰鸣声传了过来。众人马上跑出会议室，看见张健那辆红色吉利驶进了院子，一群人立即围了过去。乔燕正要过去打开驾驶室车门，车门却从里面开了。张健跳下来，去开了后车门。从车里先出来一位年轻的女警察，接着女警察转身，从车里小心翼翼地牵出了挺着小山似的肚皮、披了一件米黄色中长宽松外套的王秀芳。贺兴义一见，立即过去就抱住了女人；女人也突然叫了一声，伏在贺兴义肩上"嘤嘤"地哭了起来。乔燕心里激动万分，也立即扑过去抱住了张健。张健似乎还不习惯当着众人的面拥抱，立即指了旁边的女警官对她说："这是我们队里小徐，今晚上也累了她大半夜呢！"乔燕听了，这才松开张健，又过去拥抱了徐警官。完了，张芳才对张健问："大兄弟，你们是怎么找到她的？"张健道："我们是在石子岗隧道外面那个小园子里发现她的，发现她时她冻得浑身直哆嗦。但她那时已经清醒了，我们问她叫什么名字，住在哪儿，家里有些什么人，村干部叫什么名字，她都能一一回答，可就是不记得是怎么到了城里的！"众人一听这话，都唏嘘不已。贺端阳马上对张健说："多亏了张队长！天快亮了，你们俩就在这儿歇一歇，明天我们到镇上做面锦旗当面感谢你们！"张健道："贺书记这话见外了，这是我们警察应该做的！另外，我们得马上回去……"乔燕一听这话，马上看着他。张健没等乔燕问，便接着道："明天我们治安大队还有一个重要任务，我和小徐都要赶回去！"说罢就要去开车门。乔燕两眼深情地望着他，眼看他就要上车了，乔燕又突然走过去再次和他拥抱。小徐对贺兴义说："那件外套是我的，也没怎么穿，送给这位大姐，祝她生下一个健康可爱的小宝宝！"说罢，两人都上了车。张健重新发动了汽车，调转车头，汽车便消失在了黎明前的夜空里。

听见开门声，张健妈披着睡衣，从隔壁房间里走了过来。乔燕以为张恤要吃奶了，便问："张恤醒了？"张健妈道："没有，正睡得香呢！"乔燕又道："那妈起来做什么？"张健妈道："你吃不吃点什么？"乔燕心里一阵感动，急忙说："我什么都不想吃，妈！"说完又补了一句，"张健刚才来了……"张健妈马上问："他为什么没有上来？"乔燕道："天亮他有另外的任务，回去了！"张健妈听了没再说什么，只道："还睡得到两三个小时，你快上床躺躺吧！"说完又转身回去睡了。

乔燕只觉得身乏体倦，眼皮直打架，也顾不得去洗漱，脱了衣服便上床躺下来。可她哪儿睡得着！眼前老是不断晃动着晚上的事。她想，幸好人找着了，要不然，她真想象不出王秀芳的后果！她知道警察能如此迅速地找到王秀芳，这中间多亏了张健。这并不是说没有张健，警察就不会找，而是指治安大队正分管着这一块，而张健又是治安大队的副队长，难道在这中间不起关键的作用吗？这么一想，乔燕心里便涌起一股对丈夫无限的感激之情！她进而又想起自担任贺家湾第一书记以来，从向镇派出所索要贺家湾的户籍信息，到帮助贺峰复学和找建筑老板来给贺世银清理泥石流，再到今天晚上调动这么多警察寻找这个走失的临产孕妇……丈夫都在默默地、无声地帮助着她，更不用说平时那些对她的关怀和疼爱！她庆幸找着了一个对自己关心、体贴的老公！她想，如果张健也像马主任的老公那样，不关心、不体贴、不支持她的工作，她也一定会活得很痛苦。由丈夫她又想到了婆母。从她怀孕后不久，婆母就来照顾她，一直到现在，她除了奶孩子以外，基本上都是饭来张口，衣来伸手。她想，要是没有婆母在身边，她还能这样全身心地投在工作中吗？由婆母又想到公公。婆母到这里来照顾他们母子俩后，公公一个人在家里，不但要把承包地种好，回到家后面对冷锅冷灶，还得做一个人的饭，可从没听他说过怨言，实际上也是在背后默默支持着她。由公婆又想到爷爷奶奶，想到爷爷用自己微薄的退休金资助贺峰上学，而贺峰至今还不知道究竟是谁帮助了他……多亏了亲人们的支持，贺家湾的扶贫工作才会出现今天这种局面！她突然想起了一句话，叫"一人扶贫，全家上阵"，她真是连累了亲人们。等到贺家湾扶贫结束后，她一定要真诚地敬家人们一杯酒，以后好好对待他们。这么想着，她突然又想到张健一整夜都没合个眼，疲劳开车会不会出问题，安全到家了没有。这么想着，马上翻身爬起来，拿过手机，便给张健打电话。电话刚响铃一声，张健便接了，她马上问："亲爱的，你到家没？"张健说："刚到……"话还没完，乔燕便道："那你睡一会儿吧……"张健道："你怎么还没睡？"乔燕带着几分情意绵绵的口气道："我睡不着，想你了！今晚这事全靠你了，我代表贺兴义和贺家湾全体村民谢谢你了！"张健道："哪儿那么多废话，快睡吧！我的眼睛都睁不开了，真的要眯一会儿！"乔燕便说："那好，我不打扰你了！"说罢挂了电话。

可乔燕仍然没法入睡，从今晚这事又想到了易地扶贫搬迁安置房建设出现的问题，这一下脑海更乱了。起初她只是意识到了不能按期完成任务的严重性，现在越想，这种严重性越厉害。巧媳妇难为无米之炊，砖块供应不上能有什么办法？此时，她才觉得自己遇到了人生最大的难事！比起这件事，过去遇到的那些事都算不得什么，因为那些问题尽管都很难，但最后都迎刃而解。在她眼里，能够通过努力解决的困难，都不算困难。可是这一次，她还能够逢山开路、遇水搭桥吗？她想了半天，一点也没有想出妥善的办法来，越想心里越烦躁，便从床上坐起来，使劲按着"突突"跳着的太阳穴，强迫自己安静下来。过了一会儿，才重新躺下去，终于迷迷糊糊地睡着了。

在睡梦中，乔燕被自己的乳房胀痛痛醒了。睁开眼睛一看，太阳已升得老高。她急忙爬了起来，连脸也顾不得洗，便叫婆母把张恤抱来。她奶过孩子后，这才去梳洗了。这时婆母又把早饭端到了桌子上，乔燕对婆母十分感激地说了一声："妈，谢谢你！"婆母说："一家人说什么外话，快点吃！我热的昨晚上的冷饭，已经吃了！"乔燕道："妈，叫你不要热冷饭吃，你总不听！"婆母道："你们年轻人没饿过肚子，不知道挨饿的滋味。冷饭为什么不能吃？"乔燕知道三言两语不能说服婆母，便不再说什么。吃完，放下筷子，忽然想起一件十分紧迫和必须马上做的事来，便立即打电话叫张芳赶快来村委会一下。

没一时，张芳便匆匆忙忙地赶来了，一见面便问："乔书记，有什么事？"乔燕道："你和我一起到贺兴义家里去一趟。"张芳道："去干什么？"乔燕道："去了就知道了!"说着也不管张芳答应不答应,拉起她的手便走了。

到了贺世银原来那座土坯房里,王秀芳还在睡,贺兴义在厨房做饭,因为烧的是柴火,满屋子的柴烟味。一见乔燕和张芳来了,贺兴义便把柴火压在灶膛里,忙不迭地要去把王秀芳叫起来。乔燕忙制止了他,道:"孕妇瞌睡多,昨天她又受了一场惊吓,让她睡!昨晚上回来她还平静吧?"贺兴义说:"平静倒是平静,但不管我怎么问她,她都不记得是怎么走出去的!"乔燕道:"那你就不要再问她了。"贺兴义说:"行,乔书记,昨晚上多亏了你,要不……"乔燕打断他的话道:"谢我做什么?昨晚上全湾那么多人,为你的事熬更守夜,下次开村民会,在大会上你对大家说声谢谢!"贺兴义忙说:"那是,那是,我一定谢谢他们!"乔燕又问:"你饭做好没有?"贺兴义道:"差不多了,等灶里的火再煨一会儿就好了!"乔燕一听便道:"那你坐下来,我问问你,小婶子坐月的东西你准备好了吗?"贺兴义愣了一下,像是十分奇怪似的,道:"什么东西?"乔燕也露出了非常惊奇的神色,先看了张芳一眼,然后才对贺兴义道:"什么东西你都不知道呀?月母子坐月吃的、用的,还有婴儿的衣服、纸尿裤、奶瓶奶粉这些,你准备没有呀?"贺兴义张着大嘴,完全蒙了,半天才道:"这、这……我们还没准备……"张芳没等他说完,便接嘴道:"都什么时候了,你还不准备?安心等娃生下来了,你才水来了现铲沟呀?"贺兴义红了半天脸,才嚅嗫地道:"我们都没生过娃儿,不知道该准备什么,也没人给我们说过……"

乔燕一听这话笑了起来:"好了好了,你们两个人都没有经验,又没个老年人提醒你们,这不怪你们,所以我把张主任请来了!"说着就对张芳说,"张主任你现在就告诉他该准备些什么,没有的就叫他马上到镇上去买!婴儿用的东西可以不准备,我来想办法!"张芳听了这话,果然对贺兴义问了起来,问完了告诉他哪些东西必须立即去买回来,哪些东西可以等生了以后再买,哪些东西可以用一点再买一点。——叮嘱完毕后,两人才走出来。

走到路上,张芳才问:"乔书记,你叫我来就是为这事?"乔燕道:"既是为这事,也不完全是为这事。除了月母子和孩子吃的、穿的,我还担心王秀芳到医院生孩子,要是犯了病,又出问题怎么办?即使不出问题,贺兴义粗手笨脚的,照顾产妇和孩子都没什么经验。所以我想在村里找一个有经验的女人,到医院照顾她几天,既服侍一下月母子,也教会他们两口子喂养婴儿等知识,你看如何?"说完便停下来紧紧看着张芳。张芳过了一会儿才道:"乔书记你说的是,我们都是过来人。记得我生小丽的时候,婆家娘家的妈都一直守在床边。这个女人也可怜，娘家没人，婆家也没人，孤零零的一个人跑这么远也罢了，却偏偏脑子又不时犯糊涂！"说着抬头望着远处，自言自语地说了一句，"可找谁去呢？"说完停了停，又看着乔燕说道，"要说，我是妇女主任，我应当主动去，可我走了，小丽又没人照顾，这……"乔燕想了想便又对张芳道："要不叫芙蓉大婶去照顾几天？"张芳急忙道："更不行，乔书记！我们家一个孩子，走了都不放心，芙蓉家两个，她走了，两个丫头还不在家里闹个文进武出的？乔书记你不知道，不管男娃女娃，十一二岁是最不安生的！"乔燕一听也确是这样，便也沉吟了。正在这时，张芳忽然叫了起来："有了，乔书记，叫刘玉去！"说完不等乔燕问，便一口气把自己的想法说了出来，"刘玉家里虽然也有个贺小婷，可她走了，还有爷爷奶奶可以管，不像我和芙蓉一走，家里就只剩孩子为王！"乔燕心里顿时豁然开朗，道："还真是这样。可就不知她愿不愿意？我们一起去对刘玉婶说一说，她要是去，那再好不过了！"说罢，两个人朝贺世银家去了。

　　令乔燕和张芳没想到的是，她们去一说，刘玉便满口答应，说："姑娘，别说是你来说，就是你不来，一堆一块儿，又都一笔写个贺字，加上那姑娘身边没一个亲人，叫我去帮几天忙，我当做好事了，哪里还会推三阻四？你们放心，我去就是！"乔燕一听这话，立即抓住了刘玉的手，道："婶，那我代表村上谢你了！既然婶答应了，这几天婶就多抽点时间去他们家里看看，只要发现在发作了，就打 120 叫救护车来接！婶抽时间到我那儿来，先把张恤的衣服拿两套准备着。孩子其余的衣服、奶瓶什么的，我拿到后再送来……"乔燕说到这里，张芳忙问："乔书记，你刚才也在说孩子的衣服由你准备，你从哪儿准备？"乔燕笑了笑，道："这你们放心！我有几个好姐妹，她们的孩子大的四五岁，小的也只有两三岁。我回去就给她们发微信，如果她们孩子的旧衣服还在，就叫她们捐出来给兴义大叔两口子！你们都知道，小孩子特别是婴儿的衣服，有的只穿过一两回，和新的有什么区别？"张芳和刘玉一听，都道："怎么不是这样！那贺兴义两口子要少花很多钱了！"说完，乔燕和张芳又嘱咐了刘玉一通，高兴地回去了。

第十一章

和张芳分别后,乔燕一个人往村委会办公室走。没走多远,忽然从旁边岔道上下来一个人,把乔燕吓了一跳。定睛一看,竟是贺勤,便喊住道:"大叔——"贺勤站住了,乔燕见他拿着灰刀,穿一件深灰色的紧身工作服,便问:"你从哪儿回来?"贺勤道:"姑娘,昨晚帮贺兴义寻老婆耽误了瞌睡,今早上睡过了头,起来煮早饭吃了,正说去五里坪上工,可走到这里一想,都这么晚了,干脆就在家里歇一天吧,所以就又打道回府……"乔燕一听,明知他在五里坪易地扶贫搬迁集中安置点给贫困户盖房,却明知故问:"在五里坪上什么工?"贺勤道:"给贫困户盖房呀……"乔燕道:"我们村也在给贫困户盖房,你怎么不在自己村盖?"贺勤道:"我前段日子也在我们村做。前几天贺端阳对我说,反正我们村砖块不够,让我到五里坪帮他突击一下,以后我们村有砖了,他再带人来帮我们村突击!我好几天没回来,昨天晚上回来看看家里的鸡鸭,却碰上贺兴义家这事!你说都是一个祖宗下来的,人家出了这样的事,怎么能袖手旁观……"乔燕听他絮絮叨叨的,便打断了他的话问:"哦,这么说来,五里坪的易地搬迁集中安置点,是贺端阳书记承包的工程?"贺勤想也没想便答道:"要不是他承包的工程,怎么会喊我去帮他突击?"

乔燕听了这话,住了声。贺勤见乔燕在想什么事的样子,便好奇地问:"乔书记,你从哪里来?"乔燕说了贺兴义家里的事。贺勤道:"姑娘,你真的是个好人,可你也要保重自己的身子!"乔燕听了贺勤这话,心里情不自禁地泛上一股暖流。她忽然想起了贺勤和吴芙蓉的事,吴芙蓉有次告诉她,说她跟贺勤和好了,可不知道他们现在好到了什么程度,于是急忙喊住他道:"大叔,你别忙走,我有两句话问你!"贺勤站住了。乔燕便问道:"大叔,你和芙蓉大婶什么时候请我们吃喜糖呀?"贺勤的脸色一下沉了下来,半天才道:"姑娘,你别哪壶不开提哪壶……"乔燕一惊,忙问:"出了什么事,大叔?"贺勤忽然冷笑了一下,然后才看着乔燕反问:"她难道没给你说?"乔燕有点摸不着头脑,过了一会儿才道:"她可什么都没给我说!"贺勤停了停才说:"我以为她给你说了呢!吃喜糖,姑娘,恐怕你一时吃不到我们的喜糖哟……"话没说完,乔燕又马上盯着他问:"大叔,这到底是怎么回事?"贺勤张了张嘴,刚要说又把话打住,只摇了摇头,道:"唉,姑娘,说起来话长,我也不好说什么,你还是去问她吧!"说完,也不等乔燕回答,就悻悻地走了。

　　乔燕一下糊涂了。她想了半天没找到答案,心里道:"好吧,我问问芙蓉大婶再说吧!"这样一想,便朝前大步走了。

　　到了家里,大半上午的时间便过去了。乔燕歇了一会儿,给张恤喂了奶,打算再去贺端阳家一趟,如他还没走,便和他商量商量村里易地扶贫搬迁集中安置点建设的事。可一看时间,竟是做午饭的时候,这时候到别人家去不好,便坐在椅子上,写了一条较长的微信,发到了姐妹群里。没多久,大姐张岚文便回了一条微信:"燕儿放心,我回家后就把孙子和外孙女的那些不穿的衣服、婴儿车等东西给你找出来,届时与你联系。"郑萍道:"我们家小宝那些东西,不知我婆母送给别人没有。如还在,我给你包好,星期天给你送过来!"金蓉道:"我们家雯雯婴儿时穿的那些衣服早送给别人了,不过三到四岁时穿的还在那里,我让我妈找出来给你送去!"丹梅道:"没问题,燕儿!我们家小家伙那些东西,我婆婆一直舍不得给别人,还宝贝似的收藏着,全给你拿去献爱心!"乔燕一看高兴极了,便又急忙回了一条微信,一是对大家表示感谢,二是告诉她们现在她和婆母都在贺家湾,因为有孩子星期天可能回不了城,请大家与张健联系,又把张健的电话告诉她们。

　　吃过午饭,乔燕给贺端阳打了一个电话,问他现在在哪儿。贺端阳回说在家里。乔燕一听便道:"那好,我到你那儿来一趟!"贺端阳马上道:"乔书记有什么事?"乔燕便把要和他商量的事说了。贺端阳听完后,却说:"还是我到你那儿来吧!"乔燕听后沉吟了一会儿,说:"那也行!"没一时,贺端阳果然来了,还有些睡眼惺忪。乔燕一见,故意问:"今天没到工地上去?"贺端阳道:"你说的哪个工地?"乔燕道:"自然是你的工地呀?"贺端阳打了一个呵欠,说:"昨晚上闹腾了一夜,回家没睡好,上午想补一会儿觉,仍然睡不着!"说完又对乔燕单刀直入地问,"村里易地扶贫搬迁集中安置点的事,乔书记你有什么想法?"乔燕停了一会儿才说:"不单是易地扶贫搬迁集中安置点,还有几件事情得给你汇报一下!"说着,便先把上午和张芳一起到贺兴义家里去的事以及做出的安排,给贺端阳说了一遍。贺端阳听后马上说:"乔书记你考虑得非常周到。我本来还想叫王娇到他们家去问问的,可你现在安排得这么具体,我也放心了!"

乔燕听了没再说什么,接下来又把陈总答应帮贺家湾修一个文化广场的事告诉了贺端阳。贺端阳听后又道:"贺波上午给我说过!乔书记你真是鸭子下水——呱呱叫,一下子就找了那么大一个老板支援我们!说实话,连我们自己的大老板贺兴仁,都舍不得掏个十万八万出来,帮村里把公益事业搞一搞呢!确实,很多村都修了文化广场。我们村也早想搞,可就是没有钱!这下好了,以后村里开个大会,村民搞点文娱活动,都有地方了!"

乔燕听完贺端阳的长篇大论,这才把话题转到易地扶贫搬迁集中安置点的修建上来。一说到缺砖的问题,贺端阳便皱起了眉头,道:"乔书记,不瞒你说,这个问题早就出现了!只是前几天忙着迎接省上检查,我没给你汇报。再说,这是一个全县性的问题,给你说了,你也没办法。我实话告诉你,我那工地上,再干两天也要停工了。有什么办法!"乔燕道:"你找过伍老板没有?"贺端阳忙道:"怎么没找过?可是面对全县大面积的用砖荒,他也没法解决!他说,如果贺家湾村支部和村委会能自己找到砖块,他保证按合同规定的时间完成任务。否则,就不要怪他违约了!"乔燕半天没说话。过了一会儿,乔燕明知不会有任何结果,却仍然带着一丝希望地看着贺端阳问:"贺书记,你有没有什么好办法能解眼下的燃眉之急?"贺端阳一边摇头一边缓缓地回答道:"如果我能想到办法,伍老板也能想到了。哪个又不想挣钱呢?"乔燕听了这话,心里像压上了一块石头,再也不想说什么了。

贺端阳走了以后,乔燕又在椅子上坐了很长一阵,感到十分困乏。张健妈见她坐在椅子上愁眉不展,便进来对她道:"燕儿,你要不去睡一睡,要不出去走走,发什么呆呀!"乔燕便道:"妈,我明天想回城一趟,中午肯定赶不回来。得给张恤喂两次奶粉,你说他会不会吃?"张健妈道:"上次你们几个出去,他都能吃惯,现在有什么吃不惯的?今晚上你别忙给他喂奶,我给他喂一次奶粉,看他会不会吃。"乔燕一听这话,便道:"行,妈!"说完站起来,拢了拢头发,提着包就出去了。

乔燕想趁这个时候去趟吴芙蓉家里。这时已到了半下午,太阳逐渐收敛了它的光芒。西边天际上,一团粉红色的云彩在翻腾,像是一片挥舞的旗帜,衬着前方一片蓝色的高空,十分壮观和美丽。不久,那片云彩也渐渐褪去了鲜艳的颜色。走到吴芙蓉的院子里,正看见吴芙蓉背了一只背篼要出去。乔燕忙问:"婶,这个时候了你还出去干什么?"吴芙蓉道:"姑娘,你不知道,这个时候正是扯豆子的季节,我石岗坪还有几分地的豆子没收!你有什么事?"乔燕忙过去拉了吴芙蓉的手,轻声道:"婶,我想跟你说点事呢!"吴芙蓉马上放下了背篼,道:"姑娘,你说吧!"乔燕说:"婶,我们还是进屋说吧!"

乔燕牵着吴芙蓉的手,两人在椅子上坐下,乔燕先试探地问了吴芙蓉一句:"婶,贺勤大叔今天没去工地干活,你怎么不叫他帮你扯豆子?"吴芙蓉红了红脸,道:"这点活儿,麻烦他做什么!"乔燕一听这话,知道他们的关系并没有破裂,便决定不兜圈子,开门见山地把今天来的目的对她讲出来:"大婶,你和大叔的关系怎么样了?"

一听这话,吴芙蓉的脸就像被浮云遮住的天空,一下子阴沉了下来,目光看着对面墙壁,半天没说话。乔燕见她目光恍惚、沉默无语,又摇了摇她的手,再次问了一句:"婶,到底怎么样了,你告诉我呀!"吴芙蓉听见乔燕追问,这才从胸腔里长长地叹出一口气,看着乔燕幽幽地说了一句:"姑娘,不瞒你说,我们这辈子是再也没有缘分了……"乔燕仿佛被吴芙蓉这话吓住了,急忙瞪大了眼睛盯着她追问:"婶,是不是贺勤大叔的懒毛病又犯了?"吴芙蓉急忙一边摇头,一边轻轻地道:"那倒不是……"乔燕放心了一些,又接着追问:"那是为什么?难道是婶……看不上他了?"吴芙蓉听到这里,又急忙摇了一下头,声音变得比刚才大了一些:"也不是……"乔燕便成了一个丈二和尚摸不着头脑,急忙摇晃着吴芙蓉的手问:"那到底是为什么呀,大婶,你快告诉我!"吴芙蓉的嘴唇开始哆嗦起来,像是要哭了,半天才石破天惊地吐出了一句:"有人不准我嫁人……"一语未了,一行热泪便从眼眶中涌了出来。

乔燕没想到是这样,急忙从挎包里掏出一包纸巾,抽出一张递给了吴芙蓉,对她说:"婶,别哭,快别哭了!告诉我,是谁有这么大的权力,敢干涉别人的婚姻自由?"吴芙蓉从喉咙里发出一声长长的抽泣,接过乔燕的纸巾,擦了一把脸上的泪水,努力压制着哭声,过了半天才断断续续地对乔燕说了一句:"还能有谁?就是小娥她爷爷奶奶呗……"说着又抽泣起来。乔燕有些明白了,便道:"婶,小娥她爸爸已经死了,他们怎么会不让你出嫁?这又不是过去时代,寡妇改嫁还要公婆同意！"吴芙蓉又抽泣两声，努力让自己平静了下来，把脸上的泪水擦干净，这才对乔燕说了起来："姑娘，你还不知道我那死鬼是怎么死的吧？"

乔燕一听，忙说："婶，上次你不是告诉过我，是给贺世海打工时，被水泥板砸死的吗？"吴芙蓉道："可不是这样，他死得好惨呀……那死鬼虽是死在贺世海的工地上，但却是他违反安全规则，站在起重机臂下抽烟，被上面掉下来的水泥板砸死的。死了后，贺世海最初只给五万元抚恤金，后来看到本湾本姓上，又加了五万元。我那公公婆婆也不知听了谁的唆使，一听说他们儿子有十万块钱的抚恤金，便跑到贺世海那儿，要他把钱给他们。贺世海不是糊涂人，对他们说：'按照法律规定，吴芙蓉和你们都有权得到这笔钱，但究竟谁该得多少，这是你们的家务事，你们回去商量好了，我再把钱分别给你们，反正十万元钱，我不会少一分！'他们两老口听了贺世海这话，只好回来了。我一听说公公婆婆跑到贺世海那儿去要我丈夫的抚恤金没要着，第二天我便把小娥和小琼带到城里去了。我找到贺世海的公司，看见贺世海和他的女人周萍，什么也没说，便叫两个孩子给他们跪下，让她们喊'爷爷奶奶'。贺世海见状，急忙把孩子拉起来，并对我说：'侄儿媳妇，有话你就说，你这是想干啥？'我说：'世海叔，也不为啥。就是这两个娃儿的爹现在不在了，我一个女人家也养不起她们，让她们出去沿街乞讨，看着也怪可怜的！都说世海叔你心肠好，不看僧面看佛面，我现在把两个娃儿交给你，你就当是做好事，把她们养大，所以我让她们来喊一声'爷爷'，你就把她们收下吧！'那时小娥才七岁，小琼才五岁，看着怪可怜的。贺世海听了我的话，以为我是去讹诈他的，就说：'我给了十万块钱，不少了呀……'我不等他说完，就回答他，'世海叔，你千万不要多心，我没说你给十万块少了！我今天就是来给世海叔明说，你那十万块钱，我一分不要，只要你把两个娃儿收下，养到十八岁！哪怕你们只花一万两万，甚至一分钱不花，只要养到了十八岁，我绝不说半句不满的话，也不会来向你们要剩下的钱，还要感谢你们！'我话刚说完，周萍有些明白了。周萍过去在我们村里当过代课老师，知书明理，加上又都是女人，看见一大一小两个孩子，心就软了，她就对我说：'侄儿媳妇，我听出你的意思来了，孤儿寡母，确实不容易！又不是外人，有什么话你就明说，别拐弯抹角的！'说完，又把两个孩子拉到她身边，紧紧地抱着。我一听周萍这话，心一酸，眼泪便'吧嗒吧嗒'掉了下来，一边哭，一边便对周萍说：'到底婶子知道女人的心！我男人一死，就等于是塌了天，拿啥子来把她们拉扯大？就那十万块钱呀！听起来十万块钱多大一坨，可婶子你算算，别说把她们养到嫁人成家，就只是把她们养到十八岁，读书上学、穿衣吃饭、生疮害病，每年得花多少钱？一个娃儿四五万块钱，就能把她们养大呀？可现在她们爷爷奶奶，还要来和她们争……'我的话没说完，贺世海明白过来了，就说：'法律上确实有规定，她爷爷奶奶有权利得到她爸的抚恤金呀！'我说：'有权利是不假。可那法律也是讲道理的呀，也要看具体情况是不是？如果说她爷爷奶奶真的年纪大了，不能劳动了，真的只能靠她爸那点抚恤金生活，该分多少分多少，我没二话可说！可世海叔你是亲眼看见的，她爷爷奶奶还身强力壮，田里地里，家里外头，哪样不能干？哪还要靠她爸那点抚恤金来维持生活？世海叔还详一个情：她爷爷奶奶一旦失去了劳动能力，还会不会要我赡养他们？如果不要我们赡养，那也好，就把协议定好。世海叔是明白人，你说是不是？'我讲完了以后，贺世海过了半天才对我说：'你说的固然有理。可我把钱给了你，你公公婆婆又来找我要钱，我怎么办？'他刚说完这话，周萍就对贺世海说：'你管那么多做什么？反正你把钱一瓢儿给清了的，他们再怎么闹，是他们的事，还能再来找你要二遍不成？她的公公婆婆确实还能自食其力；这一高一低两个娃儿，就像等待老麻雀喂食的小雀儿，张嘴就要吃食，少得了哪一顿？不比得爷爷奶奶还能劳动。你把钱给她，也说得过去！'周萍这么一说，贺世海便叫来财务，把那十万元钱交给我，我当即去旁边银行开了一个户头，将这钱存下了！"

　　讲到这里，吴芙蓉像是讲累了，停了下来，眼睛看着对面墙壁仿佛陷入了沉思。乔燕见她不讲，便又追问："后来呢？"吴芙蓉见乔燕问，又停了一下，方才又接着讲了下去："他们知道我把我那死鬼的抚恤金领回了后，就成天跑来找我闹，恨不得一口把我吃了。可钱已经到了我的手里，我怎么会轻易拿出来……"听到这里，乔燕忽然插了一句："婶，我说句不怕你生气的话，那钱，小娥的爷爷奶奶确实应该分一部分……"吴芙蓉打断了她的话，说："姑娘，你别着急，听我慢慢说嘛！我怎么不晓得这钱爷爷奶奶也应该得一份？我也不是不讲道理，当时不过是看在孩子太小，实在没依靠才这样做的嘛！他们没要到钱，便把湾里所有的老辈子和贺端阳等村干部请来评理。在会上，有人站到我们这一边，说我们孤儿寡母可怜，也有人站在我公公婆婆一边，说他们老来丧子，也造孽。说来说去，都没说出个子曰，最后还是贺端阳拍了板：'这十万元抚恤金，吴芙蓉和贺世通夫妇一方各五万元，这点不能动摇！'可说完这话后，他又说，'鉴于世通老辈子和建琼婶子身体健壮还能劳动，而兴旺哥的两个孩子嗷嗷待哺，芙蓉嫂子独木难支大厦，爷爷奶奶也有养育孙子孙女的义务！因此世通老辈子和建琼婶子的五万元钱，暂留在芙蓉嫂子处！如芙蓉嫂子不再嫁人，这五万元便作为爷爷奶奶抚养孙子费用！如芙蓉嫂子遇到合适人家，想要再嫁，我们也不阻拦，但务必将两个老人的五万元拿出来，不得抵赖！'贺端阳这么一说，众人都说：'这样甚好，只要不改嫁，就还是一家人，还争来争去做啥？'贺端阳问我的意见，我当然没什么说的。又问小娥的爷爷奶奶，爷爷奶奶虽然还是想得到现钱，可见大伙儿都同意贺端阳的意见，便只好同意。于是贺端阳写了文书，我和小娥的爷爷都在上面摁了手印……"

　　吴芙蓉讲到这儿，乔燕有些明白了，便凑到吴芙蓉耳边，轻声地对她问："婶，你告诉我，是不是现在你又想改嫁，又不想把那五万元钱给小娥的爷爷奶奶？"乔燕的话刚完，吴芙蓉马上叫了起来："姑娘，哪能呢？我吴芙蓉虽然嘴巴有些不饶人，可还不是那种不讲理的人！现在他们不光是要那五万块钱……"乔燕又忙问："他们又提出了什么要求？"吴芙蓉听乔燕问，口气便变得有些愤慨起来，道："他们说，我现在住的房屋，是我和小娥的爸爸共同建的，他们两个老的也该分一半！更过分的是，他们说我嫁人可以，小娥和小琼不能带走，他们不想让她们有个后老汉……"说到这儿，吴芙蓉声音又哽咽了起来。乔燕也大吃一惊，道："怎么，他们不让你带走孩子？"吴芙蓉的泪水又从眼眶里滚了出来，伤心地道："可不是……他们不愿意失去孙女，可我、我也不能再失、失去我的女儿……"乔燕听吴芙蓉说"不能再失去我的女儿"，心里又吃了一惊，听这话好像吴芙蓉曾经失去过女儿。她想问一问，可见吴芙蓉已经伤心了，不想再勾起她心里痛苦的往事，便忍住了没问，只安慰她说："婶，我明白了！他们这样做，是没有道理的。你放心，这事我先了解一下……"

　　话没说完，吴芙蓉紧紧攥住了乔燕的手，说："姑娘，我就是永不嫁人，也不会把孩子给他们！"乔燕也抓了吴芙蓉的手，道："婶，只要你和贺勤大叔真心相爱，事情就好办。至于孩子愿意跟谁，得由孩子自己说了算。我相信小娥和小琼一定不愿意去跟爷爷奶奶，是不是？"吴芙蓉一边点头，一边回答："可不是，孩子说我走哪里，她们就走哪儿！"乔燕道："这就对了，婶，我一定帮助你和贺勤大叔圆了夫妻梦。实在不行，我们通过司法的途径来解决这个问题！"吴芙蓉听了乔燕这话，嘴唇颤抖了半天，才激动地对乔燕说出了一句话："姑娘，我下辈子都会记着你！"吴芙蓉说完，乔燕又说了很多安慰的话，看看天快黑了，才向吴芙蓉告辞。

第二天吃过早饭，乔燕便骑了小凤悦往城里去了。昨天晚上，乔燕少喂了张恤一次奶，让婆母用奶粉给代替了。小家伙很馋，照样吃得有滋有味，乔燕放了心。她已经有一段时间没回城了，公路两边的景物变化很大：田里的水稻收割后，大地的空间感一下出来了，田野似乎有些寂寥，但一些地里还没来得及收获的大豆、花生、芝麻等作物，又给了空旷后的田野一种丰富的点缀。一些地方的田地里则竖起了一排排白色的塑料大棚；而挂在枝头上的柑橘正在泛起深浅不一的红色，深的地方像是醉汉的脸色，浅的地方却像姑娘腮上淡淡的红晕。乔燕突然想起一个比喻，她觉得秋天就像农民喂肥的一只猪，随便摸它身上哪儿，都有一种肉嘟嘟的感觉。

到了城里，才9点多钟，她把电动车停到自己楼下车棚里，上楼打开门一看，屋里乱糟糟的——沙发上撂着张健的衣服，垃圾桶里还有两个方便面的盒子——便知道张健也和自己过去一样，为图省事只靠这些食品来充饥，心里不由得涌起内疚和疼爱交加的情感来。她又打开冰箱，看见里面除两桶方便面外，什么也没有，心里更疼得不行。她以为张健在办公室，便给他打了一个电话，告诉他自己回来了，可张健却告诉她他正在下乡。乔燕又问他中午能不能回来。张健说，下乡是办一个比较棘手的案子，拿不准什么时候能办完，即使今天能回来，也是天黑的时候！乔燕心里"咯噔"地跳了一下，好像失落了什么东西——她可没法等到他回来了再回贺家湾！她想了想，便说了请他代收一下张岚文、郑萍、金蓉和丹梅给贺兴义和王秀芳即将出生的孩子捐献的旧衣物的事。张健答应了，两口儿又互相说了一些保重的话，话语里都流露出错过了今天见面机会的遗憾。

放下电话，乔燕将张健撂在沙发上的衣服用衣架挂了起来，到卧室里将床上揉成一团的被子叠好，又将屋子收拾了一遍，把垃圾桶里的垃圾提到楼下的垃圾箱里，最后拎起两只大号购物袋，到旁边超市买了两大袋蔬菜和食品，回来把冰箱上下都塞得满满的，这才朝爷爷奶奶家去。

一到爷爷奶奶家，乔大年便又惊又喜地叫了起来："哎呀，好久没见到我孙女，还以为把我们忘了呢……"话还没说完，乔奶奶便顶撞他道："这个老头子，连话都不会说！幸好是燕儿，要是别人听见你这话，会高兴吗？"乔燕马上笑出了声，道："奶奶，别人也不会生气的！"说着拉了乔奶奶的手问，"奶奶，你好吧？"乔奶奶眉开眼笑地说："好，好着呢！"说着，两只眼睛落到乔燕身上，上上下下打量了她一番后才道："燕儿还是老样子，没变！"乔燕又"扑哧"一笑，道："奶奶，这才多久，怎么会变？"乔奶奶道："张恤没带回来？"乔燕道："奶奶,我回来办点事,办完就得马上赶回去呢!"乔奶奶一听这话,便马上道:"哎呀,那我去做饭!燕儿想吃点什么?"乔燕道:"奶奶,我又不是什么稀客,你随便做点什么都行!"乔奶奶拍了拍衣服,进了厨房。乔老爷子又一把攥住了乔燕的手,道:"孙女过来,爷爷有话对你说!"

乔燕便紧紧挨着他坐下。乔燕朝窗台上扫了一眼,窗台上的花少了许多,便知道那些少了的花已被贺波拉到了贺家湾,目前正装扮着贺家湾的风景。此时一盆秋海棠、一盆万寿菊、两盆芙蓉花和三盆晚香玉开得正艳,给屋子里送来阵阵花香。不知是回到了亲人身边,还是爷爷家温馨的环境感染了乔燕,此时她的心情舒畅了许多。她正要问爷爷说什么,乔大年却道:"我给你们的花,现在长得如何?"乔燕一惊,这些天忙,她还不知道贺波把这些花给了谁呢!却说:"爷爷,长得可好呢!"乔大年道:"当然要长得好,我是连花盆都一下赔进去了呢!"乔燕忙道:"谢谢爷爷,等明年春天贺家湾到处开满了鲜花,我来接爷爷故地重游!"乔大年脸上的皱纹舒展开来,"呵呵"地笑了起来,道:"那好,那好,我可要来视察视察我孙女的工作呢!"又问乔燕,"张健今天来吃午饭不?"乔燕道:"他来不了,爷爷……"乔大年又问:"他为什么来不了?"乔燕便对爷爷说了张健下乡的事。乔大年却忽然附在她耳边轻声说:"孙女,你给我说老实话,他对你好不好?"乔燕听了这话一愣,半天才反问乔大年:"怎么会不好,爷爷?"乔大年却做出了不相信的样子,道:"真的?"乔燕认真点着头说:"真的,爷爷!"说完便把王秀芳失踪、张健连夜寻找的事告诉了爷爷。乔大年像听传奇故事一般听完,这才笑着说:"他对你好就好。"乔燕却看着爷爷奇怪地问:"爷爷,你怎么问这话?"乔大年"嘿嘿"地笑了笑,这才像小孩子般告诉乔燕说:"我给你说了,你可别告诉别人,是你妈要我问的……"乔燕急忙打断了乔大年的话:"我妈?"乔大年道:"你妈说,小两口一个南,一个北,不常在一起,容易在感情上出问题……"乔燕不等乔大年话完,说:"我妈真是咸吃萝卜淡操心!"乔大年说:"哎,你怎么能说这样的话?你妈说这话是有依据的。她告诉我说,全市发生了好几起女第一书记和丈夫闹离婚的,都是因为这些女书记长期在乡下,无法照顾家里,也不经常和丈夫在一起。丈夫或者出轨,或者对妻子有了意见,所以闹离婚。你妈知道你的性格,所以要我注意着你们呢!"

乔燕一听这话,心里又是一热:到底打断骨头连着筋,无论是在天涯海角,亲人们都是牵挂着呢!这么一想,既为自己和张健拥有这份真挚的爱情感到自豪,又为亲人的关怀而感动,突然眼角沁出了泪花。正想去擦,却被乔大年看见了，忙一把抓住了乔燕的手，道："还说没有，你哭什么？"乔燕哭笑不得，忙又破涕为笑，说："真没有，爷爷！"可说着，泪花却变成了泪水，顺着鼻梁两边滚了下来。

乔大年一双慧眼立即看出了乔燕心里藏得有事——孙女是在他们身边长大的，她心里有任何事情，怎么能够瞒得过他的眼睛？乔大年不再追问她和张健的事了，又转移了话题问："告诉爷爷，是不是工作中又遇到什么难题？"乔燕原本不想把易地扶贫搬迁集中安置点修建中遇到的困难告诉爷爷的，因为即使爷爷知道了这事，也没办法帮她解决，现在见爷爷主动问她，便不想隐瞒，就原原本本地将砖的事向乔大年说了。乔大年听完，却"呵呵呵"地爽朗大笑了起来。

乔燕不知爷爷笑什么，便有些不解地看着他问："爷爷，你笑什么？"乔大年道："哈哈，我笑这点困难就把我孙女吓住了！"乔燕以为爷爷像过去一样，又拿这话来替她加油鼓劲，便皱紧了眉头说："爷爷，这件事不比过去那些事！我在我们第一书记的微信群里看见，好多书记都在四处求援呢！"乔大年见乔燕着急的样子，便又一边笑，一边对乔燕说："不就是一点砖吗，有什么大不了的？"乔燕看爷爷的神情，不像和她开玩笑，又不相信地问："爷爷，你难道认识那些砖厂的老板？"乔大年道："你爷爷虽然不认识他们，可世界这么大，难道就没人认识他们？"又大包大揽地道，"我孙女放心，这事包在爷爷身上！"乔燕听爷爷这么说，更有些怀疑起来，道："爷爷，我可是踩到火上要水浇，你可别哄孙女开心哟？"乔大年又"嘿"了一声，看着乔燕道："爷爷什么时候哄过你？你放心，爷爷说话算话！"

乔燕见爷爷说得这么肯定，反倒更起了疑心。她隐隐猜到了爷爷要做什么，便满脸警惕地对乔大年道："这事你也不能去找我妈……"话还没完，乔大年马上道："这又不是干坏事，为什么不能给你妈说一说？她当扶贫局局长，她女儿这点事都不能沾她的光？"乔燕道："爷爷，我不想沾她这光！你想一想，不是一个地方砖供应不上，而是全市都紧张。我妈一定也很为难，我不想这时给她添麻烦。再说，我也不想背一个'靠特权'的污名！"乔大年似乎同意了乔燕的话，想了想才道："你说得也有道理，但你现在怎么办呢？你把思路再打开一点！易地扶贫搬迁有的市县动得早，有的市县动得晚，那动得早的市县现在还缺不缺呢？"一听这话，乔燕心里忽然像是打开了一道裂缝，一道灿烂的霞光照进了脑海里。正想回答爷爷，忽听得爷爷又说："你有没有同学和朋友？让他们问一问周边其他市县……"乔大年话还没完，乔燕一下跳了起来，喊了声："有了！"便跑到原来自己住的屋子里，给亚琳打起电话来。

乔燕把村里建易地扶贫搬迁集中安置点缺砖的事，一五一十地告诉了亚琳。亚琳听完便说："燕儿姐，你别着急，我正好认识新宜市一个生产页岩砖的砖厂老总！那个砖厂是市民政局十多年前办的一个民政企业，主要解决下岗职工和贫困户就业，生产的砖也全部用来满足扶贫需要。前不久我给那个企业写过一篇报道，我先联系一下，过几天给燕儿姐回话！"乔燕一听，高兴极了，一连对亚琳说了几声"谢谢"，这才挂了电话走出来。乔大年一见乔燕满面春风的样子，便道："找到门路了？"乔燕没说话，过去搂抱着爷爷的肩膀，在他脸上亲了一下！

吃过午饭，乔燕到自己曾经睡过的床上躺一会儿，一躺上去，她便闻到了一股十分熟悉的味儿。她觉得这味儿既亲切，又温馨，仿佛把她带到了过去的岁月里。她感到非常奇怪，这才多少时间，她就仿佛变成了另外一个人，难怪古人说岁月匆匆啊！这岁月不单是指物理的时间，更包含心理时间——心态发生了变化，便觉得岁月不一样了。这么胡思乱想着，加上因为砖的事情有了一线希望，她心里一踏实，竟然一下子就睡过去了。一觉醒来，竟然到了下午3点多钟，她不由得"哎呀"叫了一声，急忙爬起来梳了一下头，告别爷爷奶奶，便往单位跑去。到了单位，幸好何局长在办公室，乔燕便高兴地将陈总帮贺家湾修文化广场的事向何局长做了汇报。何局长听后，当即答应派一个技术员到贺家湾去帮助规划和设计。乔燕得到承诺，高兴而返，去自己住的小区车棚里推出电动车，又往贺家湾去了。

第十二章

　　第二天上午9点钟,镇上打来电话,说贺家湾村修桥的资金,县财政已经拨到了镇上的户头上,通知村上立即到镇上去共同制定工程招标方案。乔燕立即给贺端阳打电话。贺端阳一接到电话,便骂起来:"几爷子尿吃多少,现在才记起通知,早干啥子去了?我刚刚才到五里坪!"可骂完却仍然对乔燕说,"乔书记你们从村里去,我马上赶到镇上来!"乔燕听了这话,知道贺端阳怨气归怨气,可到底还是掂得出事情的轻重,便放了心,对贺端阳说:"那好,我叫上贺文和贺波立即从村里出发,我们在镇上会合!"

　　到了镇上,贺端阳已经在和罗书记说着什么了。乔燕便笑着对贺端阳道:"还是贺书记腿快,走到了我们前面。"贺端阳说:"罗书记召唤,我敢不跑快些?这样的好事我怎么敢迟到!"说罢便笑了起来。罗书记听了贺端阳的话,也笑着对乔燕道:"还是小乔本事大,今年全县受灾这么严重,到处都需要重建,你硬是争取到了村里修桥的资金,当时我们都以为是墙壁上挂帘子——没门呢!"一句话说得乔燕红了脸,道:"谢谢罗书记的夸奖!要没有县委、县政府和镇党委、镇政府的正确领导,我哪能办成什么事?"罗书记十分满意乔燕的回答,立即点了点头,道:"这话说得有理!"又看着他们说,"你们先坐一会儿,我已经叫负责招投标的同志把过去镇上招标用的公告、标书什么的,都找出来做个参考。有了蓝本,讨论起来就容易达成共识!"

　　乔燕一听这话,知道正式开会还有一会儿,便对贺端阳道:"贺书记,我还有一件事想单独给你说说。"贺端阳以为乔燕又有工作和他商量,便道:"行呀,我们就借罗书记的小会议室用一用吧!"说罢便和乔燕走了出来。到旁边的小会议室里，两人面对面坐下，贺端阳像是知道乔燕会说什么似的，不等她开口，便先道："乔书记，你是不是又是说村里易地扶贫搬迁集中安置点的事……"乔燕忽然挥手打断贺端阳的话，道："贺书记，不是的，我想和你说说另外一些事。"贺端阳忙问："什么事？"乔燕笑了笑，看着他道："你不是想承包村里这座石拱桥的修建吗？"贺端阳愣了一下，急忙为自己辩白道："我没有那个想法呀！"乔燕又笑了笑，尽量用平淡的语气问："那你当初为什么要坚持在离老石桥下面三百米远的地方修一座水泥桥呢？"贺端阳见乔燕揭了他的老底，便不自然地笑了笑，道："不是你不让我承包吗？"乔燕道："我也没说不让你承包呀！"贺端阳狡黠地笑了一下，乜斜着眼瞅了瞅乔燕，道："那你为什么挺着个大肚子突然到村上来召开村民大会，搞什么群众投票……"一听到这里，乔燕也不好意思地笑了，说："不是我不同意你承包，是贺波怕你犯错误！你想想，那桥如果修到老石桥下面的黄瓜田边，虽然离原来的桥只有三百米远，河面却比老桥的河面宽了一半多，而且河床全是沙土，地基不牢，修桥又是一个技术性很强的工程，要是出了什么问题，你不是就完了吗？即使不出问题，村里人问为什么放着地基牢靠、河面不宽、造价低廉的原地方不修，却要选一个河面宽、地基全是沙土、资金明显多许多的地方来修，你怎么向村民解释？可他是你儿子，不好公开和你唱对台戏，便打电话告诉了我。我一想这事事关重大，贺波的想法是对的，所以才想出了让全体村民投票的办法……"

　　乔燕还要说下去，贺端阳像是洞悉了一切地看着她说："你一说开村民大会投票，搞突然袭击，我就看出你的用意了！你是既不赞成在老桥下面修桥，又不同意我来承包这个工程。你还记得当时我给你说的一句话吗？"乔燕想了一会儿，方才记起来，说："怎么不记得？你叫我给你一点面子，否则，今后村民谁还会听你的话。这意思十分明白，就是要我也站在你一边！可我没按你的想法办，所以你心里对我结了一个很大的疙瘩……"贺端阳听到这里，脸上浮现出了一种不自然的表情，急忙打断了乔燕的话，说："乔书记言重了，我可从没对你有个什么疙瘩……"乔燕也没等他说完，突然亲切地称呼了一声："叔——"把贺端阳叫愣了，乔燕趁此机会一口气说了下来，"我现在不叫你书记，叫你一声叔，因为你的年龄和我爸差不多！虽然我年轻，可有些事我还是看得出来的！要不是因为你对我有气，村里举行易地扶贫搬迁集中安置点开工仪式那天，你为什么会让一些非贫困户到工地上对我发难……"贺端阳没等乔燕说完，脸色突然一下变了，沉着面孔义正词严地道："乔书记，这可是大是大非的问题，你说话可得负责!"乔燕听了这话却没着急,只是莞尔一笑,然后又轻轻地说:"叔,你真以为我傻呀?那天我心里就在怀疑,虽然平时一些非贫困户有些情绪,可还不至于在我快要生孩子的时候集体来向我发难。后来他们中一些人来医院看我,大概是过意不去,向我说了实话,他们是得到了你的暗示……"贺端阳听到这儿,脸上红一阵白一阵,张开嘴又要说什么。乔燕挥手把他的话赶了回去,继续诚恳地对他说道:"叔,你放心,事情过了,我不会责怪你的!牙齿和舌头那么好,有时候还要打架呢!何况每个人都不是完人,在涉及自己利益时有些私心,也是正常的。总的来说,到贺家湾一年多来,我们配合得还是很好的,我从你身上也学到了很多东西,我真诚地谢谢你!贺家湾的事业要办好,关键靠我们两个人。如果我们两个斗起来,不但会两败俱伤,贺家湾村的事业也会受到损害,你说是不是?"

贺端阳见乔燕一动不动看着他,急忙把头低了下去,过了半天才像是有些底气不足地说:"姑娘,我真的没有一点想和你斗的意思!你说的那个事,平时我是听到一些非贫困户在背后发泄不满,可我没有制止,只是说,这些事情你们只有去问乔书记,她是专门从上面下来扶贫的,有些政策她才知道。我只是这样对他们说过。要说他们是我鼓动起来的,那可是冤枉我……"乔燕忙又摇了摇手,道:"叔,这事不要再说了,也许是说者无心,听者有意。要说来,这事也并不是坏事,提醒我在关心贫困户的同时,也要多关心非贫困户一些,避免按下葫芦浮起瓢。"说到这儿,她又仔细看了看贺端阳的脸色,才接着推心置腹地说了下去,"叔,我一直想找你交换一下意见,可一直没找到好的机会,今天在这屋子里把话说清楚了,就哪儿说哪儿丢,你说行不行?"并不等贺端阳回答,又说,"你不包这座桥的修建是对的!你不知道造桥工艺的复杂。我是学土木工程的,多少知道一点。这次不行,下次有个活儿,保证适合你做!"贺端阳立即看着乔燕问:"什么活儿?"乔燕便把从局里争取到一笔资金,打算把二十多户村民的通户公路接通的事,告诉了贺端阳,并说:"修公路基本上就是一点土石工程,比修桥简单得多,那二十多户村民也会非常拥护你。既能赚到一点钱,又能得到人心,你看怎么样?"

贺端阳眉毛立即飞扬起来,看着乔燕像是不相信地问道:"你真的想把这活儿让我做?"乔燕笑道:"家门口的活儿,你还想让别人做?你做我才放心……"贺端阳马上对她问:"怎么我做你就放心,别人难道你就不放心?"乔燕看着他反问:"都是一个湾的人,你要是把路修差了,怕不怕这二十多户人天天骂你?"贺端阳一听这话，又笑着对乔燕说："原来你打的这个主意！"接着两道眉毛便又蹙了起来，说，"好事是好事。可上级明文规定通户公路国家不负责，过去一些农户通到家门口的路，都是自己掏腰包修的。如果那些自己掏钱修了路的人反对怎么办？"乔燕没正面回答他，却对他问道："你仔细想想，这二十多户人有几户能自己把路修起来？"贺端阳想也没想，便道："我知道，他们都是一些家庭不太富裕的。如果他们有能力，也早把路接到家门口了，何必等到今天？"乔燕立即叫了一声，道："这就对了！再说，也并不是每条通户公路都是自掏腰包修的，比如通到几个老院子的路，都是国家拿钱修的。现在这二十几户，他们没能力修，但不能就把他们落下呀！把他们落下，村庄就不是一个整体了，你说是不是？"贺端阳道："道理是这个道理，可要是有人反对又怎么办？"乔燕说："反对也并不是坏事！有不同的意见和声音，大家都可以争论。只要有争吵和讨论，就会有交流和协商！交流和协商多了，整个村子不就容易找到共同的目标和话题了吗？"说完目光又充满期待地落在贺端阳脸上，"关键是我们要有一个正确的认识和态度。只要我们目标一致，村民有不同意见，我们可以往正确的方面引导。"贺端阳一下明白了，马上接过乔燕的话说："乔书记你放心，你信得过我，我保证配合好……"乔燕没等他说完，更正说："不是你配合我，村支部和村委会才是主角，我只是一个匆匆的过客。"

正说着，贺文来叫开会了，乔燕和贺端阳忙过去。自从脱贫攻坚活动开展以来，各村易地扶贫搬迁集中安置点建设和大型农田水利设施及其他基础设施建设，都在纷纷展开，凡超过二十万元的工程，都必须通过招投标。镇上对这一套已经轻车熟路，没多久便把初步方案拟了出来。剩下的任务，便是由镇上发布公告和组织实施。临近中午时，会便散了。贺文、贺波见太阳不大，谢绝了镇上的招待，骑了摩托车就往家里赶。罗书记留乔燕和贺端阳在镇上吃了饭，才放他们往家里走。走到往五里坪分路的岔路口，乔燕知道贺端阳要到他的工地上去，便停下来对贺端阳说："贺书记，我还有一件事想问问你！"

贺端阳一只脚踩在摩托车的踏板上，一只脚踏在地上，半歪着身子看着乔燕问："什么事？"乔燕问："吴芙蓉和她公公婆婆争贺兴旺抚恤金的事，你知道吗？"贺端阳见乔燕问的是这事，便撇了一下嘴，道："哎呀，你要问他们家里这本经，我怎么会不清楚？还是我去调解的呢！要说我这调解，你就知道我是偏向吴芙蓉的。为什么我要偏向吴芙蓉？其中有两个原因，第一个原因是吴芙蓉已经从贺世海那儿把钱拿到了。她这个人的个性你也清楚，揣到口袋里的钱想叫她拿出来,那等于是从石头里挤水——万万办不到!第二个原因是贺世通两口子那时确实身强力壮,可以自食其力。可吴芙蓉的两个娃娃却还是嫩秧秧,丈夫一死,吴芙蓉是墙上挂团鱼——四脚无靠,所以我当时拍了那个板。没想到吴芙蓉真的要嫁人了,而且嫁的是她的死对头贺勤,真的没想到,冤家会变成夫妻,你说怪不怪……"

乔燕听到这里,忙打断了贺端阳的话道:"贺书记,世界上的事情,想不到的还有很多,这或许是他们命中注定的吧。我现在想知道的是你对贺世通夫妇阻挠吴芙蓉改嫁,是什么看法?"贺端阳听乔燕这么问,便道:"贺世通两口子不是想阻挠吴芙蓉改嫁,而是想要两个孙女!他们私下找过我,跟我说,那五万块钱他们可以不要,但必须要把小娥和小琼给他们留下。你知道为什么吗?贺世通两口子就只有贺兴旺一根独苗,贺兴旺一死,两个孙女就是他们仅有的根苗!再说他们现在年龄逐渐大了,乡下人都有'虱子靠不到靠蚓子'的说法。虽然是两个丫头,今后他们动不了的时候,总要来看看他们,你说是不是?"乔燕见贺端阳答非所问,便又问了一遍:"我是问你对这件事的看法呢!"贺端阳眨了眨眼,过了一会儿才说:"清官难断家务事。我现在只要一提起他们家的事,脑壳就大了,哪还有什么具体的看法?我不想管他们家里这本经了!"说完,踏在地上那只脚往上一抬,踩在了踏板上,双手一拧车把,将摩托车发动起来,"轰"的一声,便往五里坪方向驶去了。没骑出多远,又突然回头对乔燕叫喊起来:"乔书记,如果你想过问这事,我告诉你一个人,你去找他。贺世通家里的事,都是他给他们老两口儿做主!"一听这话,乔燕立即大声问:"你说的是谁?"贺端阳头也没回,说了一句:"贺老三……"乔燕吃了一惊,又在贺端阳背后叫:"什么?"贺端阳这才停下来,回头对乔燕大声说:"你知道贺世通的小名叫什么?贺老二!他是贺老三的二哥!他们一共三兄弟,老大贺世坚没成家就得病死了,贺老二没上过学,人老实,有什么事都要老三拿主意!"乔燕听完这话,连车都忘了上,嘴里喃喃自语起来:"原来是这样,原来是这样……"

吃过午饭,乔燕便又骑上电动车去了贺老三的老房子。她一边走,一边在心里忖度:贺老三下地没有。刚才下过一阵过路雨,消退了地面许多暑气,要是贺老三已经下了地,怎么办?那就晚上去找他,反正一定得和他谈谈!可当她驶近老房子的戏楼前面时,却一下高兴起来——贺老三和他老伴正坐在戏楼下面的通道里闲聊什么呢!听见电动车响,贺老三抬起头看了一眼,发现是乔燕,便叫了起来:"乔书记,哪股风又把你吹来了?"乔燕驶到通道前面,方从车上跳下来,推着车走进通道对贺老三说:"世富爷爷,你怎么又叫起我书记来了?"贺老三故意惊讶地说:"当官的都喜欢人称他职务。上回我喊你'姑娘',还不知得罪你没有呢!"乔燕突然笑了起来,说:"爷爷,我算是个什么官?以后你还是喊我'姑娘',我喜欢听这个称呼!"贺老三听乔燕这么说,也不知是真是假,便道:"那好哇!既然你都不介意,我这个老头子就不怕冒犯了!"说完又看着乔燕问,"有什么事吗?"乔燕道:"没什么事呀,就是想来和爷爷摆会儿龙门阵!上次你给我讲了那么多故事,我还想继续听你讲呢!"

贺老三一听这话,急忙对老伴说:"快去端把椅子来,姑娘可是贵客!"乔燕忙说:"奶奶,我自己去吧!"正要走,贺老三一把拉住了她的手,说:"你去干啥?你是稀客,自己坐到起!"说着,一把将乔燕按在了老太婆刚才坐的那把小靠背椅上,又对她说,"整个院子的穿堂风都要从这戏楼底下过,我们就坐在这说话,凉快!"乔燕见贺老三热情的样子,心里正思忖该如何提起话头,忽然瞥见院子里一尘不染,像是用水洗过的一般。明知是刚才刮风的缘故,她却故意给他戴高帽子说:"爷爷,看你把院子打扫得好干净……"一语未了,贺老三果然笑了起来,道:"姑娘,我哪有那样大的本事?这都是刚才那几阵风的功劳!这院子,真叫人扫,哪扫得到这样干净?"不等乔燕答话,又嘟哝似的说了一句,"这老天爷,又哄了我们一次!"乔燕立即也跟着说了一句:"就是呀,我起初也以为要下一场大雨呢!爷爷,你说今年旱着了吗?"贺老三像是要表扬老天似的,立即说:"那倒没有,今年总的来说,还是个风调雨顺之年!"

正说着,闫加珍端了一把竹凉椅来,搭在通道中间,要乔燕去坐。乔燕推辞了,说自己坐靠背椅舒服一些,贺老三便和老婆子换了椅子,到竹凉椅上半躺半坐下,这才对乔燕问:"姑娘,你要和我摆什么龙门阵?"乔燕本想说出吴芙蓉的事,却又觉得时机还不成熟,正有些拿不定主意间,忽然想起了上次贺老三对她说过的打工的事,于是说:"爷爷,上次你说到改革开放后,你还出去打过几年工,我想听听你在外面打工的故事。"

贺老三脸上立即浮现出往事不堪回首的表情,对乔燕道:"姑娘,水都过了几河滩,还有什么说的?"乔燕就像一个喜欢听故事的小孩子似的,望着贺老三道:"世富爷爷,我没打过工,就想听听打工是怎么回事呢!"贺老三见乔燕真想听的样子,想了一会儿才道:"你真想听,那我就给你说说嘛!那叫啥打工?那叫受罪……"说到这里,贺老三看了乔燕一眼,见乔燕怔怔地看着他,很专心的样子,才又往下说,"姑娘你不知道,我出去打工的时间比较早,一转眼都快三十年了!那时上有老下有小,一大家子人,种庄稼不来钱,负担又重,不出去挣点现钱真的没法活下去。我就去了深圳,因为多少有点文化,就进了一家电子厂。那个厂比较大,有好几百工人。但那些工人都比较年轻,只有我是个半蔫子老头——差不了几年就到四十了嘛。那个厂别的不说,就是管得严,上厕所不能超过六分钟。我们那个生产线附近有两个厕所,一个厕所只有两个位置,上厕所不但要排队,还要有通行证。我们生产线有三十个工人,只有一个通行证。除了上厕所外,吃饭也规定了时间。中午吃饭只有二十分钟,一个部门一个部门轮着吃,一到下班就像比赛似的往饭堂跑,你说那是什么日子?管得比犯人还严呢!"

说到这儿,贺老三不好意思地冲乔燕笑了笑。笑完,又接着说:"我在那个厂里干了两年,实在没法坚持,就出来在一个建筑队干。建筑队比在厂里就要自由得多,起码上厕所不用跑!可建筑队全是苦力活,你都知道的,我没什么技术,只能干些挖地基、轧钢筋、拌水泥、抬砖块上架等活,挣的全是血汗钱。下苦力我不怕。我们农村人,哪个没吃过苦?可最后遇到一个黑心老板,我们跟他干了一年,到年终要领工钱的时候,这个没良心的老板跑了路,我们到现在都没拿到工资,白流了一年的汗水!那次上当过后,我又离开建筑队,跟人去干装潢。干装潢是干完一家就可以结账,钱虽然少一点,却不怕老板跑路。干了几年装潢,转眼就五十多岁。从农村人挖泥盘土来看,五十多岁正身强力壮,可城里是年轻人的天下,那些老板不管什么活儿,都只管要年轻人。过了五十岁,在城里找活就越来越难,加上这时你兴江叔和兴林叔也大了,年轻人没跑过世界,以为外面很好,所以从学校一毕业,就往外面跑!我一看家里没人照顾也不行,便回来重新修理起地球来!"

贺老三又看着乔燕笑了笑,仿佛在讲别人的事一样,说得十分轻松和平静。乔燕听完,却从他的话语中了解了中国这一代农民工所走过的路,想了想忽然问:"世富爷爷,你打了十多年工,留恋那些大城市吗……"乔燕话音还没落,贺老三突然大声说:"我留恋什么?城市是城里人的。我一个农民出去打工,没有钱,没有地位,那些大城市对我有什么好?"说完看着乔燕,仿佛质问似的,过了一会儿,他语气才平静一些,又咧开大嘴,憨厚地笑了一笑,接着说,"我给姑娘讲个笑话。有一回一个老板训我:'看你笨手笨脚的样子,你除了会种田,还会什么?'那个老板是个城里的小白脸,我一听这话,就有些生气,于是我也凶他:'你说得对!我会种田、会抛秧、会打农药、会开拖拉机,这些你会吗?'"

乔燕听到这儿,"扑哧"笑出了声,看着贺老三说:"爷爷你真有意思!"贺老三听到乔燕夸奖,却变得正经起来,道:"我说的都是实话,姑娘!我一回到贺家湾,心里就特别踏实。不信你问问她!"一边说,一边将嘴朝老伴儿努了努。闫加珍见了,便说:"要是城里有人勾着你的魂儿,你还会回来?"贺老三听了老婆子这话,便开玩笑地说:"我这一身土气,把城里的姑娘吓都吓坏了,还敢来勾我的魂?"说完才微笑着对乔燕说,"姑娘,我说句实在话,现在种田也不交税,只要不懒,在农村随便做点什么都能生活下去,还有什么不好的?没有出去打过工的不知道,要叫我这个出去受过罪的人说,现在留在农村务农的人,比那些外出打工的人生活品质还要好,你说是不是?"

乔燕听了贺老三这话,更加深了对他的认识。他竟能说出留在农村务农的人,比那些外出打工的人生活品质还要好的话,这话深深地契合了她的想法。到农村来的这一年多,乔燕也常常感觉到现在留在农村的人,论个人生活质量和幸福指数,真的要比城里人好得多。这么想着,她忽然想听听他对单位出资给村里那二十多户目前没能力把水泥公路接到家门口的村民硬化通户公路的意见,于是便把这事对贺老三说了。刚说完,乔燕就后悔了。她想:"他连建档立卡贫困户都眼红,现在见由上面出资帮那些人修公路,心里还不忌妒?"没想到贺老三听完乔燕的话后,只停了一会儿,便高兴地叫了起来:"好哇,姑娘,这是大好事呀!"乔燕一下愣了,目不转睛地看着他,然后才有些意外地问:"爷爷,你真的不反对……"乔燕话还没完,贺老三忽然像是不高兴地说了起来:"姑娘,我反对什么?都是一个村的人。住到几个大院子的,国家给修了路;荷包里掏得起票子的,自己修了路;可那二十多户住得分散又拿不出钱的,难道就该走烂路?"乔燕立即抓住了他的手,兴奋地叫起来:"爷爷,你能这样认识,真是太好了!"

乔燕的话刚完,贺老三却又忽然转换了语气,显得有些焦虑地对乔燕说:"不过,我还有一句话想说!过去湾里一两千人,想走好路却没有好路走。后来贺端阳当了支部书记,费了吃奶的力气,还和镇上的人吵架、打架,才把那条机耕道修成水泥路!可现在政府把水泥路修到家家户户的门口,路上却没有人走了!姑娘,你回去该给政府主事的人说一说,得留些年轻人在农村呀!村里没了人,你修再多的路,建再好的房子,有什么用?路和房子只是村子的外壳,人,才是村子的魂。光有外壳子,没有灵魂,你说这人还叫什么人?"乔燕没想到贺老三会说出这样一番有哲理的话来,不但包含了她对当前农村社会的认识,还一针见血地指出了当下扶贫和乡下振兴中最需要解决的紧迫问题!更重要的是,他的话还体现出了一代老农对当下农村、农业发展的忧思。如果大家都有这份忧思，农村的问题就好办多了。她不由得更用力攥紧了贺老三那双满是青筋和老茧的手，摇晃着说："爷爷，你说得太对了，比有的领导还讲得到位，真的谢谢你！"贺老三见乔燕直夸他，有些不好意思起来，直道："姑娘，我是瞎说，你不要放到心上！"

直到这时，乔燕才想起今天来这里的主要任务。见自己和贺老三的谈话这样投机，老头子也很高兴，她觉得说这事的时机已经成熟，便竹筒倒豆子，把吴芙蓉改嫁的事向贺老三提了出来。

令乔燕万万没想到的是，她刚刚提起话头，贺老三便收敛了笑容，脸上的皱纹先是像蚯蚓似的动了动，接着便硬得像块生铁，看着乔燕冷冷地问道："是吴芙蓉让你来做说客的吧？"乔燕一听这话，立即吃惊地看了老头半天，这才有些遮掩地道："不是，爷爷，我是听说了这事，顺便来问问……"贺老三听了这话，又板着脸看了乔燕半响，像要将她五脏六腑都看穿似的，然后仍毫不留情地对乔燕说："姑娘，恕我老汉说句不客气的话，其他什么事，你看得起我老汉，我都听你的，可这事免谈！"乔燕一见老头这决绝的神情，脸颊忽然发起烧来，好似自己做了什么错事。她瞪大眼，看着老头半天才问："为什么？"老头挥了一下手，像是在赶着一只蚊子，愤愤地道："这是我们的家事，不需要外人来管！"

乔燕一下明白了，觉得他到底还是一个没多少文化的乡下老头，难免有些糊涂。想到这里，她的底气又强了一些，便对贺老三道："爷爷，这怎么会是家事呢？婚姻自由……"话还没说完，贺老三的脸沉得像是打雷扯闪时的天空，看着乔燕说："我就晓得你要对我说这话！我老头子再没读多少书，可婚姻自由还不晓得？我们哪个在阻挡她嫁人？我们只不过要她把孩子留下来……"一听这话，乔燕也像是找到了理由，道："爷爷，法律规定，母亲是孩子的第一监护人呀！"

话刚说完，贺老三脸上的怒气更重了，盯着乔燕气咻咻地说道："姑娘，你少跟我说什么法！我们庄稼人不懂什么法不法，却知道一个理字！将心比心，假如你的爸爸妈妈也像我二哥二嫂一样……"说到这儿，他马上打住了话，突然转换了语气继续说，"哦，我想起来了，你上次当着众人说过，你爸爸妈妈都是当官的，你爷爷也是当官的，当官的当然不会遇到这样的事。但假如他们也像我二哥二嫂这样，你说他们会怎么想？"一句话把乔燕问住了。这个问题，她确实没有认真想过，此时该怎么回答呢？贺老三又长长地叹息一声，用手捧着头，慢慢地说："过去我二哥二嫂身体好，动得，还不觉得什么，可一转眼，就是七十岁的人了！不但手脚硬了，走路也开始偏偏倒倒，各种各样的怪毛病又都一齐涌了出来！你说，一旦到了不能动的那一天，他们靠谁？"说完这话，老头像是把心中的怒气发泄完了，语气温柔了许多，看着乔燕说，"姑娘，我们农村人，靠不到虱子靠虮子的事很多！虽然小娥和小琼是两个丫头，迟早要出嫁，可毕竟是他们的亲骨血，今后再不孝，爷爷奶奶死了，她们也总得在坟头号几声，总比绝了根的强，你说是不是？"说完便紧紧看着乔燕。

乔燕听完老人一席话，心里忽然像灌了铅，变得沉重起来。她设身处地地为贺世通老两口儿想想，觉得他们真的也很可怜，再细细咂摸贺老三的话，每一句都有道理！可转念想起吴芙蓉和贺勤二十多年的苦恋和所经历的一切，难道她的遭遇就不值得同情吗？难道为了贺世通夫妇的晚年，她就该牺牲自己的幸福吗？想到这里，两个念头不由得在脑海里打起架来。过了半天，她才对贺老三说："爷爷，芙蓉大婶也没走远，她还是在这个湾里……"贺老三没等她说下去，便道："姑娘，虽然还在一个湾，但她嫁与不嫁，完全是两码事！"乔燕听了这话，真的有些糊涂了，便问："怎么是两码事，爷爷？"贺老三道："吴芙蓉一天不嫁，她都是我二哥二嫂的儿媳妇，都有责任奉养他们，那两丫头就是他们的亲孙女！可她一嫁人，你说她还是他们的儿媳妇吗……"听到这里，乔燕马上说："可小娥和小琼，还是他们的亲孙女呀！"贺老三又立即道："那也不一样！姑娘你有所不知，过去寡妇改了嫁，带去的孩子也要改姓，一改姓就是别人家的孩子了……"乔燕没等贺老三说完，又插话道："爷爷，芙蓉大婶嫁给贺勤，小娥和小琼并不需要改姓呀！"贺老三马上又反驳乔燕道："虽然不改姓，可孩子就有了后老汉，还能像她们妈不改嫁时那样对爷爷奶奶亲吗？毕竟又隔了一代，你说是不是？"

乔燕又被老头给问住了，因为她没经历过这样的事。她低头思考了一会儿，才抬起头看着贺老三问："世富爷爷，那你说怎么办？"听了这话，贺老三马上不假思索地说："姑娘，你莫嫌老汉说话不好听！这事，天上下来个人也劝不转我们！你也别站着说话不腰疼，以后少来说这事！"说到这儿，突然对闫加珍说，"时候不早了，你去把锄头拿来，我们到地里转转！"乔燕一听这话，便知道老头下逐客令了，尽管心里不高兴，也只好站起来对他们说："那好，爷爷奶奶，我们以后再聊！"说罢也站起来，发动起电动车，离开了他们。

她回到村委会办公室，想起贺老三说的那番固执而坚决的话，心里便感到有些对不起吴芙蓉。她曾经对吴芙蓉保证过，一定要帮助她和贺勤大叔圆了夫妻梦。可现在该怎么办，难道真要走司法的途径？即使吴芙蓉赢了官司，可剩下孤苦伶仃的贺世通两夫妇又该怎么办？她越想越没了主意，心里越发沉重起来，觉得这是她下乡以来，又一次遇到了一件令她头疼的事。

　　晚上，乔燕洗漱完了正要睡觉，亚琳的电话打了过来。没等亚琳开口，乔燕便迫不及待地问："亚琳妹妹，有消息了吗？"亚琳道："燕儿姐，我告诉你，新宜市的砖一样紧张！他们市做了一条规矩，全市所有砖厂生产的砖，必须优先供应今年要脱贫验收的乡镇和村……"一听这话，乔燕的心立即凉了，一下瘫软地坐在了椅子上，心里直说："完了，完了！"可正这么想着，亚琳却又问："燕儿姐，你们村还差多少砖？"乔燕听完这话，心里又腾地升起一股希望，忙说："亚琳妹妹，具体需要多少，要等我明天把包工头找来问清楚了才知道。"亚琳忙道："那你明天一定得告诉我！燕儿姐，那老板答应私下给你调剂一批砖。如果数量不大，他一次性给你，如需要的量大，他分成两次或三次给你，不过你们可得派车来拉哟！"乔燕忙叫道："那没问题，亚琳妹妹！"亚琳又略显神秘地说："燕儿姐，你知道这个老板给我提了一个什么样的要求？她要我再给他们企业写一篇报道。我说，没问题，只要你们企业继续为扶贫事业做贡献，我一定来写！哈哈！"乔燕听了心里非常感动，便道："好妹妹，你辛苦了，真的谢谢你，谢谢你！"说完挂了电话，却发觉脸颊上像有一条蚯蚓在往下爬，伸手一摸，却是一道凉凉的泪痕——什么时候流的泪，她都不知道。

　　第三天晚上，乔燕忽然接到母亲的电话。因为砖的事情解决了，乔燕这两天都处在一种激动和兴奋的状态中，连吴芙蓉大婶和贺勤大叔的事她也暂时放到了一边，一见母亲的电话，便又恢复了过去小孩子的脾气，不等母亲说话，就撒娇般地叫了起来："老妈，你好，你可亲自给我打电话来了……"电话里吴晓杰道："妈亲自给你打了电话，你什么时候亲自给妈打了电话呀？我问你，你们村差的砖想到办法没有？"乔燕道："妈，什么砖？"吴晓杰道："你给我装什么蒜？你们村修易地扶贫搬迁安置点差的砖，你还不知道？"乔燕知道瞒不过了，便问："妈，你怎么知道的？"吴晓杰道："妈怎么知道的你别管，你就给我老实说说想到办法没有。"乔燕道："感谢老妈关心！我有个好朋友，已经帮我在新宜市联系到砖了！"吴晓杰听后，也像是抑制不住兴奋地道："联系到了就好，也省得我操心了！"乔燕问："妈，是爷爷告诉你的吧？"吴晓杰道："是爷爷告诉的又怎么样？我可告诉你，爷爷说他这段时间身子很不舒服，昨天晚上他到市上来，对我说了你们村上差砖的事。我今天带他到市中心医院做了一个全面体检，爷爷的心脏、肾脏、肝脏、肺脏全有问题，医生说，不能再给他增加什么精神负担，也要防止他突然……"说到这里，吴晓杰的声音像是被什么塞住了一样停了下来。乔燕像是突然被人猛抽了一鞭，禁不住哆嗦了一下，叫了起来："妈！"吴晓杰这时像是回过了神，声音又变得平静了，道："今后不能再给爷爷添什么麻烦了……"乔燕马上说："是，妈！"吴晓杰又道："有时间了多回去看看爷爷！人老了，什么意外都可能发生！"乔燕又答应了一声："是！"吴晓杰挂了电话，乔燕却拿着电话愣了半晌。

第十三章

进入仲秋的贺家湾，变得丰富多彩起来。贺家湾水田少旱地多，稻子收割以后，并没有像一些平坝那样一下显得十分空旷，大豆、花生、还有一些黄烟和秋玉米还在地里，丰富着秋天的大地。一些农家房前屋后的柑橘、鸭梨、枣子等水果，该黄的黄，该红的红，又让贺家湾的秋天显得更坚实。家家户户蔬菜地里的丝瓜、南瓜、冬瓜，还没倒藤，向阳的地方，藤上还开着红红黄黄的花朵，蜜蜂、蝴蝶围着花朵翩翩起舞。乔燕到农户家去，有时会突然从路旁的草丛或树林里蹿出一只野兔或田鼠，身子胖胖的，皮毛闪着光，笨拙地从她身旁跑过。至于头上飞的鸟儿，无论是苍鹰还是喜鹊、麻雀，这时也像是撑着了似的，全然不像春天或夏天那样，急急地从一棵树跳到另一棵树，为一只虫子或一粒粮食吵闹不休。

土地的丰饶说明贺家湾的青壮年虽大多数都出去打工了，可田地荒芜得并不是很多。这一方面是由于现在国家的政策好，种地不但不交税，政府还给补助，大家种田的积极性就高了起来。另一方面，现在有了化肥、除草剂、杀虫剂以及各种农业机械，种地变得比过去简单。乔燕到贺家湾来后，不止一次听见一些老农对她说，现在种十亩、二十亩地，比过去种五六亩地还轻松，就是因为使用机械、农药和化肥，大大降低了田间劳作的强度。贺家湾的土地流转也很有意思。那些全家外出打工的人，一般不把土地流转给城里"大资本"下乡来发展的所谓"项目"，即使每亩给五六百元的高价也不行，却乐意不要钱或象征性收一两百元，把地流转给亲戚，尤其是给同宗同族的弟兄子侄种。乔燕问过他们为什么这样，他们的回答也很简单，说："打工又打不到一辈子，我把土地流转给了城里下来的有钱人，万一哪天打工打不下去了，我回到贺家湾，土地收不回来，靠什么吃饭？我把土地流转给亲友，尤其是同宗同族的弟兄子侄，我什么时候回来，他们什么时候就会把地还给我。"乔燕想了一想，他们的话也有道理。而现在种地划算了，那些留在家里的老人，只要身体硬朗，也乐于多种一些地。用他们的话说，反正一头牛是放，两头牛也是放。所以现在的贺家湾，一家人耕种两三家人土地的事并不稀罕。一些人明知自己接了几家人的地会种不过来，但仍乐意将土地接到手里，因为土地没要钱或只要了很少的钱，他们当白捡。拿到手里，即使不全种，但那些肥沃的、好种的地，也绝不会让它们抛荒。因此贺家湾的地，特别是水田，除了几户像贺世东这样性格古怪、宁肯让土地在那里长出半人高的杂草也不肯流转给别人种的"拗国公"外，其余所有的好田好地，都被那些留在家里的老头老太太们辛勤地耕种着。乔燕曾经从报上看过一篇文章，那文章说现在的农业是"老年农业"，她深以为然。但她却从这种"老年农业"中，看出农村新的代际分工、农业机械化的发展以及田间管理的变化。正是这种发展和变化，才大大降低了田间劳作的强度，解放了劳动生产力，使"老年农业"变成可能。

  可如果说这些用较少流转费甚至是零租金种了别人土地的人家，就占了别人的便宜，也不尽然。在贺家湾常常能见到这样一种情况，就是将自己的土地零租金流转给亲戚的人家，一般也会将自己在贺家湾的房屋，像贺贵那样交给亲戚照管，不但要经常打开门窗，让屋子通通风、透透气，屋顶或墙壁破了，还得负责给修一修、补一补，要保证人家春节一家人回来，能有一个干净、舒适的住处。还有一些人，如果有孩子不方便带到打工的地方，还会把孩子交给那些接手了自己土地的亲戚看管，自己好放心地外出打工；而接手了土地的亲戚，也会尽心尽力地做好孩子的监护人。不但如此，每当那些将土地流转出去的人回家过年时，这些用零租金或很少租金就得到别人土地的人，出于感激，也出于情面，会非常慷慨大方地送去过年的礼物，比如粮食、蔬菜、鸡鸭等。而外出打工的人为了感谢这一年亲戚在老家给自己看守房屋或照管孩子，也会从打工的地方带回土特产，赠送给他们。这种礼尚往来的馈赠或许值不了多少钱，可这种建立在土地连接上的人情互惠，以及在这种互惠中所蕴含的家庭共同体和村庄共同体的丰富内涵，是无法用经济学的计量学来测量，更无法用金钱来衡量。这也就是贺家湾人不愿意把土地流转给城里来的"大老板"，除了担心到时不容易收回来的另一个重要原因。"大老板"下乡来流转土地只是为了赚钱，而庄稼人除了钱，还看重亲戚间的亲情和爱。在农村生活了一年多以后，乔燕不但不认为农民愚蠢保守，反而觉得村民间这种做法，为农村社会的稳定建立起了一道安全的闸门。当然，她有时也为全村土地没发挥出最大效益感到遗憾。比如：一些人种了两三家人的土地，因为没有足够的劳动力，只能粗放经营，能种两季的种一季，该间种、套种的也没间种、套种；还有一些人，因为接手的土地太多，便干脆让一些地长杂草，给野兔和蛇营建安乐窝。

这年不但夏天风调雨顺，秋天也不像去年那样天天都是"秋老虎"。立秋那天，老天爷下了一场不大不小的雨，贺家湾人立即高兴地说："这下好了，今年秋天不会热了！"原来，贺家湾人认为，如果立秋这天不下雨，便是立起了秋，要晒二十四个"秋老虎"，如果下了雨，便称为"烂"了秋，一旦"烂秋"，秋天便不会很热。果然，这年的秋天三天一阴，五天一雨，虽然给晒稻子带来一些麻烦，却十分凉爽。每天早晨一起来，乔燕看见的都是一幅令人心旷神怡的美丽景色。天上明净无云，像是洗过一般。太阳虽仍将大地照得明晃晃的，阳光沐浴在人身上，却丝绸般柔和温暖。树上的叶子也还透着浓绿的色调，像是还沉浸在夏日的梦中。鸟儿们忙碌而快活地歌唱着，声音婉转而悠扬。沟渠畔和村民房前屋后以及树林中的野菊花，开始性急地长出淡黄色的花托，准备竞相绽放……这一切都使乔燕沉浸在舒适、恬美和满意之中。在这段日子里，镇上已经完成了对和尚坝垮塌石桥的工程招标，修桥的工程队已经进入现场。乔燕指派了贺波作为甲方监管人员，负责整座石桥的修建工作。贺波很负责，把工作安排得井井有条，一点不用乔燕担心。而易地扶贫搬迁集中点的建设，虽然停了几天工，但没过多久，亚琳便给乔燕打来电话，叫派车到新宜市民政砖厂拉砖。乔燕通知了伍老板，伍老板立即忙不迭地找了几辆大卡车，到新宜市把第一批砖给拉了回来。伍老板说话算话，趁别的工地停工的机会，迅速将那些没活干的工人拉过来，于是贺家湾村的易地扶贫搬迁集中安置点建设工地，成天响着搅拌机的"轰轰"声，瓦刀和砖块碰击的"砰砰"声，工人们偶尔响起的粗犷的吆喝声，以及不时发出的粗鲁调笑声。乔燕听到那些声音，虽然有时会为乡下汉子粗俗的玩笑感到有些脸红，可心里还是十分高兴。何局长也派了单位设计室首席设计师杨工，来村上帮忙设计村文化广场。杨工来村里现场勘察了黄葛树下那块操场的地形和面积后，问乔燕："你们对修文化广场有什么要求？"乔燕便把陈总那天说的话告诉了他，又说道："陈总虽然说了叫我们不要替她节约，但我想我们还是尽量从实用、简洁出发，能少花钱就少花钱。企业家的钱也来得不容易！"杨工道："明白了，我回去就把图纸设计出来！"

　　一切又顺风顺水起来，可有一点，乔燕只要一想起吴芙蓉的事，心里便会不由自主地沉重起来。这事就好像是她自己的事一般，只要没有办妥，就觉得有些对不起吴芙蓉大婶和贺勤大叔。乔燕上次没说通贺老三，便决定绕过他，直接去找贺世通两夫妇，毕竟贺世通夫妇才是当事人。可没想到贺世通两口儿比贺老三还固执。贺世通大爷虽然没贺老三能说会道，可只咬定一句话：他宁肯自己的命不要，也一定要要到两个孙女！而老太婆则什么都不说，只拉着乔燕的手哭，哭得伤伤心心，悲痛欲绝，把个乔燕也弄得满腹辛酸。于是乔燕又像那天听了贺老三的话一样，陷入了两难的矛盾和纠结中。一方面她非常同情贺世通夫妇的不幸遭遇；一方面又为吴芙蓉大婶和贺勤大叔这两个昔日的恋人，经过了二十多年的阴差阳错都不能结合而感到惋惜。她想了许久，都没想出办法。现在，她见村里的几件最重要的大事都开展得如火如荼，心情一下放松了起来。这时，吴芙蓉大婶和贺勤大叔的事再次浮现在了她脑海里。她觉得秋天是收获的季节，像吴芙蓉和贺勤这对相爱了二十多年的恋人，在这个秋天，再难也应该有个了结。她见自己没法想出两全其美的主意，便觉得这事还是通过法律解决最好。这么一想，便决定回城去找律师咨询一下，再听听爷爷的意见，顺便去单位问问文化广场的设计图出来没有。乔燕思考成熟，这天给张健打了一个电话，便又骑着小风悦回城去了。

　　县城有好几家律师事务所，乔燕也不知哪家律师事务所好，哪个律师的业务能力最强，正想随便找一个律师问一问，却突然想起还是先问问爷爷有办法没有。要是爷爷有办法，那又何必找律师呢？想到这里，她便又掉转车头，向爷爷奶奶家骑了过去。

　　推开爷爷家的门，乔燕喊了一声："爷爷，奶奶！"半晌，乔奶奶握着锅铲从厨房里出来，看见乔燕，欢喜地叫了一声："燕儿回来了！还没吃饭吧？奶奶正好才开始做饭！"乔燕感到十分惊诧，便道："奶奶，你们是吃早饭还是吃中饭？"乔奶奶道："这么早吃什么中饭？我们这是做早饭呢！"接着不等乔燕问，又说，"我和你爷爷现在一天改吃两顿了，早上多锻炼一阵……"乔燕没等乔奶奶说完，便又问："奶奶，为什么要改吃两顿？"乔奶奶道："反正我们肚子也不饿！"乔燕道："不饿也不行，人家还说老年人要少食多餐呢，马上给改过来……"乔奶奶又打断了她的话，道："这话你给你爷爷说吧！"

乔燕听了这话,便看着乔奶奶问:"爷爷锻炼还没回来?"乔奶奶道:"锻炼个啥?和楼上张伯伯到县政府机关老年活动室打牌去了!"乔燕一听,便又高兴地叫了起来:"哦,爷爷也开始打麻将了?"乔奶奶道:"打啥麻将?你爷爷七老八十的,手脚和脑子都笨了起来。楼上你张伯伯悄悄跟我说,跟你爷爷一起打麻将,他半天都打不出一张牌来,急得他那些麻将搭子直跺脚,后来就没哪个愿意跟他一起打了。他到那里去,是和跟他一样的老头子打纸牌!"乔燕"哦"了一声,正想说什么,忽听得乔奶奶又埋怨道:"这个老东西,打上瘾了,都什么时间了,还不回来……"

一句话没说完,乔大年就倒背着双手进了屋,打断了乔奶奶的话:"是哪个又在说我的坏话?"乔燕马上迎了过去:"爷爷,奶奶正夸你呢!"乔大年看见乔燕,立即"呵呵"地笑出了声,道:"哦,我孙女来看爷爷了!来多久了?"乔燕看见爷爷高兴的样子,便故意问:"爷爷今天手气不错吧?"乔大年在旁边沙发上坐下来后,才装作不懂的样子对乔燕问:"什么手气不错?"乔燕道:"爷爷你们打牌不赢钱吗?"乔大年看了老伴一眼,便道:"是奶奶告诉你的吧?爷爷跟你说,我们只打牌,不赌博!"乔燕又故意问:"那你们怎么玩呢?"乔大年立即像个小孩子似的,对乔燕说:"怎么玩?不告诉你!"说完,看着乔燕紧跟着又问了一句,"你们村上易地扶贫搬迁集中安置点,现在该加足马力干了吧?"

一听这话,乔燕马上抓住了乔老爷子两只手,对他说:"爷爷,你起来,站端正!"乔大年不知乔燕要干什么,便眨着眼睛对她问:"怎么了?"乔燕继续摆弄着爷爷道:"你站好嘛!"乔大年果然像个听话的小学生直直地站好了。乔燕这才退到后面,一本正经地向爷爷道:"乔大年同志,我代表贺家湾全体村民,特别是易地搬迁的贫困户,向你表示崇高的敬意!感谢你对我村脱贫攻坚做出的贡献和对乔燕同志工作的支持!"说罢有模有样地向乔大年深深地鞠了一躬!乔大年立即乐道:"你感谢我做什么?我也没帮到你什么忙。"乔燕道:"要不是你当时提醒我,我怎么想得到找朋友在外市帮忙?"乔大年立即说:"那是,那是,所以说姜还是老的辣……"一句话没完,乔奶奶便在一旁奚落道:"又吹吧,看把天吹下来了怎么办?"乔大年又"呵呵"笑道:"我在我孙女面前都不吹,还到哪儿去吹?"

乔燕听到这里,觉得爷爷真是越活越可爱了,便又感动地在乔大年脸上亲了一口,然后附在他耳边轻轻问:"爷爷,你可要老实告诉我,你身体到底有些什么毛病?"一听这话,乔大年马上装作不明白的样子,对乔燕说:"我的身体好着呢，有什么毛病？"乔燕听爷爷这么说，便故意噘起了嘴，装作不高兴地说："爷爷，我都知道了，你身体哪儿都是病……"话没说完，乔大年立即盯着她问："是你妈打的小报告吧？我说不去检查不去检查，可你妈非要拉我去检查不可！我就知道只要一进医院，就会这儿不生肌，那儿不告口！不过你别相信你妈的话，爷爷的身体，一点问题也没有！"乔燕知道爷爷是嘴硬，便把头靠在乔大年的肩膀上，说："爷爷，你可要小心些呢……"乔大年又马上说："知道，知道，爷爷活了几十年，哪还不知道这些！"

乔燕这才不说什么了。过了一会儿，她抬起头看着乔大年，用抱歉的口吻说："爷爷，老妈给我说，再有什么事，不要再麻烦你了。可我还有一件事，得请你帮我拿主意呢！"乔大年一听孙女的话，又看了看乔燕恳求的目光，便道："别听你妈胡说，有什么尽管告诉爷爷！是什么事又让你犯难了？"乔燕便把吴芙蓉改嫁遇到的障碍，一五一十对乔大年说了一遍。

乔大年听完，抿着嘴唇半天没说话。乔燕以为这事爷爷也没了主意，便对乔大年说："爷爷，要是这事你也想不出什么好办法，就算了，还是让法官去解决吧！"乔燕刚说完，乔大年便瞪了她一眼，带着责备的语气说："怎么一开口就是法官法官什么的？你以为让他们上法庭就是最好的办法吗？"乔燕听爷爷这样问，倒真有点糊涂起来，又看着乔大年问："爷爷，如果连打官司都不是最好的办法，还有什么好办法呢？"乔大年看着孙女，认真道："我这些年虽然不再下乡了，可农村的事还是知道一二。我晓得法律很重要。可对于农村人来说，还有比对法律更看重的，你知道是什么？"乔燕一边怀疑地看着爷爷，一边摇着头。乔大年见了便接着说："乡下人对情和理，看得比法重要。情就是人与人之间的感情。你没听见他们经常说的一句话，叫'人情大于天'吗？这天指的就是法！凡是能用情解决的问题，他们绝不诉诸理。凡是理能解决的事，他们也绝不诉诸法。只有事情到了情和理都无法解决的时候，他们才会想到法。所以说，在乡下处理问题，不到万不得已的时候，不要轻易对老百姓说什么法……"

乔燕认真听着爷爷的话，觉得非常有道理。她也不是没想过这事，这不是到了没有办法的时候，才想咨询一下律师的嘛！乔大年见乔燕像小学生一样怔怔地望着他，听得很专心，以为她还没有理解，便又接着说："你说到法，我倒想起昨天晚上看过的一个电视节目：三个儿子不孝顺老人，老人把他们告上了法庭。法官判决每个儿子每月给老人三百块钱，三个儿子都服从了法官的判决，每个月都按时把三百元打到老人的银行卡上。可老人仍然觉得不满意，因为他打官司的目的，并不完全是为了钱，而是想儿子儿媳妇和孙子孙女们，每个月能抽时间回去看看他！于是他又找到法官，要求法官重新判他儿子每个月回去看他两次。法官一下就为难了，对他说：'老大爷，儿子儿媳妇回来看你，纯粹是父子间的感情问题。即使我按你要求判了，你儿子儿媳妇也回来了，回来后却像个石头人，也不和你说话，也没一点亲热劲儿，你说怎么办？'所以我说，孙女，法律本身也是冷冰冰的，并不能解决一切问题！"听到这里，乔燕还是没有找到解决这事的钥匙，便问："爷爷，你说这事到底该用什么办法解决呢？"乔大年打住自己的话，不好意思地说："哦，真是人老话多，说着说着就扯远了！"说着又拍了拍自己的头，接着说，"让我想想，让我想想！"说着站起来，一边在屋子里踱着步，一边沉思起来。

乔燕见爷爷这样子，觉得他一定会想出好的主意，便静静地盯着他，等待着他的回答。果然没过一会儿，乔大年突然站住，两眼放射着兴奋的光芒看着乔燕说："有了！那个贺、贺……"乔燕马上回答道："贺勤！"乔大年道："对！那个贺勤是不是真爱那个吴、吴什么……"乔燕又说："爷爷，看你的记性，我才说了，叫吴芙蓉！"乔大年又不好意思地笑了笑，说："对，吴芙蓉！那个贺勤是不是真爱吴芙蓉，一定要娶到她？"乔燕道："那是当然的！我刚才不是告诉了你，他们高中时就相爱了，后来只是阴差阳错才没结合！"乔大年点了点头，又道："那个吴芙蓉是不是也真的一定要嫁给贺勤？"乔燕又立即回答说："我想也肯定是这样！"说完又看着他问，"爷爷，你问这些做什么？"乔大年却快活地笑了起来，道："这不就有办法了！一个非要娶她，一个非要嫁他，那吴芙蓉的公婆又舍不得孙女，那俩孩子又都是爷爷奶奶的亲血脉，你看……"说着，乔大年用手指着地，顺时针画了一个圆圈，然后反时针又画了一个，才接着说，"这转来转去都是一个割舍不断的情。你用点心，就在这情字上做文章，办法不就出来了！"乔燕还是没明白，疑惑地盯着乔大年迫不及待地问："爷爷，这文章怎么做，你快告诉我呀！"乔大年见乔燕着急的样子，笑了，说："你过来，爷爷悄悄告诉你！"乔燕果然跑过去，一边将耳朵朝乔大年嘴唇凑过去，一边又催促道："爷爷，你快说呀！"乔大年正要说，乔奶奶端着一盘菜出来了，一见这爷孙俩神神秘秘的样子，便道："你们一老一少又在捣什么鬼呀？"乔大年冲老伴眨了眨眼，道："我们说的可是机密，不能让你知道！"乔奶奶嗔道："你就知道哄小孩子！想让我听，我还不得听呢！"把菜放到桌子上，转身又进了厨房。乔老爷子便附在乔燕耳边嘀咕了一阵，喜得乔燕一下跳了起来，先在乔大年脸上亲了一下，然后才懊悔地叫着说："哎呀，我怎么就没有想到这么办呢？"乔大年笑了笑说："你都想到了，爷爷不就彻底失业了。"乔燕听了这话，忙笑着对乔大年说："我们可说好了，爷爷，没有我同意，你可不能下岗，啊！来，我们拉钩！"说着，便将右手小拇指弯成一个钩，朝乔大年伸了过去。拉了钩之后，乔燕又正经地对乔大年道："爷爷，现在听我说一件事，你必须按我说的办！"乔大年也忙说："什么事，你说吧！"乔燕便道："从今天起，你必须把一天只吃两顿饭改过来，最少仍然吃三餐！"乔大年一听松了一口气，像个小孩子一样认真地说："我改，我改，坚决改正！"

　　乔燕在爷爷这里取到真经以后便要回去。乔奶奶说："你就在这儿吃饭吧！"乔燕道："奶奶，从我走后，张健这段日子大多数时候都在叫外卖或泡方便面吃，中午我给他做顿饭吧！"乔奶奶道："叫张健中午来一起吃吧！"乔燕笑着说："不了，奶奶现在才吃早饭，午饭还不知要等到什么时候呢！"乔奶奶还要留，乔老爷子道："回去，回去，别听你奶奶的！"乔燕冲乔老爷子笑了笑，一溜烟跑了。

　　乔燕打开房门，一跨进屋子，便看见沙发上放着几个包裹，靠着茶几还放着两辆折叠起来的婴儿车，还有一辆婴儿学步车，因为不能折叠，放到屋子中间。乔燕一看，便知道大姐她们把自己孩子的旧衣物送过来了。她急忙打开其中一个包裹，一看，有婴孩的小衣服、小裤子、小鞋子、小袜子、小帽子，还有披风、毛毯、睡袋、褟褓等。乔燕又打开另一个，除了衣服外，还有一大一小两个奶瓶和三个奶嘴。乔燕一边看，一边喜得合不拢嘴，又把包裹系上。然后她打开冰箱，发现上次买的菜还在里面，有的已经坏了，显然不能再吃。她把那些菜拿出来扔进垃圾桶里，看了看时间，又忙提起购物袋，下楼去重新买了两样新鲜蔬菜，回到屋子里做起饭来。

　　刚把饭做好，还没来得及炒菜，张健便回来了。乔燕一见，像小孩子似的迎了过去，接过他手里的包道："这么早就散会了？"张健嘻嘻地笑着，看着她道："还早哇？我都等不及了！"乔燕一听这话，脸就羞红了，指了指沙发上的包裹，把话题岔了开去，对张健问道："大姐她们什么时候把那些东西拿来的？"张健道："有前天送来的，也有昨天送来的，都是送到楼下，打电话让我下去取！"乔燕一听这话，急忙搂着张健，在他脸上亲了一下，道："辛苦你了，老公！"说完正准备抽身，却不防张健顺势一把紧紧地抱住了她。乔燕急忙道："锅烧红了，我可得去炒菜！"张健却涎着脸皮道："炒菜忙什么，让我先吃了你再说！"说罢，松开乔燕，跑进厨房关了天然气灶，出来一把抱起乔燕，进了卧室。

　　吃过午饭，乔燕给杨工打了一个电话，问贺家湾文化广场设计图出来没有。杨工说已经设计好了。乔燕说了一声"好"，下午一上班，便跑到单位取了设计图。拿到图纸后，乔燕先看了看平面图，又看了看效果图，十分满意，然后又看了看整个工程预算，造价也不是太高，高兴得对杨工鞠了一躬，说了声"谢谢"，便拿着图纸回家了。她准备先把图纸带回贺家湾，征求征求贺端阳等人的意见，然后再送给陈总定夺。回到家里，张健已经上班去了，乔燕给他留了一个字条，便把沙发上的包裹提到楼下绑在电动车上。她原想把那两辆婴儿车和学步车也绑在车上带回去，却已放不下了，想了想，决定把这两样东西暂时放到家里，等张健今后到贺家湾时再带下去。

　　乔燕从城里出发时，夕阳开始往河对岸文峰山的背后躲藏。千万道金光不但映红了整个文峰山，也使一半江水红得像是熔化的铁水般，而另一半江水则笼罩着一片柔和的氤氲之气。她在公路上风驰电掣地行驶了大半个小时后，两旁的田野上还披着由金色的黄昏织成的彩衣。走到贺家湾时，天地间的色彩变得单一了些，四周都是一种银灰的颜色。这颜色不仅给乔燕脚下的村路，也给一幢幢农舍、一片片庄稼、一座座山岭……都罩上了一层隐隐透明的纱巾，使它们变得若隐若现、飘浮不定。

　　乔燕一驶进村里，就闻到一股从农家屋顶上飘出的炊烟气息——一些庄稼人已经开始做晚饭了。她将电动车拐上了去贺世银爷爷原先土坯房的路。

　　刚一进院子，乔燕就听见屋子里一阵女人说话的声音，接着，一个女人尖锐的叫喊声又传了过来。她立即意识到可能是王秀芳临产前的阵痛发作了。果然，听见电动车响，两个人立即从屋子里跑了出来，一看见乔燕便叫了起来："这下好了，乔书记回来了！"乔燕一看，一个是刘玉，一个是张芳，便一边解车上的包袱一边问："出了什么事？"刘玉道："王秀芳要生了，中午就肚子疼……"话还没完，乔燕马上道："那还不赶快送医院！"刘玉道："贺兴义不同意送医院……"乔燕没等刘玉说下去，又大声道："他为什么不同意送医院？"刘玉道："他怕花钱，说过去女人生娃儿都是在家里生……"刘玉话没完，张芳也马上补充道："可不是！刘玉没法，把我请了来。我做了他半天工作，他只说没有钱！但我们想他在易地扶贫搬迁工地上都打了两三个月工，这点钱还是有的……"

　　乔燕一听这话，脸色顿时青了，提着包袱怒气冲冲地走进屋子里，将包袱往桌子上一放，听见孕妇在里面屋子叫，径直走了进去。到了里面一看，只见王秀芳隆着一个小山似的肚子躺在床上，大概因为疼痛，脸色失去了血色，白得像张纸。吴芙蓉坐在床沿上，一只手拉着王秀芳的手，另一只手则不断地去摩挲王秀芳隆起的肚皮。而贺兴义则耷拉着头，坐在靠着屋墙的一只小凳子上，两眼茫然地看着地下。乔燕不由得冲到他的面前，怒不可遏地对他喝道："你要钱不要命呀？你不疼惜女人为什么又要把她领回来？你知道女人生孩子是怎么回事吗？何况她又有病，要是在家里生，病又复发了怎么办？你整个就是个糊涂虫！"说完也不等他回答，便掏出手机，给县120急救中心打了电话。打完，才对刘玉道："婶，那桌上的包裹里全是小孩的衣服和其他用的，你先找找当下用得着的东西，做好准备，救护车一会儿就到！"又对张芳道，"张主任，请你留下来先在这儿看着，我一会儿就来！"然后又对吴芙蓉道，"大婶，你帮忙收拾一下产妇在医院吃的和用的东西！"最后再对贺兴义说，"你还在这儿像根木头一样愣着干什么，还不赶紧和吴大婶一起去收拾东西？"贺兴义这才非常不情愿地站起来。乔燕也不等刘玉、张芳和吴芙蓉说什么，转身走了出去。

　　没一时，乔燕用塑料袋装了满满一袋孩子的纸尿裤，又走了进来。她把塑料袋交给了刘玉，道："把这个带上，先用着，完了再去买！"然后掏出一张纸，继续对刘玉道，"这是我爷爷奶奶和张健的电话！我爷爷奶奶家离县医院不远，产妇住下来后，你就给我爷爷或奶奶打个电话，把病房房间告诉他们，我让他们到医院来看你们。你们需要什么，尽管到我爷爷奶奶家里去拿。产妇想吃什么，如果医院不方便，就叫我奶奶做好送来，我等会儿打电话给爷爷奶奶说说！"说完停了一会儿，又道，"如果有什么急事难事，你给张健打电话！"刘玉说了一声："知道了！"把字条小心翼翼地折叠起来，揣进了衣袋里。乔燕又对刘玉说了一声："婶，多谢你了！"说完从口袋里掏出一沓钱，递给贺兴义说，"这是三千块钱，你拿着，如果你钱不够，就尽着花！"贺兴义愣了半天，才不好意思地说："我、我有……"乔燕没等他说完，便生气地道："你有为什么不送她到医院？"又用了命令的口气道，"你有也拿着，一定要保证母子平安！"贺兴义还不肯伸手来接，张芳便道："你就拿着吧，乔书记是一片好心！"贺兴义这才抖抖索索地把钱接了，嘴里嘟哝了一声："多谢乔书记了！"

　　话音刚落，一辆120急救车响着"嘀嘟嘀嘟"的声音，驶到了村委会前面的黄葛树下。乔燕一见，便急叫道："车子来了，你们先走，我来关门！"张芳和吴芙蓉一听，扶起王秀芳朝前走去，刘玉提着一大包婴儿用的物品，贺兴义则提着一包产妇吃的和用的，跟在后面。乔燕等他们都走了以后，又仔细检查了一遍屋子，见没有什么遗漏掉的，这才出来拉上门，"咔嗒"一声将锁锁上，朝他们追了过去。到了黄葛树下，众人将王秀芳扶到车上，乔燕又对刘玉嘱咐了一声："婶，一定要小心一些！"刘玉道："姑娘，你放心，有什么事我给你打电话！"说着和贺兴义钻进车里，关上车门。急救车调过头，急速地开走了。直到车尾的灯光都看不见了，乔燕、张芳和吴芙蓉这才散开。

　　人虽然送走了，可乔燕心里仍然有些不安。她想起刚才看见王秀芳在床上疼痛的样子，便觉得心尖子像有针扎。唉，女人呀，真像俗话说的是菜籽命，撒到什么土就出什么苗。要是她碰到一个好男人，怎么会像这样？可又一想，这事也确实不能怪贺兴义。贺兴义要是不心疼她，前几天她走失后，怎么会那样痛苦？都是穷闹的！想起来现在也真是，到医院生一个孩子，动辄就是几大千，对于一个两手空空、连住房都没有的男人来说，也真的是难为他了！一想到这里，乔燕便觉得刚才那么粗暴地训他，完全是自己站着说话不腰疼，真有些对不起他。她又想起了王秀芳户口的事，打算等王秀芳出月子以后，村上派一个人和她一起回贵州把户口迁移过来，然后在明年贫困户动态调整时，把他们纳入建档立卡贫困户名单。

　　第二天吃早饭时，乔燕终于等来了刘玉的电话。刘玉在电话里兴奋地说："姑娘，生了，生了，剖宫产，是个丫头！姑娘，幸亏送到医院来了！医生说，她的胎位不正，要是在家里生，说不定母子都不保！"乔燕听了这话，在心里默默念了一句"阿弥陀佛"，却不知不觉眼角又沁出了泪花，忙问："你给我奶奶打电话没有？"刘玉说："打了，姑娘，老人家还亲自煮了定心蛋送来呢！"乔燕听完，这才长长出了一口气，一颗心放了下来。

第十四章

　　吃过早饭，乔燕便想到吴芙蓉家里去一趟。昨天晚上她就想把吴芙蓉留下来，跟她说一说她和贺勤的事，可一看天太晚了，加上为王秀芳的事大家也都累了，便没留她。现在已得到了王秀芳母女平安的消息，乔燕心里觉得是个好兆头，给孩子喂了奶后，便朝吴芙蓉家走去。

　　走到吴芙蓉院子里，却见她正在院子里铺晒早先收割回来的豆把。乔燕走了过去，道："婶，我帮你晒！"吴芙蓉急忙道："那可不行，姑娘，这不是你干的活！"乔燕说："没事，大婶！你能干，我为什么不能干？"说着果然学着她，将豆把拆开，把豆棵一棵一棵地铺在石板地上。吴芙蓉见乔燕认真的样子，便不再说什么。

　　将豆棵铺完以后，吴芙蓉进屋打出一盆清水，先让乔燕洗了脸，然后自己也用毛巾擦了一把脸上的汗水，掸了掸衣服，才对乔燕说："姑娘，今天让你受累了！"乔燕忙说："没有，大婶！"说完又道，"婶，王秀芳生了，是个姑娘。医生说，她的胎位不正，幸好送到了医院里！"吴芙蓉道："姑娘，这多亏了你！"乔燕把话转移开了："婶，有的人家的豆子还在地里没扯，你的怎么就打了？"吴芙蓉说："点得早和点在瘦地里的豆子要成熟得早些，我这豆子点得比别人早！"乔燕道："原来是这样！"说完突然拉住了吴芙蓉的手，附在她耳边推心置腹地问了一句，"婶，你告诉我一句心里话，你觉得贺勤大叔是不是真心爱你？"吴芙蓉吃惊地看着乔燕，半天才说："姑娘，你怎么问这话？"

　　乔燕见吴芙蓉这副神情，心里已是明白了，却说："婶，我听别人说，有些男人嘴上说得好听，可到了关键时刻，要叫他为女人做出哪怕很小的一点牺牲，也不愿意。真正爱一个女人，不用说牺牲一点个人的利益，就是赴汤蹈火、粉身碎骨也心甘情愿。你说贺勤大叔是一个什么样的人？"吴芙蓉不知乔燕这话是圈套，半天才红着脸对乔燕认真地说："他倒没说过愿意为我赴汤蹈火的话，不过他上次对我说，如果我不嫁给他，以后不管是哪个给他说媒，他肯定不得答应。"听到这里，乔燕马上补了一句："这就是说，他这辈子非你不娶了？"吴芙蓉见乔燕两眼一动不动地看着她，不由得更红了脸，说："大概是这个意思吧！"乔燕听了这话，并没罢休，又摇了摇吴芙蓉的手，继续看着吴芙蓉追问："那你呢，婶，你是不是也非贺勤大叔不嫁？"

吴芙蓉没听完，便看着乔燕诧异地问："姑娘，你不是来促使我们破镜重圆的吗，怎么今天有些怀疑起我们来了？"乔燕一边笑，一边摇晃着吴芙蓉的手说："大婶，你别多心。我说过，你和贺勤大叔是天生的一对，我一定要帮助你们走到一起！可眼下，你看看，小娥和小琼妹妹的爷爷奶奶老了，又是那么舍不得小娥和小琼。话又说回来，哪个做爷爷奶奶的舍得自己的孙女……"一听这话，吴芙蓉以为乔燕改变了立场，便马上沉下了脸，不客气地对乔燕说："姑娘，你怎么又帮小娥和小琼的爷爷奶奶当说客了？小娥和小琼是我一把屎一把尿拉扯大的，他们舍不得孙女，难道我就舍得女儿……"乔燕急忙打断了她的话，说："婶，我话还没说完呢！我是这么想的，你看，小娥和小琼的爷爷奶奶，这么巴心巴肠地疼爱孙女，而小娥小琼呢，毕竟是他们留下的唯一血脉，长大了，叫她们不亲爷爷奶奶都难！而你和贺勤大叔呢，爱了半辈子，也恨了半辈子，这阵终于可以走到一起，说来说去，都是一个'情'字。一边是亲情，一边是爱情，这两种情都是人类最伟大、最高尚的东西，既不能因亲情伤害了爱情，也不能用爱情去伤害亲情……"听到这里，吴芙蓉马上问："那你有什么办法？"乔燕立即说："婶，我倒想了一个两全其美的办法，能行不能行，就全看你了！"说完，重新附在吴芙蓉耳边，把爷爷昨天晚上告诉她的办法，对吴芙蓉说了一遍。

吴芙蓉听完像吓住了一般，目光怔怔地看着院子里的稻子，嘴唇半张着，半天没说话。乔燕见她的样子，以为她不同意，便又开导她说："婶，你看这样，你既没有失去女儿，又能和贺勤大叔圆几十年的夫妻梦。对小娥和小琼的爷爷奶奶来说呢，他们不但没有失去孙女，老来还有依靠，说到底还是一家人！你说，这难道不是两全其美吗？还有，婶，你再想一想，俗话说一日夫妻百日恩，虽然小娥小琼的爸爸死了，可你们一起生活了十多年，何况还有小娥小琼，今后她们的爷爷奶奶真的不能动了，即使你嫁了人，可你难道真的忍心看着他们不管吗？

人心都是肉做的呀……"乔燕说着说着，动了情，眼中泪光闪闪像是要哭。吴芙蓉急忙反拉了乔燕的手，对她说："姑娘，真是人在事中迷，就怕没人提。你这一提，我就醒过来了！不说我那死鬼，就是小娥小琼的爷爷奶奶，这十几年待我真的像亲生女儿一般！尤其是我婆婆，在我生小娥和小琼的时候，几个月都不让我进一下灶屋，饭都给我端到床上来吃……"说着也不由得红了眼圈，像是害怕乔燕看见，又马上转移了话题，继续道，"姑娘你说的这办法好！我再嫁了人也还是他们的儿媳妇，一切都像他们儿子活着一样，有什么不好？我只是担心，这事好是好，就是有点委屈他。姑娘你也是知道的，他也是个犟拐拐，如果他不答应，我们也没办法呀！"

乔燕见吴芙蓉同意，高兴起来，说："婶，只要你同意，这事就好办！我们现在就一起去找贺勤大叔。"说完，拉了吴芙蓉就要走。吴芙蓉见乔燕性急的样子，却说："姑娘别急，他没在家里……"乔燕又忙问："他到哪儿去了？"吴芙蓉道："姑娘你忘了，不是在易地扶贫搬迁集中安置点工地上砌砖吗？我看今天太阳大，刚才去把他的稻子撮出来晒一下，才回来晒自己的豆子的。"乔燕一听这话，便又笑着对吴芙蓉说："婶，原来你们两家的活儿，早合在一起做了哟？饭是不是也合在一起做的呢？"一句话又把吴芙蓉说得不好意思起来。乔燕这才换了正经的口吻说："婶，等贺勤大叔中午回来，你先问问他同意不同意。如果不同意，我再去找他！你给他说，我要找他呀，像那句俗话说的，吊颈鬼缠熟人，不怕他不答应！"说完离开吴芙蓉回去了。

中午，乔燕和婆母正要吃饭，吴芙蓉脸放红光，喜滋滋地跑了来。乔燕便知道她带来的一定是好消息。果然，没等乔燕问，吴芙蓉把她拉到一边，高兴地对她说："姑娘，他答应！"乔燕又惊又喜，道："婶，真的？"吴芙蓉急忙说："可不是，姑娘，我还没想到他这样开通呢！我把话一说完，他就说，这有什么难的？按辈分我本来就是他们侄儿，现在把这个'侄'字去掉，就剩一个'儿'字，有啥不可以的？还说，反正他娘老子都不在了。古人还有买母行孝的呢！何况他认的不是别人，而是同一个祖宗下来的叔父婶母，也不丢人……"乔燕没等吴芙蓉说完，高兴得在她肩上拍了一下，说："婶，这太好了！贺勤大叔果然开通。我还怕他难为情，不答应呢！"吴芙蓉没回答乔燕，却看着她说："姑娘，他叫你给选个日子……"乔燕一听选日子，便打断了吴芙蓉的话，问："婶，你是说选日子办喜事？"吴芙蓉忙说："哪能这么快呢？他的意思是叫你选个日子，他把小娥小琼的爷爷奶奶，还有她们的三爷爷三奶奶，以及村里的老辈子和你、贺端阳等村干部，都请拢来，当众把这个事情说定。"乔燕喜出望外，当即答应："行，婶，你回去吧，下午我就去给贺世富大爷和小娥小琼的爷爷奶奶说说！"吴芙蓉听了，没再说什么，转过身要走。乔燕又忽地想起了什么，喊住她说："婶，还有一件事！"吴芙蓉回过头，问："啥事？"乔燕凑到她耳边，轻声说："婶，关于小娥小琼爸爸抚恤金的事，你看……"吴芙蓉马上说："姑娘，我还不是那种吃独食的人！当初我之所以把钱拿到了没有给他们，还不是看到孩子小，我又是墙上挂团鱼——四脚无靠吗？现在既然我有了依靠，那钱，原来怎么说的，我就怎么办！"

吃过午饭，乔燕也没顾得上休息，骑起电动车便往上湾老院子跑。贺老三老两口儿刚刚吃完午饭，连碗筷都没来得及收。贺老三是个直率人，一见乔燕顶着日头忙忙地赶来，脸上便露出了有些不快的神情，冲乔燕道："姑娘，又是来说吴芙蓉的事吧？"乔燕看见贺老三不欢迎她的样子，便故意沉下脸，用批评的口吻说："爷爷，这就是你的不对了！过去我经常往贫困户家里跑，你有意见，现在我还没往你家里跑几次，你就不欢迎……"贺老三忙打断她的话说："你只要不说吴芙蓉的事，你天天往我家里跑，我都欢迎！"乔燕说："我要真是来说吴芙蓉大婶的事呢……"贺老三再次气咻咻地打断了乔燕的话："那就莫怪我老汉没礼貌，我连板凳都不得给你端！"乔燕又故意道："爷爷，你不给我端板凳，难道我自己不知道端？"

说着，乔燕果然从墙边拉过一只塑料凳，往屋子中间一放，便稳稳地坐了上去。然后才又一边笑，一边对贺老三说："怎么样，爷爷？"贺老三也被乔燕这副神情逗得有些撑不住了，脸上僵硬的皱纹开始松弛下来，半晌才看着乔燕说："姑娘，我们这些快要入土的人没你们年轻人心思多，说吧，又准备给吴芙蓉说什么话？"乔燕听见贺老三这样问，又"扑哧"一声笑了起来，一边笑一边站起来对贺老三说："爷爷，还说你心思不多，你今天的心思就多了！给你说实话吧，我今天不是来给芙蓉大婶当说客的，是来给你们道喜的……"话还没完，贺老三怀疑地看着乔燕道："有什么喜事轮得到我们？"乔燕道："爷爷你不相信，是不是？我告诉你，吴芙蓉大婶不嫁人了……"

一语没完，贺老三立即瞪大了眼睛，一动不动地看着乔燕，半天才问："她真的腊月三十的磨子——想转了？"乔燕看着贺老三怀疑的样子，又大声说了一句："吴芙蓉大婶不嫁贺勤大叔了！"贺老三这下听清楚了，立即高兴地说："她不嫁贺勤？那就好，那就好……"可他话还没说完，乔燕又立即用左手指尖顶住右手手心，做出了一个暂停的动作，对贺老三说："慢，爷爷，我话还没说完！吴芙蓉大婶不嫁贺勤大叔了，现在是贺勤大叔嫁吴芙蓉大婶……"

话音一落，贺老三又露出了十分惊诧的样子，像是弄不明白地盯着乔燕问："姑娘，你又捣了什么鬼，说来说去，不都是一个意思吗？"乔燕立即答道："爷爷，那可大不一样了！贺勤大叔嫁给芙蓉大婶，芙蓉大婶是以世通爷爷、建琼奶奶儿媳妇的身份，招贺勤大叔上门为婿的。"又看着贺老三问，"爷爷，如果贺勤大叔嫁芙蓉大婶，按贺家湾的说法该叫什么？"贺老三道："叫什么？如果真是这样，那他就是我家老两口的陪儿。"乔燕马上笑着道："对，陪儿，也就是相当于儿子的意思是不是？"贺老三道："按老辈人的说法当然是！"又马上看着乔燕问，"贺勤愿意过来当陪儿吗？"乔燕道："有什么不愿意的？贺勤大叔说，你们和他都是一个房分下来的，现在他不过是把前面那个'侄儿'的'侄'字去掉。再说，他也无父无母了，古人还有买母行孝的，何况世通爷爷、建琼奶奶又不是外人，又有什么不可以的？"听到这里，贺老三立即说："我们过去门缝里看人，倒把贺勤看扁了！他这么一说，倒也有道理……"乔燕听贺老三这么说，立即过去蹲在他面前，把手搭在贺老三膝盖上，仿佛小孙女对老爷爷撒娇似的，歪着头看着贺老三说："爷爷，这下世通爷爷和建琼奶奶，不但不会失去小娥小琼，芙蓉大婶仍然是他们的儿媳妇，还多了一个上门女婿。一个女婿半个儿，何况这半个儿还是你们同宗侄儿，世通爷爷和建琼奶奶以后不能动了，还愁没人床前服侍吗？你们又成全了一对年轻人的姻缘，你说这是不是好消息？"

贺老三脸上的皱纹像是风中的树叶般哆嗦了一阵，慢慢地舒展开来，终于"呵呵"地笑出了声，说："姑娘，要这么说，倒真是一件天大的好事！不过口说无凭……"乔燕听他这么说，又马上道："爷爷你放心，要是你怕他们今后变卦，我让他们写个协议，然后到公证处公证。"贺老三立即说："那倒用不着，姑娘！如果他们真是诚心诚意，办喜事那天，只要他们当着湾里的人，给我二哥二嫂磕个响头，喊一声爹和妈就行了！"乔燕马上又道："这没问题，爷爷，还不等办喜事，贺勤大叔就想请一回客，把世通爷爷、建琼奶奶和你们以及村里的老辈子都请去，当面把这件事情定下来呢！"贺老三一听，立即又眉开眼笑地道："这样最好，这样最好！姑娘，你可帮了我们家大忙呢！"乔燕听贺老三这么说，便站起来，又装出不高兴的样子对贺老三问："爷爷，你现在不会不欢迎我了吧？"贺老三说："不会不会，姑娘你什么时候来，我都热烈欢迎！"乔燕又笑着说："既然这样，爷爷，我们一起到世通爷爷家去，给他们说一说，怎么样？"贺老三却道："姑娘，你中午恐怕还没有休息，各人回去睡觉，这事就包在我身上！这样的好事，他们睡着了都要笑醒，怎么会不同意呢！"乔燕也确实觉得身子有些倦怠，想了想便说："那好，爷爷，要是世通爷爷他们有什么意见，你就告诉我！"贺老三又大包大揽地说："这么好的事，他们能有什么意见呢？这事我就可以做主！"

晚上，乔燕去吴芙蓉家里，看见贺勤也在，便笑着对他们说："好呀，正好贺勤大叔也在，就省得我再跑冤枉路！"说完，便把和贺老三说的话告诉了他们。两个人一听，都非常高兴，于是就商量起请客的时间来。贺勤说："反正要请，宜早不宜迟，还看什么日子，就后天吧！"吴芙蓉却迟疑起来，说："多的时间都等得，那么急干啥？就多等两天吧！"贺勤道："为啥要多等两天？"吴芙蓉这才红着脸说："再过两天就是星期六，学校不上课，贺峰才有时间……"话没完，贺勤便气呼呼地说："等他干啥，不用等他！"但吴芙蓉还是说："这样大的事，孩子……"乔燕明白了，她只想到小娥小琼爷爷奶奶那边的事，却忘了这边还有贺勤和吴芙蓉两边的子女。小娥、小琼年龄还小，问题不大；可贺峰已经长大，父亲突然给他找了个新妈妈，他能不能接受，她还不知道呢！想到这儿，便对贺勤说："大婶说得对，这么大的事，怎么能不让贺峰知道呢？我看这样，就放到星期六晚上，我负责到学校把贺峰接回来！"贺勤听乔燕如此说，便不再反对。

乔燕和他们把事情商量妥当，便往回走，贺勤把她送出来。乔燕见贺勤张了几次口却没把话说出来，知道他心里装的是什么事，便主动问："你和芙蓉婶的事，你对贺峰说过没有？"乔燕的话刚完，贺勤就愤愤地说："说过两次。他不说可以，也不说不可以，只闷起个脑壳不开腔，像是哪个欠了他什么一样。我看他那雷公脸，就晓得他是不赞成我给他找后妈的！"乔燕听完这话，心里更加明白，便道："大叔，你不要着急，这事交给我就行！这也怪我，要是我早些告诉他，他有个心理准备，可能就不会这样！"贺勤又沉吟了半响，才抬起头看着乔燕，眼里流露着一种期待和感激的目光，道："姑娘，那就拜托你了！没有你，他怎么能重新坐到教室里读书？他和我一样，也是一只犟驴，但他听你的话，你就帮我好好开导开导他，啊！"乔燕道："大叔，你尽管放心，我会的！"

星期六吃过早饭，乔燕便赶到县中学，找到贺峰。她原打算在学校里，就把他父亲和吴芙蓉的事对他说说，可又一想，要是他听了后真像贺勤说的不赞成，犯起倔来，不和她回去，那又怎么办？于是决定暂时不告诉他，只对他说家里有事，要他回去一趟。贺峰见是乔燕亲自来接他，也不好追问是什么事，只得和她一起回来。乔燕在村委会办公室停下车，对贺峰说："到办公室坐坐，姐有话对你说！"贺峰仍不问有什么话，只跟在乔燕后面乖乖地走。到了村委会办公室，乔燕先给他倒一杯水，让他喝了，这才把他父亲和吴芙蓉的事对他说了一遍。正像贺勤那晚告诉乔燕那样，贺峰听了她的话，只埋着头一声不吭。乔燕去年就听陈老师说过，贺峰不但内向，而且有很强的自卑心理，不爱和同学们交流。她见贺峰这副模样，如果再追着他表态，不但不会有好效果，说不定还会适得其反，想了想，便看着他说："姐给你讲一个故事！"接着便把贺勤和吴芙蓉早年的爱情故事，绘声绘色地给贺峰讲了一遍。

　　讲完，贺峰果然十分感动，终于抬起头来看着她。乔燕趁机说："你知道这个故事里的主人公是谁？就是你爸和你芙蓉大婶！后来因为阴差阳错，一对相亲相爱的人始终没能走到一起。知道你爸前几年为什么自甘堕落，由一个勤劳善良的人，变成一个又懒又邋遢的人？就是因为那时你吴芙蓉大婶心里还记恨着他，不肯嫁给他的缘故！现在你爸变得和过去一样，也是因为他又得到了你芙蓉婶的爱，是爱改变了他的一切！你说说，作为儿子，怎么能不希望父亲幸福呢？一个新时代的年轻人，又怎么能用陈腐的观念，去干涉父辈的婚姻自由呢？"说着，她见贺峰的嘴唇微微动了动，想对她说什么，她却挥手制止了，继续说道，"我也知道，你也是个堂堂男子汉了，现在突然要你叫另一个女人'妈妈'，感情和面子上都一时接受不了。不要紧，称呼和姓名一样，只是一个代码。你要不习惯，还是按过去那样喊'大婶'！不过在你内心里，可要尊重吴芙蓉大婶。如果你连姐这话都不听，那可就让我失望了！"说完，便定定地望着贺峰，等待他的回答。贺峰的嘴唇又颤抖了起来，目光看着乔燕，却只是"嗯"了一声，然后又点了点头。乔燕便没再多说什么，把他拉起来，送了回去。

　　到了晚上，贺勤果然把湾里二十多个"世"字辈的老辈子和村里的干部，都请到了吴芙蓉家里。开席前，贺勤把桌子拉开，搬出两把椅子摆在堂屋正中，恭恭敬敬地把贺世通老两口儿拉到椅子上坐下。众人都知道贺勤要干什么，像是不肯相信地道："真磕头呀？"又说，"心意到了就行，大家都一大把年纪，头就不磕了！"贺世通两老口听见众人这话，也立即有些不安起来，老头儿看了老婆子一眼，老婆子也看了老头儿一眼，两人正要起来，贺勤又把他们按在椅子上，接着把吴芙蓉拉过来，"扑通"一声跪在了贺世通和张建琼面前。还没等众人明白过来，就听得贺勤像是早就打好了腹稿似的，说道："两位长辈在上，过去你们是我的'叔'和'婶',我是你们的侄儿,可从今天开始,我就要把前面那个'侄'字去掉,只剩一个'儿'字。从今以后,我贺勤就是你们的亲生儿子!你们活着时,我和芙蓉会像儿女一样照顾你们,死后,我和芙蓉为你们披麻戴孝!两个人说话无对证,今晚上特地请了众位老辈子和村里干部来做个见证,如果我和芙蓉失言,天打五雷轰!请两位老人受我们一拜!"说罢,便和吴芙蓉伏下身去,在地上重重地磕了一个响头。

众人见状,都齐声叫起好来。贺勤和吴芙蓉把头磕完,正欲起来,忽听得人群中有些想把气氛营造得更热烈些的人,故意起哄道:"哎,头都磕得响,可怎么没听见叫'爸爸'和'妈妈'呢?"一些人也说:"对,对,说了不算,得喊出来!喊一个!"一边说,一边又像鼓励似的鼓起掌来。贺勤一见,便笑吟吟地答道:"叫就叫,这有什么难的?"说完看了吴芙蓉一眼,两人便同时大叫了一声:"爸,妈,祝你们健康长寿!"说完,又一个响头重重磕在了地上。众人又叫了一声:"好!"叫声刚完,忽见张建琼老婆子在椅子上用手掩了面,像小孩子般"嘤嘤"地哭了起来。众人一下愣了,说:"哎,这是好事呀,怎么哭了?"有人补了一句:"她是高兴得流泪的!"众人明白过来,马上对她说:"又捡了一个儿子,是该高兴,是该高兴!"说话声中,闫加珍过去,把仍在一抽一搭的二嫂从椅子上拉了下来。

众人正欲散去,忽见贺峰从人群后面走了出来,也不说什么,过去一手拉了贺勤,一手拉了吴芙蓉,也把他们按在椅子上坐了下来。众人像是明白了什么,便都惊奇地看着贺峰道:"贺峰也要磕头呀?"贺峰没回答众人,果然"扑通"一声也朝父亲和吴芙蓉跪了下去。众人一下都哑了,默默地看着小伙子。等了半天,却只见小伙子嘴唇哆嗦着,脸涨得紫红,没有发出声音。众人都为他捏了一把汗,可就在这时,小伙子却石破天惊地发出了一声高亢的呼喊:"爸,妈——"随着这声有些颤抖的呼喊过后,小伙子的声音变得有些平稳,紧接着又说了一句,"祝你们身体健康,爱情甜蜜,永远幸福!"说完,双手趴在地上,头朝地重重磕了下去。

这一声清脆、高亢、饱含深情的呼喊,以及那记重重的响头,不但把众人惊住了,也完全出乎乔燕的意料。不但她和众人诧异,就连贺勤,也像是被这声呼叫和这个响头吓呆了。他半张着嘴,目光怔怔地望着还跪在地上的儿子,似乎忘了该做什么。而吴芙蓉像是被这巨大的幸福给击中了,脸上的肌肉急剧地痉挛,嘴唇也在不断地哆嗦,眼睛却像贺勤一样瞪大着,仿佛被吓住了似的。过了一会儿,她突然"哇"的一声,猛地从椅子上跳起来,朝里面屋子跑去。

第十五章

　　产妇王秀芳出院了，乔燕叫张健把她们母女和贺兴义及刘玉送回来，顺便把大姐她们送的婴儿车、学步车什么的给带下来。张健下了班才去医院接他们，回到贺家湾天将黑未黑。贺家湾的女人们听说了，都提了鸡蛋、红糖、红枣、糯米醪糟或鸡等去探望。这是贺家湾的一个风俗，叫送"月母子情"，以祝贺一个新的生命来到了世上。乔燕是吃了晚饭才去的。她把张恤吃的奶粉提了两罐，走到屋子里时，贺兴义正在收拾桌上那些鸡蛋、红糖等礼物，一见乔燕便眉开眼笑地喊了起来："乔书记来了！"乔燕道："大叔，恭喜你呀！"说着把手里的奶粉递了过去，又接着说道，"大叔，这是两罐婴儿奶粉，适合半岁以内的孩子吃，你准备着，如果奶不够，可以用这奶粉辅助喂养！"贺兴义连忙在衣服上擦了擦双手，隆重地接了过去，道："多谢乔书记，你可是我们一家的大恩人呢！你给孩子取个名吧！"乔燕吃惊道："怎么，孩子还没名字，怎么给孩子开的出生证明？"贺兴义道："我们给医生说了，等把孩子名取好后再去开孩子的出生证明，医生同意了。"乔燕觉得好笑，便道："你们就自己给孩子取个名吧，何必还要再跑医院一趟？"贺兴义听了这话，显得有些不好意思地"嘿嘿"笑起来，然后才憨厚地说："乔书记，你看我们也没读什么书，把脑壳都想破了还是想不出一个好名，嘿嘿，还是你给取一个吧！"乔燕见他说得这么诚恳，便道："那好，先让我想一想吧！"说罢，便朝里面房间走去。

　　到了里面卧室，张芳、刘玉、吴芙蓉、朱琴、王娇都在，一见乔燕都喊了起来："哟，乔书记来了！"床上王秀芳一见，也要坐起来，乔燕忙过去一把按住了她。王秀芳激动地抓住了乔燕一只手，道："乔书记，我们母女俩都谢谢你！"乔燕心里不禁吃了一惊,因为她是第一次听见这个女人说出这样的话。再仔细看去,发现她此刻脸上不但清朗和红润了许多,而且还洋溢着幸福和自豪的神色,一点也没有平时那种胆怯、自卑的呆相,便道:"小婶子,不要谢我,我要恭贺你添了小宝宝!"王秀芳说:"你不要叫我小婶子,我比你只大几个月!"乔燕笑了起来,道:"那怎么行呢,谁叫你嫁给兴义大叔的?嫁鸡随鸡,我们女人就占这点便宜,你还不想要?"听了这话,张芳、刘玉等都笑道:"就是,不怕岁长,就怕辈长,这没法呢!"

　　说话间,乔燕忽然看见睡在王秀芳旁边的婴儿在襁褓中动了动,急忙说:"让我看看小宝贝!"说着便伸手将孩子抱了过来。孩子紧紧地闭着眼睛,小鼻子小眼睛都紧紧皱在一起,比张恤生下来时似乎要小许多。她一边嘴里"宝贝、宝贝"地叫着,一边将襁褓贴到自己腮边。婴儿虽然小,可她仍然闻到一股奶香的味道。这味道她太熟悉了,心里又泛起一种说不出的疼爱的感情。她把孩子的脸颊贴到自己的脸颊上,轻轻地摩挲了起来,一股生命的暖流立即通过脸上的皮肤传递到了她的心里,仿佛要将她的心融化一样。摩挲一阵,她才将襁褓小心翼翼地送回她母亲身边,然后对王秀芳说:"刚才兴义大叔请我给孩子取个名,我看就叫'贺小满'吧!"

　　张芳、刘玉等人一听,都有些不理解,道:"这不是一个节气名字吗,怎么叫'小满'?"乔燕笑着道:"是的,我觉得这个名字好!'小满'不是'大满',说明还有发展空间。如果'大满'了,则意味着结束和转化,月圆则亏,反而会走下坡路。兴义大叔和秀芳小婶两个都是不幸的人,受了那么多苦,能够走到今天,实在不容易,如今还有了一个小宝贝,难道不算是人生一个小满?等孩子长大了,不求大富大贵,只求日子平安,不愁吃不愁穿,生病能住上医院,上学能不发愁,虽然愿望不大,但有这样的日子就满足了,你们说呢?"乔燕的话刚完,张芳便叫了起来:"哎呀,你这么一说,我就明白了,你说的这种日子,有点像领导开会说的什么'小康'吧?"朱琴道:"我们平头老百姓,真能过上这样'小满'的日子也不错了,还想什么?"刘玉道:"哎呀,到底是文化高的人不一样,一套一套,有道理呢!"王娇听了便对王秀芳说:"叫'小满'你觉得怎么样?"王秀芳笑着说:"问问她爸吧!"吴芙蓉急忙对外面喊了起来:"月公子你进来!"贺兴义急忙颠颠地跑了进来,看着几个女人问:"什么事?"刘玉便把孩子名字的事对他说了。那汉子一听,乐得咧着大嘴连声说:"这名字好,这名字好,就叫小满,就叫小满!"众人一见他这个样子,都笑了起来。

乔燕又想起了王秀芳户口的事,便在床沿上坐下来,又拉了王秀芳的手,对她说:"小婶子,满月以后,你回贵州把户口迁过来,我们……"话还没说完,王秀芳突然变了脸色,马上像受到惊吓似的大叫了起来:"不,不,我不回去!"张芳、刘玉一听,都吃惊地望着她。乔燕也不知怎么回事,过了一会儿才说:"怎么不回去?"又耐着性子解释起来,"你把户口迁过来了,明年春节过后贫困户动态调整,才能把你们一家三口纳入建档立卡贫困户……"王秀芳还没听完,又一边十分痛苦地摇着头,一边继续惊恐地大叫:"不,不,我不回去,不回去!"乔燕一见,不敢再往下说,等她不叫了以后,才接着说道:"你是不是担心一个人回去,路上不安全?要是兴义大叔不和你一起去,我们村上再派一个人陪你回去……"乔燕还要继续往下说,王秀芳的身子像怕冷似的哆嗦起来,从乔燕掌中抽回手,捧了头,突然像小孩子似的"哇"的一声哭了起来,然后继续叫喊着说:"不,不,不,我不、不回去……"乔燕见她像要犯病了,便立即改口说:"好,好,不回去就不回去,你别哭,我们以后再想办法,啊!"张芳、刘玉等也跟着劝。这样说了半天,王秀芳不哭了,众女人才从她房里走了出来。

来到外面屋子里,乔燕才对贺兴义问:"大叔,小婶子这一个多星期在医院里犯过病没有?"贺兴义道:"这一星期她很清醒,一次也没犯过。"刘玉也说:"是呀,不管是医生问她,还是我和她摆龙门阵,完全是一个正常人。"乔燕听后沉吟了一会儿,才又问贺兴义:"那过去她几天会犯一次病呢?"兴义道:"犯得最勤的就是怀孕过后,尤其是后来这两三个月,差不多隔个三两天就程度不一地犯一次!"乔燕听了这话,想了想,便喃喃地道:"这就怪了!难道她这种间歇性精神病和怀孕会有关系?"贺兴义道:"那谁知道,反正孩子一生她再没犯过。"乔燕又思索了一会儿,才道:"有机会我找医生问一问。"说完这话又问,"大叔,我刚才叫她满月以后回贵州把户口迁过来,她像是突然发作了,也不说什么,只叫着'不回去',好像她很害怕回去,你知道是什么原因吗?"贺兴义道:"哎呀,这我还不知道,我也没给她说过回去的事!"说完却又像突然想起似的,"不过从她跟到我后,从没提出过回去看看爷爷。"听到这里,乔燕便道:"我估计这中间一定有什么原因,大叔你抽时间问问她。她要不把户口迁过来,就只有你一个人能纳进建档立卡贫困户,给你建房子,也只能建二十五平方米,你一家三口怎么住得下?"贺兴义马上说:"乔书记,我一定问!"乔燕又马上嘱咐道:"你一定要温柔点,可别把她吓着了!大叔,你平时可要用点心,发现她发病了,就一定要把孩子抱出来……"听到这里,贺兴义有些不明白了,打断了乔燕的话问:"为什么要把孩子抱出来?"乔燕道:"这你还不明白? 她一犯病连自己做过什么都不知道,要是在糊涂中把孩子伤害了怎么办?"她这一说,张芳、刘玉也明白过来,都纷纷道:"是呀,是呀,我们都没想到这些,幸亏乔书记想到了。她犯了病就是一个疯子,疯子能知道什么?"贺兴义也像吓住了,愣愣地看着乔燕,半天才道:"那我往哪儿抱?"乔燕想了想,道:"这儿离村委会近,你可以把孩子抱给我婆母帮你照管着,等小婶子清醒了你再抱回去!我回去给我婆母说说,反正她也要在这儿看张恤!"贺兴义立即拉住了乔燕的手,感激不尽地颤抖着说:"乔书记,你真是我娃儿的活菩萨,我这一辈子,也不知该怎样感谢你呢!"乔燕道:"你真要感谢我,就一定要好好待小婶子,她很不幸! 如果她以后不犯病或少犯病,就是你最大的幸福! 她的户口问题,等她出了月子,我们再想办法!"说完,这才和张芳她们一起走了。

回到家里,张健正把张恤抱在怀里,一边轻轻摇动,一边在屋子里踱着步,眼睛一动不动地落在褓裸里,抑扬顿挫地教儿子唐诗:"鹅,鹅,鹅,曲项向天歌。白毛浮绿水,红掌拨清波。儿子,说!"张健妈坐在旁边,看着儿子逗着褓裸里的孙子玩,脸上带着慈祥和幸福的微笑。乔燕一见,不觉"扑哧"笑了起来,道:"他才三个多月,连话都不会说,知道什么唐诗不唐诗?"张健道:"怎么不知道? 我们儿子聪明! 虽然他不会开口说话,听得可认真呢,不信你来看看!"

乔燕走过去,果然看见张恤微微张着嘴,一双小眼睛目不转睛地看着张健,像在思考或辨析什么。乔燕一看,想起这段日子给张恤喂奶,他吃饱了也经常用这种十分专注的目光瞧着她,心里便乐了,急忙说:"儿子,快过来妈妈给你喂奶!"一边说,一边从张健手里接过孩子,解开衣服扣子,给儿子喂起奶来。她一边喂,一边对张健妈说:"妈,我和你商量一件事……"张健妈忙问:"什么事?"乔燕便把王秀芳如果犯了病,要帮她照顾一下孩子的事说了。张健妈一听,犹豫了半天才道:"哎呀,燕儿,要是别的事好办,可我一双手要照管两个奶娃娃,怎么做得过来?"乔燕道:"妈,我是说她犯了病,你才帮忙照顾一下小满,如果不犯病,就不会麻烦你老人家。再说,她的病是间歇性的,即使犯了,很快也会清醒过来! 你就当张恤多了个妹妹吧! 王秀芳一犯了病,我只是担心不怕一万,就怕万一呢!"张健妈沉吟了一会儿,这才道:"你都答应了人家,我还有什么说的?"乔燕见婆母同意了,便道:"谢谢妈!"

张恤吃饱了奶，乔燕让张健妈把他抱走了。张健便对乔燕笑着道："你呀，你呀，我们真是前辈子欠了你的！"乔燕道："你怎么这么说呢？"张健道："怎么不是呢？你看你当了这么一个连芝麻绿豆都算不上的第一书记，却把全家人都连累了！"乔燕急忙过去抱住张健，在他脸上亲了一口，这才道："你这话说得太对了！你猜我上次想到了一句什么话？一人扶贫，全家奉献！"张健道："不叫奉献，叫全家跟着受累！你知道我正准备跟你说什么吗？"乔燕红了红脸，道："你嘴里还能说出什么好话？"张健道："那你就想到一边去了！我想叫你自己带两天张恤，让妈回去一趟……"话还没完，乔燕马上问道："家里出了什么事？"张健道："没出事就不能回去？你算算，从你显怀到现在，妈都几个月没回去了，把爸一个人留在家里。年轻夫妻老来伴，难道不该让妈回去看看爸？"乔燕一听，一种愧疚的心理立即涌上了心头，便急忙对张健说："你说得对，过两天，我一定让妈回去看看爸！"

　　第二天一早，乔燕等张健回去上班后，打开手机，发现金蓉在姐妹圈里发来一个文档链接地址，打开一看，她的两只眼睛不由亮了：原来是亚琳妹妹写大姐村上那个杨英姿自强不息战胜贫困的一篇报道，标题是《远方来的姑娘——记天盆乡黄龙村"脱贫攻坚之星"杨英姿的脱贫事迹》。文章分成三个部分，第一部分标题是《山村外来妹》，第二部分标题是《天降厄运》，第三部分标题是《挑战命运》。前面两部分大姐已经给她们讲过了，乔燕最感兴趣的是最后一部分。在最后一部分中，乔燕被下面一段话吸引住了：

　　　　第一年，英姿的鸡确实是养成功了，却遇到了市场销售的难题。眼看着春节一天天临近，鸡卖不出去，英姿着急得吃不下饭，睡不好觉。没有办法，她只好亲自跑到县上几个市场上，四处去问那些鸡贩子收不收购土鸡，鸡贩子不成，又去问那些杀鸡馆。最初，她只是去市场打听打听，没带鸡去。那些杀鸡馆老板要她把鸡带去看看，第二天她又带上几只鸡去。那些杀鸡馆老板一看，借口说鸡太小了，不要。她不甘心，见县里不行，又赶车去了市里，在市上几个农贸市场去对那些老板求爷爷、告奶奶。最后一个老板发了善心，答应收购她的鸡，但每斤只给她十元钱。十元钱？英姿一听，天啦，连饲料钱都没卖回来！那时土鸡的价格要卖到二十五元一斤，这不是乘人之危吗？英姿没答应，继续到处去碰运气。也许是她的虔诚、勇气和毅力感动了上天，上天这次照顾了她——朝阳杀鸡场一个老板同意可以按二十三元钱一斤收购母鸡，英姿接受了这个价格。但就在这个时候，又突然闹起了禽流感，市场上要检疫证，老板要她把鸡喂到过年后才能来拉。没办法，英姿只好继续把鸡喂到了春节后。在这期间，英姿天天晚上做噩梦，梦见老板改变了主意。幸好，这个老板还是一个讲信用的人，春节过后，便来把她的鸡拉走了。

看完这段文字，乔燕一下对这个自强不息的外来妹子肃然起敬。那天，大姐只讲了英姿姐的成功，却没有给她讲这些成功背后的故事。细细想来，一个人的成功背后一定蕴藏了许多艰辛，正因为有了这些艰辛，故事才能更教育和感染人。幸好亚琳妹妹把成功背后的故事给挖出来了。

文章最后一段话，更让乔燕为英姿高兴不已：

英姿的父亲在宣布和女儿断绝关系八年后，听说女儿这儿条件改变了，女儿家里的环境也好了，不相信，又亲自跑来看。一看，果然是这样：漂亮的小洋楼，整洁干净而美好的环境。毕竟是自己唯一的女儿，这些年虽说赌气和她断绝父女关系，可内心时时刻刻在挂念着她。现在见女儿这儿条件好了，也放了心，便也原谅了女儿当时的"忤逆"。尤其是当他看到各级媒体上报道的女儿的优秀事迹和挂在墙上的奖状，做父亲的既感到一种骄傲，也产生了一种深深的愧疚，觉得自己对不起女儿！老人喊一声"女儿"，英姿叫一声"爸"，八年的思念与悔恨，都在那一声深情的呼唤中，父女从此冰释前嫌。重新拾回父爱母爱的英姿，被父亲接回老家住了几天。她告诉我说："回去看见那些熟悉的路，熟悉的人，想起小时候的事，犹如梦中！"

她没敢在娘家多待，只住了几天就回来了，因为她得赶快回家照顾公公和婆婆。采访最后，英姿告诉我，她打算明年无论如何要把儿子带到医院去，给他把晶片安上，让他早一天看到光明，早一天和孩子们一起生活和学习。

真诚地祝福英姿明年能实现让儿子眼睛复明的愿望！

看到这里，乔燕突然发起呆来。由英姿自强不息的事迹，她想到了金蓉告诉她的那个残疾人办养殖场的事。她一直说去看看，何不趁这时去参观一下呢？他山之石，可以攻玉。那种艰苦奋斗和自强不息的精神，可是多少钱也买不来的呀！如果贺家湾人都能学到这种精神，还愁摆不脱贫困吗？这么想着，便掏出手机，给金蓉打起电话来。

  乔燕是被张健用他们那辆吉利轿车送到石桥镇去的。起初，乔燕想叫金蓉回城，然后两人一起去她的红花村，金蓉却说："燕儿妹妹，我回来不了，你自己来吧。公交车直接开到镇上，我在镇上等你！"乔燕以为金蓉真在忙村上的事，心里为她这种忘我工作的精神感动，便道："好，金蓉姐姐，明天我们在镇上见！"张健听说乔燕要坐公交车去见她的好朋友，便道："我送老婆大人去吧！"乔燕问："你不上班呀？"张健道："路不远，来回一个小时，我把你送去了再回来上班！"乔燕便高兴地说道："那就谢谢老公了！"张健说："那有什么办法，谁叫我娶了一个第一书记做老婆呢？"说着又模仿起乔燕的声音来，继续道，"一人扶贫，全家受累——"说得乔燕一边"咯咯"地笑，一边过去在张健的肩上捶打起来。

  红色吉利刚开进石桥镇，乔燕一眼便看见金蓉已经在路口等着了，旁边停着她的那辆"路虎"摩托车。张健刚把车停下来，乔燕便跳下车，一边喊，一边朝金蓉跑了过去。金蓉也一边对乔燕挥手，一边跑了过来。接着，两人像久别重逢似的紧紧抱在了一起。张健等她们亲热完了过后，才从车里伸出头对乔燕大声说："我下午下了班来接你！"乔燕听了还没答话，金蓉却对张健说："你两口子真是，一晚上不在一起就不行呀？我今晚上就不准她回来！"说完又对乔燕说，"燕儿你可别重色轻友，今晚上就陪姐姐聊天，看他怎么样！"几句话说得张健绯红了脸，不知该怎么回答。乔燕在金蓉肩上打了两下，嗔怪地道："我打你个疯婆子！你忘了张恤还在吃奶吗？"张健见两个女人疯闹，也不说什么，调转车头开走了。

  嬉闹了一会儿，金蓉才对乔燕问："我们现在就去看吗？"乔燕道："你难道不先给我介绍介绍这个养殖户的基本情况？"金蓉从包里抽出一张早就准备好的报纸来，递到乔燕面前道："都在这上面，你自己看吧！"乔燕一看，原来是一份市报，她翻到第三版，看见一个通栏标题：《自力更生摘穷帽，脱贫奋进谱凯歌》，下面副标题是《——记石桥镇红花村养猪大户余文化先进事迹》。标题左上角配了一幅照片：一个满脸皱纹、目光慈祥的老人，正咧开嘴唇对着乔燕笑，那笑既有几分憨厚，也带着一点儿僵硬。乔燕一见，便道："哦，高山上挂喇叭，原来还是有名（鸣）有名（鸣）又有名（鸣），可我怎么还不知道呢？"金蓉道：

"你不读书不看报,怎么能知道呢?"乔燕忙道:"胡说,我怎么会不读书不看报呢?这只证明你们宣传得不够!"说完却又红着脸说,"不过说实话,现在大家都看手机,真没多少人去读报纸了!"金蓉道:"我告诉你,人家也是市里表彰的'脱贫攻坚之星'和县里的'脱贫致富光荣户'呢!"一听这话,乔燕便有点迫不及待地对金蓉说:"那我们先去看看。这个我拿回去慢慢学习!"说着将报纸折叠起来放进了包里。

金蓉道:"那好,你坐稳,摔倒了我可不负责!"两人上了摩托车,金蓉将车发动起来,一加油门,摩托车便"突突"地朝前驶去。驶出石桥镇几公里后,往左拐上一条上山的山间公路,接着就是一路盘旋而上,忽而左拐,忽而右转。乔燕的身子随着摩托车的倾斜而不断左右晃动。她不免有些紧张起来,紧紧地抱住了金蓉的腰。金蓉感觉出了她的紧张,便在前面大声叫道:"你害怕什么?这样的路我一个月少说也要跑十趟八趟,我就是闭着眼睛开也不会出问题!"乔燕听了这话,这才放下心来!大约开了四十来分钟,摩托车在一座干净整洁的老式穿斗房子前面停了下来。

金蓉停好车子,冲屋子里叫了一声:"余大爷——"随着金蓉的喊声,从屋子里走出一个腋下架着双拐的中年男子。乔燕估摸他年纪在六十岁上下,粗糙而有些黝黑的面孔上面,布着细密的皱纹,一头硬茬茬的短发。上穿一件劳保服似的半旧蓝色上衣,下面一条灰黑的也是半旧的裤子,上面布满了泥土的点点斑渍。因为下肢明显比上身短,他不得不把裤腿卷了好几道。脚上一双黄色的解放胶鞋,鞋帮和鞋底都沾了泥土。和刚才报纸上的照片比起来,他明显地要苍老一些。乔燕知道,这个普通得不能再普通的残疾山民,无疑便是余文化了,于是便走过去亲切地叫了一声:"余大爷,你好!"余文化显得有点手足无措,张了张嘴,想说什么却没说出来。金蓉便指了乔燕对他道:"余大爷,这就是我给你说过的我的好朋友、黄石镇贺家湾第一书记乔燕乔书记!"余文化听了这话,脸上才露出憨厚的笑容,对金蓉和乔燕道:"姑娘,屋子里坐吧!"说罢拄着拐杖一拐一拐地打头走了。

乔燕随他走到客厅里一看,虽然这是一座老式房子,但还很结实牢靠,墙壁也是粉刷过的,显得很洁净。屋子里没有其他人,显然只有他一个人在等着她们。一走进屋子,余文化便要去给她们倒茶,乔燕见他行动不便,拉住了他。金蓉像半个主人似的,马上去给乔燕倒了一杯茶来。乔燕坐下来朝屋子里一瞥,竟然看见堂屋左边角落的一张桌子上有几摞厚厚的书。她好奇地走过去一看,竟全是畜牧养殖方面的：有一般的科普小册子，如《养猪指南》《饲料配方手册》《猪病误诊误治及纠误》等；也有大部头的如《兽医处方手册》《兽药手册》《现代猪病诊断及防治》等。乔燕立即对余文化问："大爷，这些都是你看的书？"余文化笑了笑，显得有点腼腆，然后才道："没事的时候，我就翻翻嘛！"乔燕拿起一本《白话解药性歌诀四百首》，问："你能看懂吗？"余文化道："开始不懂，但经常看，加上慢慢摸索，就懂了！"乔燕还要问，金蓉道："余爷爷现在的养猪场，无论是防疫还是猪疾病的治疗，都是他自己在搞，从没找过外面的兽医。不但如此，他还给其他的生猪养殖户搞防病治病呢！"又对余文化说，"余大爷，你就把你的经历讲给我这位好妹妹听听吧！人家专门从大老远来，就是向你学习的！"那老头听了这话，又露出了几分为难的样子，道："哎呀，姑娘，你叫我干活儿可以，叫我说话，我真不知说什么呢？"乔燕忙过去坐在他身边，道："大爷，你别着急，想到什么就说什么！只要是你经历过的事，你都可以讲给我听！"余老头听了这话，又想了半天，才絮絮叨叨地讲了起来……

第十六章

　　余文化的残疾,是小时候在山上被毒刺刺伤造成的。
　　因为残疾,余文化勉强念完初中后,便没再读书了,尽管他念书的成绩很好。也因为残疾,他快要到三十岁了,还没找上对象。在这贫瘠的、封闭的大山里,男子一般二十岁左右就结婚。如果一个男子二十五岁都没有找上对象,便意味着有打一辈子光棍的危险,何况余文化转眼就要过而立之年了呢!别说村里人,就是余文化自己,也做好了打一辈子光棍的准备。可天无绝人之路,就在余文化三十岁这年,他不但找上了对象,而且还是一个非常漂亮的姑娘。
　　听到这里,乔燕忽然好奇地问:"大爷娶的是一个什么样的姑娘?"余文化只是笑了笑,没有回答。金蓉道:"燕儿你就不要追根问底了!我告诉你吧,大爷娶的是一个精神有点毛病的姑娘!"乔燕一听,马上想起了贺兴义娶王秀芳的事,便笑着对余文化道:"我明白了,爷爷,对不起!"余文化这时才说:"没什么,假如她是一个正常的姑娘,当时又怎么看得上我呢!"说完继续讲了起来。
　　好在结婚以后,大概因为"同是天涯沦落人"的缘故,余文化非常爱他的妻子,而他的妻子在不发病的时候,也非常喜欢丈夫。在余文化的精心照顾和抚慰下,妻子的病经过治疗,竟然比做姑娘时轻了许多。不久,他们有了第一个儿子,再接着,又有了第二个儿子!
　　让余文化痛苦的是,因为他是残疾,无法干重体力活儿,一个家庭缺少了一个顶天立地的男人,其日子的困顿可想而知。因此,无论是在靠工分过活的大集体时代,还是改革开放后的大好时代,对余文化来说,好日子永远是一种可望而不可即的奢望。

转眼之间，两个儿子都到了谈婚论嫁的年龄，全家举九牛二虎之力，终于给大儿子成了家。成家以后，小两口儿就到外面打工。可轮到小儿子的时候，余文化再也没能力给他娶亲了。可是不给他娶亲又怎么办？这年头比起他当年娶亲时，更是男多女少，小儿子很可能打一辈子光棍。就在这时，有人来给小儿子提亲，条件是要他倒插门。对这一点，余文化心里有一万个不愿意，但不愿意又能怎么着？无奈之下，只得眼睁睁地看着小儿子"嫁"到别人家去了。

这都怪自己没能耐呀！但即使是在最困难的日子里，余文化也没有丧失对生活的希望。为了让一家人过上好日子，这个巴山残疾汉子尝试过多种手段和方法寻找致富道路。他不能下田插秧割稻，不能肩挑背抬，不能使牛动犁，便尝试着种水果、养桑蚕，因为这两样活儿都不需要重体力。但这两样活儿老天爷似乎都不眷顾他，种了几年水果和养了两年蚕，都以失败告终。余文化还是不泄气，又转而去经营打米机、榨油机。这两项活儿虽没让余文化亏本，可所赚也不多，因为在这高山上，除了周围几户乡亲外，有谁愿意从山下把稻谷和油菜籽背上山让他加工呢？

看见打米、榨油也无法维持一家人的生计，余文化想呀想，最后决定养猪。一是因为庄稼人有养猪的传统；二是养猪虽然辛苦，却不需要抬，不需要挑，不用使重体力，只需要勤快就可以干；三是母猪一年可以下两窝猪崽，每窝猪崽七八只，每只小猪崽可以卖几十块钱，何况自己留几头养顺便还可以出栏几头肉猪呢！越想，余文化越觉得可行，没再犹豫，当年就去买了一头母猪回来养。果然，余文化成功了，这年猪崽和肉猪一共卖了几百块钱，解决了家里很大的问题，从此他就坚持养下去。

正是那些年养猪的经历，使余文化这个老实而自强不息的残疾汉子积累了丰富的养猪经验，给他后来的事业奠定了坚实的基础。

但余文化开始从事规模化养殖的时候，养的并不是猪，而是羊。因为养猪的成本比养羊要高出许多，而且圈舍也要比羊圈复杂和讲究得多，更重要的是，养羊不需要像养猪那样买饲料。羊子吃草，山上的草还怕不够它们吃吗？

那时精准扶贫还没开展，他手里没那么多钱，便把大儿子也拉了进来。大儿子两口儿虽然在外面打工，也没挣到多少钱，父子俩先是向三亲六戚告借，但亲戚都是穷亲戚，借来的钱只是杯水车薪。父子俩没法了，只得去托关系，求爷爷告奶奶地向银行贷了几万块钱，凑足了养羊的资金。

接着，他们到山上用木棒搭建了一个简易的羊棚。村上的干部很同情这一家人，也为余文化这种身残志坚的精神所感动，看见余文化在山上把羊棚搭建好了，可山上不通电，没照明怎么行？最后村上决定，免费为余文化把电从山下给他拉到山上羊棚里去，作为对他的支持。于是，村上去买回了电线，又派了几个人，立杆子、架线路，很快，山上羊棚里便亮起来了明晃晃的电灯。村上的无私支持让余文化这个残疾汉子非常感动，同时也进一步鼓起了他的信心。他想："如果这一次不成功，不但对不起自己，也对不起村上的帮助！"所以，他志在必得，非要成功不可。

万事皆备，余文化满怀信心地从外地购回了一百只小羊羔，开始养起这些宝贝疙瘩来。他吃住都在山上，寸步不离这些小家伙。这些小家伙就像他的儿子，听着它们"咩咩"的叫声，余文化脸上随时都泛着一种开心的笑容。

可是老天不帮忙，这些小家伙起初还长得好好的，接着便一只一只地死去，半年时间不到，一百只小羊便只剩下了二十来只……

余文化讲到这里，乔燕急忙追问："大爷，小羊为什么会接二连三地死去呢？"余文化听后，脸上显出一种非常茫然的表情。乔燕一见，便知道直到现在，他还没有从那次失败的打击中回过神来。果然，余文化皱着眉对乔燕说："姑娘，实在不好意思，直到现在，我都没有闹清是什么原因导致小羊死亡的！"说完沉默了一会儿，才又语气沉重地继续说了下去，"大概是因为我的身体原因，管理不行，加上儿子年轻，技术方面也不懂，反正那些羊突然叫唤叫唤着就倒在地上死了。最后我还把县畜牧局的人找来看，畜牧局通过检查，说没什么问题！虽然没问题但羊子就是死了，你说这是不是老天爷故意要灭我父子俩了？"

说到这里，余文化低下了头。乔燕理解他的心情，也没说话。过了一会儿，余文化才说："幸好还活下来二十多只羊，当年卖了一万多块钱。可这一万多块钱抵什么用？银行贷款都是六七万块钱呀！"让余文化感到特别难过的是，他从此不但跌进了万劫不复的贫困深渊，还把儿子也给拖下水了！

2014年，国家的精准扶贫、精准脱贫开始了，无论是从县上来的扶贫干部、石桥镇的领导，还是红花村老乡，连想也没想，便把他们父子俩纳入了建档立卡的贫困户。接着，国家的各种帮扶政策和帮扶措施便跟着来了。

和一些有着严重"等、靠、要"的贫困户不一样的是，余文化不想把贫困户这个帽子永远戴起，他还想干事，还要创业，依靠自己的双手使家庭过上好日子。说着说着，他的声音提高了，看着乔燕和金蓉说："一朝遭蛇咬，十年怕井绳。养羊失败了，我不敢再养羊了，可我重新来做点什么呢？我又想起了养猪，猪毕竟是关在圈里的，我虽然行走不便，但随时都可以到圈里去看它们。再说，养猪我还有一点基础，所以我还是有点信心！"

听到这里，乔燕也为他高兴起来，正想插两句鼓励和祝贺他的话，却见他刚刚舒展开的眉毛又紧紧地皱了起来，便猜想他之前肯定又遇到新的困难了。果然，他只等了一会儿，又接着说开了："可是摆在我面前的，是没有钱！姑娘，你也知道，没有钱你再有天大的本事，也办不成什么事呀，是不是？"说完便看着乔燕，但乔燕此时却只管微笑地等他继续说下去。余文化见没等来乔燕的回答，又提高了声音说："没想到，前年我等来了好运气……"说到这里，他指了指金蓉，接着说，"县里派来了金姑娘做我们村第一书记。她到我家里来过几次以后，有一天，从山下上来了一群人，都拥到我家里来了。我一看，就知道全是当官的。别的官我认不到，只认得金姑娘和我们镇上的何镇长，还有村上的熊书记！后来何镇长把那些官给我介绍了，我才晓得其中有两个人，一个是金姑娘单位的什么蒲局长，一个叫什么雷主席。他们走后，金姑娘才悄悄跟我说，那个雷主席是县残联的，专门管我们残疾人！何镇长把他们介绍完，就对我说：'老余，蒲局长和雷主席听说你想办养殖场，今天是专门下来听听你办养殖场的打算，你有什么想法和困难，就对他们说！'哎呀，我的个妈呀，平时我这张嘴好歹还能说几句嘛，可一见那么多当官的，话全都吓到肚子里去了，半天没说出个囫囵话。金姑娘见了，才帮我把我的打算和困难说出来。她说完，何镇长问我：'老余，是不是这样？'我才说：'怎么不是这样呢？我就是想养猪可没有本钱！'那蒲局长和雷主席对我说了一大堆鼓励的话，其中我只记得两句，那个蒲局长说的是叫我树立战胜贫困的信心，雷主席说的是由他来帮助解决发展中的困难！大意是这样，雷主席的话我最爱听！"

乔燕和金蓉都笑了起来。乔燕没想到这个淳朴的山里汉子还如此幽默，便看着金蓉道："金蓉姐姐，你回去可得告诉你们蒲局长，让他以后也学学残联的雷主席，对贫困户少说那些大话套话！"又问金蓉，"你为余大爷争取到了多少资金？"金蓉笑着说："你还是听余大爷说吧！"乔燕又看着余文化道："余大爷，后来又怎么样了呢？"余文化笑呵呵地说："不久，县残联果然给我送来了一万块钱，支持我修建圈舍发展养殖业！"

长话短说，政府的援助让余文化又一次看到了希望。他用这一万块，再挪借上一些，在自己房屋旁边，修建起了二百平方米的养猪场。

养猪场建好后，余文化又开始为买猪的本钱发愁了。这时，又是金蓉帮他协调，给他申请到了十万元的扶贫小额贷款和产业周转资金，解决了他买猪的本钱。但养什么猪，余文化还是费了一番心思。他看着乔燕说："修了二百平方米的猪圈后，在养什么猪的问题上，我想了很久，最后我还是决定养殖母猪。"乔燕马上不解地问："为什么呢？"余文化连想也没想一下，便说："姑娘你没养过猪，不知道养猪的门道。我告诉你，养猪要赚钱的话，必须自繁自养。你去买猪，比如像昨年那个价，商品猪的价格每斤卖到九块多到十块，但一些人还是说养猪不赚钱！为什么不赚钱呢？因为去买仔猪就贵，一头仔猪要一千到一千三百块钱，养大一头肥猪又要吃将近一千块钱的饲料，加起来本钱就去了两千多块。一头猪喂到两百多斤，也才卖两千多块钱，怎么赚得到钱呢？所以我自繁自养，首先仔猪这儿就省下了！"乔燕便又笑着对他说："余大爷可以当经济学家了！"听了这话，余文化跟着"嘿嘿"笑了两声，这才说："我们庄稼人，就要会打这些笨算盘！母猪我只给它出饲料钱，一头母猪一年出两窝小猪，两窝平均就是八到二十头，我拿一窝小猪自己养，然后卖一窝，卖这一窝我就是赚的。所以我始终坚持走自繁自养的路，那边猪圈修起之后我就大力发展养殖母猪。"

听了余文化这话，乔燕终于明白了这个普通得不能再普通的残疾山民成功的原因，忽听得金蓉又对她说："去年，余大爷有进一步发展的愿望，我又联系县残联和镇上，帮助他在原来的圈舍旁边，又修建了一排圈舍，这排圈舍专门用于养殖商品猪。经过两年的打拼，余大爷的生猪养殖场取得了令人意想不到的成绩。今年，已经出栏的商品猪就是一百多头……"说到这里，她又看着余文化说，"余大爷，你给我妹妹说一下今年截止到现在收入了多少钱。"余文化马上对乔燕说："不哄姑娘说，我平均一头猪卖两千多块钱，一百头猪我就卖了二十多万块，我的仔猪不拿钱去买，因此我少说也能净赚十多万块，还不说我卖的小猪崽！现在我场里还有三十多头母猪和几十头商品猪，看着煞是爱人呢！"说着，这个老实的残疾汉子脸上终于露出了欣喜的笑容。旁边金蓉补充道："余大爷还养得有一千多只本地鸡，不喂任何添加剂，纯粹用粮食喂养和放养！今年镇上办油菜花节，三四天时间，他就卖了五千多块钱的鸡和蛋……"金蓉刚说到这里，余文化便笑嘻嘻地对金蓉说："金姑娘，你回去给镇上那些当官的说说，明年除了搞菜花节，还可以搞其他花节，开一个花搞一个节，我们老百姓的土鸡和蛋才好卖！"乔燕和金蓉一听这话，都忍不住笑了起来。

笑完，金蓉对乔燕说："耳听为虚，眼见为实，我们去参观参观余大爷的养殖场吧！"乔燕马上跳了起来叫道："好哇！"余文化见了，也立即拄了双拐，道：

"姑娘跟我来吧！"说罢便一拐一拐出了门，乔燕和金蓉立即跟了上去。看着余文化拄着双拐走路的样子，乔燕心里又不觉感动起来，这个残疾的汉子，他内心蕴藏了多少智慧和力量，付出了多大的努力，才取得了今天这样的成绩。

　　余文化的两排养殖场就建在他房屋左边约三百米远的一处凹地里，乔燕她们刚才从上面公路上来，因为树木遮挡没看见。每个养殖场占地约四百平方米，里面分成了二十多个小圈舍。乔燕和金蓉一走进去，便看见圈里躺着一头头体形巨大、乳房几乎拖到了地上的母猪。一个子高挑，长着一张瓜子脸，留齐耳短发，穿一件干净的花布外衣，皮肤白皙、身材苗条的中年女人，正在场里喂猪，一举一动，都透露出利索和能干的气质。金蓉凑近乔燕耳边道："这就是余大爷的老伴。你不要和她说话，要是不小心刺激到了她，就会发病！"乔燕身子立即怕冷似的颤抖了一下，忽然想起了贺兴义的女人王秀芳，紧紧闭住了嘴。可从猪场出去的时候，她还是忍不住回头朝她看了看，发现她在对着她们笑。

　　紧接着，乔燕又去看了第二座房子里的商品猪。这圈舍里的猪有大有小，大的马上就要出栏，小的也有一百多斤。一见他们进来，大猪仍躺在地下一动不动，只鼻子里懒懒地哼唧两声；那些小猪却马上跳了起来，把脚搭在圈栏上叫个不停。余文化便回过头对乔燕说："快中午了，它们也知道饿了！"

　　看完走出来，金蓉又对乔燕说："余大爷养了这么多猪和鸡，他们老两口儿忙不过来，余大爷又把在外面打工的儿子和儿媳妇喊了回来。现在，儿媳妇主要管理鸡场，他和老伴管理猪场，儿子主要负责跑猪和鸡的销售！"乔燕一听，又叫了起来，道："哦，分工还这样明确，那好哇！"金蓉道："我还告诉你，我们正准备以余大爷的养殖场为龙头，成立'红花村畜禽养殖专业合作社'。这个合作社将重新建一座八百平方米的现代化养猪场，自动搅拌粉料机、保育栏、产床等一律采用现代化设施，如果成功了，每年可出栏商品猪五百余头，年收入可达一百万元！"乔燕高兴地叫道："好哇，金蓉姐姐，祝你们早日实现自己的梦想！"说完话，三个人又回到了院子里。余文化还要叫她们到屋子里坐，金蓉道："不了，余大爷，我妹子还要忙着回去呢！"说着两人又上了摩托车。金蓉把车掉过头，正要走，余文化却拄着拐急步走了过来，对乔燕说："姑娘，我跟你说，我这一切，都是金姑娘的功劳，她是我们家的大恩人呢！"乔燕听了这话，忙用手捅了一下金蓉的腰，对她说："听到没有，你都成观世音菩萨了！"金蓉道："哪儿来的废话？坐稳，走了哇！"说完，摩托车"轰"的一声，驶出了院子。

下了山，金蓉径直把乔燕往镇上拉。乔燕道："不回你村上，到镇上做什么？"金蓉道："先把你肚子喂饱呀！我早上出来的时候，就跟房东说了中午不回家吃饭，这时候你去，人家锅里没搭你那一把米呢！"乔燕一听这话就想起来了，金蓉是住在村民家里的。

　　没一时，两人便"突突"地来到了镇上。镇子不大，只有两条街，前面的叫"前街"，也叫"老街"，老街背后那条街才是主街，名叫"新街"，公路就从新街穿过。这日逢集，街道两边各式各样的商铺都摆到公路上来，虽然已到中午，但人也没有散去多少，公路成了一个热闹和繁荣的集市，商家的叫卖声、购买者的讨价还价声、被堵在人群中的各种车辆的喇叭声响成一片。金蓉把摩托车开到这里一看，知道一时半会儿开不过去，便急忙掉头进了老街。老街的房屋虽然破旧低矮，却显得古色古香，也清静了许多。两人选了一个干净整洁的小食店坐下来，点了几个家常菜，"呼噜呼噜"吃进肚子里后，金蓉去结了账，这才骑了摩托车往她的红花村去了。

　　到了村里，乔燕看到金蓉住的地方是一座上下三层、五百多平方米的楼房，白墙绿瓦，像是一幢别墅。一问金蓉，才知道房屋主人在外面做生意赚了大钱，特意回家修了这么一幢楼房在村里显摆。楼房修好后，他们又不在家里住，只留下父母两个老人在家守着。金蓉到村上后一时找不着合适的地方住，村里便和老人商量让金蓉到他们家住。两个老人一听，高兴得像是拣了天大便宜，立即腾出整整一层楼给金蓉。老太婆和老大爷都十分善良，金蓉不但白捡了一层房子住，而且吃喝什么的，老太婆和老大爷也照顾得十分周到。时间一长，金蓉倒真正地把这里当成了自己的一个家！

　　摩托车刚驶进院子，老太婆便从屋子里走了出来，道："姑娘回来了？"乔燕一看，老太婆七十岁左右，头发花白，面色红润，着一件碎花加绒套头衫、一条青色裤子，显得精神矍铄。金蓉把乔燕向老太婆介绍了，乔燕喊了一声"奶奶"，老太婆立即乐得眉开眼笑，连声说："稀客、稀客！"乔燕和金蓉刚到楼上金蓉的屋子坐下，老太婆便捧了两杯茶来。

　　老太婆出去后，金蓉才问乔燕："老实交代，你是不是也想办养猪场？"乔燕扫了一下金蓉桌上的书，道："我没想办养猪场。"金蓉道："那你为什么对余文化养猪这么感兴趣？"乔燕想了一会儿，才看着金蓉认真地回答说："我不是对余文化养猪感兴趣，我是对他身残志坚的这种精神感兴趣！姐，你不觉得正是余文化和英姿姐他们这种自强不息的奋斗精神，才是贫困户最值得学习的地方吗？不哄姐说，我想组织贺家湾的贫困户来参观参观余文化的养殖场，让大家听一听余文化奋斗的经过，你欢迎不欢迎？"金蓉突然笑了起来，道："你原来还打的这个主意！不过我可有言在先，你带人来参观我热烈欢迎，可我没钱管你那一伙子人吃吃喝喝，你可别说姐姐小气啊！"乔燕听了忙说："那是自然的，姐，生活我们自理，你不用担心！你只让余文化像今天给我讲的那样，把他奋斗的过程讲给大家听听就行了！"听了这话，金蓉道："那行，你什么时候组织人来，给我打个电话就可以了！"

说完，两人又说了一会儿闲话，乔燕突然又对金蓉道："姐，等会儿张健的车来了，你回不回城里？"金蓉一听这话，不知为什么，脸色忽然沉了下来，从鼻孔里重重地呼出一股粗气后，才回答乔燕道："不回去！"说完又补了一句，"我已经好久没回去过了……"乔燕愣了一下，看看金蓉脸色不对，便奇怪地打断她的话，问道："怎么好久没回去过了？"金蓉紧抿着嘴唇，没回答乔燕，却抬起头看着远处，紧接着，嘴唇开始哆嗦了起来。乔燕马上走了过去，抓住金蓉的手摇了两下，又担心地问道："姐，出什么事了……"乔燕话音还没落，金蓉突然一下伏在乔燕身上，"嘤嘤"地啜泣起来。乔燕一见，更加手足无措起来，急忙把金蓉的头扳过来，又看着她问："好好的，你哭什么呀？"金蓉却把头又扭过去，继续伏在乔燕肩上哭泣着。乔燕见她哭得如此伤心，便不再劝她，没一会儿，金蓉的眼泪便把乔燕肩头的衣服打湿了一大片。这样过了几分钟，金蓉的哭声才渐渐小了，突然抬起头，泪水汪汪地看着乔燕突然冒出了一句："我打算离婚……"

乔燕仿佛听到一声惊雷，全身不由自主地痉挛了一下，半天才盯着金蓉问："你说什么？"金蓉又抽泣着从牙缝里挤出了两个字："离婚！"乔燕这次听清了，可越是听明白了，心里越是不肯相信。金蓉的丈夫叫梁正明，是县政府办公室的一个科长。乔燕见过他几次，每次在滨河公园看见他和金蓉姐一起散步，都是手挽着手，非常亲密的样子，怎么一下就闹离婚了呢？于是又问："为什么要离婚？"金蓉又停了一会儿，这才道："没法和他过了！我哪时都想找一个姐妹谈谈，可又不好开口，今天我终于可以和你说一下了……"乔燕一听这话，急忙又攥了她的手，道："那你说吧，我一定认真听！你们是从什么时候开始闹矛盾的？"金蓉长长地抽泣一声，目光又落到了窗子外面，像是努力回忆似的，过了一会儿才悠悠地道："从我到红花村来，我们就开始闹了……"乔燕又吃惊地叫起来："那时就开始闹了？为什么闹？"金蓉张了张嘴，没说出来，乔燕没追问她，屋子里显得很静，听得见外面院子里有猫跑过的叫声。这样过了一阵，金蓉又从鼻孔里呼出一口长气，慢慢地道："唉，说来话长，就是从这个第一书记开始的……"乔燕听了仍有些不明白："为什么？难道他不同意你下来做这个第一书记？"金蓉没说是，也没说不是，却愤愤地道："他这个人我以前没把他看明白，他太自私了，太以自我为中心了，要求家里的人，特别是我，都要围绕他转……"

　　听到这里，乔燕补了一句："大男子主义？"金蓉忙说："还不光是大男子主义，怎么说呢？我都找不到什么词来形容！他是独生子女，从小他父母便把他宠坏了。他的父母是开餐馆的，有钱，要什么就给他买什么。有一次他看上了一双高级球鞋，要两千多块，他母亲连眼睛都不眨一下就给他买了。他读高中时，父母每天给他一百元钱做零花钱，可是他却拿这钱去追女生。要是其他家长早阻止了，可他父母对儿子的早恋不但不反对，还鼓励他说：'我们儿子长大了，早点谈朋友也没什么不好，积累经验嘛！'高三最后一个学期，他父母怕他营养跟不上，每天上午10点钟，他母亲便在餐馆里特地给他做一份营养餐，打的送到校门口，等他下课后来取。至于家里的活儿，更是不让他动手，连他吃的水果都是父母削好后送到他面前。他的母亲在他漱口前，连牙膏也要给他挤在牙刷上，说这样可以让他多节约出几秒钟的宝贵时间。他就生长在这样一个家庭，你说我该怎么形容他呢？"乔燕忙说："我知道了，就是过去人们常说的'小皇帝'吧！"金蓉立即道："大概是这样吧！所以，从一开始，他就反对我到村上来……"

　　说完这话，金蓉把满肚子的痛苦和委屈向乔燕讲了起来："从我答应到红花村来，他就极力反对，说：'我娶老婆是为了照顾我，不是去照顾别人的！你一个月要到下面住二十三天，想让我当和尚不是？'我说：'每个单位都派得有第一书记，这么多人都能去，为什么我就不能去？'他说：'别人我不管，你是我老婆我就要管！只要你说声不去，我去找你们那个姓蒲的和组织部！'起初我都没说什么，可过后一想，我已经答应了领导，这时又说不去，领导会怎么看我？再说，我们单位是个小局，除了领导外，还有三位老同志，马上就要退休了，虽然也有两位年轻同志，也是女的，一个孩子还不到一岁，一个即将生孩子，领导也是实在派不出人，才来动员我去的。如果我不去，那派谁去呢？想到这里，我便对他说：'我的事不要你管！你有你的事业，难道我就不能有我的事业？我又不是你的随身物品，要被你拴到裤腰带上？'他一听我这话，脸都气白了，几天都不和我说话。没几天组织部文件下来了，我知道他反对我去，加上又赌着气，便没告诉他，给他留了一张字条，便到村上来报到了。没想到下村第一天晚上，他便寻到村上来了。

"这天晚上，我才在郝奶奶这里把家安好。吃过晚饭，我和郝爷爷、郝奶奶还有村上的支书、主任等，正坐在下面堂屋里摆龙门阵，梁正明突然来了——也不知他是怎么打听到这里来的。我一见，便知没好事，但我仍强作镇静，笑嘻嘻地迎上去说：'你怎么来了？'说完，我正准备给村支书、主任和郝爷爷、郝奶奶介绍，只见他那张脸黑得像是雷雨前的天空，板得十分难看。我见他这样，也有点生气了，道：'你干什么呀，谁欠你了，怎么不说话？'过了一会儿，他才胸脯一起一伏，一边从鼻子里扇着粗气，一边看着我说：'干什么干什么，你自己做的事还不知道？'这时，屋子里的空气明显变得有些异样起来，村支书、村主任和郝爷爷、郝奶奶的目光不断从我们两口子身上移来移去，弄不清楚发生了什么事。我见了，又问：'我做了什么事？'他突然从口袋里掏出了我留的那张字条，在我面前一边挥舞一边咄咄逼人地问：'我问你，我还是不是你丈夫？如果是你丈夫，为什么不等我知道就悄悄走了？你眼睛里还有没有我这个当丈夫的，啊？'我说：'我怎么是悄悄走的呢？我给你留字条难道不是告诉你吗？'他听了这话，又大声道：'你没征得我同意就悄悄下来，就是不尊重我！'听了这话，我也忍不住了，也大声问他：'我是你的私有财产吗？为什么我要事事都征得你的同意后才能行动？'

"大概他这一辈子都没听见过这样顶撞的话，更加气急败坏起来，涨红了脸说：'我不跟你废话，我命令你现在跟我一起回去！'我一听他把'命令'两个字都用上了，村支书和村主任以及郝爷爷、郝奶奶都直瞪瞪地看着我，像是替我捏了一把汗，我也火了，便不客气地对他说道：'亏你还是堂堂政府办一个科长，竟这样对待脱贫攻坚？我和你回去可以！明天我俩一起去见郑县长，你敢不敢在他面前把你今天晚上说的话，对他也说一遍？'他一听这话，脸顿时气得煞白，瞪着我半天没说出话来。我也没半点示弱的样子，见他直瞪瞪地盯着我，便也双目圆睁，同样瞪着他。两个人都像斗架的公鸡一样，互相瞪了半天，他突然重重地'哼'了一声，什么也没说，便钻进车里，将车开走了。等他走了，我这才哭了起来，往楼上跑去了。接着郝奶奶上来，劝了我半夜。我虽然没哭了，但那道伤痕，至今还刻在心头，这一辈子恐怕都难以磨掉了……"

乔燕听到这里，攥紧了金蓉的手说："怎么会这样？他平时看起来文质彬彬的，不像一个没修养、没道德的人嘛！"金蓉道："那是假象，现在我才看明白，他就是一个'精致的利己主义者'!"

　　接着,金蓉又对乔燕讲了起来:"后来我想,牙齿和舌头那么好,有时还会咬到,何况是两口子?俗话说两口子吵架不记仇,还是回去把意见疏通为好!这么想着,过了几天后,气也消退了一些,我便回去了。我回去时,他还没下班,我做了他最喜欢的菜,等着他回来。没多久,他回来了,可一见我,脸上的肌肉像是打抖似的动了动,随即僵硬下来,冷冷地问我:'你回来干什么?'我一听这话,愣了半天,看了他半天才道:'怎么,我就不能回来?'他也像是意识到刚才那话说得有些不合适,过了一会儿才道:'那天晚上专门来接你你都不回来,现在是什么风把你吹回来了?'我听他的话虽然软了一些,但仍是冷冷的样子,也想不再理他,可又一想,自己是专门回来消除隔阂的,要主动一些。

　　"吃完晚饭,我仍想努力改变夫妻间的关系,便邀他一起去滨河公园走一走,他却冷冷地道:'我还要加班,你自己去吧!'说完便出去了。我只好坐在沙发上看电视。晚上睡在床上,他也是背对着我。"

　　讲到这里,金蓉又停了下来,目光从乔燕脸上移到桌子上的书本上,过了一会儿,才接着往下说:"就这样,我们陷入了时好时坏的冷战里,好的时候少,坏的时候多。我是出门欢喜进屋愁!他这个人,从来只顾自己,不会为别人着半点想。"

　　说着,金蓉的声音又有些哽咽起来。乔燕为金蓉的遭遇已经愤愤不平,现在见金蓉又要哭,便急忙说:"怎么会是这样一个人!"金蓉停了一会儿,忍住了眼泪,继续说:"最让我伤心的是这一次,就是迎接省上脱贫攻坚第三方检查验收那段时间。那段日子你是知道的,连帮扶干部都要到村上来集结待令,我便有十多天没回城。那天,他忽然给我打电话来,一开口便气势汹汹地问我:'姓金的,一连十几天了你怎么不回来?'我说:'你难道不知道省上第三方检查组要检查验收吗?'他说:'我不管你那么多!你如果还是我老婆,今晚必须回来!'我听他这么说,便说:'我怎么不是你老婆?'他说:'你是我老婆,却为什么要让我当和尚?和尚还可以找尼姑呢,我有老婆却当没老婆?'我一听他说得这么难听,便说:'那你也去找尼姑吧!'他一听就火了,竟然在电话里骂起我来,说的话很难听,他说:'姓金的,你究竟是什么意思?你是不是在乡下找到了野老公!'一听这话,我仿佛被雷击了。我做梦也想不到他会说出这样粗鲁和恶毒的话来。一种屈辱和怨愤的感情迅速占据了我整个身子,我的泪水便涌上了眼眶,觉得有种东西在心里酝酿、发酵、沸腾,最后终于喷发了,跟他大吵了一场。"

说到这儿，金蓉又流下了伤心的眼泪，然后抽泣着说："就从那儿，我、我再也没回去过……"乔燕一听这话，急忙问："那孩子呢，你也没回去看过？"金蓉抽抽搭搭地说："前两天，我妈把孩子带来了，昨天才走……"乔燕听了半天无语，想了想才对金蓉说："金蓉姐，那你怎么办呢？"金蓉道："我也不知道，反正不想跟他过了！"乔燕又想了一会儿，突然道："你给他领导说过这些没有？"金蓉道："我说过去找他们领导，甚至直接去找郑县长。他一听说我要去找县长，便急忙跟我求饶，可过不了几天，他的毛病又要犯！我算看清楚了，他就是那样的人，那样的性格，从小被宠坏了的，只要别人照顾，从不会体谅别人，即使找了领导，也管不了多久，趁年轻，还是分开了好……"

乔燕听后，突然想起爷爷那天转告母亲说的那几句话，没有想到这样的事竟然在自己好朋友、好姐妹身上发生了。她又想起了马主任，马主任的丈夫只是有一点点大男子主义，对马主任少了一点理解和体贴，马主任便觉得心里很累很苦。金蓉姐姐肩上担负的责任，比马主任具体和琐碎得多，却又遇到那么一个混账丈夫，不知她心里又有多痛苦？她却一点也想不出什么办法来为朋友分忧，心里感到十分内疚，只有紧紧攥着金蓉的手，似乎这样就能给她安慰和力量似的。过了一会儿，金蓉突然抬起头来，对她说："燕儿，你真幸福！"乔燕知道她指的是什么，便对金蓉不好意思地笑了笑，也没回答她什么，却将头依偎在了金蓉肩上。就在这时，张健给乔燕打来电话，说他已经过来接她，快到石桥镇了！乔燕马上跳了起来。金蓉也听到了张健的话，见乔燕归心似箭的样子，也站起来说："我送你！"两人来到楼下，正要出门，金蓉又说了一声："等我一会儿！"说着跑进洗漱间，没一会儿出来，脸上泪痕不见了，还淡淡地修饰了一下，又是一副容光焕发、快乐幸福的样子。乔燕过去拥抱了一下郝奶奶，又上了金蓉那辆摩托车。两个女人刚驶到公路边，就看见张健已经在那里等着了。乔燕跳下摩托车，和金蓉挥手道了再见，正要上车，却突然又跑了过去，紧紧地搂抱住金蓉，过了很久才松开。

车开了一段路后，乔燕才对张健问："今下午下班怎么这样早？"张健道："我怕你等急了，请了一个小时的假，提前来了！"乔燕一听，故意道："假话！你是怕我不回来吧？"张健被乔燕戳穿了心思，便"嘿嘿"地笑了笑，只顾专注地开车，没回答乔燕。乔燕见张健这憨厚可爱的样子，心里不由自主又想起金蓉的事，便也不吭声了。车开上绕城公路，张健却没往贺家湾方向开，而是拐上了入城通道。乔燕一见便叫了起来："你往哪里开呀？"张健道："你说呢？"乔燕道："你糊涂了呀？张恤已经一天都没吃上奶了，还不快倒回去……"张健却涎着面皮道："我偏不！好不容易才逮着一个机会，我岂能白白放过？"说完这话，这才换了正经口气对乔燕说，"老婆大人，你放心，刚才我来的时候，就给妈打了电话，问她张恤闹不闹，如果你今晚不回去，能不能行？妈说，孩子可乖着呢，每次要喝大半瓶奶，一晚上不喂奶没问题！"乔燕听了这话，这才松了一口气，却道："你真坏！"张健马上说："男人不坏，女人不爱嘛！"乔燕听后在他肩上打了一下。

车开到小区的地下车库里停下来，两人下了车，张健仿佛害怕乔燕会消失似的，急忙搂了她的腰，才往楼上走。一进屋子，张健便转过身来，一把将乔燕抱住了。乔燕用手推着他道："我跑了一天，身上满是汗味……"话还没说完，张健火辣辣的嘴唇已经贴在了她两瓣温润的薄唇上，舌头像章鱼似的探进了她的嘴里，乔燕立即像窒息似的发出了一声轻轻的呻吟。张健一边吻着乔燕，一边拥着她往卧室里走去。一番激情过后，两人才爬起来靠着床头坐下，这时天已经黑了，小区公共区域里昏黄的灯光从窗口泻进来，屋子里显得有些朦朦胧胧。两人也没开灯，互相把着肩，望着窗外的灯光发愣。这时，乔燕忽然想起了下午金蓉对她说的那句话："燕儿，你真幸福！"确实，她真是一个幸福的女人，找着了张健这样一个关心、体贴、理解和支持自己的丈夫，比世界上什么都强。也许，只有身处不幸的女人，才能理解这种幸福。金蓉姐姐说的是真话，这句话，带着她多少憧憬和羡慕呀！想到这里，乔燕不由得笑了起来。张健一见，忙问："你笑什么？"乔燕把金蓉的事给张健讲了，讲完后才说："你说，你会不会一辈子爱我？"张健把乔燕仔细地看了一会儿，突然大声道："老婆，我要爱你一辈子！"一边说，一边又将乔燕压到床上，乔燕也紧紧地抱着张健。

一阵欢娱后，坐了一会儿，乔燕拉开灯，两人这才起来做晚饭吃。睡到半夜，乔燕忽然醒了过来，感到乳房胀得有些难受，这才记起每天晚上到这时，该起床给张恤喂奶了。她估计婆母这时正在给儿子兑奶粉吃，便忍不住坐起来，拉开灯，拨通了张健妈的电话。电话一拨就通了。乔燕便道："妈，你正在给张恤喂奶粉吗？"张健妈说："可不是，才刚喂完。"乔燕又道："他没吵吧？"张健妈道："才睡的时候哭过一阵！"乔燕一听心里立即疼了起来，马上道："妈，你好好哄着他，我明天大约中午的时候回来……"话还没完，张健妈道："你如果有事就先忙着吧，这阵他睡得可香呢！"乔燕听后放心了一些，说了一句："妈，辛苦你了，谢谢你！"

第二天两人都睡过了头，早上醒来一看，快到9点了。忙不迭起来，也没时间做饭，匆匆忙忙梳洗了，来到小区外面一家早餐店里吃了早餐，张健便夹着包去上班了。乔燕回到小区，从车棚里推出自己的小风悦往单位去了。

到了局里，正碰上何局长来上班。一见乔燕，何局长便问："你这么早就来了？"乔燕没说昨晚在家里歇的事，笑嘻嘻地道："我一大早就从贺家湾出发了！"何局长先"哦"了一声，然后目光才落到乔燕身上道："什么事这么忙？"不等乔燕回答，又接着问，"文化广场的事怎么样了？"乔燕立即道："我正是为这事回来的呢！"便从包里拿出图纸，摊开对何局长说，"杨工前几天就设计出来了，我把图纸拿回去征求了一下村上干部和村民的意见，大家都说设计得好，照这样修出来一定漂亮！现在就只等领导拍板后，我就给陈总送过去！"何局长问："你就是为这事回来的？"乔燕又调皮地笑了笑，道："这事还不重要吗？"何局长道："要是你真只为这事跑一趟，就太不值得了！实话跟你说，这图纸设计出来，杨工就给我看了，我还给他提了一点意见，他又修改了才给你们的，我现在还能有什么意见？"乔燕一听这话高兴了，道："太好了，领导，那我就可以给陈总送去了哟？"何局长忙说："送去吧，送去吧，只要陈总认可了就好！"

乔燕听了这话却没急着走，而是在何局长对面的椅子上坐了下来，继续笑嘻嘻地看着何局长。何局长又道："你怎么还不走？"乔燕这才做出不好意思的样子，道："领导，我还有一件事要给你汇报……"何局长没等她说完，立即道："我就知道你不会只为这件事跑一趟！是什么事你快说，我等会儿要到县委孙书记那儿去一趟！"乔燕马上说："我想组织贺家湾的贫困户，到天盆乡黄龙村和石桥镇红花村参观……"何局长看着她问："参观什么？"乔燕道："参观那儿的贫困户是如何艰苦奋斗、自强不息摆脱贫困的！"说着，便把杨英姿和余文化的事迹简明扼要地对何局长说了一遍。说完仿佛害怕遭到拒绝，特别补充了一番话："我觉得扶贫不光是物质上的，更重要的还是精神上的！如果不从精神上扶，激发出贫困户摆脱贫困的内生动力，无论从物质上怎么扶，都会扶不起来，反而还会产生依赖政府的思想！也许我们这种做法不会取得立竿见影的效果，但多这样激励他们几次，也许就会慢慢改变他们的思想观念和生活态度！"说完见何局长抿着嘴唇没吭声，又补了一句，"你不知道，前次我们邀请陈总给大家讲了一下她的奋斗经历，效果特别好呢！"

何局长又想了一会儿，才说："我完全同意你的看法，我们不但要加强物质帮扶，同时也要加强精神帮扶，我同意你们组织村上的贫困户去向他们学习取经。"乔燕一听何局长这话，马上从椅子上站了起来，高兴地叫道："好哇，领导，你支持……"她还要继续说，何局长却挥手打断了她的话，道："我知道你的心思！你是想让局里给你买单，是不是？"乔燕的脸立即红了，微笑地看着何局长，嚅嗫地道："领导真是明察秋毫……"何局长又认真思考了一下，才道："局里给你们买单就是！不就是两个问题嘛：一是交通问题，大不了局里给你们租几辆中巴车嘛！第二个问题就是中午吃一顿饭嘛！你们回去统计一下有多少人参加，在哪儿吃饭，定下来后我让办公室的同志跟天盆乡和石桥镇联系一下！局里那天再派两个同志跟着你们去，负责一下安全方面的问题！你看怎么样？"乔燕急忙对何局长鞠了一躬，道："谢谢领导！我回去就把名单统计上来！"何局长听了这话，却又像想起什么似的，说："不过这几天局里有几件重要的工作要完成，恐怕一时抽不出人来，这事放到下旬去如何？"乔燕一听，又马上说："行，我们听您安排！"何局长说："那好，你们做好准备，等时间定下来了我让办公室通知你们！"说完这话，便拿起包，出去了。乔燕忙又说了一句："领导，上次说的那个通户公路的事……"何局长一边往外走一边说："你们路坯搞好没有？"乔燕跟在他后面说："正在搞……"何局长忙说："搞好了再说！"乔燕听了这话，便知道何局长后面没说出的话是什么意思，把局长办公室的门拉上，跟着他下了楼，然后骑上车，又往东城陈总那儿去了。

第十七章

中午,乔燕回到了贺家湾,饱饱地喂了张恤一顿奶后,想起张健那天对她说的让婆母回一趟老家的事,便把这事对婆母提了出来。婆母半晌才迟疑地说:"张恤这几天怎么办?"乔燕从婆母的态度里看出了老人很想回去,便道:"不要紧,妈,我这几天来带张恤,你放心回去吧!"婆母过了半天又说:"可你要是又有什么事呢?"乔燕道:"妈,我大多都是动动嘴、跑跑腿的事。非得要去做的时候,我也可以像你一样,把他背到背上!"原来从张恤被乔燕带到贺家湾来后,贺世银便专门用竹篾给他编了一只小背篓,这种背篓贺家湾叫作"娃儿背笼",背篓的后面有一个像是小儿座椅的坐垫,把婴儿连同褯裸一同放到背篓里,背到背上,便不会耽误活儿了。婆母听了这话不吭声了。乔燕知道婆母答应了,便急忙给张健打电话。过了一天,张健果然开着车来把老太太接走了。临上车时,乔燕又对婆母说:"妈,你回去了就多陪爸爸几天,别撅着我这儿!"老太太答应着走了。

令乔燕没想到的是,婆母只在家里待了两天,第三天下午黄昏时候,便又来了。仍是张健送回来的,张健送她来后,又忙忙地回了单位,说是晚上要值班。老太太一来,抱着张恤又是亲又是"宝贝、乖孙"地叫,疼得不行。乔燕问她怎么这么快就来了,老太太说她回去睡不着觉,好不容易迷迷糊糊睡着,突然醒来,一摸身边没了孩子,就吓得大叫起来,把张健的爸爸也惊醒了。老头子就叫她赶快回来。说着,又给乔燕讲了一些家里的事。

婆媳俩正说得亲热,贺小婷突然一把鼻涕一把泪地跑了来。乔燕以为她受同学欺负了,马上停止了和婆母说话,拉着她问道:"谁欺负你了?"小姑娘哽咽了半天,才摇着头说:"没谁欺、欺负我……"乔燕又诧异地道:"那你哭什么?"小婷又长长地抽泣了一声,一边使劲往外面拉乔燕,一边对她道:"姑,你快去救救我妈妈吧……"乔燕吃惊得瞪大了眼睛:"你妈妈怎么了?"小婷又哭了起来,道:"我妈妈在家里要喝农药,我爷爷奶奶把她抱都抱不住……"乔燕的脸"唰"的一下变了,急忙问:"你妈好好的,为什么要喝农药?"小婷说:"我也不晓得!我妈吃了早饭到城里看我爸,回来就要喝农药,我放学回家碰见了,奶奶叫我来喊你……"一听这话,乔燕便奇怪起来:"你爸不是去海南了吗,怎么又回来了?"小婷道:"我不知道,姑,你快去吧!"乔燕见小婷急得这样,什么都顾不得了,拉起小婷便跑。

才跑到贺世银新房的院子外面,乔燕就听见从楼上的屋子里传来刘玉伤伤心心的哭泣和田秀娥劝慰的声音,急急忙忙进了院门,"咚咚"地上了楼。

屋子里刘玉披头散发,哭得像个泪人儿一般。贺世银坐在外面阳台上,脑袋垂到胸前,像是冬天被霜打蔫了的茄子。屋子里田秀娥把刘玉抱在怀里,眼睛肿胀着,也明显才止住哭。乔燕一走到屋子里便道:"出什么事了?"话音一落,田秀娥长长地舒出了一口气,道:"姑娘,你来了我老太婆就放心了!你不晓得,刘玉要寻死……"话没说完,哽咽一声,又伤心地抹起眼泪来。乔燕忙道:"奶奶,你出去歇歇,这儿交给我!"说着走过去,在床沿上坐下来。那老太太果然松开了刘玉的手,出去了。乔燕刚问了一句:"婶,到底出了什么事……"话还没完,刘玉突然扑到乔燕身上,抱住她,像一个受尽委屈的孩子,伤伤心心地痛哭起来,任乔燕怎么劝也劝不住。没一时,乔燕便觉得自己肩膀和胸前的衣服,都被刘玉的泪水给濡湿了。哭了一阵,刘玉才慢慢由号啕变成了抽泣。乔燕便对小婷道:"去给妈妈倒杯水来!"小婷在旁边看着妈妈痛哭不已的样子,早就呆了,听了乔燕的话,这才跑了出去,没一时,捧了一碗水进来。乔燕接过水,道:"婶,喝点水吧!"刘玉慢慢止住了哭声,又理了一下额头的乱发,抽泣着道:"我不喝……"乔燕只好把水放到床头的柜子上。

又过了一阵,刘玉像是好些了,她想起来,乔燕却按住了她,又问:"婶,你心里有什么委屈,就痛痛快快地对我说出来,可千万别憋在心里!我虽然帮不到你什么忙,可给你出点主意还是做得到的!"刘玉先是目光愣愣地看着对面墙壁,过了一会儿,才幽幽地说了一句:"姑娘,你说我怎么活呀……"说着,眼角又淌下两滴眼泪,像是又要哭出声,可嘴唇抖了抖,使劲忍住了。乔燕便像哄孩子似的,轻轻拍着她的背道:"婶,才修了这么漂亮的房子,有什么不能活的?"刘玉嘴唇又颤抖了两下,才道:"姑娘,你还不知道……"正要说时,看见站在旁边的女儿,便又泪眼婆娑地道,"你不出去,在这儿干什么?出去做作业!"小婷磨蹭着还不想走,乔燕知道刘玉不想让女儿知道自己的事,于是也说:"小婷,你先出去,我和你妈谈谈!"小婷只好往外面走去了。这儿刘玉又对小婷的背影道:"给我把门拉上!"小婷走到门外,又反身把门给拉上了。刘玉便拉住乔燕,哽咽着述说起来。

原来,贺兴坤把家里新房修好以后,便把刘玉留在家里照看女儿、父母,而自己则听了朋友的话,去海南看看能不能做什么生意。刘玉是一个贤惠的女人,对丈夫从来都是言听计从,以为丈夫这样做也是为家庭好。毕竟女儿下半年就上初中,现在的孩子没父母管很容易走上歪路。加上公公婆婆的身体一年不如一年,这一切确实需要留一个人在家里。没想到的是,贺兴坤到了海南以后,只偶尔打打电话,也没说挣到钱没有。前几天刘玉忽然听说丈夫又回到了县城,有人在大街上看见过他。刘玉不相信,因为丈夫如果回到了县城,怎么不回来看看父母、自己和女儿呢?那人却说得十分肯定,刘玉心里便产生了怀疑。今天一早她就赶到城里,想看看丈夫到底回来没有。他们城里的房子装好以后,也没租出去,等她打开房门,却看见了不堪入目的一幕:兴坤正和原来给他们工地上做饭的崔姐赤身裸体地在床上抱成一团。两个人一见刘玉就慌了,急忙从床上爬起来,抓起衣服胡乱地往身上套。刘玉先是愣了一会儿,仿佛自己做错了事情一般,半晌明白了过来,急忙扑过去抓住崔姐厮打了一阵,然后痛不欲生地跑回了家。

刘玉说完,又流起了泪来,继续拉着乔燕哭诉道:"姑娘,我从二十岁嫁到他们家里来,吃了多少苦,事事都让着他,就是想把家庭搞好,可没想到他会去和别的女人胡混……"说着又哭出了声。乔燕也抓紧了刘玉的手,想说什么却没找到合适的语言。刘玉哭着哭着,突然像是被噎住了,从胸腔里长长地打出了一个嗝,把哭声止住了。乔燕等她哭声停了,才道:"婶,你说的那个崔姐多大年龄,长得怎么样?"刘玉忙道:"一个做饭的,你说能长得怎样?比我还大两岁,整天就知道描眉画眼、乔装打扮来勾引男人……"乔燕一听这话,不由得想起去年冬天第一次看见刘玉:她穿着一件臃肿的深湖绿轻便连帽棉外套,一条蓝灰色铅笔牛仔裤,脸上皮肤看上去十分粗糙;而那天贺兴坤却穿着深灰色的商务长大衣,打着领带,下面是一条深卡其色的英伦风格的休闲裤,脚着棕色皮鞋,头发梳得油光水亮，显得很有风度的样子。尽管刘玉要比丈夫年轻好几岁，可从面容上看上去，却要比贺兴坤大了许多。现在听到刘玉这么说，便打断了她的话，道："婶，不是我批评你，你平时为什么不好好打扮打扮自己，让自己也变得更漂亮一些……"话还没完，刘玉十分好奇似的盯着乔燕问："一个农村女人，有什么好打扮的？"乔燕感到刘玉的话有点好笑，停了停才说："婶，你这话就大错特错了！谁说农村女人不能打扮？爱美是人生来就有的天性。农村女人打扮好了，丝毫不比城里女人差。不信婶你找人化化妆、穿上漂亮的衣服，走到城里的大街上去，看谁认得出你是农村女人？"一听这话，刘玉似乎没有想到，半天才说："姑娘，我从来没想过这个问题。我只知道一个女人，只要把自己的男人照顾好了，把孩子管好了，就尽到了职责，从没想到过要打扮自己！我心想他是男人，要到外面和人打交道，事事都让着他。他买一件衣服，一千两千的，我从没说过什么。可我买的衣服，都是换季打折的！他隔三岔五到外面喝酒吃饭、进洗脚房按摩房，我连美容院在哪儿都不知道，可他现在这样对我……"刘玉说着眼睛又红了起来。乔燕忙道："婶，你越是这样，越是把他惯得忘乎所以了！"说着，笑了笑，才轻声道，"生为女人，就要美丽地活着，不能对自己太放低要求，也不能太亏了自己！叔能买一两千元一件的衣服，你为什么不能买？从现在起，婶你不但要学会打扮，而且还要对自己比对兴坤叔还好。钱是你们两人的共同财产，凭什么只让他花天酒地！"刘玉迟疑着说："姑娘，都这把年龄了，还打扮……"乔燕马上说："婶，你们这年龄，才是最需要打扮的呢！你见过十七八岁的姑娘往脸上抹粉的吗？"一听这话，刘玉便不吭声了。

过了一会儿，乔燕才又道："不过这也怪我，婶！我只想到了把村庄变美，忽视了人。现在看来，光把村子里垃圾清理干净、在院子里栽花还不行，还得让栽花的人也变成花儿！女人变美并不是为拴住男人的心，而是一个生活态度的问题。有了这么一个生活态度，女人才会更自信，有了自信，才能过得更好，你说是不是？"刘玉想了想道："农村女人，即使想打扮，拿到粉都不知道怎么往脸上抹呢！"乔燕忙又笑着道："婶，你放心，我已经想到一个人。我叫她来教你们化妆和穿衣，一定没错！"刘玉忙问："是谁？"乔燕做出了调皮的样子，道："现在不告诉你，婶，等我问了她才行！"又拉着刘玉的手摇晃了几下，道，"不管怎么说，婶，你不要再想着今天这事了，到时候，说不定兴坤叔还会跪着来求你呢！"说完，又说了一些劝解的话，直到刘玉的情绪彻底平静下来后，这才走了。

这天晚上，乔燕又很久没有睡着，她问自己："我怎么就没想到这一点呢？

让女人们美起来、自信起来，这可比让院子美起来、让村庄美起来有意义多了！"想到这里，她倒有些感谢起刘玉来了。她又想起刚才对刘玉说的一句话："农村女人打扮好了，丝毫不比城里女人差！"这是她的心里话。过去，她也和许多城里人一样，认为农村女人粗手粗脚，面糙肤黑，没城里女人好看，可到贺家湾生活了这几个月后，才发现完全错了。贺家湾的女人，比如王娟、王娇、张芳、刘玉、吴芙蓉等，论身材、论长相，哪一个都不比城里女人差，只是她们没有意识到自己的美，又不知道像城里女人那么打扮，所以一个个才三四十岁，全都成了"黄脸婆"！过去，她虽然也说过"主妇美了院子就会美"的话，可从没想到过先让主妇们美起来，再让院子美，实际上还是见物没见人。不是有句俗话常常挂在人们的嘴上："山美水美人更美"吗？山美、水美、人美，应该紧紧联系在一起才对，而其中的人才是最重要的。不错，贺家湾的村庄比她来的时候，不知干净了多少，虽然栽花种草还没在全村普及，但已经开始行动，相信不久以后，家家的院子都会变成花园。现在，刘玉的事提醒了她，她又要开始把贺家湾的人一个一个地变成"美人"，让贺家湾的女人走出去，不输于任何一个城里女人。

　　第二天吃过早饭，乔燕便往贺端阳家去。贺波成了支部委员以后，乔燕就让他负责包括"美丽村庄"建设在内的全村精神文明建设方面的工作，贺文则协助贺端阳处理一些村庄的日常事务。而贺端阳，不知是因为现在有乔燕把全村的工作顶着，还是生意忙，除了一早一晚，很少能在村里见到他的人影。好在现在贺波也成了村干部，村民有事找不着贺端阳，便对贺波说。贺波知道后，自己拿得准的，便直接给村民答复，拿不准的，就过来和乔燕商量，然后才去答复村民。这样一来，村民找贺波的时候反倒比找贺端阳的时候还多了。

　　乔燕走到贺端阳家里的时候，贺波正吃早饭。一见他，乔燕便问："郑琳呢？"贺波道："她回去了，姐……"乔燕没等他说完，便道："我还以为她在你家里呢！"贺波道："昨天才从苗圃基地回来，她不放心家里的花，起床就回去了！姐，你找她有什么事？"乔燕道："重要的事，先不告诉你！我去郑家塝找她！"一边说，一边转身就走。贺波在她背后叫了起来："姐，我有个事想给你汇报一下……"乔燕站住了，回过头看着他。贺波立即说："我从你爷爷那儿拿回的花，李春梅要，我给了两盆，可昨晚上不知被谁偷走了一盆。我一起床她就来找我，我正说要去看看呢！"乔燕先是愣了一下，接着就笑了起来，道："别的什么都没偷，只是偷了一盆花，说明大家喜欢花了嘛！不过喜欢也不能用这种方式。你去查一查，查出来了，批评一下就算了。李春梅那儿，你给她说说，明年春天以后,我们统一买花苗回来给她补上,别闹得满城风雨!"贺波立即道:"是,姐!"乔燕说完就走,贺波看着乔燕快要走出院子了,才又在她背后叮嘱道:"姐,你慢点!"乔燕一听这话,禁不住笑了。

到了郑家塝,乔燕这才看见,贺波从她爷爷那儿拿回的花,大多都栽在郑琳的花圃里,此时正姹紫嫣红地开着。那花圃有一亩多,整得很平整。乔燕想:"先育在这花圃里也好,等明年长多了,再移出去也不迟!"除了爷爷家里那些花以外,花圃里还育了玫瑰、杜鹃、海棠、月季、仙客来、美人蕉、凤仙花等十多种花卉的幼苗。郑琳果然在花圃里,上穿一件棒针的宽松条纹开衫外套,下着一条粉色阔腿休闲裤,正蹲着身给一丛木芙蓉剪除下面的残叶。那花枝上正顶着一朵紫红色的花朵,映着郑琳的脸。

郑琳见是乔燕来了,急忙起身,乔燕却把她按住了,道:"你别忙,让我好好看看!"说着捧起郑琳的脸目不转睛地看起来。郑琳愣了,道:"姐,你看什么?"乔燕道:"我看你的脸怎么这么漂亮!"说着,把郑琳的脸扳过去靠着那朵玫瑰,又道,"连我都分不出,究竟你是花呢还是花就是你!"郑琳的脸倏地红了,忙道:"姐,看你胡说什么呀……"乔燕没等她说完,急忙把她拉了起来,道,"我可没胡说!你给我实话实说,你这张脸是化过妆的吧?"郑琳有些不明究里,看着乔燕,反问:"姐是怎么看出来的?"乔燕道:"去年你第一次来找我那天,也是化了妆的,是不是?"郑琳更有些不明白了,道:"姐,你问这些做什么?"乔燕道:"我可要派大用场了!"又盯着郑琳问,"你是不是经常化妆?"郑琳道:"姐,你把我搞糊涂了!要说化妆,我倒是经常化的。你不知道,我在福州那家国际娱乐城的美容部打过三年工。国际城里对所有的女员工都有规定,就是不管你在哪个部门上班,都必须化妆,不化妆要扣钱,化得不好也要扣钱,所以我们都养成了化妆的习惯。即使后来不在那里工作了,也像天天要洗脸、刷牙一样,如果哪天忘了把自己这张脸修饰一下,心里都不会踏实……"郑琳还没说完,乔燕突然在她肩上打了一下,叫了起来:"太好了,真让我猜着了!"郑琳道:"你猜着了什么?"乔燕道:"猜着了你是化妆的行家里手!你看你脸上的妆,不仔细看根本看不出来,像是天生的一样,却又这么好看!"郑琳道:"那有什么,姐!"乔燕道:"我要你教村里的婶婶大娘们化妆,让她们一个个都变成美人!"

郑琳惊住了,看着乔燕道:"你说什么,让她们都变成美人?"乔燕道:"为什么不可以?我告诉你,我们村里的女人稍加打扮,都会容光焕发,比城里女人还要漂亮，我们为什么不教会她们打扮自己？"郑琳还是有些不明白的样子，道："姐，我还是搞不懂你是什么意思？"乔燕道："女人变美，是为了养成一种积极的生活态度。这种习惯养成了，女人不管在什么年龄段都会熠熠生辉，你说是不是？"郑琳想了想道："姐，你说得确实有道理，女人如果连自己的外表都不注意，别人更会忽视你。可她们愿意来学吗？"乔燕道："这你放心，学员由我们来发动，你只管当好老师就是！"郑琳便道："既然姐这样说了，我还有敢不答应的？"乔燕又道："不但要教她们化妆，你还要把怎样选购衣服、怎样搭配衣服的颜色等教会她们……"郑琳叫了起来："哎呀，姐，这里面学问可太大了！"乔燕道："不要紧，你慢慢教！等你们办喜事时，我让那些大娘婶子们，每人给你送一个拱门，从贺家湾一直通到郑家塝，保准成为贺家湾历史上最隆重的婚礼！"郑琳脸上顿时飞上了两朵红云。

　　下午，乔燕又去对张芳说了请郑琳教村里女人化妆的事。张芳瞪着大眼望着乔燕道："乔书记，你没说错吧？"乔燕道："张姐，我怎么会说错？就是教村里女人学会打扮自己嘛！"张芳道："学会打扮自己是对的，譬如把衣服穿漂亮点，把头发梳光生点，这些都没错！可要往脸上涂脂抹粉，我们这些土包子从来没做过……"乔燕忙说："张姐，连你都这么说，所以村里的女人们都把对自己的要求放低了！这不光是一个打扮的问题，而是一个怎样对待生活和人生的问题……"话还没说完，张芳便说："乔书记，你越说越玄了，别的事，你都做得很对，可让农村女人往脸上涂脂抹粉，我怕别人听见都笑话！"乔燕见张芳一时转不过弯，正愁不知怎么说服她，猛地看见对面墙壁的玻璃镜框里，挂着她结婚前的许多照片，猛地想到一个主意，便道："张姐，那些都是你做姑娘时的照片？"张芳道："可不是！我也没有影集，就把它们挂到墙上了！"乔燕道："张姐做姑娘时好漂亮，能不能取下来我看看？"张芳道："有什么不行的？"一边说，一边站在凳子上，把镜框取了下来。

　　乔燕接过镜框，掏出一张纸巾将玻璃擦了一遍，才认真地看起里面的照片来。看了一会儿，突然抬起头对张芳道："张姐，你说你现在变没变……"话还没完，张芳马上道："变多了！"乔燕又看着她道："哪些地方变了？"张芳却一下说不出来。乔燕便笑着对她道："我来替你说吧，张姐！你现在的身子开始变粗了，不像做姑娘时那么苗条；你现在身上的皮肤失去了弹性，不像做姑娘时那样光滑和细嫩；曾经在你身上出现过的美丽的曲线，现在渐渐消失，肚子上出现了许多赘肉；曾经饱满的胸脯也在干瘪……"张芳红了脸，道："天啦，你这么一说，我不是成丑八怪了？"乔燕道："先不说丑不丑的问题，你只告诉我，我说得对不对？"张芳道："怎么不对，这可都是事实！那你说我们该怎么办？"乔燕道："这些都是自然规律，我们都拿它们没法。可身为女人，不管在什么地方，什么时候，都应该积极地活着！如果像张姐你刚才说的，农村女人就不该注意自己的外表，就应该忘记自己的美丽，自己都不关心自己，那你说，有谁来关心你？"张芳立即眨了眨眼睛，才道："听了你这话，我又觉得确实有几分道理了！"便看着乔燕问，"那你说，这化妆什么时候开始教？"乔燕道："我就是来征求你的意见呢？要不，就从明天晚上开始吧……"话没说完，张芳却道："大多数女人的老公都没在家里，晚上化了妆回去给谁看？睡一觉又变丑了！现在活儿还没怎么出来，要教就在白天教，化漂亮了，也给村里那些老男人看看！"乔燕恍然大悟，忙拍了一下大腿，道："你可提醒了我！那我们就在白天开课，就这样定了！"张芳却又道："我担心没多少人来……"乔燕忙道："不要紧，来多少算多少！爱美是每个人的天性，你看着，到最后很多人都会来的！"张芳想了一想，也道："也是，哪个女人不想让自己变得漂亮呢？"说完又笑了起来，看着乔燕道，"乔书记，以后你说什么，我照办就是，反正你都有理由说服我们，不如你一说我就答应下来！"乔燕道："张姐，不是我有道理，是我们要慢慢去给农民树立一些新的观念。如果不改变农民身上一些祖祖辈辈沉积下来的东西，只靠送钱送物，那这次扶贫的成果很难巩固。当然，我知道要改变农民的旧观念很难，但我们做一点是一点，总会有些效果的，你说是不是？"张芳道："我说你总有理由说服我们，这不，又是一番大道理！"说罢，两个人都开心地笑起来。

　　第二天，张芳果然通知村里妇女开会，也没告诉大家会议的内容。现在，贺家湾无论开什么会，大家都不再拖拖拉拉的了，人也到得比较齐。等大伙儿都到齐后，张芳才告诉了女人们今天会议的内容。女人们一听是叫她们来学化妆，会场顿时就像蜜蜂乱了营，既感到新奇，又觉得不可思议，特别是那些上了年纪的女人，都道："都七老八十了，脸上满是丝瓜瓢子，还往上面涂脂抹粉，孙子媳妇晓得了，不说我们是老妖精？不可以，不可以……"乔燕便道："奶奶们，不是要你们也来化妆，是想让你们知道，不管到了多大年龄，我们女人都不要放弃自己……"那些女人不等她说完，便道："姑娘，让她们年轻媳妇学吧，我们走了！"说完便往外面走。乔燕也不阻拦。还有一些女人觉得好奇，便站在一边，等着看别人化。只有吴芙蓉、刘玉、王娟、王娇等二十几个女人，听了乔燕的话，显得很高兴，愿意当郑琳的学生。

郑琳便对乔燕和张芳道："乔姐、张姐，这些人就够了，再多我就教不过来了！"说着，便从一只小箱子里取出一些漂亮的瓶瓶罐罐和小盒子，一一放到桌子上，又取出眉笔、眼线笔、粉刷、睫毛夹等，也一一放到桌子上，这才认真当起老师来，对众人道："各位婶婶大娘不要怕，我在外面美容部打了好几年工，到我们美容院来美容的，大多是像你们一样年纪的中年女人！刚才乔书记说得对，城里女人能美容，为什么我们农村女人就不能？我保证你们美容以后，比城里女人还好看。我的教学方法是这样的：今天先由我给大家化，一边化一边讲解；明天就分成两个人一组，互相化，我在旁边指点；后天各位婶婶大娘就每人带面镜子来，对着镜子自己化，化得不对的地方我再帮你们纠正，然后你们自己就能当老师了！"众女人听到这里，都有些不好意思地笑了起来。

郑琳等大家笑完，才又对众人道："哪位婶婶嫂子先来？"众人都你看着我，我看着你，没人上前。张芳见没人去，便道："哎，怎么回事，谁第一个来吃螃蟹呀？"众人便怂恿道："就是张主任你去吃呀！"张芳道："这又不是其他事，要我带头……"正在这时，乔燕去拉了刘玉，道："婶，你来！"刘玉红着脸，还有些不肯，郑琳已经听乔燕说了刘玉的事，便道："婶，你放心，要不了一顿饭的工夫，我保证让你年轻十岁！"刘玉只好去郑琳身边的凳子上坐下了。

郑琳便把那些瓶瓶罐罐和小盒子打开，接着把刘玉的刘海和鬓发捋起来，用夹子夹住，把她整张脸全都露了出来，然后从面前一只小瓶子里用手指抠出一小团白色的像油脂一样的物质，轻轻搽抹在刘玉的脸上，一边搽，一边抬头对众女人说道："现在往刘玉大婶脸上搽的叫油质润肤霜，这是女性化妆的第一道工序！为什么要搽油质润肤霜呢？因为中年人的皮肤多数属于干性肤质，油质润肤霜不仅能滋润、保护皮肤，减少化妆品与皮肤的直接接触，而且可以使皮肤显得光滑、柔润，所以大家记住，化妆前一定要搽润肤霜！"说完，又拿过一个小瓶，从里面挤出一种淡黄色的液体倒在一把粉刷上，然后举起粉刷又对众女人道，"这叫粉底霜！涂抹在面部后，既可以调整不健康的肤色，又能滋润皮肤。不过大家要记住的是，这粉底霜有好多种颜色，婶子大娘们去买时，尽量买和自己肤色相近的颜色，涂抹时要涂均匀！"一边说，一边将粉刷落在刘玉的脸颊中间，手指十分灵巧地由内往外涂抹起来。没一时，那霜便在刘玉脸上蔓延开来。接着，郑琳又拿过一只粉盒，对众人道："涂了粉底霜后，第三步便是扑干粉！扑干粉有什么作用呢？主要作用就是定妆，防止妆容脱落。干粉的颜色应与本人肤色接近，切忌过白或过深，不可扑得过多、过厚，薄薄一层即可。"又道，"我们看见有的人化完妆出来，干粉扑得过多、过厚，就像一张死人脸，反倒难看死了！"众女人听到这里，都笑了起来。郑琳又用一把大刷子在粉盒里沾上干粉，薄薄地在刘玉脸上刷了一层，再用刷子轻轻地拍打，直到脸上的干粉消失得无影无踪了，才停下刷子，对众人道："各位婶子大娘看看，刘玉婶子的脸是不是比过去白嫩了许多，而且还看不出痕迹？"众人挤过来一看，顿时叫道："怎么不是这样？年轻了好几岁呢！"郑琳道："还早着呢！等我给她化了眉毛、眼线，打了胭脂，涂了唇膏，你们再来看看！"说罢又一一操作起来。

没用一顿饭工夫，郑琳便将刘玉的妆给化完了，众女人一见，都惊得叫了起来，道："真神了，刘玉你又可以去当新娘子了！"刘玉本人看不见，以为众人取笑她，眼睛里露出了小鹿般忐忑的神情。郑琳把她的头发放下来，又用梳子梳了一遍，重新给她扎上，从小箱子里拿出一面圆镜，递到她手里，道："婶，你自己看看！"刘玉接过镜子一照，镜子中出现的这个人儿，面孔白皙，眸子明亮，唇色红润，双颊泛着红晕。她猛然记起，自己只在做姑娘时脸上才偶尔会出现这样的颜色。她吓着了似的，急忙把镜子放到一边，抬起双手，像是要去把脸遮住。众人忙道："才化了妆，不要用手去遮！"刘玉又急忙把手放了下来，更表现出一种不知所措的样子。众人把她围得更紧了，道："等贺兴坤回来，看他不把你喜欢得吃到肚子里去！"刘玉以为众人知道了自己的事，更有些不好意思起来，突然从凳子上站起来就往外面跑。众人都不知道是怎么回事。郑琳见刘玉上身穿了一件粉红色的长袖翻领 T 恤，下面又是一条橙色裤子，便喊住她道："婶，你等等！"

刘玉方停下来，回头不解地望着她。郑琳便道："我顺便说说穿衣服的事！这事儿说起来复杂，其实很简单，就是把颜色搭配好就行了！怎么搭配呢？比如你上面这件衣服是粉红色的，下面裤子最好穿一条深色的，而不要再穿橙色，因为橙色和粉红色颜色相近。粉红色和橙色看起来给人一种柔美的感觉，但把两种颜色搭配着，就使得柔美过于泛滥，反倒不好看了。如果上衣是黑色的，黑色显得庄重、正式，那么裤子和裙子就搭配一条颜色活泼点的，比如白色、粉色、玫瑰色都可以。如果上衣或裤子、裙子其中有一件有显眼的花纹，那另一个一定是朴素的，大家记住这一点就行！"刘玉听完，看了看自己身上，不由得脸上发起烧来，道："知道了，谢谢你！"说完又往外走。屋子里只有乔燕知道刘玉的心思，见她往外走，也追了出去，道："婶，你怎么就走了？"刘玉顿了一下，方道:"姑娘,你说我这样回去,小婷的爷爷奶奶会不会笑话我?"乔燕道:"他们笑话你干什么?这可是好事呢!你现在是不是比城里女人还漂亮?你可要坚持,啊,以后每天都这样漂亮!"刘玉像小孩子似的点了点头,又"嗯"了一声,这才去了。乔燕等刘玉走远后,才回到教室里,却见众女人都争先恐后往前面拥,要郑琳先给自己化。乔燕不由得抿嘴笑了。

  闲话少述。且说贺兴坤被刘玉发现自己和崔姐苟且的事,心里还是有几分愧疚的。过了几天,估摸着刘玉的气消了一些,这才有些忐忑地回来了。一到家里,看到刘玉像是换了一个人,顿时惊得目瞪口呆,半天才嚅嚅嗫嗫地道:"你到城里整了容的?"刘玉也不搭理他,只顾做自己的事。晚上,刘玉进屋以后便"铛"的一声把门关了,也不让他进自己的屋子。贺兴坤闹不明白,便去问小婷的奶奶。田秀娥黑着脸道:"你的女人跟你十多年了,她是什么样的人你不知道?她整啥子容?以为像你那样,大雨淋在牛粪堆上——满身的花?"说着,又把儿子一顿臭骂。贺兴坤讨了个没趣,只得去父亲床上睡了。贺世银也黑着脸,一晚上不和他说一句话。第二天早上起来一看,刘玉竟然比昨天还容光焕发,哪是那个崔姐能比的?一时便看得他心里痒痒的,又想起这些年来夫妻俩走过的路,想起昨晚上母亲那顿骂和父亲的脸色,便失悔了,于是像狗皮膏药似的黏着刘玉。一会儿嬉皮笑脸地向她承认错误,一会儿又对她赌咒发誓,说爱她一辈子,把个刘玉弄得哭不是、笑不是,便偷偷地跑来对乔燕说了。乔燕便劝她见好就收。第二天刘玉跑来问乔燕,说贺兴坤要她进城去,是去好还是不去好。乔燕说:"怎么不去?你在他身边,还有哪个狐狸精敢乘虚而入?"刘玉听了乔燕的话,果然和贺兴坤进了城。

第十八章

  很快，时光进入了秋季最后一个节令——霜降。贺家湾的田地，被留在村庄的老弱妇孺辛勤耕作了三个季节以后，彻底褪去了色彩鲜艳的衣裳，这时像是进入了一种圆满涅槃的境界。可是，水田里那些密集的稻茬，旱地里那些还没来得及挖的玉米秸秆，还像一行行文字写在土地上，记载着那些留在村庄里的老人和女人们的梦想和一年的荣耀及辉煌，同时也记录着一个村庄的历史和沧桑。贺家湾留在家里的老人和女人，大多只种夏天这一季庄稼，因为夏季作物成长得快，相对省力一些，只有少数勤劳的人，才会在收了大春作物以后，在一些好地里种上小麦和油菜。小麦在寒露以前就开始种了，此时种得早的已开始长叶片，远远看去，田里草色的新绿，浅浅地覆盖在土地上；而种得迟的，麦芽儿像一根针似的，才刚刚拱出泥土，"针尖"上顶着一颗圆滚滚的露珠儿，十分可爱。

  尽管即将进入冬季，可乔燕觉得和去年这时比较起来，贺家湾有着非常明显的变化。首先村子不但变得干净了起来，而且也变得美了起来。村里张芳、吴芙蓉、王娟等十多户前不久从苗圃买回来的带土栽植的花卉，在贺波和郑琳的精心指导下，全都成活了，而且在这时开了花。尤其是那些油茶花、木芙蓉和各种菊花，此时在房前屋后开得正艳，白的白如霜雪，红的红似火焰，黄的黄如黄金。还有一种迎霜花，乔燕第一次见，花苞被青蓝色的花衣紧紧地包裹着，像个害羞的少女。再者，从郑琳教会女人们化妆后，现在村庄的女人走出来，一个个不但比过去漂亮了许多，而且更多了一种气质。乔燕一时难以说清是一种什么气质，但从与她们的交谈中，她明显感到她们对生活乐观了许多。妆虽然是化在她们脸上，可改变的却是她们的气质和对生命的信心，这正是她所需要的。而且乔燕也明显感觉到，通过这一年多的努力，贺家湾人真的在变，虽然变得很慢，但总的来说，他们正逐渐变得有自信和有尊严起来。

这天，单位办公室曾主任给乔燕打来电话，说局长决定下星期组织贺家湾贫困户到天盆乡黄龙村和石桥镇红花村考察参观，让他们把参加的人数尽快落实下来，局里好联系车辆和落实午餐方面的事。曾主任还告诉乔燕，局长对这次考察参观非常重视，担心村上影响力小，对方不会重视，所以叫村上就不要出面与对方联系了，一切由局里出面与对方乡、镇政府协调。曾主任还说，局长已经委派姚姐和程副局长以及他，这天随参观团一起行动。乔燕一听曾主任这话，心想这么一来，她倒乐得一身轻松，便急忙给贺端阳打电话并说了开村民会的事。贺端阳也像是拣到便宜似的，急忙赶了回来。

立冬前后的阳光十分宝贵，贺家湾村的村民大会放在黄葛树下召开，人们一来，便纷纷去寻找有阳光的地方坐了下来。乔燕刚把这事一提出来，到会的贫困户听说出去参观，坐车吃饭都不要钱，还可以学到别人的经验，当然是拥护声一片，争着往前面来报名。非贫困户却不干了，就像那天在易地扶贫搬迁集中安置点开工仪式上一样，首先是贺老三站起来气冲冲地说："又是贫困户贫困户，难道贫困户把肉吃了，我们连汤也喝不到一口？"他的话一完，贺四成、贺丰、郑伯希等非贫困户，也像商量好的一样，跟在贺老三话音后面喊了起来："就是，为什么只能贫困户去？我们得不到其他好处，难道跟着出去学学人家的经验也不行？"乔燕一听他们的话，便耐着性子解释说："大爷大叔们，你们也想出去学习别人的经验，这种精神非常可贵！可你们也知道，凡事都有个度，人多了，不管是交通还是生活，都要增加很多……"

话还没说完，那些非贫困户打断了她的话，又纷纷叫了起来："他们去得，为什么我们就去不得？""我们比贫困户少根肋巴？自己带干粮、背瓶开水行不行？"贺端阳见那些非贫困户不肯让步，便拍了一下桌子，道："吵什么吵？这主要是针对贫困户开展的一次活动，让他们去学习学习人家那儿的贫困户是怎么脱贫致富的，你们以为是出去免费游玩呀？"可贺端阳这次也没有镇住他们，他的话刚完，贺老三等人又七嘴八舌地叫了起来："不管你们怎么说，我们反正也要去！""你们不让我们上车，我们扒车也要去！""就是，到时我们坐到车里，看你们敢把我们扯下来……"

贺端阳听了这些话，黑了脸又要发作。乔燕忙拉了他一下，然后又对众人说："大爷大叔别急，我马上把你们这种积极向上、奋发努力的精神给局里汇报一下，看看局里的意见如何？"说完便拿了电话，走到外面打去了。她先给曾主任汇报了开会的情况。曾主任听说非贫困户也强烈要求和贫困户一道去取经，拿不定主意，便对乔燕说："正好局长在办公室，我马上就上去请示，你等着我的回复！"乔燕听了这话，便把手机挂了，却没立即进会场去，只拿着手机在外面等候曾主任的电话。果然没一时，手机铃声响了起来，她急忙将电话贴到耳边，只听曾主任高兴地道："局长答应了，说愿去的都可以去，这是好事，你们只做好统计就行！"乔燕一听这话，高兴得连电话都没挂，便跑进会议室，对众人宣布了这一消息，那些非贫困户这才欢呼起来。

果然星期二一早，五辆中巴车便雁行有序地开到了贺家湾村委会前面的黄葛树下，而此时，贺家湾的一百多个村民也早等候在那里了。乔燕惊奇地发现，这天所有村民都像过节似的换上了新衣服，女人们不但穿上了自己最漂亮的衣服，而且全都化了妆，好像她们是商量好了似的。乔燕不觉得笑了起来："这哪儿是一群农民去参观，分明是一群城里人下乡旅游嘛！"但她没把自己的高兴表露出来。从车上跳下来的是戴着眼镜的办公室曾主任，告诉乔燕说姚姐和程副局长在环城路上等，让大家赶快上车。众人听了这话，哪等乔燕和贺端阳招呼，便有说有笑地上了车。没一时，车辆一辆接一辆地驶出了村庄。这天天气也很好，车辆开出村庄的时候，雾霭还笼罩了山冈、田野和树木，太阳也像害羞似的躲在云层里不愿出来，偶尔出来露一下脸，也是白晕晕的，四周还像生了一层绒毛样；可没过多久，遮住太阳的云层散了，天空开始变得湛蓝，又慢慢变得像是被水洗过一样一尘不染，金色的阳光顿时洒满了大地，令车里所有人的精神更加昂扬起来。

王秀芳出月子了，小满长得很好，王秀芳在这一个月只发过一次病，时间很短，半天就过去了。乔燕一直惦记着王秀芳的户口问题，想再过十几天，趁天还不太冷，让王秀芳回贵州把户口迁来。虽然建档立卡贫困户的动态调整工作要明年才进行，可明年什么时间，上面没具体规定，只有你去把户口迁来了等上面的时间，没有上面来等你的。天气一冷，她带着孩子回去不方便，等天气暖和了回去，又得等到明年三四月份，如果上级在此以前就开始调整，岂不又晚了？于是，这天她看见贺兴义到易地扶贫搬迁建设工地去，便把他喊到了村委会办公室，问他："大叔，上次我让你问问小婶子不愿意回去办户口的原因，你问了没有？"贺兴义半天才道："问了……"乔燕马上问："她怎么说？"贺兴义却低下了头,似乎不想回答。乔燕着急起来,便看着他道:"大叔,你说呀!一个大男人,怎么这样磨磨叽叽的?"

贺兴义听了这话,这才抬起头看着乔燕,突然冒出一句:"原来她在老家嫁过一次人……"一语未完,乔燕惊得叫出了声:"什么?"停了一下,又接着问贺兴义,"她离婚了吗?"贺兴义摇了摇头:"没有!"乔燕立即有些恍然大悟地道:"怪不得她不愿回去,这么说她已经犯了重婚罪哟……"话音刚落,贺兴义马上又道:"她没有犯重婚罪……"乔燕便有些不明白了,道:"那是怎么回事?"贺兴义说:"她和那个男人没打结婚证,只是住在一起。"乔燕长长地出了一口气:"原来是这么回事。"贺兴义又沉重地说:"那个男人是个酒鬼,对她不好,经常打她,尤其是喝了酒后。她的病就是那时加重的!只要一看见他喝了酒回来,她就吓得像打摆子,后来她实在忍受不住了,才跑了出来……"乔燕听完,紧咬着嘴唇半天没吭声,没想到这个女人还有如此一段经历,命也真是太苦了!她正想说点什么,贺兴义又道:"那个男人家里有两兄弟。她跑出来后,那男人家里四处寻找不着,还扬言只要她在老家露面,非抽了她脚筋不可!他们还去向她爷爷要人,把她爷爷家里的东西都砸烂了!她的身份证还在那个男人手上……"

乔燕听贺兴义说完,这才知道了那天晚上,她一说叫王秀芳回去办户口迁移,王秀芳就吓得发抖的原因。可是,户口不迁来也不行呀!不说会错过明年贫困户动态调整的机会,就是以后过日子,没有户口也不行呀!想到这里,便对贺兴义说:"我知道了,大叔,户口迁移的事我和贺端阳书记再商量一下,看能不能再想出什么办法。你回去可一定要对小婶子好一些,她太不幸了!"贺兴义道:"我知道,乔书记,谢谢你的好意!"

过了两天,贺端阳回来了,乔燕便对他说了王秀芳户口的事。贺端阳听罢,道:"她能把户口迁来,那当然好。问题是我们这边会不会给她开准迁证。你是知道的,自从脱贫攻坚开展以来,上面为了防止一些人在户口上弄虚作假,已经暂停了农村人口的户口迁移。"乔燕听了忙说:"这个问题你放心。在脱贫攻坚时期,上面确实对户口迁移有一些规定,但也不是完全就冻结了户口迁移!"说到这里笑了一笑,然后放低了声音,像告诉机密似的把头俯了过去,悄声对贺端阳道,"我把王秀芳的情况跟我们家那口子说了,他又把我说的告诉了镇派出所。派出所王所长和他好歹是哥们儿,王所长说政策只是原则性的,像王秀芳这种情况,就只当做好事也应该帮助她,答应王秀芳什么时候回去迁户口,他们什么时候开准迁证就是!"

贺端阳一听这话高兴了，马上说："那好哇，叫他们回去迁来就是呀！"乔燕却蹙起了眉，道："如果有这么容易就好了……"贺端阳立即问："还有什么问题？"乔燕便把王秀芳在老家"嫁"过人的事给贺端阳说了一遍。贺端阳听后，也露出了为难的样子，道："这就难办了，迁户口肯定要她本人回去！"乔燕说："问题的关键就在这儿，当然必须她本人回去……"贺端阳又马上道："可她本人又不敢回去，难道强迫她回去？"乔燕又笑了笑，道："贺书记，我们能不能给她派两个保镖？"贺端阳道："你想派谁去给她做保镖？"乔燕没立即回答，目光只落到贺端阳脸上，半晌才突然说："我想让贺波和郑琳两个陪她走一趟……"

一语未完，贺端阳像是惊住了，瞪着大眼像不认识似的看着乔燕。乔燕没等他说话，便解释道："贺书记，我是这样想的：王秀芳才生完不久，抱着个婴儿不方便，何况她又有病，需要有个女人陪着她，这是其一。其二，王秀芳害怕他原来那个男人找她麻烦，而贺兴义又是病恹恹的，如果身边有个身强体壮的男人保护她，她就不会害怕了；而贺波和郑琳有文化，又走南闯北到过许多地方，见多识广，他们不但可以给王秀芳当保镖，如果办户口中遇到什么麻烦，他们还可以给她当参谋，你说是不是？"贺端阳听完乔燕一番话，没立即反对。乔燕又马上说："我还有一个想法，贺波才补进支部委员中来，我想多给他一些压力，让他在实际工作中增加才干，同时也使他在村民中树立一些威信。如果这件事办成了，不但贺兴义两口子会感谢他，村民也会知道他和郑琳都是热心肠的人！再说，这也是一个行善的事，善有善报，是不是？"贺端阳找不到反对的理由，半天才道："乔书记，我知道你想栽培这小子！可你也是知道的，儿大不由爷，这小子现在翅膀长硬了，何况郑琳还是别家的人。你说得虽然有道理，可我怎么做得了他们的主？你找他们说一说吧！如果他们同意去，你就让他们去，反正大不了几天时间；如果他们不同意去，我也没办法！"乔燕道："我当然要找他们谈，现在不就是征求一下你的意见吗？"贺端阳道："我没意见，你找他们谈吧！"

乔燕便约了贺波和郑琳到村委会来，没一时，两人都到了。郑琳一进门便问："姐，找我们有什么事？"乔燕道："你怎么这么性急？坐下再听姐细细对你们说。"两人在乔燕面前坐下，乔燕这才把王秀芳办户口迁移的事，详详细细地给他们讲了一遍。郑琳一听乔燕想叫他俩陪王秀芳回贵州，有些不太情愿，道："姐，我可没带过小孩呀！"乔燕听了这话立即笑着回答道："傻妹子，一个女人，哪儿天生就会带孩子？这不是给你绝好的学习机会吗？"说完才又正经地说，"只要她不犯病，孩子还轮不到你带，怕的是她在途中或到家里犯了病，身旁有个女人看管方便些。如果不犯病,你只是陪陪她就是了!"郑琳不好反对,便看着贺波。贺波却对乔燕说:"没问题,姐,我和郑琳保证完成任务!"乔燕一听便笑了起来,说:"弟娃不愧是当过兵的,说话做事都是军人作风,姐很欣赏!"却又看着他故意问,"答应得这么干脆,恐怕还有别的原因吧?"贺波立即说:"还有什么原因,姐?"乔燕笑着道:"我把郑琳给你叫走,你有些不放心,所以巴不得要跟她一起去,是不是?"一句话说得两个人都脸红了,贺波马上否认道:"才不是呢……"乔燕没等他说完,便道:"有这种想法才正常呢!姐就希望你们一辈子都这样不弃不离,公不离婆、秤不离砣才好呢!"两个人被乔燕说得更不好意思起来,贺波便讪讪地道:"姐,你什么时候也学会贺家湾的言子了?"乔燕没回答他的话,却看着郑琳话中有话地说:"郑琳妹子,姐以后还要给贺波工作加些担子,你可千万别扯他的后腿,啊!"郑琳听了这话,想了想才道:"你放心,姐,我绝对支持他!"乔燕听后点了点头,高兴地对贺波道:"那好,这事就这么定了!你们回去到网上查一查,看怎么走最方便,做好准备,等我去跟贺兴义和王秀芳商量好了以后,你们就立即出发!"贺波和郑琳异口同声地对乔燕说了一声"好",高兴地回去了。

  下午,乔燕约了张芳一起去找贺兴义和王秀芳。她们在易地扶贫搬迁集中安置点工地上找到了贺兴义,乔燕把村上准备安排贺波和郑琳陪他们一起回贵州去迁王秀芳户口的事,给他说了一遍。两个人在来以前,都以为贺兴义听了这话,准会高兴得合不拢嘴,不说对村上感恩戴德,至少也会说些谢谢的话。没想到贺兴义听后,低了头,半天没说话,好像乔燕说的不是好事,而是带给他麻烦似的。乔燕和张芳等了一会儿,贺兴义才抬起头,目光躲闪着对乔燕吞吞吐吐地说:"乔书记,这、这户口不迁,可、可不可以……"

  乔燕立即说:"不迁怎么行?没户口不但不能进入建档立卡贫困户,就是以后,没户口也是一个'黑人',享受不到任何政策!你看,你们家里现在这个样子!进入了建档立卡贫困户,政府不但会给你们建房,你们有病,国家在医疗上还给你们兜底。人家争都争不到,你还想放弃?"贺兴义听后,没说好,也没说不好,只是又把头低了下去,像是很为难。张芳便生了气,道:"你这个人怎么这样糊涂?乔书记为你的事,不知操了多少心,求爷爷告奶奶,好话说了几大箩筐!你不但不知道感恩,还说不想办,你还有良心没有?"贺兴义这才抬起头,目光可怜巴巴地望着乔燕,嘴唇哆嗦着似乎想说什么,却没发出声来。望着望着，眼里忽然渗出了泪花。乔燕一见着了急，忙道："大叔，你这是怎么回事？有什么你尽管说，可别哭！"连张芳在一旁也急了，道："我就说那么几句话，哪儿就惹你伤心了？"

半响，贺兴义才对乔燕说开了："乔书记，我知道你是对我们好，你是我们一家的大恩人，我们一辈子也不会忘记你！可是你也是知、知道我的，你看我，马上就满四十岁了，比你那个小婶子大了十四岁。我又是这、这个样子，病病歪歪的，一副损坛子、破缸子模样，人不像人，鬼不像鬼，又穷得连房子都没有。而你那个小婶子，今年才二十六岁，虽然她也有病，可自从生了孩子，这一个月都没犯病了，加上现在又有了一个孩子，要是她这一回去，就赵巧儿送灯台——一去永不来，我这不是竹篮打水——一场空、空吗？"说罢，竟然双手捧着头，"嗡嗡"地哭了起来。

乔燕和张芳这才明白，看见一个中年汉子这样哭泣，心里都很不忍。乔燕想了想，道："大叔，怎么会不回来，你不是还跟她一路的吗……"话还没完，贺兴义又突然抬起头，泪眼婆娑地看着乔燕道："我才不会跟她回去……"乔燕和张芳听了这话，又吃了一惊。张芳没等乔燕说话，又不满地对贺兴义道："你是她男人，为什么不能跟她一起回去？"贺兴义道："我这副嘴脸，回去不但不能替她争光，反而会让她抬不起头！她再没亲人，可熟人总还是有的。人家会指着她脊、脊梁骨说：'你们看，以为她跑出去嫁了个什么人？却带了个爹、爹回来！'我、我打死也不得跟她一起回去！"

乔燕和张芳互相看了一眼，不知该拿什么话安慰他。良久，贺兴义不哭了，像是给乔燕解围似的，突然说："乔书记，你们如果真要她回去，就让她一个人回去好了。孩子不能带走，得给我留下来！"乔燕愈加糊涂了，便看着他问道："大叔，你这是什么意思？"贺兴义生气地道："什么意思你不要管！我就是这句话，如果她要带孩子一起走，我宁愿不要这个建档立卡贫困户，也不会答应她走！反正鹅卵石滚刺笆笼——滚到哪里算哪里！"乔燕听完，又问："那么小的孩子，留在你身边，你拿什么喂她？"贺兴义听了这话，又气咻咻地道："这个也不要你管，我喂她奶粉就是！"说完，也不等她们再说什么，站起来便气冲冲地走了。

贺兴义走后，乔燕和张芳两人面面相觑。张芳愤愤地说："真是狗咬吕洞宾——不识好人心……"乔燕忙说："张姐，你别这样说他，他担心的也有一定道理。王秀芳既然可以从第一个男人那里跑出来，现在她病轻了一些，谁说得准她就不会离开贺兴义大叔？现在关键的关键，是要弄清王秀芳究竟想不想跟贺兴义大叔过一辈子。如果她真的也爱贺兴义大叔，愿意跟着他，什么都好办！如果不愿意，那我们给她操的心，就全白费了！"张芳道："人心隔肚皮，那谁知道？"乔燕对张芳道："反正我们已经出来了，就去探探王秀芳的口气，怎么样？"张芳道："你说去就去吧，就看她对你说不说真话！"说着，两个女人又朝贺世银原先那座土坯房去了。

　　王秀芳正坐在堂屋大门口，背对着乔燕她们来的小路方向奶孩子，目光落到怀里的孩子身上。听到院子里响起的脚步声，她才急忙回过头，一见是乔燕和张芳，便急忙站起来，高兴地叫道："乔书记和张主任来了！"说着，便用一只手抱孩子，腾出另一只手要进屋端凳子。乔燕几步走过去按住了她：道："你抱着孩子不方便，我们自己去！"说着进屋端出一条凳子来，和张芳坐下了，这才认真去打量起王秀芳来。只见这个女人今天贴身穿了一件豆绿色的加厚打底衫，颜色和款式显得有些老气，可外面却罩了一件樱花粉纯色的翻领外套，下面是一条浅蓝色的舒适抓绒长裤。这两样东西看样子都是来自地摊，但配在她身上却显得非常合适。大约是经过了一个多月"坐月"的缘故，王秀芳明显胖了，脸色也白嫩和红润了许多，衬着身上那件樱花粉色的衣服，竟给人一种甜美妩媚的感觉，和才来时判若两人。

　　女人看见乔燕目不转睛地看着她，有些不好意思起来，正想说什么，孩子忽然在怀里呛起奶来，王秀芳急忙去扯了扯孩子的小耳朵，嘴里直叫道："啊、啊，乖乖，别吐，别吐，啊……"乔燕一见她这副样子，不禁"扑哧"笑了起来。王秀芳见乔燕看着她笑，便有些不明白地问："乔书记你笑什么？"乔燕道："我笑你真像个年轻的妈妈了！"王秀芳一听这话，脸上的红晕更浓了，便道："这是她干妈教我的。"乔燕忙问："谁是她干妈？"王秀芳说："刘玉嫂子呀！"乔燕又惊讶道："哦，这么快就认下干妈了？"王秀芳脸上浮现出一种天真的笑容来，道："还在医院里，她干妈就要认下她做干女儿！她干妈对我说，娃儿呛奶了，就扯扯她的小耳朵！"乔燕见王秀芳还像小女孩那样纯真，愈加觉得贺兴义的担心是有道理的，便用了开玩笑的口吻对王秀芳说："那我也给小满做个干妈，行不行？"王秀芳一听，立即甜蜜蜜地笑了起来，叫道："那好哇，乔书记……"乔燕没等她说完，便伸过手把襁褓抱了过来，逗着小满道："听见没有，小满，我现在是你干妈了！干妈现在喂喂你，看你吃不吃干妈的奶？"说着解开衣服，将乳头凑到婴儿嘴边。那婴儿大约刚刚才吃饱，便摇了摇头，将小嘴移到了一边。张芳和王秀芳一见，都禁不住笑了起来。

等她们笑完，乔燕才一边抱着孩子轻轻摇动，一边装作闲聊似的对王秀芳问："小婶子，我问你一句话，你可要给我说心里话！兴义大叔对你好不好？"王秀芳眨了眨眼睛，像是不明白乔燕为什么会突然这么问，便道："好哇！"乔燕又道："哦，好就好，我们就怕他又欺负你呢！"王秀芳忙道："他没欺负我！"乔燕看了张芳一眼，回过头又问："那小婶子，你这一辈子，是不是真心和他过下去？"王秀芳又愣愣地看着乔燕，半响才说："不跟他过下去，我还和谁过？"乔燕道："你会不会嫌弃他年龄比你大……"话还没完，王秀芳便说："我不嫌弃他年纪大！"乔燕又要问，却又听见王秀芳说了一句，"他年纪大，可从来没打过我……"说着忽然把头低了下去。

乔燕听明白了，但心里同时又泛起一种说不出的同情与酸楚来。她想起一些书中对爱情的崇高定义，显然那些定义对王秀芳来说都是一些可望而不可即的奢侈品，仅仅因为贺兴义没打过她，她就不嫌弃他年纪大，愿意跟着他，这要求对一个女人来说，低得实在有点悲哀。但乔燕从女人的神情里看出，她说的是实诚话，没骗她，心里便有了底，于是又把办户口的事提了出来。女人一听，忽然又像那天晚上一样变了脸色，对乔燕急忙叫道："不，不，我不回去……"乔燕急忙打断她的话，问："你是不是害怕回去，你原来那个男人又会打你？"

王秀芳一听这话，惊得合不拢嘴。乔燕急忙俯过身去，把手放到她膝盖上，道："小婶子，兴义大叔把什么都告诉我们了！你不用害怕，我们派贺波和郑琳陪你回去……"可话没说完，王秀芳仍是只顾摇头，急得又要掉眼泪了，一个劲儿说："不，不，我不回，我不回……"乔燕又像哄小孩子似的说道："你放心，小婶子，贺波身体好，他当兵的时候专门学过格斗。我让他穿上迷彩服，戴上军帽，再叫他拿上一件防身的东西，别人一看，就知道是一个厉害角色，你原来那个男人肯定不敢来找你的麻烦！"但王秀芳听完，还是说："不，不，他打不过他的，我不回去，我不回去……"张芳见她认死理，又生气了，便道："你回都没回去，怎么知道他要打你？再说，你怎么知道贺波打不过他？你别把好心当作驴心肝了！也是乔书记，换了一个人，见你们这么顽固，早就不管你们了，你还不愿意回去！"

一番话说得王秀芳哑了口，突然又哭了起来。乔燕一见，忙把小满给了张芳，自己走过去挨着她坐了下来，然后抱着她的肩膀说："小婶子，你别哭！你被原来那个男人打怕了，我理解你的心情，换作是我，我也会这样！可你不把户口迁来，失去了这轮脱贫攻坚的机会，你们的日子会更困难，你还怎么和兴义大叔过下去呢？有贺波和郑琳陪你回去，你真的放心……"刚说到这里，王秀芳抽噎了一下，忽然抬起头对乔燕说："乔书记，你给我喊个警察一起，我就回去……"

乔燕和张芳一听都愣住了。过了一会儿，张芳才道："警察又不是村上养着的，你想喊就能喊？你这要求……"王秀芳这时却变得坚决了起来，不等张芳说完，便坚定地说道："我不管，有警察我就回去！"又孩子似的补了一句，"警察是抓坏人的，没有人敢打警察！"张芳听了这话，再没吭声，回头看着乔燕。乔燕紧抿着嘴唇，像是陷入了思考。过了一会儿，乔燕才看着王秀芳像是不相信地问："如果有个警察，你真的愿意回去？"王秀芳语气十分干脆地道："我愿意！"乔燕听了这话，再没说这事了，却又对她问："另外，就你一个人回去，孩子留在家里，你愿不愿意？"王秀芳马上睁圆了眼睛问："为什么要把孩子留在家里？"乔燕没敢说贺兴义不让带孩子回去的话，只道："孩子还小，上车下车也不方便，反正两三天就回来了……"王秀芳又打断乔燕的话问："孩子放到家里谁带？还有，孩子要吃奶怎么办？"乔燕忙说："你放心，难道我和我妈不能给你带？我这奶还足，完全够两个孩子吃！即使不够，张恤已经习惯了吃奶粉，兑点奶粉给他喝不就行了吗？晚上我让我妈带张恤睡，让小满跟我睡，我保证给你把小满带好！"说完，张芳也帮着乔燕说："就是，有乔书记给小满喂奶，你还有啥不放心的？没有娃儿拖累，走哪里甩脚甩手的多方便！这么远拖个娃儿，要是把娃儿不小心弄感冒了，不是麻烦了？"王秀芳听了两人的话，没再说什么了。乔燕见王秀芳虽然没明确答应，可那神情却已是应允了，便又拉了她的手说："那我们就这样说定了，小婶子！我回去尽量想办法，看能不能找个警察和你一起回去，到时我再来告诉你！"说着，从张芳手里抱过小满，在她小脸上亲了一下，交给了王秀芳。

两人走出来，张芳嘟哝似的对乔燕说："这两个人真是难得侍候，自己的事还要你去求着他们办！"乔燕突然拉了张芳的手，道："张姐，这不能怪他们！这个时候，无论是指责他们懦弱、胆小，还是说他们不懂感恩，都是站着说话不腰疼。设身处地为他们想一想，他们有什么办法呢？现在我们唯一要做的，就是努力帮他们解决问题！有些问题对我们来说，可能只是举手之劳，对他们来说，却可能比登天还难，你说是不是？"张芳听了没吭声，走到分路的地方，才对乔燕说："乔书记，有什么事需要我办，你就给我说！"乔燕感激地答应了一声。

乔燕一边走，一边心里还想着王秀芳的事。想让镇派出所派一位警察和王秀芳一起去，显然没希望。一是派出所警力本身不够，再说这么一件事，在派出所眼里，连治安案件都算不上，怎么能随便出警？县局更指望不上。可是王秀芳又死活要个警察和她一起回去，对于她这样一个饱受虐待和惊吓又没有亲人保护的弱女子来说，她这个要求又毫无过分之处！现在唯一的指望便是张健了，可是她该怎样对张健说呢？

真应了无巧不成书这句俗话，傍晚时分，张健下班后又到贺家湾来了。张健妈见儿子来了，便忙不迭地把张恤交给乔燕，拴起围裙，急急地下厨房去了。乔燕一边给张恤喂奶，一边问张健："今晚上你们不加班了呀？"张健道："怎么不加班……"乔燕以为他真要加班，便老老实实地道："那你怎么还有时间来？"张健却像做贼似的四下瞅瞅，忽然走到乔燕身边，附在她耳边轻轻说："就是来你这儿加班呢！"一句话说得乔燕绯红了脸，抡起拳头要去打张健，张健却一下跳开了。乔燕便又看着张恤说："儿子，看你爸爸欺负妈妈，还不快帮妈妈的忙！"张恤一边鼓着小腮帮吸奶，一边两眼看着乔燕，看见乔燕对他说话，以为是逗他，突然松开嘴唇，竟甜甜地笑了。乔燕一看，便摸了摸他的小脸蛋，故意嗔道："小王八蛋，你还笑妈妈是不是？"一边说，一边却俯下头去，在那小脸蛋上亲个不停。

小两口嬉戏了一会儿，张健妈把晚饭送了上来。吃过饭，乔燕等婆母把碗筷拾掇了，来把孩子接过去后，才对张健说："我们出去走走！"张健汲取了前次陪乔燕去吴芙蓉家的教训，马上道："又要到哪个家里去呀？"乔燕道："哪儿都不去，我们就是出去走一走！"说完，挽起张健的胳膊就要往外走。张健看见母亲抱着张恤走了，不想出去。乔燕看出了张健的心思，便打了他一下说："你不陪我出去走走，今晚你什么也别想！"张健只好和乔燕一起往外走了。

又是一个月圆之夜，两人走到那棵老黄葛树下一看，地下到处都是一片白茫茫的月光。远处擂鼓山、道子梁和后面的尖子山，以及近处的竹林、屋舍，都像穿了一件白绸衫。这种白又不同于夏天和不久前才消逝的秋季的白，那两个季节的白要轻盈得多。如果细细看去，那些月圆之夜的白是流淌着的。它们悄无声息地漫过山梁、屋顶、河堤、田野，想到哪儿就能到哪儿。而这个季节的白，像是奶汁凝结成的，要凝重得多，也没有像那两个季节的白那样随心所欲地流动。乔燕知道，这都是因为节令即将进入冬天，气温下降，月光的白里还掺了大自然的水汽结成的霜，霜把那些白也固定下来了。乔燕看着周围的景物，突然感到了几分忧伤和落寞，像是怕冷一样，将张健挽得更紧了。张健便道："有什么走的嘛？到处冷冷清清！"乔燕听了这话，打起精神道："怎么没走的？你说明天会不会有大太阳？"张健道："我又不是气象预报员！"乔燕立即讥笑道："亏你还是农民出身，这点都不知道，明天一定会是个大晴天！"张健道："你怎么知道？"乔燕显出了几分骄傲的样子，道："你看现在就开始下霜了，贺家湾人说'今夜霜露重，明天太阳红'，还不是大晴天？"张健道："你叫我出来，就是给我说这些？"乔燕这才道："当然不是！"张健道："那是什么？"乔燕却不直说，而是仰起脸来故意看着张健道："你说老婆重不重要？"张健不知乔燕问这话的意思，顿了一下才说："老婆都不重要，还有谁重要？"乔燕马上叫了起来："那好，既然老婆重要，我也就不客气了！"说完这话，便一边挽着张健，一边将王秀芳办户口的事对张健说了。

　　张健听完，果然像是难住了似的半晌没出声。周围也没了鸟叫和虫鸣，一片寂静，黄葛树下只响着他们两人单调的脚步声，"咔哧咔哧"地犹如磨牙一般。乔燕见张健久久没有说话，有些忍不住了，便站下来推了推他道："为什么不说话呀？"张健有些不耐烦起来，道："你让我说什么呀？无论是你们镇派出所还是我们局里，根本就不可能因为她害怕回去被打，就派个警察跟着她！"乔燕忽然笑了，道："你以为我真那么蠢，连这点都不知道？"张健道："知道你还说？"乔燕突然拐了拐张健，嘟起小嘴做出了撒娇的样子道："不是还有你吗……"张健马上站住了，睁大了眼睛问："你什么意思？"乔燕仍是一脸天真的模样，又笑嘻嘻地看着张健问："你不就是一个警察吗，为什么不可以帮她一下？"说完，又用胳膊肘碰了碰张健。张健却鼓突着嘴，半天没说话，像是很生气的样子。过了一阵，这才鼻子里喷着粗气说："你说得轻巧！来回几千公里路，你以为这是平时送你到贺家湾来！"

　　乔燕本来还想说点什么，见张健生气了，忙又像刚才一样嘟起嘴拐了他一下说："你不答应就不答应，生气干什么？"说着踮起脚，在张健脸上亲了一口，然后才接着道，"好了，算我没说！"说完又指了指张健妈的窗口，道："你看，妈都睡了，我们回去吧！"说着也不等张健回答，便又紧紧挽着张健的胳膊回屋里去了。

　　一回到楼上屋子里，乔燕一下扑在了张健怀里，对他说："抱抱我，我有些冷……"张健道："刚才在外面都不冷，现在怎么冷起来了？"乔燕故意磕碰着牙齿说："我也不知道，真的有些冷！"张健果然将她紧紧抱住了。乔燕这时突然仰起头，显出一副心满意足的样子坏坏地一笑，一边贴着张健，一边将两瓣樱桃似的嘴唇朝张健喝了过去。张健一见，身子里也像有什么爆炸了，马上将自己的嘴唇也递了上去……

第二天张健回去，就以县公安局的名义和王秀芳家乡的派出所联系，了解到了王秀芳和那个男人的一些情况。那边镇上一个姓熊的警官告诉张健，他们知道王秀芳过去遭受家暴的情况，派出所还曾经出过警，但每次那个男人酒醒以后，都是痛哭流涕表示坚决改正。王秀芳跑了后，那个男人还到派出所报了案，但他们没登记结婚，不在法律保护范围内，所以没受理他这个案件。说到这里，熊警官又对张健说，不过现在好了，那个男人又重新找了个二婚女人，正式登记结婚了。现在这个女人比较强势，把那个男人管得很严，连酒也不喝了。

张健立即把这个消息告诉了乔燕。乔燕也非常高兴，心想那个男人已经结婚，肯定不会再找王秀芳的麻烦了，便急忙跑去告诉了王秀芳。没想到王秀芳听后，仍是那句话，没有警察陪她，打死她也不回去。乔燕听了这话又没办法了，只好再次去央求张健。这天下午，张健终于打来了电话，告诉乔燕让王秀芳和贺波、郑琳做好准备，他周五下午下班后来贺家湾，周六一早出发去贵州王秀芳老家。从县城到贵阳都是高速路，从贵阳到王秀芳镇上还有二百多公里，虽然不是高速公路，却也是国道和省道，他们一天时间可以到达，晚上就歇他们镇上。他们镇派出所管户籍的警官就是本镇人，他已经和他联系好了，他们去后那警官就过来给他们开户口迁出证明，然后他们当天赶回，不影响星期一上班。乔燕听后，立即跑去告诉了王秀芳和贺波、郑琳。

周五晚上，张健果然身着警服，把自己那辆吉利轿车开到了贺家湾。次日一早，便载了王秀芳和贺波、郑琳，往王秀芳贵州老家去了。第三天，王秀芳便拿了自己的户口迁移证来见乔燕。乔燕次日立即陪着王秀芳到镇派出所。看着镇派出所的户籍民警在贺兴义的户籍簿上打印上了"王秀芳""贺小满"母女俩的名字，盖上了派出所鲜红的户籍公章后，乔燕才从胸腔里长长舒出了一口气，感觉身子一阵轻松。

第十九章

　　这年冬天，注定要被记进贺家湾的村史中。这是一个忙碌的冬天，也是一个热闹的冬天。除了易地扶贫搬迁集中安置点和和尚坝那座被洪水冲毁的石拱桥在夏季和秋季分别动工，一过立冬，由陈总无偿援建的村文化广场和由乔燕单位资助的接通二十多户人家的到户公路，也开工建设。一时间，贺家湾人来车往、机器轰鸣，把往年一派沉寂的冬日给变成一个繁忙的暖冬。那些身体尚还强健、手脚也还灵活的庄稼人，在把犁耙锄锹挂在屋角墙壁的铁钩上后，趁着这个机会跑到工地上做些小工，每天也能挣上六七十块钱，喜得个乐呵呵的。时间刚进入冬月，除易地扶贫搬迁集中安置点外，其他三个工程都先后完工。最先完工的是那座连接贺家湾与郑家塝，以及周家沟、麦家寨、雷家扁、杜家坝等几个村的和尚坝石拱桥。从一开始，乔燕就把任务交给了贺波。从乔燕单位派出技术人员来勘测设计，到工程招、投标，贺波始终全身心投入，等到施工队进场后，他更是一天也没有离开过工地。那桥原是一座双孔石拱桥，桥面两边还有石栏。石栏中间有一浮雕石龙，首尾各向东西方向，龙首伸出桥身之外，昂首奋须，栩栩如生。桥两头还各有两尊石狮，雕工精细，线条流畅。乔燕到了贺家湾后才知道，乡下人讲究风水，每个湾都有自己的风水入口，简称"水口"。她还学到一个词，叫"把水口"，就是把守水口的意思。原来这座石拱桥虽然不大，却正是贺家湾的"水口"，怪不得贺家湾的先人在造桥时，会在桥上和桥头竖上青龙和雄狮，让它们来给全湾人"把水口"！当乔燕了解到这石龙、石狮的含义后，不但没责备贺家湾的先人迷信，反而说服村民放弃原先修水泥桥的打算，而仍按原来的样子，把那桥恢复起来。真是"不识庐山真面目，只缘身在此山中"，贺家湾人看了几十年桥上的石龙和石狮,却不知什么意思,等乔燕把其中含义一讲,贺家湾人才恍然大悟,原来那石桥及桥上的石龙、石狮,就和村子中那棵有几百年历史的老黄葛树一样,是贺家湾的风水,于是都露出了同仇敌忾保卫传承的决绝态度。现在这桥,正是按照原来那模样修的。青石砌拱,青石铺面,石龙、石狮也从河里捞了上来,同样被分别安在桥中石栏两边和桥头桥尾。不但如此,贺波还就地取材,用河沟里的石头在桥两边的河岸上垒上堡坎,用水泥勾了缝。黑灰色的石头衬着一座新桥,虽然少了老桥的沧桑,却也有些古色古香,令人爽心悦目。新桥落成后,贺家湾人按照传统的习惯,非要乔燕去"踩桥"不可,乔燕却坚定不移地推辞了。最后他们推出了村里最德高望重的贺世龙"老几几",完成了"踩桥"这一光荣任务。等人群散尽后,乔燕却悄悄来到桥上,手按在那尊重新安上去的石龙头上,像第一次那样目光望着桥下的潺潺流水,心里翻腾着一种喜悦的浪花。

　　第二个竣工的便是村文化广场。这个供全村人集会、休闲和娱乐的"政治文化中心",花去了陈总三十多万元。整个文化广场将原来学校的外操场和内操场连在了一起。外操场上是开会和村民休闲、娱乐的地方,占地将近两千平方米,呈长方形。那棵老黄葛树,按照杨工的设计,四周用石头砌了一个很大的六角形台子,将暴露在地面那些虬龙似的根茎都给保护起来了。黄葛树浓密的枝叶下,砌了一个露天舞台。广场的东边和南边,是两道高约两米的文化长廊,文化长廊的每根柱头上都刻了一句农谚或格言警句。每隔一段距离,在长廊中间又修了一个八角形的亭子,除了四周的长条座椅外,中间又设了石桌石凳,专供村民休憩和喝茶聊天。一边的墙上嵌上了传统文化的砖雕水泥浮雕,另一边墙上还空着,等着乔燕他们来安排与装饰。广场中间,铺设着粉红、果绿、紫砂和棕黄几种颜色的环保透水砖,广场四周还有几个花坛,等待春季到来时,才往里面栽种花草。在文化长廊和舞台两边,安装了 LED 景观灯。内操场主要是村民健身的地方,安装了各种各样的健身器材。这些健身器材,有些是乔燕向县文体局争取的,有些是陈总给配的。安装好那几天,最热闹的不是上面文化广场,而是这个地方。村民们带着满脸好奇的神情,都争先恐后地要来试一试,试完,又说不上什么,只"嘿嘿"地憨厚笑着。遵照陈总的嘱咐,乔燕专门把广场外边一块荒地辟出来,用水泥硬化了,做了停车场。广场建好后,乔燕让贺波到黎家梁的采石场,采购了一块大青石,在上面凿上了"贺家湾村聚缘文化广场",下边一行小字——"聚缘宾馆董事长陈仁凤女士援建",立在了广场入口处。

第三个竣工的便是那二十多户人家的通户公路。这个任务，乔燕兑现了自己的承诺，把它交给了贺端阳。乔燕是经过充分考虑才做出这个决定的。第一，乔燕虽然心里不赞成身为村支部书记的贺端阳在外面揽工程挣"外快"，可上次听了他一番关于村干部的待遇和处境的话后，有些理解他的行为了。村里的易地扶贫搬迁集中安置点和石拱桥的修建，都给了别人。这二十多户通户公路的修建，如再"肥水"流给外人田，恐会影响到他们间的关系。其二，这二十多户通户公路的修建，不是国家投资，而是村民自己把路基修好，他们单位从办公经费中挤出部分钱来给他们硬化路面，属于补助性质，钱不多，如果公开招标，不一定会有人来投标。其三，这个工程虽然不大，只是硬化几公里路面，却涉及二十多户的个人利益，每户人家对自己那段路的工程质量都会特别挑剔。如果把活儿承包给外人，稍有差池，容易引发矛盾；而让贺端阳承包，情况就不一样了。更重要的是，贺端阳是本村人，又是他们的支部书记，他也根本不敢在工程中做任何手脚。假如他把活儿做差了，二十多户村民每人吐他一口唾沫，便会让他一辈子在湾里抬不起头。乔燕把自己的想法给乡上罗书记和局里何局长说了，两位领导都同意了她的意见。现在，过去一到下雨天就走泥泞路的二十多户人家，干净整洁的水泥公路接到了家门口，晴天脚上不沾灰，雨天不湿鞋，谁又不高兴呢？

　　最后一件也是村里最重要的工程，便是村里易地扶贫搬迁集中安置点的修建，终于在腊月初五竣工了，现在正在进行室内装修和房前屋后的环境整治。三十多幢整齐的小洋楼，青瓦白墙，既有传统川东民居的风格，又借鉴了徽派建筑的一些手法，远远看去，完全是一幢幢漂亮的小别墅。乔燕产后回到贺家湾后，便亲自负责了安置点的修建，除了开会和家里有重大事情需要回城里一趟以外，她天天都泡在工地上。工人不下班，她不会回去，工人还没上班，她又早到了工地。伍老板都被她的精神感动了，对她说："乔书记，你这是何苦呢？我们靠手艺赚钱吃饭，巴不得一天就把工程做完，拿钱走路呢！你个人回去干你的其他事。你在与不在，我们都一样！"乔燕想道理是这样，可她仍然天天跑到工地去，好像背后有只看不见的大手，每时每刻都在背后推着她往工地跑。现在见工程已经进入内部装修，这才松了一口气。

　　这日，乔燕在工地上正和伍老板商量增加一些人手，加快内部装修的进度。正说着，忽然看见贺仁全大爷来到工地，瞪着一双大眼四处瞅着。这贺仁全大爷也是这次搬迁的贫困户，可在修建前，他坚持要村里按他家原有面积修。乔燕挺着大肚子跑了很多次，可老头儿很倔，全村所有易地搬迁的贫困户都签了协议，只剩下他一个"钉子户"没签。乔燕没法，决定不再等待，先把工程动起来再说。现在，乔燕见他在工地上四处瞅，知道他想看什么，却故意问："仁全大爷，你看什么呀？"贺仁全眼睛滴溜溜转了一阵，才对乔燕问："你们给我修的房子在哪里呀？"乔燕指了面前一幢道："大叔，这就是一百平方米的房屋！"乔燕话刚完，贺仁全便道："那我看看！"乔燕道："那好呀，大爷！"说完便带了老人往那幢屋子走去。说来也巧，那幢屋子昨天刚刚装修完毕，正敞着门窗透屋子里的异味。贺仁全进去一看，上下两层，下面一层一间客厅，一间饭厅，一间厨房，一间卧室，楼上三间全是卧室，楼上楼下，地板锃亮，窗明几净，地上掉根头发都看得见。老人看了半晌，突然对乔燕道："姑娘你骗我老汉吧？"乔燕一听这话愣了半晌，才对老头问："大爷，我骗你做什么？"老头道："我也看过城里一百平方米的房屋，哪有这么宽？你是拿宽房屋来哄我老汉开心是不是？"乔燕明白了，突然笑了起来，认真地对老头说："大爷，这真是一百平方米的！你不知道，城里买房屋要包括公摊面积，一百平方米的房屋到你手里，只有七八十平方米。我们这房屋，实打实使用面积一百平方米！"贺仁全听罢，脸上的皱纹抖动了几下，张了张嘴，想说什么却没发出声音。乔燕以为他还不肯相信，正想叫个工人上来拿皮尺量给他看，没想到他突然压低了声音，看着乔燕，像是有些讨好地问："姑娘，这房子真的是我的？"乔燕说："还不一定。大爷，这一排都是一百平方米的，哪套屋子归哪个，还得由今后抓阄来决定。不过所有四口人的屋子都是和这一样！"贺仁全听完，什么话也没说，就袖着手走了。

没一时，贺仁全背着一只大背篓，背篓里面装着两床被子、一个枕头，胳膊下又夹着一床篾席，又来到了工地。这次他什么也没说，径直走到刚才看的那套屋子里，在地板上铺上褥子和席子，就躺了下来。正在旁边干活的工人一见，便喊了起来："嘿，这里有个老头在屋子里住下来了！"一听这话，工人们便纷纷拥了过来。乔燕和伍老板也赶了过来，果然见老头直挺挺躺在地上，眼睛看着天花板。乔燕立即问："大爷，你这是干什么呀？"贺仁全立即像宣示主权似的，大声对乔燕说了一句："我就住这套房子了！"乔燕道："大爷，我刚才不是给你说了吗，哪个住哪套，得等抓阄来决定……"话还没说完，老头又大声说了一句："我不管，我就住这一套！"乔燕知道老头很倔，一听这话，便皱紧了眉头。伍老板一见乔燕皱眉的样子，便对老头说："这房子昨天才装修完，你即使是要这套房子，也要等段时间呀！你闻闻这屋子里气味多大！"听了这话，乔燕也马上说："是呀，大爷，你还是先起来回去吧！"说完，弯下腰，想把他从地上拉起来。可老头甩开了乔燕的手,像是恼了似的冲乔燕吼了一句:"你走开,我不怕啥子气味!"说完干脆把脑袋扭到一边,不再搭理众人。

大家互相看了一眼,都不知道该怎么办好。这时,乔燕脑海里突然灵光一闪,明白了过来,便蹲下身去对他说:"大爷,是不是因为你没和村上签协议,担心村里不给你分配安置房,就先来占一套?"一听这话,老头就像小孩撒谎被大人当面揭穿一样,脸马上红了。乔燕禁不住笑了起来,道:"大爷,你放心,你虽然没和村里签协议,可村里仍把你的房屋纳入了修建计划,就是等你来看了房屋,好和村里签协议呢!"一听这话,老头一个鲤鱼打挺,就从席子上坐了起来,瞪着乔燕问:"你说的可是真的?"乔燕道:"大爷你等着!"说罢挤出人群,跨上自己的小风悦就"突突"地往村委会办公室开去。片刻工夫,就取了协议来,进屋去对贺仁全道:"大爷,口说无凭,我们现在就签协议,你该放心了吧?"说罢掏出笔,将协议书和笔都递到老头面前。那协议书早在房屋还没动工以前就拟好了,并且村委会已经盖章签字。老头接过协议书看了一遍,才接过乔燕的笔,歪歪扭扭在自己名字后面签了字,然后交了一份给乔燕,另一份宝贝似的折起来,揣在了里面衣服的口袋里。乔燕等他收好协议后,才笑着对他说:"大爷,这下可以回去了吧?"老头听了这话,忽然跳起来,收起被褥往背笼里一塞,背起背笼,夹起席子又往回走了。对贺家湾这个易地扶贫搬迁中最顽固的"钉子户",乔燕原以为还要费很多口舌,没想到现在不攻自破。而这小小一幕喜剧,又在很长一段时间里,让贺家湾人在茶余饭后多了一个谈资。

老天爷也像是为贺家湾这几件大事的完成而高兴,这几日一改之前阴郁的面孔,天天放晴,阳光虽不像夏季那么强烈,但也十分明媚。冬日寒冷的大地因有了阳光的照射,一下子显出许多生机来。这日下午,乔燕把贺端阳叫到村委会办公室来。贺端阳把村里二十多户人家的通户公路给修通后,自己在外承包的一处易地扶贫搬迁集中安置点的工程因为缺砖也只得停下工来,这段时间一直在家里。他穿了一件厚厚的羽绒服,脖子上围了一条围巾,把自己包裹得严严实实。乔燕一见,便关切地问:"感冒了?"贺端阳抽了一下鼻子,才道:"没有!"乔燕又问:"那怎么穿这么多?"贺端阳道:"虽然没感冒,可这是感冒多发季节,多穿一点总归是有好处的,是不是?"说完才看着乔燕问,"乔书记,你叫我来有什么事?"

乔燕忙坐端正,看着贺端阳用商量的口吻问:"贺书记,很快就要过春节,我想和你商量一下贺家湾今年的春节怎么过……"一句话没完,贺端阳便十分诧异地看着乔燕,好像她是外星人一样,半天才说:"新年怎么过?你这话提得太怪了!年年都过着的,过去怎么过,现在就怎么过,难道今年还能换一个花样?"乔燕等他说完就笑了起来,一边笑一边说:"贺书记,不瞒你说,我今年真的想让贺家湾人换个花样过年……"一听到这里,贺端阳张了张嘴,像是要插话的样子。乔燕制止了他,一口气说了下去:"你听我把话说完,贺书记!我们村今年完成了几件大事,无论哪一件,都值得好好庆贺庆贺,你说是不是?更重要的是,自从年轻人出去打工后,村子的人气就渐渐散了,我想趁春节让那些在外打工的人都回家过年的机会,把全村人团到一起,热闹热闹,聚聚人气!你看怎么样?"

贺端阳听完这话,回答说:"你说的村里的几件大事,确实值得庆贺一下,但你说的聚人气,我不知道怎么聚。过去大家都窝在家里,不用你去聚,人气都旺得很;现在年轻人都走光了,即使是春节都回来,也就那么几天,年一过,就又像鸟儿一样各奔东西,各赚各的钱去了,你聚得再好,到时也是烟消云散,有什么意义?要说热闹热闹,本也应该,可也不是你想热闹就能热闹起来!如果是放在过去,村里出钱请县上剧团来唱上几天戏,看的人里三层外三层,一下就热闹了。现在县上都没剧团了!再或者像过去那样放几场'坝坝电影'?现在家家户户都有电视机,随时都能在家里看上电影,谁还来看你的'坝坝电影'?最大的可能就是等易地扶贫搬迁的贫困户搬新房那天,村里去买点烟花和爆竹回来放一放,就算是热闹的了,你看怎么样?"

乔燕听完贺端阳的话,半晌才说:"你说的是事实。可要说没有意义,我不赞同贺书记你的观点!聚人气就是聚人心。利用今年村上取得的成就,聚集起大家对村庄的认同感和自豪感,从而激发起对家乡的热爱,怎么没有意义呢?虽然年一过,该走的还是要走,可对家乡的认同感和自豪感以及由此而产生的热爱,却并不会轻易消失!说不定一些人,会因此回来建设家乡!"

听到这里,贺端阳说:"好吧,我没你懂得多,大道理一套一套的——什么认同感、自豪感。就算是那样,可怎样来热闹,人气又怎么聚?你倒说说具体的办法,使我茅塞顿开,别只顾云山雾罩的!"乔燕听贺端阳这话暗含讥讽,不觉红了脸,有点拿不定主意。尽管这办法在她心里已想了好几天,自己觉得很不错,可现在一见贺端阳这样子,真怕说出来会遭到他嘲笑。想不说,话已经到了这个份上。再说,这办法在她心里酝酿又酝酿,就像绘制一张蓝图,时而这里添上一笔,时而那里又抹上一划,哪怕是添上很小的一点,她都兴奋得手舞足蹈。

现在蓝图已经绘就，就像一瓶美酒，她怎么能不把它端到桌子上来呢？想到这里，乔燕便打算把自己的想法说出来，不过她还是把话说得很委婉，为自己留下了余地："那好，贺书记！我的想法可能很幼稚，但我却是很认真的，你也不要笑……"

贺端阳耸了耸肩，仍然口气冷冷地说："什么高招，你说吧，我洗耳恭听！"乔燕心一横，便道："我想在除夕这天，组织一次由所有贺家湾人都参加的集体团年宴……"乔燕说得很慢，一边说，一边观察着贺端阳脸上的表情，见贺端阳脸上的肌肉仿佛被冻住了一般，看不出有任何变化的神情。停了停，乔燕才接着说了下去："另外再开展一次由村民特别是外出打工人员参加的春节文艺联欢活动……"说到这里，只见贺端阳像是受到惊吓似的瞪大了眼睛，目光落在乔燕的额头上瞅了又瞅。乔燕以为头上有什么，抬手摸了一摸，却是什么也没有，于是疑惑地问："你瞅我头做什么？"

半晌，贺端阳才"嘿嘿"一笑，像是开玩笑地说："我想看看你脑袋里还装着些什么乌七八糟的怪念头？"乔燕一听这话，脸腾地红了，本想立即反驳贺端阳，想了想忍住了，却说："要说这念头怪，也确实有些怪，因为大多数人都没这样想过！要说不怪，也一点不怪，别的地方那些敢吃螃蟹的人，早这样做了……"贺端阳见乔燕生气了，便打断了她的话，放轻了语气对她说："好了，好了，这话算我没说！"然后问，"你知道贺家湾有多少人吗？"乔燕道："如果全部回来，有一千多个，可肯定有人回不来，最多也不过六七百人吧！"贺端阳道："对了，就算只有六七百人，我问你，需要多大地方来办宴席？需要多少张桌子，多少条板凳，又需要多少杯盘碗筷？需要多少人烧火、上灶、淘菜、打杂……"乔燕见他提出了一连串问题，也不客气地打断了他的话："村民办红白喜事，都请你做支客师，需要多少桌椅板凳碗筷什么的，对你有什么难的？"这不愠不怒、绵里藏针的几句话，顿时把贺端阳打哑了，过了一会儿他才投降似的说："就算这些东西我们可以计划，可办宴席需要的米、面、油、肉、菜等东西怎么筹集？是按人头筹还是按户筹？如果按人筹，有的人家小孩多，有的人家全是大人。即使全是大人，有人是大肚罗汉，一张嘴比箩筐还能装，有人却是林黛玉那样的樱桃小嘴，半天才塞得进一醋碟饭……如果按户筹，有的户人多，有的户人少，矛盾更多……"说到这里，见乔燕又要插话，他汲取了刚才的教训，没等乔燕发出声来，便又一口气说了下去，"至于说让留在村里的人和那些打工回来的人，组织一场文艺联欢会，更是没谱了！你看村里这些人，不是脸皮打皱、五音不全，就是说话牙齿不关风,你叫他们上台出洋相可以,哪还能表演什么文艺节目?那些在外打工的人,虽说年轻,可他们平时要不是待在工厂流水线上,就是守在那些服装店、饮食店或建筑工地上,哪有什么文艺细胞?即使他们有文艺细胞,可他们一般要在腊月二十七八才回来,你怎么去组织他们排练节目?再退一万步说,即使你能把他们组织起来排练,难道他们比那些明星还跳得好?"

　　乔燕听完他的话,仍然表现得十分平静。她看着从窗外筛进来的两片阳光:一片落在地上,像金箔似的漫开来,不断闪烁,像很开心似的;一片落到她面前写字台的茶色玻板上,玻璃又将暖暖的阳光反射到她的脸上,因此她的脸上便笼罩上了一层朦胧的光辉。她看了一会儿,突然又一笑,然后才诚恳地对贺端阳说:"贺书记,你说的都是事实,可只要我们愿意做,就没有克服不了的困难!"贺端阳一听这话,马上又说:"乔书记,我的看法和你恰恰相反!这两件事都是顶起碓窝耍狮子——费力不讨好,我劝你早点打消脑袋里的怪念头!再说,大过节的,那些外出打工的为什么几千里路都要赶回来?为的就是同亲人团聚,再利用春节假期这段时间,好好休息几天,放松放松自己!平时领导把你们也管得紧,这一年来,除了你回去生孩子这段时间,平时都是'白加黑''五加二'住在贺家湾。难得才有过年这几天清闲,你也好好回去和亲人团聚团聚,何必再来弄这些又费灯草又费油又得不到多大好处的事?"

　　贺端阳说完,目光一动不动地看着乔燕,流露出关怀的神情。乔燕却从他表面关心的话里,知道了他心里真正的想法。正是因为这事和他实际利益没有多大关系,且又耗精力和时间,所以他不愿意做。乔燕知道单凭自己几句话,肯定一时无法说服他。她想了想,突然看着他问:"万一村民同意这样干,你会不会答应?"贺端阳没想到乔燕会说出这句话,顿时像听到一声惊雷,眼睛死死瞪着乔燕,仿佛打量天外来客般,过了半天才回过神,立即把头摇得拨浪鼓般,大声说:"不可能,绝对不可能!我敢担保,贺家湾的人要是同意这么办,除非太阳打西边出来!"乔燕听贺端阳说得如此肯定,又微笑着不屈不挠地追问了一句:"我说的是万一!万一村民同意这样干,你怎么办?"听了这话,贺端阳立即表态说:"要是村民都同意你的想法,我贺端阳没二话可说,就是不吃不喝不睡觉,也把这两件事组织好!"却又看着乔燕补了一句,"这是不可能的!"乔燕追问了他一句:"什么不可能?"贺端阳道:"要村民同意你的想法,这是不可能的!"乔燕又笑了笑,站起来向贺端阳伸出手去,对他说:"可不可能,我们打个赌!过几天我们开个村民大会,到时候谁输谁赢再见分晓!"贺端阳听了这话也说:"那就这样，到时候你输了可别哭鼻子！"说着也把手向乔燕伸了过去。

贺端阳走后，乔燕坐在椅子上思考起来。太阳已经西斜，地上的那块太阳光斑，已经移到了墙壁上，而桌子上的那片则跳到了地上。乔燕的面孔因缺乏了玻璃板上阳光的反射，此时清秀中显得有些严峻。刚才和贺端阳打赌的话，不由自主地又在她耳边响了起来。她也不知怎么回事，就和贺端阳打起了赌来。一会儿她觉得自己的想法经过了自己的深思熟虑，听起来虽然有点出人意料，可并不是天马行空，不着边际，何况有的地方已经这样做过。难道别人能做，自己就不能做？因此她深信自己能赢！一会儿又觉得没有把握，因为她也深知老百姓特别是农民都有因循守旧的一面，这事对贺家湾人来说，不但没见过，恐怕连听也没听说过，怎么会轻易接受呢？再说他们都习惯了一家一户关起门来过日子。何况贺端阳所强调的那些，也都是客观存在，要不然他也不会在和自己打赌时，轻易流露出必胜无疑的神态。要是村民真的不答应，又怎么办？一想到这里，她有些灰心了。可这个念头刚刚浮上脑海，她又马上把它从头脑里赶了出去。她想起从到贺家湾来做的几件事，比如整治村里环境卫生、垃圾分类和统一清运、动员村民在房前屋后栽花种草、建设美丽乡村以及动员村里姐妹们化妆美容、提升自身素质等，贺端阳和村里很多人都认为做不到，可她还是办到了。可见任何事情只要认真去做，就没有做不到的！她相信贺家湾人经过前面几件事，无论是从观念上还是对她个人的感情上，都比过去好得多。过去都能办到的事，这次为什么不能办到呢？这么一想，信心又回到了她的身上。她想了想，马上给贺波打了一个电话。

没一时，贺波便赶到了村委会办公室。年轻人性急，一进门就问："姐，什么事？"乔燕道："你急什么？先坐下再说吧！"贺波在椅子上一坐下，乔燕便把刚才对他父亲说的两件事告诉了他。贺波还没听完，便从椅子上弹了起来，一半像是惊奇，一半又像是高兴，两只手掌一击，便大喊着："全村人集体团年和文艺联欢会，这太好了！"乔燕看见贺波兴奋的样子，也像遇着了知音，脸上飞上了冬日少见的两团红晕，看着他故意问："你说好在哪里？"贺波却像是被问住了，半天才红着脸说："贺家湾平时太冷清，趁这个机会闹热闹热，当然是好事！"说完就像沉浸在了那种热闹的气氛中一样，眼睛里闪烁着仿佛要飞翔的熠熠光彩，看着窗子外面说，"姐，将近七八百人吃饭，整个文化广场都要摆满！"不等乔燕回答，又接着说，"还要表演文艺节目。可以说，从古到今，贺家湾都没这样热闹过,你说是不是?"乔燕见他只顾沉浸在想象里,便对他说:"热闹只是一方面,热闹的背后还有更重要的意义……"贺波忙问:"什么意义?"乔燕笑了笑,说:"现在不告诉你,你自己去领悟!"

  贺波见乔燕不愿泄露天机,也不再问。他想了想,突然问:"姐,你是怎么想出这主意的?"乔燕说:"这主意也不是我想出来的,是有人已经这样做过。我只不过是想把别人做的事,也搬到贺家湾来。你爸刚才和我打赌,说贺家湾的村民肯定不会同意我这个怪想法,你说我会不会赢?"贺波没立即回答,偏过头想了半天,忽然将双手攥成拳头在头顶挥了一下,然后斩钉截铁地对乔燕说:"我觉得你准赢!"乔燕立即问:"你怎么觉得我准赢?"一下又把贺波问住了,仍隔了一会儿才说:"姐你想办的事,就一定能办成!"说完这话,又感到不足,马上又对乔燕说,"姐,我百分之百支持你!"乔燕听了这话,又像考他似的问:"你怎么支持?"贺波先"哎"了一声,又想了半晌才说:"别的不说,你要组织文艺联欢,我首先报名表演一个节目……"乔燕没等他说完,便有些不相信地打断他的话问:"你能表演什么节目?"贺波说:"我虽然不会唱歌、跳舞,可我会打山东快板!在部队里时,团里组织文艺联欢,连里就把我推上去!"说着,便拉开架势,右手做出打快板的姿势,嘴里"滴滴答、滴滴答"地念起来,一下把乔燕逗笑了。笑毕,乔燕才道:"可只有你一个,还不够!"贺波立即说:"那就把郑琳也算上!郑琳的歌唱得不错,我叫她唱一首《青藏高原》和一首《黄土高坡》!"乔燕仍摇了摇头,说:"也不够!"贺波一下急了,忙说:"姐,那你要我做什么?"

  乔燕见小伙子已经急得有些面红耳赤起来,便笑着说:"你要真支持姐,姐交给你两项任务!"一听这话,贺波立即一下站起来,像在部队接受任务一样将身板挺得笔直,对乔燕问:"什么任务?"乔燕说:"第一,你和张芳主任一起,将村里那些性格乐观、身体健康又喜欢活动的大妈组织起来,我去县上请一个老师来教她们跳舞。等跳会了,不但那天可以上台表演,平时还可以跳坝坝舞,既锻炼了身体,又能少打些麻将,把村里的文化生活也丰富起来了。除此以外,你还要想法了解清楚那些外出打工的年轻人中,哪些人有文艺细胞,喜欢唱唱跳跳,然后把他们动员起来,每人上台表演一到两个节目,你看有没有困难?"贺波马上既响亮又干脆地回答说:"没问题,姐,村里那些在外打工的年轻人,大多数我都加了微信,少部分没加的,我和郑琳一起打听,然后把他们全部拉进一个微信群。到时我们在微信群里相互发动,保证没问题!"乔燕高兴起来,便说:

"我就知道找你准没问题！你告诉他们，节目不拘形式，随便表演什么都行，只要能让留在家里辛苦了一年的亲人快乐就行！"

乔燕说完，目光落到贺波脸上。贺波明白乔燕眼神的意思，便说："姐，我知道了！欢乐第一，亲情至上，是不是？大过年的，本来也该这样嘛！"可话一完，眼里闪出了调皮的光彩，看着乔燕问，"姐，你上台表演不？"乔燕像早就知道贺波会这样问一样，立即不假思索地回答说："姐当然要上台表演一个！"贺波眸子里那种好奇和兴奋的光彩更加强烈起来，马上又问："姐，你表演一个什么节目？"乔燕见他急于知道答案的样子，不但不急于回答他，反而像征求意见似的对他反问："你说我表演一个什么节目好？"贺波想了半天没想出答案，只好红着脸对乔燕摇了摇头，说："我不知道。"乔燕见状，便笑着道："姐也没想好，不过你放心，到时我一定会登台表演一个！"

贺波这才不说什么了，像是要急于去落实任务似的，转身要走。乔燕又叫住了他，说："别忙，还有一个任务呢！你到网上去查一查外地乡村举行'千人宴'的资料！我记得去年过春节时，电视里播了一条新闻，说的就是我们省一个村集体团年的事。那新闻的标题我现在还记得，是《千人欢聚宴，幸福过大年》！那个场景和气氛，令我非常感动，所以今年我才萌发了在贺家湾也来办一次千人欢聚宴的念头！你回去把这个视频下载下来，到时我回城借一台投影仪，到开村民大会这天让全体村民看看。我想大家看了后，也一定会激动！"贺波立即信心百倍地答应了一声，这才转身走了。

乔燕望着贺波宽阔壮实的背影和那坚定有力的标准的军人步伐，忽然有种温暖的感觉从心头掠过。从到贺家湾来，她就非常欣赏这个从部队回来的小伙子的"不安分"。恰恰就是这些"不安分"的行为，使乔燕看出了他身上所具有的新时代青年的进取和开拓精神。这种精神不但贺家湾一般人不具备，就是连他的父亲贺端阳也根本不能和他相比。正是因为这样，她不但建议把他吸收进支部班子里，还把一些重要的工作交给他做。刚才贺端阳说她办"千人团年宴"和举行文艺联欢会的想法是怪念头，说明在贺端阳眼里，乔燕和他儿子一样，两个人都是有些"异想天开"的"怪人"。奇怪的是，两个"怪人"在许多事情上竟然都能取得一致的看法。如今在贺家湾"千人团年宴"和文艺联欢会这两件"想入非非"的事情上，他俩又擦出了共同的火花，因此乔燕必胜的信心便大大地增强了。

因为天冷，村民大会在村小学的一间大教室里举行。过去，贺家湾很不容易开成一个村民大会，自从乔燕来后，情况有了根本改变，虽不说每个在家的村民都要来参加，至少每个家庭要派出一个代表来。因此，一百多人像沙丁鱼似的，把教室挤得连转身的地方都没有。会议一开始，贺波便按照乔燕的要求，放映起从网上下载下来的视频。挂在正面墙壁中间的投影幕布上，首先出现的是一座东西走向的、起伏逶迤的山峦，山上树木稀疏，野草偃伏，怪石嶙峋，土地呈现出一片黄褐的颜色，显得有几分荒凉。但高处的天空却是蓝的，有明亮的阳光照在山峦上，证明这是一个美好和温暖的晴朗日子。接着画面往远处一推，山峦渐渐远去，出现了山峦下一排白墙灰瓦的房屋，很整齐也很漂亮。紧接着，镜头一转，便出现一幅热烈而欢乐的宴席场面：在那排房屋前面一块偌大的空地上，一百多张桌子横一排、竖一排井然排开，桌面都铺着橙色的塑料桌布，上面是冒着热气、丰盛的美味佳肴。穿着一新的男女老幼，面露喜色，围桌而坐，有的在聊天，有的在举杯相贺，有的埋头吃菜，呈现出一种祥和、幸福、喜庆和快乐的气氛。在那排房屋的墙上，拉了几条横幅，一条写的是："保护生态环境，建设美丽乡村"；一条是："祝全村人民新春快乐，万事如意，全家幸福！"

看到这里，会场上便有人爆发出惊讶的疑问声："这是哪户人家娶媳妇还是嫁女，怎么这么大的排场？"话音未落，音箱里便响起了一个女播音员清脆悦耳、富有感染力的声音，道是："改革开放四十年，祖国进入新时代。随着人民群众物质和精神文化水平的提高，他们对美好生活的向往也更加强烈。为满足人民群众这一需要，今年春节除夕这天，我市麒麟乡凤凰村举行了一场别开生面的集体团年活动，全村一千多村民聚在一起，举杯共庆幸福中国年……"听到这里，村民明白了过来，教室里便响起了一片惊奇的叫声："哎呀，原来是集体大团年呀！"接着便是感叹的声音："还没见过这么多人一起团年，好热闹呀！"乔燕急忙对众人挥了挥手，大家便又安静了下来。刚才被众人湮没了的播音员声音重新响了起来："村委会办公室前面的广场上，一百多桌筵席井然排开，现场气氛喜庆而热烈。凤凰村党支部书记石海涛告诉我们……"说到这里，画面上出现了一个面孔黧黑的中年男人，他开始对着镜头讲："举办这次活动，主要是想促进我们全村人民和睦相处，砥砺奋进，逐梦前行……"说这几句话时，这个汉子表情有些僵硬，显出很不自然的样子。好在他的话很快就完了，又换成了播音员悦耳的声音："随着美酒佳肴陆续备好，大厨一声呼喊：'上菜啰！'这个别开生面的'千人团年宴'拉开了帷幕！一道道美味佳肴端到桌上，现场气氛达到了高潮，在热热闹闹的气氛中，大家共叙邻里之情，共同交换一年的收获和来年的希望……"播音员说到这里，画面上又出现了一个西装革履、戴眼镜的干部模样的人，字幕上显示他是麒麟乡党委书记，只见他对着镜头说："凤凰村这个'千人欢聚宴，幸福过大年'活动，让辛苦劳作了一年的乡亲聚到一起，拉近了邻里感情，密切了干群关系，更展现了我们麒麟乡人民昂扬向上的精神风貌！"他说完，女播音员的声音重又响了起来："凤凰村这个'千人欢聚宴'菜肴十分丰富，共有十道大菜，鸡、鸭、鱼、烧肉等一应俱全，比一家一户单独过年的菜肴还要丰富。凤凰村支部书记石海涛告诉我们，宴席所有菜肴都是由村民每家每户筹集的，相当于 AA 制的意思。为什么会用十道菜，负责这次宴席的大厨告诉我们……"画面上出现了一个胖胖的、五十岁左右的厨师，他说："十道菜寓意着十全十美，希望我们凤凰村人吃得开心，吃得安心，过一个幸福美满的年！"说到这里，一个手执话筒的女记者出现了，她总结说："第一次在一个传统的节日里参加'千人宴'，菜肴香飘四溢，场面热烈壮观，感觉十分震撼！凤凰村是个好地方，凤凰人这种团结一致的精神值得学习！衷心祝愿凤凰人在新的一年，身体健康，万事如意，过上更好的日子！"

播放到此，视频结束，会议室里的气氛却比刚才更热烈。大家像小孩子第一次见到一个新奇的事物一样，不由得都激动地议论了起来："新鲜，第一次看到这么多人聚在一起团年！""谁说现在过年冷清，要都那样，不就热闹了？""就是，平时办个红白喜事，一二十桌人就算热闹，何况人家那是一百多桌，想不热闹都不行！""人家那才叫过年嘛……"乔燕听见大家的议论，知道视频起了作用，心里高兴起来。她朝身边贺端阳看了一眼，贺端阳像惯常那样，紧抿着嘴唇，板着脸，像是牙疼的样子。她把目光移到贺波脸上，见贺波向她投来会意的一笑。乔燕得到了鼓励，便用了漫不经心的口吻，笑吟吟地对众人道："大家都说人家那样过年热闹，我们今年也来个全村人集体团年，怎么样？"一边说，目光一边亲切地掠过众人。众人一听，会场一下安静了下来。大家互相看了看，过了一会儿，才响起了一阵叫声："好哇，好哇！"接着有人又怀疑地大声问道："乔书记，你不是说着玩的吧？"

乔燕听了这话，收敛了脸上的笑容，严肃地看着大家说："各位爷爷奶奶、大叔大婶，我不是开玩笑的。今天开这个会，就是想和大家一起商量！我和贺书记……"她又瞥了贺端阳一眼，见贺端阳脸上仍是一副不动声色的样子，便自顾自说了下去，"我们看了人家那里集体团年的电视，觉得我们贺家湾，都是一个祖宗下来的。即使是郑家塝，也从大集体时代开始，就和贺家湾一个锅里舀饭，这么多年来一直没有分开过，早就成了一家人！从责任制后，大家一家一户种庄稼，后来又兴起了打工潮，年轻人分散到天南海北。平常大家各忙各的，别说见面，就是相互之间联系都很少，但我觉得乡村文化那个根基始终还在。这个根基就是由祖宗建立在血缘基础上的村庄共同体，以及大家对幸福美满生活的向往，只不过平时没人像刚才电视里播的那样来组织。所以我和贺书记……"

她又看了贺端阳一眼，这时她见贺端阳脸上的肌肉动了动，同时也向她投过来一瞥说不清楚是感激还是不满的目光。乔燕便接着说："我和贺书记商量，也想在今年春节时，举行一次贺家湾的'千人欢聚宴，幸福过大年'，让老年人聚到一起拉拉家常、叙叙旧。让在外打工的年轻人利用这个机会，互相交流一下打工的经历，联络联络感情。让小孩子也尽情地玩耍打闹，愿意讨压岁钱的就趁这个机会多给长辈们磕头，不过长辈们可要多准备压岁钱哟……"说到这里，乔燕笑了起来，更多的人便也跟着后面笑。有人一边笑，一边大声喊："压岁钱不成问题，只要娃儿们愿意磕头！"这话刚完，有人便和他抬杠说："大话别说早了，磕一个头给一大张'花被单'，你有多少'花被单'？"那人正想回答，却见贺勤站起来，在人群中挥了一下手，像是维护会场秩序地喊道："莫扯远了，听乔书记继续说！"

众人安静下来了。乔燕继续道："我们不但要办'千人宴'，还要表演文艺节目！中午吃团年宴，下午就看演出……"话音还没落，会场突然响起一阵热烈的掌声，紧接着又是一片喊声："好哇，好哇！"乔燕见大家这么热烈，心里更像是泛起一阵春潮，高兴得有种头晕目眩的感觉。可她控制住了自己，等大家话完，她才对众人问："大家真的赞成办集体团年宴和表演文艺节目……"众人没等她说完，便又高声叫喊起来："赞成，不赞成的就不是贺家湾人！"有人喊完还在后面补了一句，"贺家湾几十年都没有热闹过了，热闹一下有什么不可以的？"乔燕又向贺端阳扭过了头去，这次见贺端阳紧皱着眉头，目光深邃地看着对面墙壁，似乎在想什么的样子。乔燕害怕他又搬出一大堆困难和问题，想了想，不如自己先挑开了好，于是又对众人说："感谢大家对村党支部和村委会工作的支持！不过这事说起来容易，做起来却很麻烦。全村少说也有七八百人吃饭，这么多人，需要多少张桌子，多少条板凳？又需要多少杯盘碗筷？需要多少人烧火、上灶、淘菜、打杂……"说到这儿，有人"咔咔"地笑了起来，一边笑一边对乔燕说："乔书记，这算什么问题？村里哪年不办几次红白喜事？一办，少则十几桌，多则二三十桌，人家是怎么办出来的？"乔燕微微笑了一下，像是表示歉意似的，可接着又说："好，就算这事不算问题，可办宴席需要的米、面、油、肉、菜等东西，怎么筹集为好？"说完把那天贺端阳强调的困难又说了一遍。话还没说完，众人更不满地叫了起来："乔书记，你把我们贺家湾人说成是什么人了？这年头不管是米面油肉还是鸡鸭什么的，哪家拿不出来，还会计较多一点少一点？至于说谁吃多了谁吃少了，你刚才说贺家湾人是一个祖宗下来的，一个祖宗下来的，会计较这些吗？你门缝里瞧人——把人瞧扁了！"乔燕听了这些话，急忙说："爷爷奶奶、大叔大婶，我不是那个意思，我是要先把这些说到前头，免得到时一些人闹意见……"众人又没等她说完，再次叫喊起来："我们没意见！你们怎么说，我们就怎么办！"

乔燕觉得就像写文章一样，高潮已过，应当收尾了，便道："好，既然大家都没有意见，那我们贺家湾今年就举办首届集体团年宴和文艺联欢会！不过我这人是弹花匠的女儿——会弹（谈）不会纺，具体该怎样落实，离不开村党支部和村委会，特别是贺书记的支持！贺书记为了坚定我的信心，曾经对我说，只要村民同意，他就是不吃不喝不睡觉，也把这两件事办好！现在，我们就欢迎贺书记说说他的具体想法！"说着，她一边向贺端阳投去既是鼓励又似是挑战的目光，一边带头鼓起掌来。

贺端阳红了脸。他知道自己现在已被乔燕赶上了架，虽然有点气恼，却又不好表现出来。他想了想，说："乔书记把这事的目的和意义都讲得很详细了。这是自老祖宗迁到这里以来，都没有办过的大事，我们不办就不说，要办就一定要办好！既然大家都红口白牙一致要求办，那我丑话说到前头，如果有人在这中间故意扯筋撩皮，不管你是老辈子还是少辈子，就莫怪我一根眉毛扯下来盖住脸，不客气了！"众人急忙说："不会不会，扯筋撩皮就不是人！"众人又说了一会儿，就喜气洋洋地散会了。

众人走后，乔燕刚要走，贺端阳忽然喊住了她，不好意思地对她说："你赢了！"乔燕笑着回答："你也一样赢了！"贺端阳问："我怎么赢了？"乔燕说："你看大家都拥护这两件事，你不是同样赢了？接下来你要做的工作更多！"贺端阳没接乔燕的话，却笑着对她说："其实我心里早就同意做这事。那天我没有答应，使的是激将法，就是怕你半途而废！"乔燕一听，高兴地说："原来是这样，谢谢你，贺书记，我们想到一块儿了！"说着还把手伸过去，握了握贺端阳的手。

第二十章

村民大会开过，年的气氛就提前来到了贺家湾。这日乔燕从城里回来，小凤悦后座上坐着一个身穿红色羽绒服的女人。来到文化广场那棵老黄葛树下时，乔燕才将电动车熄了火，两人从车上跳下来。那时，王娟、王娇、吴芙蓉等被张芳和贺波动员起来学跳舞的女人，已经候在文化长廊的八角亭里。一见乔燕陪了一个女人走来，便高兴地叫道："老师来了！"一边叫，一边远远打量着女人。只见她身材苗条，脚步轻盈，活脱脱一个窈窕少女。可等走近了一看，却发现那张白皙的脸上，已爬满了细密的皱纹，原来已是半老徐娘。众人轻轻地"哦"了一声，不免露出了一种失望的情绪。乔燕知道众人的心思，便对她们介绍道："这就是我请来教你们跳舞的陈老师，我同学的奶奶……"话还没完，王娟等人又惊得叫出了声："奶奶……"乔燕见众人惊讶的样子，又马上道："你们可别看陈老师年纪大了，她可是从十多岁起就跳舞，后来在县文化馆当舞蹈辅导员，退休后组织了一个老年舞蹈团，参加过全国、全省的老年舞比赛，还得过大奖呢！"众人又惊得"哦"了一声，将眼里的怀疑变成了敬佩的神色。张芳道："陈老师，看你还年轻，怎么就当起奶奶了？"陈老师听了这话，这才笑吟吟地对众女人说："我还年轻呀……"没等她说完，贺家湾的女人便七嘴八舌地说："年轻，年轻，真的年轻！"陈老师见众人直夸她年轻，不禁哈哈大笑了起来，一边用手指比画，一边对众人说："告诉你们，我今年七十五岁！"众女人一听，立即像是怀疑耳朵出了毛病似的"啊"出了声。半响，张芳才道："天啦，七十五岁，看起来比我们还年轻呢！陈老师，你是怎样保养的？"陈老师道："什么保养，就跳舞呗！跳舞不但能锻炼身体，保持身体各部分的匀称和肌肉的活力，更重要的是，常跳舞能使人心情愉悦，乐观向上。心理健康了，身体还不好？"众人听了这话，仍惊得说不出话来。陈老师以为大家还不相信，便说："你们还怀疑是不是？那我跳一段给你们看看！"说罢便取下背上的双肩包，脱了外面的羽绒服，露出里面一件紧身的羊毛衫，又从双肩包里取出一只小型播放器，按下开关，广场上便立即弥漫起了悠扬的旋律。随着旋律，陈老师果然舒展双臂，轻移莲步，杨柳扶风般舞蹈起来。只见她时而如飞鸿冲天，臂舒腕动，双翅翩翩凌空；时而又如蛟龙出海，单腿独立，足尖着地，身子如陀螺般旋转；时而又身若无骨，无论前俯还是后仰，身形灵活；时而又气势如虹，一举手一投足，皆訇然有声，铿锵有力……一首跳完，立定，脸不变色心不跳，对众人莞尔一笑。贺家湾的女人早看呆了，过了半晌，才记起一边鼓掌，一边大声叫好。

　　从这天开始，陈老师便留在贺家湾教起舞来。先还只是那些被动员起来的女人们跟着学。可腊月里是一年最闲的时候，那些没被动员的男人女人，听说王娟、王娇、张芳等女人在文化广场上学跳舞，一是好奇，二是闲暇无事，便跟着来看热闹打发时间。看着看着，一些人的心便痒痒了起来，也跟着手舞足蹈。自此，那文化广场上空便日日飘扬着悠扬的旋律和贺家湾这些学舞人的闹声和笑声。

　　在贺家湾人跟着城里来的陈老师学舞的同时，贺波和郑琳也没有忘记按照乔燕的吩咐，在微信群里联络湾里那些外出打工的年轻人参加村里春节举办的文艺联欢活动。起初那些年轻人都还有些不好意思，推说自己没有文艺细胞或没有时间，但后来一些人禁不住贺波和王琳的反复劝说，便答应下来。贺波便将他们的名字和准备表演的节目名称，发到微信群里，还用村党支部和村委会的名义给予表扬和鼓励。一些人见前面有人带了头，怕回去被乡亲们说成是"裤子包的"没出息，不愿丢这份脸，于是也鼓起勇气答应了，说："就当唱一回卡拉OK"或"在歌舞厅跳一回舞"。这样一来，愿意登台表演的年轻人，一下就有了二十多个。贺波每天都到乔燕那里，把收到的新演员名单和节目名称向她汇报。乔燕见联欢会演员队伍不断扩大，节目也越来越丰富，自是高兴。

　　且说贺端阳，虽说当初他不赞成乔燕做这两件顶起碓窝耍狮子——费力不讨好的事，强调了一大堆困难，可一旦被乔燕赶上架以后，又把精力和时间都投入了进来。他是一个聪明人，一旦审时度势后，便知道自己该如何行动。村民大会结束后的第二天，他便把贺文、贺通良、张芳、郑全智、贺波等村干部派到几个村民小组去，协助各小组长先将愿意参加聚会的人员名单给统计出来。到了腊月二十三小年这天，再次统计了一遍，并一一确认落实。一旦将聚餐人数确定后，接下来的事对于这个村里红白喜事的老支客师来说，便是轻车熟路了。他找来村里几个有经验的老厨师一算，需要多少米、面、油、鸡、鸭、肉、豆腐、蔬菜以及生姜、大蒜、花椒、酱油、醋等，立即就有数了。贺端阳的聪明之处在于，他并没有让每一家都出一斤米、一把面、几两油，而是以肉为折算单位，五斤米抵一斤肉，三斤肉抵一只鸡或鸭，四斤肉抵一桶油……根据总量需要，算出某某几家出米，某某几家出肉，某某几家出鸡，某某几家出油……不落下任何一点东西。并且他规定，腊月二十六这天，各家都要将自己所出的东西送到村委会来，写上户主姓名和所出东西的数量，挂在村委会院子的墙上，让全村人来互相参观。贺家湾人爱面子，一听这话，生怕自己送去的东西少被全村人议论，于是只该出五斤肉的，却提去了七八斤那么大的一块，本该出一只一般的鸡或鸭的，却捉了家里最重最肥的鸡或鸭提去，本该出十斤大米的，却背去了半口袋……人人都唯恐落后，被村里人看不起。没半天工夫，村委会院子的墙上就挂不下了，连地下也摆满了各种各样的东西，倒让贺端阳犯起愁了：这么多东西用不完怎么办？他本想让大家把多出的那部分拿回去，可大家既然拿来了，又怎么好意思拿回去？他想了想，这才急忙下令，让那些还没来得及送东西来的人，暂时不要送了，等他调剂后再送。

至于桌椅板凳、杯盘碗盏的安排，贺端阳并不直接插手。谁家出桌子；谁家出板凳；谁家出杯盘；谁家出碗筷；谁家人口多，可以单独一桌；谁家人口少，又和谁家拼成一桌……所有这些，他都交给各村民小组长去落实。村民小组长又根据村民间的房分情况和亲疏远近，一一安排下去。贺端阳又下令，每家不论人多人少，均出一个劳动力，不分男女，能掌瓢儿（厨师）的就掌瓢儿，能当火二（烧火工）的就当火二，能做炊哥（做饭的人）就做炊哥，实在什么都不能做就听命等候跑路！对自愿来服务的，写上光荣榜，挂在墙上！如此这般，一切忙而不乱，井井有条，不在话下。

腊月二十七晚上，贺波突然赶到村委会办公室来，对乔燕说："姐，打工的人回来得差不多了，离演出还有三天，我们打算从明天开始，召集大家把准备参加演出的节目集中排练一下，你来不来参加一下？"说完望着乔燕，眼睛里流露出期待的光彩。乔燕听了这话，却说："哎呀，真不凑巧，我明天和后天都不在村里……"贺波马上惊讶地叫了起来："你要到哪里去？"乔燕说："我得回去一趟……"话没说完，贺波又问："姐，家里出什么事了？"乔燕说："没出什么事，你别乱想！"贺波目光中更露出了怀疑的神色，看着她说："姐，都这两天了，你还回去做什么？"乔燕看他焦急的样子，马上笑了笑，然后才对他说："你忘了，这是过春节呀！我公公婆婆也该团聚一下，是不是？我得把婆婆她老人家送回去，顺便也看看老公公。一年到头了，你说我应该不应该？"贺波明白了，却又道："那张恤怎么办？"乔燕道："也跟他奶奶一起回去呀！"贺波道："他不是还在吃奶吗？"乔燕道："问题不大，这几天他们可以兑奶粉喂他！"又低声对贺波道，"还有，姐那天还要登台表演节目，还得到城里找人指导指导！"贺波便笑了起来，像是不相信地说："哦，姐还需要高人指点？姐，你要表演的是个什么节目？告诉我，我好打印节目单！"乔燕又故作神秘地说："嗯，现在还不能告诉你，等我回来了再说吧！我最多后天就回来。我已经给你爸说了，家里的事就交给你们。你和张芳主任大胆地组织他们排练！我还是那句话，我们这是自娱自乐，不要求他们演得多好，能够叫大家快乐就行！"然后又看着他问，"你觉得呢？"贺波想了想，说："那好吧，姐，到时你可别爆出一个冷门，把中央电视台春节联欢晚会上的那些明星都给比下去了哟！"乔燕笑了笑，没作声，看着贺波忙忙地离去了。

第二天一早，张健果然开车下来，把乔燕、张恤和母亲接走了。

腊月二十九上午，乔燕一个人回到了贺家湾。离那棵老黄葛树还有老远，乔燕便闻到空气中一股浓郁的烹制油炸食品的香气。走到文化广场前边，才看见广场四周的空地上，临时用石头砌了十口土灶，每个土灶上都支着一口大铁锅，灶膛内烈火熊熊，铁锅里沸油滚滚，十几个负责做饭的大师傅正在提前加工明天宴席上所需要的一些菜品。众人看乔燕一个人回来了，便纷纷问："乔书记，你一个人回来了，孩子呢？"乔燕道："他奶奶带走了！"一些女人听她这么说，便又道："孩子还那么小，他要吃奶了怎么办？"乔燕道："没关系，他早就习惯喝奶粉了！"女人们一听这话，又都说："哎呀，孩子还那么小，你不想他吗？"乔燕听了这话，忙把话题岔开了，道："大叔大婶，这么早就开始准备呀？"众人便立即回答她说："明天席多，今天把该炸、该煸、该焯水、该过油的，就先做了吧，免得明天又手忙脚乱……"正说着，只见梅英举着一只托盘，向她走了过来。乔燕见托盘里装的是已经切好、准备明天装拼盘的腊香肠、腊猪肝、猪肚、猪舌等下酒菜，知道是来请她品尝的，便急忙喊道："婶，快别端过来了，我得留着肚子吃中午饭呢！"说完，仿佛害怕被拉住似的，也不等梅英说什么，立即走了。

第二日，老天爷似乎也很高兴，一大早便把脸从东边天际有些破碎的、蓝中带紫的云层中往外露，将它浅红色的彩霞映在贺家湾村委会办公室左边的尖子山和右边的擂鼓山的半个山头上。昨天晚上，乔燕又把贺小婷喊来给她搭伴。这小姑娘想着吃"坝坝宴"和看联欢会演出的事睡不着觉，不断缠着乔燕问这问那；而乔燕想着今天的两场活动，生怕还有遗漏，脑海里也走马灯似的反复过着一些细节，两人都半夜才睡。一觉醒来，乔燕一看，那金色的、像火焰般的阳光，早已跳到了窗户玻璃上，而从原来村小学的操场里，也传来了嘈杂的人声。乔燕一见自己睡过了头，急忙一骨碌爬起来，穿好衣服，喊了小婷两声，忙去洗漱。等洗漱完回来后，发觉小婷仍在睡，只好去推她。小姑娘哼哼两声，没醒来，乔燕又在她身上拍了一下，学着乡下女人的口气喊道："快起来，太阳都晒到屁股了！"小婷嘴里一边"呜呜"着，一边翻过身去还想睡。乔燕突然又大喊了一声："坐席了，"话还没完，小婷便一个鲤鱼打挺从床上坐起来，揉着眼睛问："真的坐席了？"说着也不等乔燕回答，便急忙下床来找衣服穿。乔燕见她慌慌忙忙的样子，不由得笑了，说："姑哄你的呢，你忙什么？反正今天不会少你的席坐！快去洗脸，姑去做饭，吃了早饭我们一块儿去……"小婷生怕等不及，不等乔燕话完，便说了一句："不啦，我回去吃早饭！"说完，一溜烟跑了。乔燕也没心思去做一个人的早饭，用电水壶烧了半壶开水，泡了一碗方便粉丝，囫囵下肚后，正想往外面走，忽然想起今天是贺家湾历史上一个特殊的日子，可不能随便，便又在电脑桌前面坐了下来，把到贺家湾来才买的圆镜拿过来对着自己，在脸上淡施了一层薄妆，这才挟起昨天从城里带回来的几条标语横幅走了出去。

文化广场里，不但整整齐齐地摆满了一排排桌子，而且来了不少人。乔燕过去时，看见一伙从外面打工回来的年轻人，聚在一张桌子周围，眉飞色舞地说着什么。乔燕也不知他们说的是什么事，却听见从他们年轻的胸腔里爆发出的一阵爽朗的笑声，让周围的阳光都似乎在跟着他们一起欢笑。而在另几张桌子上，贺世国、贺兴明、贺兴平、贺学仁、贺长跃、贺忠远、贺长元、郑本国等一群中年男人，既没有年轻人那么多的"聊斋"谈，又不甘心像老年人那样一旁静坐养神，便在桌子上摆起了"场合"，一人打牌，身边又聚集了好几个人甚至十多人旁观。看的人比打的人还着急，时而大呼小叫，时而捶胸顿足。贺世龙、田秀娥、贺世通、贺世财、贺善怀、贺世忠、贺劲松等"老几几""老孃子"们，则把板凳端在阳光底下，一边晒着太阳，一边有一句没一句地闲聊着。他们既不像年轻人那样张扬，也不像打牌的人那么吵闹，只是静静地坐着。太阳给他们苍老的脸上罩上一层金色的光芒，使他们原本祥和的面容更显安详平和。他们偶尔说一句话，然后又归于沉默，但在这沉默中，给人一种岁月静好的感觉。在"老几几""老孃子"的旁边，则有一群打工归来的年轻姑娘和年轻媳妇聚在一起。既不像小伙子们那样喧闹，也不像"老几几""老孃子"那样安静。她们没有坐，而是勾肩搭背地、仿佛怕冷似的簇拥在一起，时而叽叽喳喳，一片莺声燕语；时而又相互附耳低语，像是害怕被别人听去了秘密。她们犹如参加服装比赛似的，穿上了自己最漂亮的衣服，像是从来没有过忧伤和苦恼，花枝招展，笑靥如花。当然，更高兴的，莫过于那些小孩。他们忽而在操场上游玩嬉戏，忽而又在一张张桌子间穿来穿去，追逐打闹，任大人怎么呼叫都没法制止住。乔燕看见贺小婷也在一堆女孩子里面，便知道她并没有回家吃早饭。

而场边四周的十口土灶上，有五口大铁锅上，已各立了一座五六层的大竹蒸笼；有两口大铁锅上，各立了一只比黄桶还粗的大木甑子；还有两口大铁锅上，既没有蒸笼，也没有甑子，只盖了锅盖，却有热气从锅盖上冒出来；剩下的一口铁锅却空着。乔燕来贺家湾后，也被办红白喜事的村民请去坐过几回"坝坝席"，知道乡下办筵席不像城里那样以炒菜为主，因为"坝坝席"来的人多，出菜要求快，并注重实惠，所以多采用蒸和炖的方法来烹制菜肴，俗称"三蒸九扣"。乔燕看见贺端阳在立着蒸笼的大铁锅前，对"掌瓢儿"的贺兴成说着什么，便想走过去，却不想被前边那伙正闲聊的年轻人看见了。他们立即跑过来把乔燕围住，喊道："乔书记，有什么活儿需要我们干？"乔燕对这伙年轻人虽然还不十分了解，但他们一回来，大多数都见了面，年轻人和年轻人在一起，熟悉起来也快，所以乔燕也基本上认识了他们。听见他们这样问，先朝操场上看了看，然后说："你们去问贺书记吧！"话才说完，贺小川便说："我们问过贺书记，他说现在没什么活儿，叫我们集结待命！"乔燕想了想便道："那你们就把这几条横幅挂上吧！"

贺小川等就把乔燕怀里抱着的几条横幅接了过去，大家好奇地把它们展开来。只见一条上写着："贺家湾村首届集体团年宴"；一条上写着："美丽村落是我家，农村不比城里差"；一条上写着："共建美丽贺家湾，共享美好新生活"；最后一条是："邻里和睦心情舒畅，院坝整洁身体健康！"贺亮看罢，连声说："这标语写得好，全是我们庄稼人的大实话！"众人也说："可不是，尤其是'美丽村落是我家，农村不比城里差'这一条，贺家湾现在真是这样了！"贺小川问乔燕："乔书记，这条横幅挂在哪儿？"乔燕一看，是"贺家湾村首届集体团年宴"那条，她又朝四周看了一遍，才道："这条挂在舞台上吧！"说完，又指了指学校教室方向，说："其余的，就挂在那两面文化墙上！"几个年轻人立即忙不迭地各自去了。

乔燕交代完毕，正想去找贺端阳，忽然听见背后有人喊了她一声，回头一看，却是贺庆的儿子贺强。小伙子长了一张方方正正的脸，浓眉毛，大眼睛，年龄和贺波差不多，但已在外面打了好几年工，新疆、内蒙古、海南都闯荡过，现在在北京一家公司做事。他腊月二十就回来了，因此他是乔燕最早认识的一个贺家湾返乡农民工。此时小伙子高领紧身毛衣外面，套了一件牛仔连帽夹克衫，下穿了一条黑色的韩版束脚休闲裤，脚着一双白色运动跑鞋，显得既随意又时尚。他手里提了几个鼓鼓囊囊的精美礼品袋，也不知里面装了些什么，有些羞怯地望着乔燕。乔燕忙问："有什么事？"小伙子从礼品袋里掏出一只只印刷精美、做工考究的食品盒子，在桌子上一一摆开。乔燕见盒子上印着"北京传统名点——红虾酥糖""北京特产——茯苓夹饼"等字样，便不解地对他道："你这是干什么？"小伙子红了红脸，说："这是我从打工的地方带回来的，村里人不容易去北京，想趁这个机会请大家尝一尝！"乔燕一听这话，马上叫了起来："好哇，你可给我们今天的聚会添彩了，那就快拿去给大家尝尝吧！"小伙子却撕开一包"茯苓夹饼"和一包"红虾酥糖"的包装，倒了一把糖果和几块"茯苓夹饼"，就往乔燕手里塞，一边塞一边说："乔书记，你先尝尝！"乔燕一见，急忙往后缩。那些孩子们一听说有糖，早一窝蜂拥了过来，嘴里一边嚷，一边朝贺强伸出了一只只小手。乔燕一见，便对贺强说："你快拿些去，给爷爷奶奶和大叔大婶们，这儿我来给孩子们发！"说完便对孩子们说，"大家站好，每人一颗，姑姑给你们发！"孩子们果然都规规矩矩站好了。贺强也提着糖果和夹饼去给人们分发。

众人品尝完了贺强带回的礼物，果然觉得那糖果又酥又脆，吃起来不但香甜可口，还不像平时吃的那些糖那么粘牙腻口，吃完嘴里不留一点残渣。那夹饼也是甜香味美，入口即化，清爽适口，便一边感叹到底是京城，连糖果这些东西都和小地方不同，一边又夸奖贺强这娃儿有见识，舍得把这么好吃的东西拿来孝敬老人和哄孩子。正这么夸奖着，那边"老几几"堆里的贺老三忽然想起什么，便大声冲在旁边看牌的儿子贺兴林喊道："兴林，你不是也带了些啥麻花和糕回来吗？也去拿来大家尝尝！"话音一落，有人立即就笑了起来，说："我道是什么稀奇的，原来是麻花，我们哪个没吃过？"贺兴林听了这话，似乎有些不高兴了，便说："我那麻花可不是普通的麻花，是天津桂发祥的麻花，糕也是天津桂顺斋的糕点，不信我去拿来你们尝尝！"说完撒腿便往家里跑。那边挂完标语横幅的贺亮、贺小川等年轻打工者见了，立即说："我们也都给父母和亲友带了些土特产，也回去拿来让大家尝一尝吧！"

没一时，那些打工者便像赶集似的，手里提着大包小包回来了。一进操场，便一边举起手里五颜六色的包装袋，一面兴冲冲叫道："来，爷爷奶奶、叔叔婶子，尝尝上海城隍庙的五香豆、马桥豆腐干！""冰糖麻饼，菊花牌的，正宗的川味月饼，爷爷奶奶尝一尝！""福建苹果脯、梨脯，还有桃脯、枣脯，可好吃了……"小伙子们的叫声还没把"爷爷奶奶、叔叔婶子"们唤来，却早引得一群孩子把他们围得水泄不通。贺端阳见了，便笑着对他们大声道："买了点粑粑饼饼回来，就把你们能得不得了了？有能耐的，明年买架飞机回来，让贺家湾人都到天上打一圈，就算你们有出息！"贺亮立即笑着对他说："叔，你什么时候把飞机场修好了，我们准买！"众人也说："对，对，买不起大飞机，我们买架小飞机还是可以的！你什么时候动工修机场呀？"贺端阳道："这时候你们就让全湾人都打了'幺台'，等会儿我的'肉八碗'哪个吃？"年轻人又笑着说："这还不好办？明天全村人又来吃就是嘞！"说完，也不管贺端阳，提着袋子径直到人群里去了。

正在这时，忽然一辆白色宝马轿车驶到了文化广场外边，正想开进来，却见进门处拦住了，便开到旁边停车场停了下来。车门打开，先从车里出来的是一个四十五六岁的中年男子，个子不算很高，但长得宽胸阔背，里面穿了一套笔挺的藏青色毛料西装，外面又罩了一件海蓝色的风衣，显得风度翩翩。紧接着，又从车里钻出来一位满身珠光宝气的女人，这女人看年纪在四十岁上下，上身穿了一件墨绿色的法莎尼亚毛呢大衣，脖子上围着一条粉红色的巴宝莉羊毛围巾，手里提着一只乳白色迷你型托特包。众人一见，先前对贺端阳说可以买架"小飞机"的年轻人立即叫了起来："这下好了，真正买得起飞机的大老板回来了！"贺端阳一看，马上兴奋地叫了起来："哦，是兴仁老哥子和春兰嫂子回来了！"一边说，一边便跑过去，拉了那男子的手便走了过来。几个人来到乔燕面前，贺端阳给他们相互做了介绍，乔燕这才知道来人原来就是贺家湾在县城做房地产生意发了财的"大款"贺兴仁两口子，怪不得有些衣锦还乡、财大气粗的气势。乔燕是第一次和贺兴仁见面，便主动伸过手去和贺兴仁握了握，嘴里笑着道："贺总能够回来参加贺家湾的集体团年宴，我们太高兴了！"说完又去拉了范春兰的手，像自来熟一样一句一个"婶"，把个范春兰也喊得个笑嘻嘻的。贺端阳又对贺兴仁问："华彦怎么没回来呢？"贺兴仁道："公司还得有人值班，把他小子留下了！"说完，一眼看见老父亲贺世龙和二妈毕玉玲坐在一伙"老几几""老孃子"中间，又看见大哥贺兴成和大嫂李红都正在一口土灶上忙着，便对贺端阳和乔燕说："我先去给爸爸和二妈、大哥大嫂及湾里的老辈子打个招呼，回头我们再摆龙门阵！"贺端阳说："去吧，去吧，老哥子，你也是贵人难得回来，就和湾里的老辈少辈都拉呱一下吧！"贺兴仁一听，果然带着老婆就朝前面去了。到了一堆"老几几"那儿，贺兴仁像是领导视察似的，先和每个"老几几"都握了握手，然后在他们中间坐了下来。也不知他和"老几几"说了些什么，只见那些"老几几"嘴角都叼着他发的纸烟，带着几分媚笑对他直点头。范春兰坐了一会儿，坐不住了，立即转到"老孃子"那儿，和她们说了几句话，便和王娟、王娇姐妹拉呱去了。

这儿正说得热闹，忽听得操场远处又是一阵汽车喇叭响，乔燕、贺端阳和众人急忙望去，只见一辆黑色的越野小轿车开到了操场外边停下。车门打开，镇上罗书记先从车里跳了下来，接着是提着包、满面笑容的马主任，然后是一个四十岁左右，鼻梁上架着一副银框眼镜的干部模样的人。最后从车里出来的是一男一女两个年轻人，男的外穿一件牛仔夹克衫，手里提着一台摄像机，女的外穿红色中长风衣，手里握着一支长长的话筒。乔燕和贺端阳急忙迎了过去。乔燕朝那个戴眼镜的干部模样的人看了看，似曾相识，却叫不出名字，只好对罗书记道："罗书记、马主任，你们怎么来了？"罗书记说："你们今天这么热闹，我怎么能不来？"说完，这才把那戴眼镜的干部模样的人和两个年轻人给乔燕和贺端阳介绍了。原来那戴眼镜的干部是县电视台的副台长，名叫刘军成，乔燕一下想了起来，怪不得有些面熟。两个年轻人都是县电视台的记者，男的姓郑，女的姓张。乔燕和贺端阳过去和他们一一握手，说："欢迎，欢迎！"正说着，贺兴仁忽然大步走了过来，一边走，一边冲电视台刘副台长叫道："刘哥，你怎么来了？"那刘副台长见是贺兴仁，也高兴地叫了起来："贺哥，你也回来了？"说着话，两双手紧紧地握在了一起。握完，贺兴仁才去和罗书记握手，罗书记脸上便挂上了几分尴尬的神情。贺兴仁对贺端阳和乔燕大声说："你们不知道，我和刘哥可是多年的好朋友呢！"说完又对刘副台长问，"刘哥，你说是不是？"刘副台长道："怎么不是！"说完却聪明地转移了话题，"贺总今天能亲自回来参加家乡这个活动，可为我们今天这个电视节目增光添彩了！"贺兴仁立即道："哪里哪里，今天罗书记和刘哥亲自来，我的家乡才是蓬荜生辉呢！"罗书记听了这话，脸上的颜色这才柔和了一些，立即笑着对乔燕和贺端阳问："准备得怎么样了？"贺端阳笑嘻嘻地说："没问题，就等着开席！"罗书记说："我们这些不速之客中午就要在你们这儿蹭顿吃的了哟！准备了多的席没有？"贺端阳忙说："准备了，准备了，就怕有人临时赶回来，我们多准备了两桌！"乔燕却有些不明白了，看着罗书记问："罗书记，你是怎么知道的？"罗书记的目光落到乔燕身上，做出了一副严厉的样子对她说："小乔，这事我还要问你呢！为什么不告诉我？"也不等乔燕回答，自顾自地说了下去，"你不告诉我，就没人告诉我了？嘿，我也有耳报神呢！"贺端阳见乔燕脸有些红了，便轻轻拉了她一下，附在她耳边说："是我前几天给罗书记说的，可没想到他今天要来……"话还没完，罗书记又打断了他的话，说："千人团年宴，还有文艺演出，这可是一件特大好事呢！"罗书记说到这里，刘副台长忽然接过了他的话，"这样的活动其他一些地方也举办过，可对我们县来说，你们还是第一个敢吃螃蟹的村，充分体现了在脱贫攻坚和乡村振兴中所产生的新型村民关系、新型干群关系以及由此形成的新型村庄文化。所以县委常委、宣传部高部长听罗书记汇报了这事后，非常重视，指派我们下来总结你们的经验，宣传你们的事迹！"罗书记正要插话，忽听得贺兴仁道："刘哥，你们做得对，你今天一定得好好拍拍我家乡的父母官，好好宣传宣传贺家湾这次活动和取得的成就！"刘副台长又忙道："放心，贺哥，我们一定做好这期节目！"罗书记听了刘副台长这话，这才对乔燕和贺端阳说："怎么样？这一下你们可是高山顶上吹喇叭——鸣（名）声在外了，是不是？"乔燕和贺端阳听了这话，都非常高兴。乔燕笑着对罗书记、马主任和刘副台长说："罗书记、刘台长、马主任，你们来得正好，等会儿就由你们给我们开席！"罗书记忙说："那可不成，这席还得由你们开！"说罢拉了刘副台长一把，说，"老刘，我们不要老在这里站着说话，先过去给大家拜拜年吧！"接着便双手抱拳，一边往前走，一边拱手大声喊道，"贺家湾的老少爷儿们、大娘大婶、弟兄姐妹们，给你们拜年啰——"

乔燕和贺端阳正要陪罗书记和刘副台长走，却被两个记者拦住了。姓郑的男记者把摄像机往肩上一扛，打开镜头盖，姓张的女记者把话筒递到了乔燕面前，对她说："乔书记，我想问一问，你们为什么要举办这样的活动？"乔燕没有准备，一时慌了，忙说："这事主要是贺书记组织得力，你们问问他……"贺端阳没等乔燕说完，马上也叫了起来："问我干什么，这事不是你首先提出来的吗？"说完又对已经把话筒伸到自己面前的女记者说，"你们还是采访她，我这个土包子上不得台面！"扛摄像机的男记者见他们互相推辞，便说："你们都谈谈，想到什么就说什么，随便说就是！"乔燕听了这话，停了一下才接着说："你们让和我贺书记都想一想，等想好了下午再说，现在我们就不浪费表情了，行不行？"两个记者只得将话筒和摄像机又收了起来。乔燕和贺端阳这才急忙朝罗书记和马主任追了过去。

按下贺家湾除夕中午这场史无前例的千人团年宴的喜庆和热闹不述。且说吃过午饭，乔燕见每张桌子上都剩了大量的饭菜，有的菜动也没动过，便过来问贺端阳剩这么多菜怎么办。贺端阳连想也没想便说："有什么不好办的？"说着，便拿起一只手提电喇叭，宣布了"约法三章"：第一，哪桌剩的饭菜，便由那桌就餐的人打包带回去，必须打干净，不能浪费。这天气又不会馊，回去慢慢吃！第二，打包完毕后，年纪轻、力气大的小伙子们，愿意把自己的桌子扛回去的，就扛回去，现在不愿扛回去的，就搬到广场外边，等节目演完后再往家里扛，女人留下来把广场打扫干净。第三，等女人把操场打扫干净后，立即准备演出！三件事一宣布完，果然有人便纷纷跑回家去，拿来盆子和塑料食品袋，将桌子上的东西一股脑儿倒进面盆或塑料口袋里。乔燕这才发现，原来贺端阳在安排筵席座位时，早就考虑到了这一点，大多数都是父子、兄弟、祖孙们一桌，只有实在坐不下时，才会有一两个人出去打组合，所以现在处理起这些剩菜来，也不会有什么冲突矛盾。等众人将饭菜打包完毕后，那些桌子的主人，近一些的直接扛了回家，远一些的，就放到广场外边的空地上，等看完节目才扛回去。搬开桌子后，妇女们一拥而上，扫的扫，拾的拾，将地上的肉骨头、餐巾纸团还有上午那些小伙子给大家分完品尝的食品后留下的包装盒和包装袋，都按照乔燕去年提出的垃圾分类的要求，给归拢在一起，分别撮进外面"干垃圾"和"湿垃圾"两个垃圾箱里了。广场打扫干净后，就准备演出了。老黄葛树下虽然建起了一个舞台，可舞台上面既没有灯光，更没有铺上地毯，也没有幕布，除了从浓密的黄葛树叶缝隙中筛下的几点太阳金箔似的光斑外，没有任何装饰。也没有伴奏的乐队，只有一只村里开村民大会用的"迪雅仕"卡包音箱，演员事先把要唱的歌或要舞蹈的曲子，从网上下载到U盘上，到时插进音箱的USB插口上播放就行了。

主持演出的是郑琳，她穿了一袭紫红色长裙，脸上薄施脂粉，白里透红，弯弯的柳眉，长长的睫毛，小巧端正的鼻子，红红的嘴唇，秀色可餐，俨然电视台的节目主持人。她款款走上台去，众人一见，都齐声叫了起来："好！"接着是一片掌声。她手持话筒，朝台下深深鞠了一躬，方才抬起头来，满脸微笑地对众人说道："爷爷奶奶、叔叔婶婶、贺家湾村的各位父老乡亲们，今天是农历新年，是万家团圆、欢乐喜庆的日子,我们在这棵代表着贺家湾村风水的老黄葛树下,举行一场自娱自乐的、没有布景、没有伴奏的文艺演出。我们的演出场地虽然简陋,但我们的心意是真诚的,我们的快乐是真诚的,我们的祝福也是真诚的!首先登场的节目,将是由村里十多位大妈表演的舞蹈《欢乐过大年》!她们中有的已经到了当奶奶的年纪。当我们外出打拼的时候,把土地、家和孩子都交给了她们,是她们为我们年轻人撑起了一片蓝天。因此我要在这里大声说一句:爸爸妈妈、爷爷奶奶,你们在家里辛苦了,儿女和孙子孙女们给你们拜年了,祝你们新春愉快,身体健康!"说完又深深鞠了一躬。

这番热情洋溢的主持词,与其说是一场演出的开场白,还不如说就是一段感人肺腑的诗朗诵。她的话说完后很久,众人才仿佛回过神似的鼓起掌来。在掌声中,郑琳转身从舞台后边走了下去。接着,王娟、王娇、张芳、吴芙蓉等身着统一的红色大花布立领上衣和酒红色裤子,脚上也是一双红布鞋,像是电视里扭秧歌的东北大妈,走上舞台依次站定后,贺波打开音箱,一首热烈欢快的曲子便在黄葛树下响了起来。随着音乐的节奏,女人们"啪"地打开手中的红绸折扇,翩翩起舞。也许是第一次登台表演,心里难免紧张,也许她们被锄把、镰刀和背篼磨炼出来的骨骼,还不习惯手中那把舞扇的轻盈,因此,她们的舞姿实在不能和陈老师相比,动作不但显得简单,还有些僵硬。更要命的是舞台小了一点,上台的人多,所以演员间不是你碰了我的腰,就是我碰了你的手,甚至有人将手里的扇子都碰落了,引起观众一阵大笑。尽管如此,女人们脸上仍带着欢乐、幸福和全神贯注的神情。结束时,她们将手里的绸扇高高地举过头顶,拼成一朵向日葵花瓣,场上立即响起了一阵热烈的欢呼声和掌声。

接下来是一群回乡打工者表演节目,然后贺波也上台表演了一个山东快板,随即郑琳也唱了自己最喜欢的《青藏高原》和《黄土高坡》,那高亢的旋律和优美的歌声,把演出推向了高潮。在一派欢乐的气氛中,太阳不知不觉地从操场正中移到外面的地边上。刚才太阳照在黄葛树上,老树层层叠叠的枝叶呈现出一片紫褐的颜色,现在不但那种温暖、明媚的紫色没有了,而且反从那浓密的树叶间,筛下一种暗灰的色调来,使树下阴暗了许多。眼看着黄昏即将降临,郑琳款款走到台上,对大家宣布道:"下面我们以热烈的掌声欢迎乔书记朗诵她自己创作的诗歌《回家》……"一语未了,台下响起了一片欢呼声。

乔燕走上台去,从郑琳手里接过话筒,回身朝众人深深鞠了一躬,说道:"爷爷奶奶、大叔大婶、兄弟姐妹们,大家新年好……"说到这里,台下又是一阵热烈的掌声。乔燕等大家掌声停息过后,才又双手捧着话筒继续说道,"爷爷奶奶、大叔大婶、兄弟姐妹们,我实话告诉你们,我是写了一首诗。我专门为这首诗回城去,请一个诗人帮我修改修改,可诗人说:如果你这都叫诗,全中国人都是诗人了!把我臊得想找条地缝钻下去……"说着,乔燕红着脸笑了笑,台下的人都怔怔地看着她,见她笑也跟着笑。过了一会儿,乔燕才又说:"我问他:不是诗是什么?他说:你这是大白话!我一想,只要是心里话,大白话有什么不好?于是我回来,干脆全改成了大白话。下面我给大家朗读的,就是我要送给贺家湾在外打工的叔叔婶婶、兄弟姐妹的一篇大白话,题目还是叫《回家》!"说完,她用一只手持了话筒,另一只手从口袋里掏出了张纸来,打开,轻轻地清了一下喉咙,便抑扬顿挫、声情并茂地朗读了起来:

　　小时候,我们走在乡间的崎岖小路上,我们紧紧拽着父母的手或衣襟,生怕会丢失,因为我们知道,对于儿女来说,父母在哪儿,哪儿就是我们的家!

　　今天,我们长大了,像鸟儿一样飞向了四面八方,可是在春节这个万家团圆的日子到来的时候,无论路途有多远,路上有多艰难,我们都要风尘仆仆地赶回来。为什么?因为对于每个家庭来说,父母在、长辈在、亲人在,家就在。通往家乡的那条路,始终像我们出生时连接母亲身体的那条脐带,缠绕着我们,因此无论有多少艰难险阻,我们都要——回家!

　　今天,城市里矗起了无数的高楼大厦,可对于大多数的中国人来说,村庄在哪儿,田野在哪儿,他们的心就在哪儿!田在人在,人在房在,房在村在,这是大多数打工者心中坚定不移的信念,村庄才是我们真正的家……

说到这儿,乔燕的声音变得低沉和缓慢起来。台下观众怔怔地望着她,一片寂静。

　　可是,不知从什么时候开始,村里已很少看到年轻人的影子;也不知从什么时候开始,村里只剩下风烛残年的老人、稚嫩弱小的孩子。我们的家乡凋敝大都缘于此——年轻人都不在村里!前次我到贺世富爷爷家里,听爷爷谈起过去大家凑到一块儿的热闹劲儿,再看看今天的冷清,我心里非常难过;看着几个老院子那么精美的建筑,因为没人住而不断坍塌和颓败,我心里更难过；当我置身在皓月当空、清风送爽、美景如画的夜晚，发现村庄犹如死去一般寂静、缺乏生机和活力的时候，我心里同样难过！大叔大婶、兄弟姐妹们，我知道你们在城市里生活得并不如意，有的甚至还说得上十分糟糕。贺世富爷爷给我讲过他前些年在外面打工的经历，我听后心情非常沉重。但为什么你们还要纷纷出去呢？因为前些年在家里养活不了一家人，你们只好做出打工这个无奈的选择。可现在情况不同了，贺家湾已经大变了样！我们衷心希望大叔大婶、兄弟姐妹们回家！只有你们回家了，贺家湾才会更充满希望，明天才会更美好！因此，亲爱的大叔大婶、兄弟姐妹们，带着你们对家乡的爱和血脉相连的情，回——家——来吧——

乔燕说到这儿，再次深深地对台下鞠了一躬，结束了自己的朗读。奇怪的是，台下鸦雀无声，只有微风送来了头顶黄葛树叶轻轻的、仿佛私语般的"窸窣"之声。乔燕忽然觉得脸上有蚯蚓爬过的感觉，凉冰冰的，她用手一抹，才发觉不知什么时候，两边脸颊挂上了长长的泪痕。她见大家没有反应，又拿起了话筒对大家说："那天世富爷爷对我说，早些年，大家看电视，都学会了唱《在希望的田野上》这首歌。不知道爷爷奶奶、叔叔婶婶现在还能不能唱？不过我现在想，要使我们的田野充满希望，就必须有更多年轻的兄弟姐妹们回来，因此，我今天给大家唱一首关于回家的歌！"说着，果然就唱起了刘德华在2015年春节唱的那首《回家的路》：

数一数一生多少个寒暑/数一数起起落落的旅途/多少的笑 多少的哭/回家的路/数一数一年三百六十五/数一数日子有哪些胜负/又有哪些满足/回家吧 幸福/幸福 能抱一抱父母/说一说 羞涩开口的倾诉/灯火就在 不远阑珊处/回家吧 孤独/孤独 还等待着安抚/脱下那 一层一层的戏服/吹开心中的雾……

起初，还只有乔燕一个人在唱，唱着唱着，那批在外面打工的年轻人，也有人一起唱起了这首歌，起初还只是轻轻哼着，可接下来，他们拥到了台上，跟着乔燕一起大声唱了起来：

数一数　一年快乐的次数/数一数　一天脾气的起伏/什么是贫　什么是富/回家的路/数一数　岁月流走的速度/数一数　一生患难谁共处/一切慢慢清楚/回家吧　幸福/幸福　能抱一抱父母/说一说　羞涩开口的倾诉/灯火就在　不远阑珊处/回家吧　孤独/孤独　还等待着安抚/脱下那　一层一层的戏服/吹开心中的雾/回家的路……

他们一连把这首歌唱了好几遍，唱着唱着声音都有些哑了。台下的人们目光愣愣地望着他们，像是傻了似的。还有一些年轻人则把头垂到胸前，仿佛陷入了沉思。他们虽然没有听到过这首歌，可歌里流露出的感情已经深深打动了他们，有的人开始用纸巾去擦眼角。台上的年轻人唱完，一起把乔燕围到中间，互相拥抱着哭泣起来。

正在这时，贺兴仁突然气宇轩昂地走到台上，从乔燕手里拿过话筒，走到舞台前面，对着众人鞠了一躬，然后才大声道："贺家湾的父老乡亲们，贺兴仁给大家拜年了！"说罢双手抱拳，朝着四周打了几躬。众人都愣了，连台上那些人也定定地看着他，不知他要干什么。贺兴仁鞠完躬后，这才又把话筒举到嘴边，掷地有声地说了起来："刚才乔书记朗诵的《回家》和演唱的《回家的路》，把我带回到了童年、青年，想起了过去的岁月，使我忍不住流下了感动的热泪！我贺兴仁从高中毕业后，就随幺爸一起出去打拼。这二十多年里，我虽然没和贺家湾的父老乡亲们一起建设家乡，可我也始终没忘记这块土地！刚才我和一些老辈子聊天时，才知道这个文化广场是'聚缘集团'的陈总捐建的。陈总和贺家湾无亲无故，她都能花三十万元给贺家湾修一个文化广场，我是吃贺家湾的饭、喝贺家湾的水长大的，并且还有亲人在贺家湾，我为什么不能为贺家湾的父老乡亲做点什么呢？现在我宣布，我们'三鑫'公司也向贺家湾捐款三十万元，重新改造贺家湾的自来水……"

刚说到这里，刘副台长急忙在台下叫了起来："打住，打住，贺哥——"说着，便对两个记者挥了一下手。记者明白了过来，急忙提着机器跑到了台上，扛摄像机的小郑把焦点对准了贺兴仁，拿话筒的小张把话筒也递到了贺兴仁嘴边。刘副台长看了看，还是说"不行"，说完他亲自跑到台上，对乔燕耳语了几句。乔燕忙跑下来，去开了办公室的门，用半张红纸写了一个三十万的阿拉伯数字，跑回来交到刘副台长手里。刘副台长把那半张还滴着墨汁的红纸交给贺兴仁，叫他高高举起来，又叫乔燕站到贺兴仁身边，让贺兴仁把刚才的话重新说了一遍后，把那张红纸又交给乔燕。贺兴仁果然又把先前的话重复了一遍，然后回过身，把手里举着的红纸郑重地交给乔燕，然后两人握着手面向众人。直到这时，众人才完全明白过来，于是场上立即响起了一片雷鸣般的掌声以及山呼海啸般的叫声……